7

Jul.

看 着 我 消 失

Janelle Brown

WATCH
ME
DISAPPEAR

[美] 杰奈尔·布朗 —— 著

陈磊 —— 译

北京联合出版公司
Beijing United Publishing Co.,Ltd.

图书在版编目（ＣＩＰ）数据

看着我消失 / (美) 杰奈尔·布朗著 ; 陈磊译 . —
北京 : 北京联合出版公司 , 2020.7
  ISBN 978-7-5596-4249-3

  Ⅰ . ①看… Ⅱ . ①杰… ②陈… Ⅲ . ①长篇小说—美
国—现代 Ⅳ . ① I712.45

中国版本图书馆 CIP 数据核字 (2020) 第 084221 号

北京市版权局著作权合同登记　图字：01-2020-0446

看着我消失

作　　者：[美] 杰奈尔·布朗
译　　者：陈　磊
出 品 人：赵红仕
责任编辑：夏应鹏

北京联合出版公司出版
（北京市西城区德外大街 83 号楼 9 层　100088）
三河市冀华印务有限公司印刷　新华书店经销
字数 266 千字　　880 毫米 × 1230 毫米　1/32　10.25 印张
2020 年 7 月第 1 版　2020 年 7 月第 1 次印刷
ISBN 978-7-5596-4249-3
定价：48.00 元

序章

今天天气很好，或许甚至算得上极好，不过晚一些的话就无法确知了。因为到那个时候，他们已经将今天下午的记忆打磨得锃亮，抛光到泛出宝石般的光泽。这是比莉去世前，他们一家人共度的最后时日中的一天：乔纳森和奥莉芙当然会为此感伤。他们当然只会看见自己想要看见的东西。

但乔纳森还是会认为，在他们共同度过的所有时日中，包括全家人在"施彭格鱼窟"[1]食物中毒、奥莉芙出生，这一天的排名必定离最佳位置更近。

首先，这一天阳光充足、晴朗无云，当你身处十月的加利福尼亚北部的一片海滩上时，这实在是一份不算小的运气。他们脚趾间的沙子其实算得上温暖，完全不觉得潮湿和硌脚，不过空气还是带着秋日的凉爽劲儿，有些发刺，让你想要蜷进软和的东西里去。没有人闹脾气，也都没显得不安宁或不耐烦。比莉打包了些特别美味的三明治——给大人们准备的是香蒜酱鸡肉馅，奥莉芙的是鹰嘴豆泥馅（她

---

[1] 餐厅名。

近来成了素食主义者）——他们就着从暖水壶里倒出来的温热的可可吞下肚去。

午饭后，比莉和乔纳森坐在海滩上，奥莉芙下到水边，用海浪清洗光脚板上的淤泥。涨潮线最高处堆着一块足有一棵树那么大的浮木，乔纳森背靠在上面。他带了六份急需他关注的《解码》特刊打印件，但那一天的重点是家庭时光，是弥补所有他因为工作而缺席的日日夜夜。再说了，退潮时刻，浪花高涨，他又怎能集中精力探究叙述的连贯性以及一系列短句中的间隔逗号？

比莉以乔纳森弯折的双腿为椅子，将长发散在他的大腿上。她用手掌舀取沙子，然后任它们钻过展开的指缝涓涓淌落，心不在焉地摘出石子和小树枝，偶尔看一眼海面起伏的冲浪手。乔纳森伸手牵住她一绺头发，深棕色中已经泛出一丝银白。他用指尖轻轻摩挲，试探其质地，试探妻子的温度。

"你做什么？你是猴子吗？"比莉说话间已经用光滑的石子搭起一座小塔，正仔细观察，接着又将其推平。

"还是饿，在找零食。"他说着抬起头，看见奥莉芙站在水边，正从远处打量他们。他冲女儿挥挥手，女儿也将手臂向后弯成半月形，表示收到。她看着是开心的，但有时很难说：她即便是在微笑时，嘴角也向下撇，蹙着眉头，自相矛盾。一道浪花冲上沙滩，舔舐着她光着的脚趾，她提起来避开。

比莉循着他的目光："她该怎么应对？"

他放开她的头发："你指什么？"

"生活。世界对柔软的东西总是残酷无情。她需要长出一副更厚实的保护壳，不然一辈子都会在恐惧中度过，不敢做任何尝试。"

乔纳森看着汹涌的海面映衬出的女儿的身影。她在脚下发现了某样东西——一个贝壳、一只寄居蟹，或是一片垃圾——她皱起眉头，俯身捡起来打量。他心里突然闪出一丝对她的共鸣，他曾经书呆子气的少年时代与眼前的女儿产生了交流。"她不过是敏感罢了。对十五岁的孩子来说，这是常有的事。"

"我那么大时就很大胆。"比莉清脆地说。

"你可不是一般的孩子。"乔纳森说。比莉听到这话笑着仰起头，向后靠上他的膝盖，冲他微笑。她的颧骨上有斑斑点点的沙子，沾在她眼睛周围纤细的眼线中，他轻轻将其擦除。

"不管怎么说，奥莉芙比你说的坚强。"

她抬起头，观察远处的女儿："好吧，那就好。"

"你要是担心得不行，就和她谈谈。"他又说。

"我试过，上个月我叫她去远足，但收效甚微。"她坐起来向前探身离开他，一只手梳开缠结的发丝，"以前她常常像对待福音那样咀嚼我所说的每一个字，现在却不是了。"乔纳森注意到她声音中有一丝痛苦的哀怨。

"拜托，她依然崇拜你，"他说，"她不过是到了青春期，正在拥有自己的个性。继续尝试，她很快就会恢复原样的，而且让她知道你在意她，是件好事。"乔纳森看着比莉，心里想到，能从这样的举动中真正收获好处的，其实是他的妻子，或许是她需要重新感受到，自己是被女儿需要的。你意识不到自己有多么思念亲子关系早期阶段所享有的那种令人窒息的亲密感，除非你终于能够重新喘过气来。

"我的乔纳森啊，总是这么乐观。"她说这话时看着大海，说出的词句被海浪的重击声吞没，所以一时之间他无法确定自己是否听对了。

他眨眨眼，涌起一阵感激之情："比莉，我还是认为——"

但她打断了他，她的话语迅速降温冷却："我从你说话的口吻分辨得出来你想说什么，别说了。别说了，我不想谈论那事。"

在海滩的另一头，那群冲浪手已从海里起来，像剥香蕉皮一样剥掉潜水服，任它们垂在大腿上。男孩们推搡着往女孩堆里挤，霸占她们的空间，抢夺她们的浴巾，女孩们则装出愠怒的样子。比莉仔细擦除手上的沙子，一边打量那些冲浪手，她的背部肌肉在泳衣肩带下绷得紧紧的。乔纳森想着，她是否在那些女孩身上看到了她的少女时代，从她们灵活柔软自由的四肢中，从她们要求整个海滩注目的方式中。他也想起了少女时代的比莉——十六年前他爱上的那个女孩，而且说实在的，并没有改变多少——他伸出手想通过按摩消除她的紧绷，但她耸耸肩摆脱了。

他们就这样又坐了一会儿，无声地看着那群冲浪手收拾毛巾，然后消失在相反的方向。他们一走出视线，比莉就叹了口气："你知道，我可能很快会挑个周末，去背包徒步旅行。也许会走太平洋海岸步道。"

"又去？和丽塔吗？"

"不，就我自己。"她轻笑了一声，"你知道，就我自己，带着我的思绪。"

"听着不错。不过这主意能行吗？"他隐藏起些微的不安：她一个人要去思考什么？

比莉没理会他的问题，动作迅速地站起身，带着一种终结的姿态，压皱了三明治的包装蜡纸。她挥手召唤奥莉芙，后者朝她走来，双手捧着满满一堆她从海里捞起的零碎，上面垂挂着海藻。"要是还想赶在天色不晚前去看那些蝴蝶，那我们就该出发了。"比莉大声说着转过身，慢步跑上沙丘，看也不看一眼丈夫和孩子是否跟上。

帝王蝶保护区"挤挤挨挨"，这说的显然不是蝴蝶。这周早些时候当地新闻宣布一年一度的蝴蝶迁徙季节到来，想来了解背后故事的显然不止比莉一个——游客们蜂拥而至。奥莉芙跟在父母身后，沿着木栈道上上下下，伸着脖子浏览一棵棵树木。偶尔有蝴蝶从头顶鼓翼飞过，在上方阳光的照射下，像是一块橙斑。孩子们的尖叫声和父母的吆喝声嘈杂成一片，全无奥莉芙之前想象的大自然的神庙那般的谦恭肃穆。这会儿她躲开一个女人，跟着又躲开一个，任何老昆虫掠过，她们都会忙着拍照往照片墙（Instagram）上发，她们的孩子则举着黏糊糊的双手扑蝴蝶。奥莉芙十分惊恐，想要大喊：他们难道不知道，如果碰到蝴蝶的翅膀，蝴蝶就会死吗？难道就没人教过他们，不要留下痕迹吗？她环顾着四周满溢出来的垃圾桶，父母们都忙着涂喷雾式防晒霜，她开始担心这是否就是今天这里蝴蝶没有变多的原因。或者是全球变暖和杀虫剂的作用？帝王蝶数量下降得出人意料，可能原因太多；她真的应该叫母亲在花园里种植乳草属植物了。

母亲消失了一阵子，一句话没说就走开了，有时她就喜欢这么做。但当奥莉芙沿着小路往回走时，又听到母亲在叫她的名字。奥莉芙循着她的声音，发现母亲正躺在木栈道一个隐蔽小拐角的地板上。她双手交叠放在小腹上，羊毛卫衣的领子展开像枕头一样铺在脑袋下方。

奥莉芙在母亲身旁阳光晒热的木头上躺下，循着她的手指找到她所指的方向。就在她们正上方，桉树在搏动。原来有数百只帝王蝶紧贴在树枝上，翅膀正随着切分音的节奏鼓动。树叶被它们的重量压得垂下来，在微风中沉重地摇摆。

奥莉芙屏住呼吸，有某种巨大而美丽的东西在她体内发出痛感。

"你说它们为什么来这儿？"比莉轻声问，"世界上有那么多地方可去，但它们选择了这里，这座动物园，每年冬天如此。它们难道不能找个隐秘的地方，找个更清静的地方？还是说你觉得它们就想来这儿，有人的地方？它们生来就想被人注视？"

奥莉芙思考着这些问题："我想是因为露珠的水合作用和防风效果。门口有指示牌。那才是蝴蝶最需要的，而桉树和海雾满足了这些需求。"

比莉一只手拍了拍，仿佛是想将这番解释打断，抛到一边："海岸上有许多其他地方也有桉树，它们可以选择。但它们来了这儿，来到这个地方，无视那么多其他选择。"她沉默一分钟，只看着聚集在她们上方的蝴蝶，它们密密麻麻地贴在桉树叶上，就像藤壶。"那样壮丽。

而其中最糟的是，这里没有一个人真正欣赏他们被允许看到的东西。相反，这样珍贵的事物，他们却不以为意，肆意糟蹋。"

比莉的话语中有一种奇怪而愤怒的调子。奥莉芙扭头去看，她的妈妈紧闭双眼，但即便如此，还是有一滴泪从眼角流下来，一路慢慢滑向她的耳垂。"妈？"奥莉芙担心地说，"我敢确定，这里的蝴蝶很安全。这里是避难所，不是吗？所以会有人守护它们的。"

"我知道。"比莉依然闭着眼，不过她转过头，将脸贴在奥莉芙的头发上歇息片刻，然后才又抬起头看着上方的蝴蝶。奥莉芙听到木板路上传来脚步声，接着她爸爸在她身旁躺下。他伸手越过奥莉芙去够她妈妈的手。他们就那样在那里躺了一会儿，奥莉芙父母的手在她的上方无声地紧扣，仿佛他们正随着蝴蝶翅膀的鼓动和树叶摇摆的频率呼吸。奥莉芙能听到远处有浪涛拍击岩石的声音。

最后，一群学生沿着栈道走来，发出雷鸣般的喧嚣，蝴蝶一齐飞了起来，去寻找更安全的树枝。三人也站起身，比莉用袖子的背面擦干脸，乔纳森给一家人按了张自拍合影，好留给子孙后代（那是他们最后一张全家福，而且拍得不好，比莉的脸拍糊了，因为她不想被拍到；乔纳森因为阳光眯了眼；只有奥莉芙对焦成功），然后他们掉头沿小路朝车子走去。

在开车回家的途中——比莉在副驾驶座上瞌睡得直点头，奥莉芙则在后座上玩苹果手机入了迷——乔纳森想着妻子的眼泪，还有微笑。他以为比莉和他一样，是被那一刻的优美所触动：脆弱的蝴蝶让他们敏感地意识到许多奇迹，比如存在，比如躺在他们之间正在长大的女儿，比如串联在他们身后的过去岁月，比如他们以为依然存在于前方的未来。

1

奥莉芙死去的母亲第一次现身时，她正横穿阳光翼楼前往红杉翼楼，去上第三节英语课。她在一群群女孩中迂回前行，肩上扛着二十六磅[1]重的教科书，校服的蓝裙子顽固地贴在大腿上，奥莉芙突然感觉自己可能会晕倒。一开始，她以为只是因为太热。克莱蒙特预科学校[2]位于一座格局不规则的19世纪的工匠式[3]风格宅邸中，打着"保留原汁原味"的口号，建筑一直疏于照管——想拧开教室门把手只是无用功；窗户无法真正打开，因为上过太多遍漆；奥莉芙经常练完羽毛球后只能洗冷水澡，因为热水器无法满足十二个女生同时剃腿毛的需求——碰到今天这样的雨天，过度工作的火炉会让女生们散发的气味在走廊的热气中氤氲得一片潮湿闷浊。

奥莉芙停住脚，伸手贴上一台展示柜凉沁的玻璃以取得稳定。她

---

[1] 1 磅约为 0.45 千克。

[2] 在美国指为想上大学的学生提供教育的私立预科学校。

[3] 又称工艺美术运动，是 19 世纪 90 年代开始风行于美国的建筑和景观设计风格，多见于旧金山和南加州地区，广泛运用于中产阶级和工人阶级的住宅。

从背包里翻出一瓶水，闭上眼睛，感觉仿佛站在一台唱机转盘的中心，走廊在她四周旋转，令她眩晕。她闻到一股刺鼻的气味，仿佛有什么东西烧着了。

待她再次睁眼，周围环境完全变了。或者说，她仍在克莱蒙特预科学校的大厅——她能感觉到一个个身体摇摆擦过的沉闷声响，雨点连续击打着天窗上的彩绘玻璃——但不知怎的，她同时又身处另外某个完全不同的世界。确切说来，是在一片海滩上。

那里实际上并没有海滩，当然没有，但……它就在那里：阴沉的天空，有卵石的沙滩，海藻猛烈袭击沙丘，深色的波浪看上去饥饿难耐。她几乎能感觉到脚上的匡威鞋在沙子中移动的触感，咸咸的空气沾在她的皮肤上。这个另外的世界似乎以一层薄膜的形式存在，披挂在她的周围：透过海浪，奥莉芙隐约感觉到她的两个高一同学——明和特蕾西——在张贴秋季狂欢节的海报；就在锯齿状的沙丘背后，有一排储物箱；在拍击的海浪中的某处，能看到红杉翼楼的双开大门。仿佛这两个世界同时存在于此，一个叠加在另一个之上，像是醒着做梦。

她眨眨眼。它没有消失。

在牙科诊所，他们给她吸笑气麻醉，那就是她此刻的感受：她的大脑变得迟钝，麻醉感扩散开来，好像有人将运转速度重新设定为半速。时间似乎停止了，或者说，至少变慢了。她感到身体正向后翻倒，装满书的背包在与地心引力的搏斗中失了势。第三节课的铃声响了，是从远处某个地方传来的，听着很模糊。

就在那时，她看见了母亲。

比莉站在几码[1]外，就在大海与沙滩的交会处，海水拍打着她裸露的脚趾。仿佛整个期间她一直站在那里，奥莉芙只是刚刚才意识到她

---

[1]　1 码约为 0.9144 米。

的存在。

母亲的长发松松地披散着，有些地方棕色已经变成银色，像个耀眼的光环，围着她的脸庞飞旋。她穿的是一条纱状的白色连衣裙，风从海上吹来，裙子拍打着她裸露的双腿，裙角被海雾染成了暗色。母亲从来不穿连衣裙的（相反，她青睐实用性的抓绒衣），所以这一幕让奥莉芙感觉有些奇怪（说得就像这里发生的其余事情不怪似的），但她还是认得出来。是她，是妈妈。奥莉芙感觉到这个词从她胸中涌起，填满她的胸腔，完全堵住了她的呼吸，是那样痛苦。

"奥莉芙！"

虽然身影薄得近乎透明，但比莉的声音完全不像幽灵，而是清晰有力，仿佛是在奥莉芙的大脑中说的一般，响亮到足够挡住走廊里女生们轻薄的尖叫声。奥莉芙张开嘴，气喘吁吁地吐出她能说出来的唯一词语："妈妈？"

"奥莉芙，"比莉的声音现在低了些，几乎带着斥责意味，"我想你。你为什么不找？"

"找什么？"她产生幻觉了，不是吗？她不是真的在和死去的妈妈说话。她闭上眼睛，又再次睁开。

妈妈还在那里，看上去像被逗乐了。她微笑着，阳光蚀刻过的脸颊上露出了深深的皱纹，她伸出手，像是想牵奥莉芙。"奥莉芙，"她的声音中有一丝失望，"你还不够努力。"

奥莉芙的胸中有股灼烧感，让她难以呼吸。"我正在尽我最大的努力，妈妈。"奥莉芙小声说着，眼眶里蓄满泪水，但奇怪的是她并不感觉悲伤，丝毫没有。她的感觉几乎……超然物外，就好像她与某个关键问题的答案只隔咫尺，一切都将明晰。

接着她突然明白了她正在等待的答案，它潮水一般，眩晕地淹没了她——妈妈没死。

奥莉芙被这顿悟的力量冲得向前跌去。力量从何而来？她向母亲走近一步，接着又是一步，母亲的身影开始褪色，在她眼前消失。这时她跑了起来，但感觉就像是她正在冲过潮湿的水泥墙。她感到背包从肩头滑落下去，砰的一声落在身后地上。她知道得抓住母亲伸出的手；如果她能想办法抓住那只手，她就能将母亲拽出那层透明的薄膜，回到她身边，回到奥莉芙的世界，回到……

砰的一声重击。她径直撞在墙上。

奥莉芙疼得暂时失明——额头接触石膏墙体的地方很快起了肿块——待她终于恢复视力，母亲已经消失。

世界在她周围坍塌：储物箱发出脏运动服和烂香蕉味，橡胶鞋底踩在打过蜡的橡木地板上的咯吱声，三个围在她身边的一年级学生震惊的面孔，她们靠得那样近，她都能感受到她们吐出的黏糊糊的气体的热量。

"我的天哪，你还好吗？"一个新生说，是个不幸长了满脸粉刺的金发女生，奥莉芙以前从没和她说过话（叫霍莉还是海莉？）。她凑过来，像是想触碰奥莉芙额头上的肿块，奥莉芙退缩了一下。

"我没事，真的谢谢关心，不过没什么大不了的。"奥莉芙歉意地笑着往后退。她看到背包掉在几英尺[1]外的地上，于是侧身去够。明和特蕾西还站在走廊尽头的梯子上，都已停下手中的动作，因为眼前的这一幕而呆住了。她冲她们挥挥手。特蕾西挥手回应，手指还愚蠢地轻轻转了一下；明则只是盯着奥莉芙，厚厚的黑刘海下眉头皱了起来。

与此同时，那三个一年级学生紧随在她身后，还没打算放弃问长问短。"你刚刚直挺挺地撞到墙上了，"海莉或霍莉责问般地说道，"简直像是在乐趣屋游戏里。"

奥莉芙伸手捡起背包，重量拉着她的手往下沉，她将其一甩扔过肩头，然后扯了扯裙子。女生们的出现让她很难思考刚刚顿悟的答案，

---

[1] 1 英尺约为 0.3048 米。

她急切地想要脱身，好把刚刚的一切从头想一遍，弄个明白。"真的没事。"她说。女生们不满足，继续围着她叽叽喳喳。拜托，请让我一个人待着吧，她心想。"只是，"她沉下声音，仿佛是在邀请她们进入一个秘密，"我有点宿醉。你们明白吧？"

"哦哦哦哦哦！"女生们一副恍然大悟的样子低声感叹，没掩饰她们对此并非全然不明就里。不过，奥莉芙也了解不多——她长这么大只宿醉过一次，当时是在娜塔莉家过夜狂欢，她干完了剩余的半瓶圣诞节薄荷甜酒。但在克莱蒙特预科学校就读五年来她学会的一件事是，低年级女生以为，通往更美好生活的秘密总有一天会解开，就像电视游戏打进更高等级，只要她们到驾车或喝酒的年纪，或是能够脱下牙套。她但愿自己能告诉这些女生，事情会变得更简单，但在她的经验里，其实并不会，并不真的会（唯一例外是能自己开车，这事确实很棒）。你只会发现，以后你不得不解决的问题甚至更大、更复杂。

不管怎样，凭借这个小小的谎言，奥莉芙终于能够厘清思绪。她继续朝着红杉翼楼的方向走，知道那些女生正在她身后窃窃私语（她只听到一句：你们知道，就是妈妈死了的那个女生……）。接着上课铃响了，她突然转身冲进院子。

十月的空气很锋利，打在她的脸上湿湿的。她站在屋檐下，雨水溅在匡威鞋的橡胶边上，她试着集中注意力。妈妈没死。她允许自己再次推出这个想法，小心翼翼地，仿佛正在品尝一块非常美味的巧克力蛋糕。暴风雨穿透橡树林，树木都摇颤起来；奥莉芙意识到自己在发抖。

她发现自己想起母亲的那些书。几年前，奥莉芙七年级时，比莉给了她一套书页折了角的路易斯·邓肯的小说，是在一个出售旧货的庭院里买的。"这是我像你这么大时最喜欢的书，"比莉将书放到奥莉芙的桌子上告诉她，"但我父母不许我看这种东西——我爸爸是个布道牧师，他说这是邪书，他想让我读《圣经》——不过我还是会把它们藏在床下面,晚上打手电偷偷读。"她把那些书摆开,翻阅着,脸上露出一丝轻柔的微笑。

"我应该读的是《哈克贝利·费恩历险记》。"奥莉芙当时是这么说的,她心里对这畅销书的封面和断裂的书脊有些疑心。

比莉皱皱鼻子:"那个种族歧视的老故事?我告诉你后面的情节:汤姆找到金矿,寡妇收养了哈克。好了,读这些吧。学校里永远不会给你们布置这种书,其实这种书才最有趣。老天哪,初中太无聊、太憋闷了。别被他们布置的枯燥阅读清单束缚。"

奥莉芙被这番话吓坏了——她的母亲,竟公然这样违抗权威——所以那天晚上,她开始翻阅《邪恶宿舍夜惊魂》的头几页。原来讲的是在一个名叫布莱克伍德的寄宿学校,有通灵体质的孩子们被邪恶的女校长杜雷伊特夫人所奴役,后者利用他们来连通死去的著名艺术家的灵魂。很快奥莉芙就看得入了迷。

> 她在布莱克伍德睡不好。她做梦。她知道自己在做梦,因为早上醒来时,梦的感觉依然悬挂在意识的边缘,但大多数情况下,她都记不得做了什么梦。

我知道那种感觉,当时的奥莉芙曾这样想。她经常醒来时会感到轻微的恐慌,觉得黑夜里发生过什么事情,但她对那毫无掌控能力。她会躺在那里,任由心脏如擂鼓般跳动。这样的感觉把她吓坏了,但又充满敬畏,有某种比她要大的东西存在,某种超出她控制力的东西,她需要理解它,然后才能让万事万物正确归位。

那天晚上,她看完《邪恶宿舍夜惊魂》才入睡,到月底她将其余的书都读完了:一本讲的是一个会灵魂投射术的女孩,一本讲的是一个会读心术的女孩,一本讲的是一个能灵视世界各地的人的女孩。在这些书中,存在着某种能释放一切可能性的东西,某种就发生在眼前的转变。秘密世界在她眼前打开，邀请她进入。如果那都是真的，她会在美妙的战栗中问自己：如果那都是真的，会发生什么？

如果那都是真的，会发生什么？此刻她闭着双眼，站在克莱蒙特预科学校的校园，雨水浸湿了她的鞋子，她却在想着幽灵、灵视和可能性。她的思绪总是落在同一个地方：如果妈妈还活着，活在某个地方，而且她已经来通知过我，我该怎么办？

从理智上讲，考虑到比莉死亡时的情形，事情并非完全超乎常理。

去年，自事故发生之后，奥莉芙就感觉自己仿佛一直处于一种等待的状态。等待比莉走进门，等待她的手机屏幕亮起，闪烁出"妈妈"的字样，等待妈妈招呼她下楼吃晚饭的声音飘到楼上。仿佛妈妈一直就在舞台之下，即将登场，却总是错过了时机。奥莉芙之所以会有这样的感觉，或许是因为在她脑海深处的某个地方——没有人能真正理解——她一直悄悄地知道，妈妈其实并没有离开。

奥莉芙想起母亲伸出的手。"你为什么不找？"突然之间，她所说的话意思变得那样明显：你为什么不找我？

"奥莉芙。"一个声音将她猛地拉回现实。奥莉芙睁开眼，是桑迪亚哥夫人。她是学校的辅导员，正站在奥莉芙面前，矮胖的身体上罩了不知多少层针织衫，她问："你现在不是应该在上赫仑先生的英语课吗？"

"我需要呼吸些新鲜空气，"奥莉芙说，"我正准备进教室呢。"

桑迪亚哥夫人仔细观察奥莉芙的脸："你想去校护士那里看看吗？"她的嘴唇动了几下，棕色眼睛变得柔和起来——奥莉芙在一英里[1]外都能看到，去年她已经见过几千次这种出于好意却让人精疲力竭的担心，说实在的，她经常会觉得，这种担心更多的是因为他们自己，而非她——她伸出手抓住奥莉芙的上臂，"或者你需要聊聊吗，嗯？

---

[1] 1 英里约为 1.6093 千米。

我知道就快到你母亲的周年纪念了……所以现在有情绪化的感觉非常正常。"

感觉。是的，她是有感觉。奥莉芙微笑起来，非常灿烂的微笑，桑迪亚哥夫人的手于是滑了下去，讶异地悬在半空中。"我没事，"她说，"感谢你的关心，桑迪亚哥夫人。不过说真的，我感觉很好。"

确实如此。她感觉棒极了，她拿起背包，双臂抱住它庞大的身躯，用肩膀推开庭院的门。她看一眼大厅里的挂钟——十点过五分——跑了起来，而奔跑的感觉也着实不可思议，轻盈又自由。在她的身后，桑迪亚哥夫人满脸迷惑地看着她，几乎在脑海中记下一笔，要把奥莉芙找回来做个精神评估，可奥莉芙并不在乎。

她的妈妈根本没死。这种想法越来越确定，在心中搏动着，奥莉芙奔跑着穿过红杉翼楼，经过玻璃展示柜，里面显眼地摆放着她为科学展览制作的模型，是一台风力涡轮机；经过她自己的储物柜，闻到隐隐有干掉的薰衣草香囊的味道，是她放在里面的，因为那味道能让她想起母亲的洗发香波；经过行政办公室，她在那里度过了不知多少时间，同桑迪亚哥夫人一起，忠实地填写"悲伤练习题"，那东西根本没让她好受起来。但现在——她感觉棒极了。

你为什么不来找我？你还不够努力。现在她意识到了，她被召唤了。是母亲的召唤。而母亲应该一年前就去世了。召唤——去哪里？去做什么？这根本说不通，但不知怎的，一切看起来又是那样清晰。她想起许多年前在书里读过的那句话——"梦的感觉依然悬挂在意识的边缘"——有史以来第一次，她认为她知道自己一直梦到的是什么。

等转身在座位上落座时——她将身前桌上的书翻到《等待戈多》的页面，赫仑先生站在教室前面，用一根手指轻轻敲敲苹果手表的表盘——奥莉芙确信了。她的母亲依然活着，就在某个地方，奥莉芙需要更加努力，要努力得多得多，去找到她。

我与比莉·弗拉纳根的生活

乔纳森·弗拉纳根　著

不久前我读到一篇文章，一位心理学家宣称，他在自己的研究室中，让两名陌生人坠入爱河，所需要的全部条件就是三十六个探索性问题和凝视对方的双眼四分钟。医生写道，这个方法对任何两个有成为伴侣潜力的人都可能奏效。"爱"正如他已经证明的那样，并非高深莫测的谜题——不是什么神秘的化学吸引、个性兼容、对牧童诗或俄罗斯歌剧的共同爱好所酿造的产物，也无关天命、运气或命运——只是一件很简单的事情，只需要敞开心扉。找两个相互都有建立关系意愿的人，说服他们坦白内心最深处的想法，很快，一段真爱就开启了。

我内心有一部分——左脑务实的部分，再加上新闻学院以及新闻出版业近二十年的工作经验的打磨——赞同医生的逻辑。地球上有七十亿人，你并非只能拥有一份真爱，取而代之的是，在寻找相互关系的过程中，你会拥有许多潜在的关系。但另一部分的我——爱一个女人，成年后一生只想爱一个女人的那部分——认为这个"爱情测试"想法的临床试验色彩太浓。听着就像关在笼子里的老鼠，要学着按对正确的组合键，才能获得食物小球，那样是不对的。

因为我与比莉立刻建立关系的过程有些梦幻色彩。我们第一次见面，是一个下着大雨的夜晚，她冲开晚高峰的 J 教堂线有轨电车紧闭的车门，扑通一声坐在最后一个空位上，身上水花四溅，那个座位刚好在我旁边。她就像一只风筝，穿越风雨来到我身边。

她朝我转过身，有水滴从她脸颊淌落，她说了句什么，我没听清，因为随身听里碎南瓜乐队的歌曲正在我耳边轰炸。后来，比莉告诉我，她只是在谈论天气，但是在我忙乱地摘下耳机之际，我敢发誓她说的是"你在这儿啊"。就好像她一直都知道我们会在那里，在那辆拥挤的市政电车上，找到彼此。飘浮在我耳畔的令人怀念的旋律、她皮肤散发出的水汽——这个光芒耀眼的女孩留着童话精灵般的发型，笑着拧干淋湿的衣服中的水分，我为什么要和她争吵呢？她不知用了什么方法，吸走了车厢里所有光芒，将它们都集中到了自己身上。

所以我就重复了她的话语，并为此激动不已——"我在这儿"——她微笑作为回应，整个脸庞都被喜悦照亮。无须询问她"最宝贵的记忆"（问题 17）或陈述"三条关于'我们'的事实"（问题 25），我知道我们一起的生活已经开始。

六周后，我们订了婚。回想起那几周的时光，我对它们的记忆，可能就像瘾君子记忆中的一次狂欢聚会：一片眼花缭乱、模糊不清，时间似乎消失了，只剩下感情毁灭后的一次阵痛，接着我模模糊糊地意识到，我正在一座悬崖上跳舞。

比莉是漂亮的，她的脸是你在旧电影中看过的那种让人过目不忘的类型——就像一幅黑白的线稿作品，苍白的皮肤、黑色的眼眸、下巴像精灵、颧骨上有雀斑——她还是一位有抱负的艺术家，这当然让我激动不已。她比我年长四岁，拥有一种令我向往的烟火气息。不过比莉身上我最爱的部分，还是她拥有快乐的能力，她能够无所畏惧地放纵。当然，我喜欢独立摇滚，也经常喝得大醉——可在那时候，旧金山谁不这样？——不过比莉带我尝试了摇头丸，在默塞湖裸泳，夜里骑着租来的小摩托兜风，拍照。我从来猜不到和她在一起会发生什么：她打破了我的平衡。

在电车上邂逅比莉之前，我已在旧金山初等技术期刊圈小有名气，圈子并不大。作为《解码》杂志初级编辑，在市场南街区的屋顶派对上，我会拉起兜帽遮挡雾气，懒散地坐在那里，发布些"除非所有信息都能自由传播，否则就没有真正的自由"和"数字革命的真正民主拼写的是传统动力学的末日"之类的公告。当我坐在电脑前，写下这些东西然后出版，会有成百上千人阅读，这样就算是以某种方法将它们变成了现实。新千年到来时我二十六岁，整个世界都在变，而我处于最前沿。

然而，在周围发生的所有激动人心的事情中，只有比莉真真正正地夺走了我的呼吸。在那之前，我的职业生涯一直都是在书写世界的模样，但她切切实实地存在于那个世界，生活在其中：她的童年饱受虐待，虔信宗教的父母专横残暴；高中时代末期，她辍了学，同毒贩男友在太平洋沿岸西北部地区流浪了一阵子，她称那段日子是她失落的岁月。她在田德隆区的小公寓中摆满了环游世界搜集来的古董，有印度的纱丽、巴厘岛的雕塑、土耳其陶器。她甚至还有累累的伤痕，情感和身体上都是，来证明她活得多么认真。她眉毛和鼻子上模糊的孔洞是过去穿孔留下的，小腿上模糊不清的图案是文身后悔后用激光清洗留下的。谈及童年，她的目光总会飘向远处。

认识六周后，比莉在一个午夜带我前往卡斯特罗区上方一座隐秘的岩石山峰野餐，她保证那里的风景"极好"。我们坐在那里，竖起衣领阻挡寒风，拿着瓶子喝便宜的基安蒂葡萄酒，远望络绎不绝的汽车尾灯形成的光流在下方城市涌动。

"看看那里所有的人，"我记得当时她说，"像蝗虫。吃吃喝喝，买东西，操持各自的事务，脑子里却没有更大的想法。只知道到处翻刨开路，从没想过自己对地球做了些什么。"她冲着下面一辆快速开出市场街的黄色悍马竖起一根手指，扣动看不见的扳机。

我喜欢这些：正义的行动家，激动地坚持己见。"当然，不过反过来想想，每一天人们都有一个全新的机会，来决定到底是该彼此毁灭，还是构建一个更好的世界。但你知道吗？大多数情况下，我们都选择了后者。"

她笑了。"你真的相信你那套宣传口号？"她说着转过身仔细观察我的脸，"说真的，你好乐观。我爱你这一点。我说不清，你到底是房间里最聪明的人，还是最天真的。我希望我们都能在你的世界里生活。"她伸出一只手，钻进我连帽衫的口袋，冰冷的手掌滑进我手中。她的声音变粗了："我猜我见过你没见过的东西。它们让我悲观。成长过程中，父母一直告诉我，我会下地狱，然后是和西德尼在一起的那些年，他带我去了一些不好的地方……它们会改变你，知道吗？那以后你再也无法相信人。"

我握着她的手掌为她取暖。我的童年也很痛苦——姐姐珍妮死在我面前，是在游泳池出了事，当时我八岁——但充满了爱。比莉的看法却不一样。在一起时，我感觉这方面存在严重的不平衡，仿佛我需要将生活赐予我的丰足让渡一些过去。当她静静地躺在我的怀中，我能感受到她搏动的心跳，仿佛她坚硬的躯壳下有某种东西折断了。我知道她受过那些不够爱她的人的伤害，这让我心痛。我该怎么修复呢？

"你相信我对吗？"我问。

她转身看着我。"是啊。"她若有所思地回答。

"那我们结婚吧。"我听到自己说。

她惊讶地看着我，仿佛这才是突然之间第一次看见我。"你疯了，我们才刚认识。"她摇着头说，但我看到了她眼中突然迸发出的火光，她也在暗自开心。

确实很疯狂。但我感觉在比莉身上找到了我缺失的那一部分自我，她大胆的生活补全了我故作聪明的虚张声势。如果这就是爱情的滋味——一种令人眩晕的膨胀感，掺杂着毫无经验的脆弱，感觉像是终于有个人懂得了我心灵的质地——我知道如果不抓住它，我会追悔万分。

"我是真心的，"我说，"我爱你。我想让你快乐。让我来照顾你。"

她笑着紧紧抓住我的手，那么紧，我都疼起来了。"我想从十几岁开始，我就一直在自己照顾自己。"

"每个人都需要有人照顾，"我回答说，"无论他们知道与否。"

她良久地看着我。"你说得对。"她凑过身来，用力吻我，"好的，就这么办吧。我爱你。我们结婚吧。"

于是我们就照做了，两个几乎算是陌生的人一起跳下了悬崖。十六年里，我尽最大努力保守那个诺言：小心照看她，做她的避风港。我们一起打造了一个美满的生活，养育了一个心爱的小孩，建造了一个漂亮的家园，到了这个时候，我一定是忘了保持警觉。

因为最后，我根本没能保证她的安全。

2

克莱蒙特预科学校的妈妈们绕着圈子，在乔纳森周围轻快地走动，就像一群捕食性鸟类，身穿露露柠檬瑜伽服和男友款牛仔裤，马尾辫发箍解开了，好让头发散开来衬在脸庞周围，肩膀朝后推，好将胸膛挺到母乳喂养之前的高度。她们流利地谈论着补习课程时间安排、房产价格以及高级滑雪旅行，离站在停车场的乔纳森只有几英尺远，她们的身体弯曲的角度就像是一份希望他加入交谈的邀请。

他抿着咖啡，靠在他的普锐斯车门上，假装没看见。过去的八个月里，他已经习惯了这一幕，他是接孩子的家长中唯一的单亲爸爸。不过他依然不能十分确定，该怎么应对她们的关注，就像去年冬天比莉过世后，他不能十分确定，该怎么处理一大堆妈妈们烹饪的烤宽面条和曲奇饼。他不清楚自己是否成了好奇、怜悯或渴望（或许对有些人来说是三者兼具）的对象，所以大部分时间，他都保持礼貌的微笑，一直研究手机，仿佛有重要邮件待回（实际并没有）。每呼吸一次，都想着太快了，太快了，太快了。

他不是一定要过来，成为她们的关注对象的——有公交车和合乘汽车，奥莉芙完全有能力自己回家——但是到学校接奥莉芙放学已经成为一天中他最爱的活动。他永远不会觉得比莉的死亡中有好的方面，但是如果说从去年开始还有任何积极的事情发生，那就是这件事：现在他有时间，多到用不完的时间，可以用在奥莉芙身上。只要奥莉芙真的想和他一同度过。真是个酸涩的讽刺，他想到，女儿人生的头十五年——这些年里奥莉芙想要亲亲抱抱，想吃冻酸奶，想无休无止地玩金罗美纸牌游戏——他每周工作七十个小时；现在他辞了工作，习惯了松散（还有，承认吧，还有些孤单）的日程，全职撰写回忆录，他的女儿却明显丧失了与他做伴的兴趣。回家后不出几分钟，她就会回她的卧室；任何不用做家庭作业的自由时间，她都与最好的朋友娜塔莉一起度过。

但至少他们拥有这个：每天在车里共处的二十分钟。如果他能说服她回家路上到奶酪拼盘比萨店去一趟，那就是四十五分钟。

一个身材苗条、肤色浅黑的人朝乔纳森走了过来，是卡特里娜，奥莉芙的朋友特蕾西的母亲。她是个房产中介，最近刚离了婚，喜欢穿透明得吓人的衬衫。"嘿，你好啊，"她伸出一只胳膊，环住他，挤了一下他腰线上裤腰所在的容易痒痒的地方，"你最近都去哪儿了？"

"我其实一直都在这儿，"他指指运动鞋下的沥青路，"每天都来。"

卡特里娜将嘴唇噘成正圆形，表示赞成："我听说你在写一本关于比莉的书，怎么回事？回忆录什么的吗？"

"是的。"他说。她盯着他，等待着，直到他意识到自己应该详细解释："是去年在她的追悼会上发言时想到的，也许你还记得，当时我讲了和她在旧金山 J 教堂线电车上邂逅的情景。"有人给那次发言拍了个视频，上传到脸书上，它开始像病毒一样扩散，浏览量达到了五十万。一开始他没有发现这件事——视频不是他本人上传的（追悼会共有四百人参加，他至今都不知道是谁传的），况且比莉过世后的那几个月，他心力交瘁，根本无暇关注脸书——直到一位经纪人打电话找到他，建议他将发言内容写成一本书。"可以写一本关于你和这位现代超级妈妈偶像的婚姻的回忆录，写写悲剧如何撕碎了你们的爱，"经纪人杰夫·弗利尔斯告诉他，"就像《爱情故事》的现代重述版，但是真事。"

一开始，他被这个想法吓到了。他已经对媒体疯狂报道他妻子的逝世感到厌倦，觉得这种做法无异于一种不正当牟利，像是将比莉兜售给了一群对惨剧故事不知餍足的陌生人。此外，他们的婚姻也不是什么完美的田园诗般的浪漫故事；事情时有磕绊，就和任何婚姻一样。但随着时间的流逝，当地新闻迅速转向其他人的不幸，作为鳏夫的现实生活慢慢展开，写书的想法逐渐变得没那么讨人厌了。事实上，这样做似乎能一下解决许多问题。他终于有理由辞掉《解码》杂志那份吞噬掉他所有精力的工作，比莉以前就经常鼓励他辞职，这样就可以有更多时间陪女儿。相较于每晚喝波本威士忌麻木自己，他所有的痛苦也将有一个可行的出口。而且，那本书最终是写给奥莉芙的，献给她独一无二的母亲，那又有什么坏处呢？为什么不为她的母亲涂画一张充满慈爱的肖像，供她永远珍视呢？

这是一个充满风险的举动，抛弃一生的稳定；却是比莉可能会支持的。他给那位经纪人回电："好的，我答应。"到了二月，他就清空了在《解码》杂志社的办公桌，开始了全职写作的生活。

"哦！我记得你的发言！听得我都流泪了。"卡特里娜吸口气说，"你在写一本关于比莉的书，真好。如果你想听，我可以分享一些我了解的她的故事，她是个多么非凡的人啊，多么鼓舞人心啊。"她抬起双手伸向眼睛，仿佛感觉到自己即将落泪。但乔纳森隐隐想起，早在比莉去世的几年前，卡特里娜和她就没有来往了。"天哪，这一年你一定过得很艰难。"

艰难。这个词并不足以形容他的体验，一时之间，他感觉距离面前这个女人有几百万英里远，无法理解她怎么会选这么一个无足轻重、平淡的词。学习说汉语很难。赢得普利策奖很难。因为一次说不清楚的无心之举永失一生之爱，每晚都听到女儿哭着入睡，想着妻子的骨骼是否仍在某条未知的峡谷底部腐烂——这些用艰难形容远远不够。那简直是该死的世界末日。

"我们还活着。"他说。

卡特里娜凑近些，他都能看清她睫毛上涂的睫毛膏起鳞片了。"时间会治愈所有伤痛。"他认真地点点头，仿佛是第一次听到这句令人愤怒的陈词滥调。"听我说，你和奥莉芙下周末过来同特蕾西和我一起吃晚饭吧？我敢肯定，你俩一定有好一阵子没吃过家常菜了。"

情况完全不是这样：他已经证明，自己是个还过得去的厨师，而且他们的冰箱里总是塞满了比莉最好的朋友哈莫尼送来的食物，她刚好是专业宴会承办人。"你肯邀请我们真是太好心了。我看看我的日程再答复你。"他说着不由自主地拧了拧依然戴在手上的铂金婚戒。他侧身从她身边挤开，走向学校台阶，仿佛在等待放学铃响。

不过这个选择被证明是个错误，因为副校长吉莱斯皮出现在了学校门口。她站在台阶顶部，沉着地观察下方聚集的家长。她像电线杆一般瘦、鹰一样强硬，身穿花呢绒西装裙套装和高跟鞋。乔纳森快速后退，但为时已晚，她看见他了。

"乔纳森！"她的声音有点过于嘹亮，他感觉得出其他家长都转过身，看着她走下楼梯朝他走来，"有时间吗？"

他夸张地抬起手臂，本能地做出看腕表的姿态，不过显然很滑稽，因为他既没有手表，在放学铃响起、奥莉芙出来之前他也没有任何地方可去。那动作没能阻止吉莱斯皮的靠近，他便试图转移注意力。"奥莉芙有什么问题吗？"他向逐渐靠拢的她发问。

"奥莉芙？不，她还是平时的样子，充满阳光。"吉莱斯皮说，"不过你说过，这周会把支票寄到我办公室，可……"她让控诉就停留在那里。

"啊，对。是这样，钱还抽不出来。"他做了个苦脸，想要表达他的沮丧，因为一些强大的力量出其不意地拖延了他的资金到账，"您能不能再给我一点时间？"

吉莱斯皮的眉毛皱到了一起，鸟一般的脸庞突然充满真挚："听我说，乔纳森。我真心觉得，你要是在这学年开始前跟我说这些就好了，那样我们就可以把你列入一个延迟付款计划。但是学费缴纳期限已经过去三个月，所有能为你做的让步我都已经做了。这个问题我们可以春季学年再谈，但现在……"

"再给我几周时间，"他说，"我看看能不能挪点钱出来。"

这么说是在撒谎，因为眼下并没有挪得出来的钱，更何况一共需要两万六千七百二十美元；在遥远的未来的某个时间，只有一系列变动的法定截止日期和约定的支票即将到来。私立学校的学费从来都不是完全无痛的，不过从前有《解码》杂志高级编辑的工资，再加上妻子也会贡献兼职收入，疼痛级别较低，充其量只是牙痛或轻微疝气的程度。现在疼痛的层级更像是不使用任何麻醉手段就来摘除你的脾脏。

近来每当夜里焦虑来袭，他就开始思考，这个问题最合理的解决方案，是否就是干脆让奥莉芙离开私立学校，去念伯克利高中。反正比莉以前也没坚持过进私校；这是毕业于斯坦福大学的乔纳森自己奋力争取的结果，是他最后说服了比莉，奥莉芙如果去念庞大的公立学校，会得不到重视。那或许是个错误，但现在五年过去了，奥莉芙已经彻彻底底地成了克莱蒙特女孩。她已经失去那么多了，他怎么可能将念私校的权利也夺走呢？克莱蒙特就是奥莉芙整个生命啊。

不过，眼前就有一个解决方法。如果他能再耐心一点——更确切地说，如果他能说服吉莱斯皮要有耐心——问题就能解决。与此同时，他们又能怎么办呢？真要把这个刚刚没了妈妈的女孩赶出去吗？

幸运的是，这时候放学铃响了，克莱蒙特的女孩们开始走出学校大门；一群身穿背带裙和蓝色格子呢校服的孩子冲了过来。家长们急忙转移注意力，停下说了一半的话题，在充满青春气息的人群中寻找自己的孩子。

奥莉芙是最后走出校门的那批学生之一，一如往常，她一副愕然的样子，仿佛蹚水走到亮光中，手机已经拿在手中。乔纳森冲她招手——一根手指来回挥舞，傻兮兮的——她环顾四周，看看有没有人关注，然后才偷偷摸摸地举起一只手回应。

"还好吧，小毛茛？"看到她走过来，他招呼道。

她转了转眼珠："别说怪话好吗，爸爸？"

他带着女儿往停车的地方走。她给校服搭了一双条纹长裤袜，还加了一件曾经属于比莉的连帽衫。因为疲累，她苍白的脸色显得有些发青。那肤色继承自她的母亲，宽宽的眼距和发色也是，不过其余部分，包括宽眉毛和方下巴则继承自乔纳森。她算不上传统意义上的漂亮，和她的母亲不同——比莉精巧纤瘦，奥莉芙则圆润，像是发起来的面团；奥莉芙和她优雅健美的母亲不同，骨子里有一种笨拙感——但是她的脸上有某种东西，某种温柔坦率的气质，让人想要多看一眼。

他看到她额头上有个包，就在她左眉毛上方的正中。

"这是怎么回事？"他指着说。

奥莉芙伸手摸了一下。"撞到墙了。"她说着露出一个试探的微笑，在他看来，用这种方式回应头上的伤显得很奇怪。

乔纳森凑近观察，肿块边缘正在变青、变紫。"看着就疼。发生这种事，学校护士难道不应该给家里打电话吗？"

"就是肿了而已，爸，又不是有伤口。"

"那也应该打啊！需要给你弄个冰袋吗？还是泰勒诺·凯蒂猫创可贴？"

奥莉芙做了个鬼脸："药用大麻？"

"我想你应该没事。"乔纳森说。两人钻进普锐斯，车子启动，开进等候出停车场的长长的队伍。

"大麻的功效应该比非处方止痛片好，爸。"她说，乔纳森无法分辨她是不是在开玩笑，"因为，你知道，毕竟是有机植物。"

"别让我担心你。"他调侃道。其实他没有担心，至少不担心这类事。但有时他倒是希望自己不得不担心。当然了，她偷着喝几瓶啤酒，去派对狂欢，并不是多么糟糕的事情；别再忧心那些大问题，心稍稍放宽一点？奥莉芙不是没有朋友——她当然有娜塔莉——但当奥莉芙房间的灯凌晨一点钟还亮着时，乔纳森知道，她是因为读小说而堵了鼻子，或者正坐在笔记本电脑前，因为网上读来的新恐怖故事而烦恼，不是因为在色拉布（Snapchat）上闲聊。

她对男孩子也还没有表现出明显的兴趣；是，她在一个全是女生的学校念书，接触不到太多男性，不过他还是担心。他在想，她是不是将自己的那一部分对他隐藏起来了，或者这只是普通中学生活的另一个方面，已被她母亲的逝世带走了。她是不是过于伤心，没有精力开始第一次恋爱。

车子在惬意的沉默之中驶过伯克利的大街小巷，经过自行车行、印度餐厅、售卖实用鞋子的精品店。上午的风暴已经结束，但乌云依然不吉利地笼罩在头顶；道路湿滑，水洼里泛着油渍。离家还有几个街区时，奥莉芙说话了。"爸，我在想，"她说，"既然现在我已经拿到驾照，也许能让我自己开车上学？"

"啊，你不喜欢我接你放学吗？"

"我很开心你喜欢来接我，爸。"她说着冲他露出一个甜蜜的微笑。天哪，他的女儿，竟然像对待一个敏感过头的孩子那样安慰他。这事是从什么时候开始的？

他皱起眉头："你是想用这种方式告诉我，我让你感到窒息吗？"

她看着窗外："只不过这样更合理。你知道吗，妈妈的车就那样停在那里，实在是浪费宝贵的资源。再说，这样你也能有更多的时间写作。"

"好啊，如果那样能让你开心的话。"他虽然这么说，心却无声无息地碎开了。他不明白；就他所知，比莉一直接奥莉芙放学，而她从不会拒绝。是他有什么问题吗，还是说人到了十六岁不可避免地要与家人疏远？他试过就这个话题与她进行更深入的探讨，但每次只要他开启任何超出基本对话内容的话题——你想看什么电影？你们的环保小队会议什么时候结束？你喜欢薯条配那个吃吗？——都会遭遇失败。他似乎撞了墙。以前和她相处没这么难的；他以前总是觉得，他们关系很好，尽管在吸引奥莉芙的注意力上，比莉总会让他黯然失色。可现在呢，无论他做什么，似乎都无法填补比莉留下的空缺。他不确定，是因为她母亲的幽灵仍然挡在中间，还是因为他心怀愧疚，在育儿方面犯了自己从未意识到的罪过。

"会的，谢谢理解。"她凝视着一家新开的素食咖啡馆，窗口有两个留着乡巴佬胡子、戴货车帽的潮人正在吃米饭。她脸上有种哀愁的神色。乔纳森减速进入他们住的社区，经过一排工匠式房屋，红杉木瓦片被雨水淋得膨胀了，花园一团杂乱，土质肥沃。

乔纳森将车停在房前，看见门廊阴暗的角落里有两个南瓜，紧紧偎依在一起取暖，是他一周前从杂货店里买回来的，想着可以和奥莉芙一起切开，但是那晚她一直在娜塔莉家待到很晚，南瓜就那样被遗忘了；于是它们现在就坐在门廊上，没有任何装饰，任由雨水拍打。看到它们，他突然想起妻子坐在厨房餐桌边的样子，桌面铺着报纸，妻子的脸上挂着南瓜肉，正拿着镂刻板和一支针管记号笔。以前他们家的南瓜灯总是街区里最好的——一脸迷茫的猫头鹰、发冷光的蜘蛛网、装饰有点彩画的骷髅，都是比莉设计，乔纳森和奥莉芙（用他们显然很蹩脚的技术）雕刻——至少能维持到第三天，那时候这些精美的南瓜灯才会生出霉菌，在前门廊上腐烂成一团黏稠物。相比清扫，比莉更喜欢制作。

"那是哈莫尼吗？"两人正从车后座上取背包、夹克和湿透的雨伞时，奥莉芙突然说。

是哈莫尼的起亚车，正从相反的方向开过来，时间卡得刚刚好。她转弯停车，拎着两个帆布包走下来，笑着将包高高举起。"昨晚承办酒席的赏金，"她从街对面喊道，"希望你们喜欢这些小宝贝，因为我已经有很多了。"

"只要是宝贝，不管大小我都喜欢，"乔纳森回应，"半宝石我也要，如果要给我的话。"

"她说的是沙拉，爸，"奥莉芙低声说，"小的长叶莴苣什么的。"

"我知道，"他说，"哈哈。"

不过哈莫尼仰头笑了起来，仿佛这是她听过的最好笑的笑话。妻子的这位老朋友就是最能体现"丰盛"一词含义的女性中的一员：她性感精致，总是忙得微微出汗，就像维米尔画作中的挤奶女工；一头金发松松地扎成辫子，搭在脸庞周围。她横穿街道朝他们走来，做主厨时穿的邓肯牌木屐踩在柏油路面上发出咔嗒咔嗒的声响。

她给了乔纳森的脸颊一个湿吻，一把抱住奥莉芙，不过奥莉芙很快就挣脱了，沿着小路跑进家门。哈莫尼挑起眉毛转身面对乔纳森耸耸肩。

"抱歉，"他说，"她有点小情绪。"

"嗯，情有可原。就快到一周年了吧？"他点点头，哈莫尼凑近来，眯起蓝色的大眼睛，"你呢？还扛得住吗？"

"你知道的，有时候感觉包围奥莉芙和我的雾气终于就要消散了，好像我们已经在返回正轨的路上了。然后我坐下来写书，接下来，你知道的，我把波本威士忌喝了个底朝天，脸上挂着鼻涕。"他停下来，喉咙里有些哽咽。

哈莫尼因为动情脸庞皱了起来，眼睛起了雾气，不过她什么也没说。他已经学会欣赏她的这种品质：她拒绝表露自己的情绪，以免掩盖他的悲伤。"有一种警惕悲伤的冥想疗法，我觉得很管用，如果你需要，我可以分享给你。你知道，如果你想谈谈，打个电话就能找到我。"

"我已经为你的号码设置速拨键了。"一年来其余人都消失了——好心的熟人们都丧失了兴趣，朋友们也突然要忙着处理自己生活中的琐事——哈莫尼是少数几个真正留下来的人之一。比莉死后，乔纳森才第一次真切地体会到亲戚家人缺席的滋味。他父母的身体都不好，还隔着大半个国家，比莉的父母很早以前就疏远了；两人唯一能称得上手足的人——乔纳森的姐姐珍妮——又早在几十年前就去世了。于是哈莫尼就走了进来，接管了原本应该由父母或手足做的工作：比莉一开始在山上失踪时，是她帮忙照看房子，阻挡电视新闻采访；乔纳森因为伤心无法处理、主持追悼会时，也是她帮忙筹办的。

在这些事上，他欠她一份情；此外每次似乎在他最需要时，她都能不可思议地出现，带来一杯咖啡，或从农贸市场上买来的一箱子食物。和哈莫尼在一起，他能自由自在地做自己，因为她感同身受，她也失去了比莉。如果说他无止境地谈论比莉的行为把哈莫尼给逼疯了——不知疲倦地在自己的悲伤中打转，述说他对奥莉芙的担忧，称他生命中的这个缺失感觉更像是在周围砌了一堵墙，他必须学习导航——那她也一次都不曾表露出来。

"周一一起吃晚饭？"她问，"我给你们做饭。"

"好极了。"他说，这时他牛仔裤口袋里的手机突然响了起来。他掏出来看见来电提醒显示的是简·布尔施的名字。"抱歉，我得接个电话，是我的律师。"

哈莫尼扬起眉头。"祝好运。"她轻声说。他看着她慢慢穿过街道走向她的汽车，看着她走路时臀部扭动的样子。他转过身，突然间不自在起来。

接通电话后，简的声音传了出来，泛着一层乐观的亮闪闪的光泽。

"好消息！我们有进展了！确定十一月二日开庭。不到三周了，所以可以确定，这一切在假期到来之前就会结束。"

乔纳森慢慢走向房门，将这些话记在心里。门前小路上有湿透的蠕虫正在死去，遭了之前暴雨的难。一阵风吹过，悬铃木摇摇晃晃，细细的水花喷洒在他的上衣肩头。

"十一月二日。"简重复一遍。他看见一个母亲推着婴儿车走过，孩子的脸上有水，正透过一层塑料雨披不安地往外张望。"难以相信整整一年后才等到进展。"

"我们算幸运了，拖更久也是有可能的。你必须摆脱'失踪，据信已死亡'这类案例的折磨，因为你的情况和一般人不一样。"

"失踪，据信已死亡。"这句话快把他逼疯了，因为它坚持要在原本并无疑点的地方插入怀疑。事实很简单：比莉独自一人背着行李，沿着荒凉旷野的太平洋山脊小径徒步，再也没有下山。没人能确定究竟发生了什么，但是官方的裁定是，比莉可能离开了主路（这非常符合比莉的个性），掉下峡谷受伤了，无法徒步走出。或许是遭了野兽的袭击，或者迷了路，饥渴而死。

哪怕是现在，一年过去了，想到妻子煎熬了多久才死去这个问题，乔纳森还是会倍感折磨。如果她躺在那里好几天该怎么办？就躺在黄松树下的某个地方，受了伤，孤立无援，听到搜救直升机从头顶飞过，却没有力气呼救——有人会找到她，无论她在哪里，赶在一切都太迟之前——她的希望逐渐丧失。想到这其中的恐惧，他就夜不能寐。最后一滴水，最后一点格兰诺拉燕麦条的残渣也吃完了，她渐渐意识到，死亡正在靠近。接着只剩下她的呼吸声逐渐减弱，还有鼠兔奔窜的声音，黄腹旱獭横过花岗岩山坡。想到这些他就受不了，于是取而代之，他开始祈祷，死亡是一瞬间发生的：她坠落折断了脖颈，从而不必这样孤零零地死去。

比莉徒步未归的头一两天，乔纳森还侥幸希望，她也许只是决定自己多待一阵子。她已经计划好了一切，这种可能性完全存在。她以前就经常想要独处，完全随心所欲，叫人难以预料。他还记得有一次，好多年前的事了，她消失了一个周末，没有一句解释，乔纳森只得向奥莉芙解释，妈妈累了，自己一个人度假去了。"我只是需要些喘息的空间。"比莉回来后这样说道，仿佛这就解释了一切；他还耐心地指出，空间是好的，但不沟通就不好了。也许她忘了那次教训。

可是日子一天天过去，她的食物和水应该早就消耗一空了。与此同时，比莉的斯巴鲁车仍旧停在步道起点，信用卡没有动静，网络公司也追踪不到任何手机活动的信号。覆盖全部地面的当地电视和网络新闻报道也没能找到任何见过她的人，只有两个背包客曾在步道上与她短暂交谈。一周后，一个志愿搜救者在金字塔峰附近一道陡峭的小瀑布下寸草不生的岩石底部发现了比莉粉碎的手机，那里距离太平洋山脊小径有十四英里远。即便到那时，乔纳森依然相信，她可能还存活在附近的某处，靠坚果和浆果活了下来。

但是她没有。当局搜寻了九天宣告放弃；这九天里，乔纳森和奥莉芙坐在公园总部一间毫无特色的冰冷的房间里，虽然心里知道比莉已经失踪了很久，但依然紧紧攥着一丝小小的希望不放手。他睡在三张折叠椅上，盖着粗糙的羊毛毯，用泡沫塑料杯喝加了奶精粉泡的咖啡；因为一直紧握奥莉芙的肩膀，他的手臂都麻木了。最后那晚下雪了，第二天一早，公园领班管理员走进来，将一盒甜甜圈递给奥莉芙，仿佛糖能起到缓冲作用一般。那个饱经风霜的男人说"我们要停止搜索了"，乔纳森看到女儿的脸塌了下来。片刻之后，他明白过来，喉咙里仿佛有只拳头在搅，噎得他说不出话来。

一两个月的时间里，他继续紧抓其他救命稻草，包括她有可能遭到诱拐这种可怕的想法。但十二月中旬，比莉的徒步鞋被发现半沉在一条河床上，这种幻想也破灭了。当局向他解释，她不可能被人从如此之深的旷野中光脚拖走，却没有任何人看见（他们说，更有可能的情况是，她因为受伤脱了鞋，之后鞋子被水冲到了下游）。另一个可能性——她在某处遭到谋杀——太过骇人，他甚至不敢细想。

这期间没有人可供依靠，没有任何事情可供他埋首逃避或哭诉。或许那正是乔纳森此刻开始撰写比莉的原因所在，是他继续紧抓着她留下的东西、能证明她存在过的东西不放的原因所在。抽屉里的运动内衣仍旧散发着她用过的芳香剂的淡淡气息；她的跑鞋还放在前门廊上，鞋底的泥巴干裂了；床上她睡的那一侧还放着塔娜·法兰奇[1]的推理小说，里面还夹着书签，仿佛她还有机会弄清楚结局似的。或许他应该将妻子的所有物品都整理清楚，但他承受不了那样的行为。

比莉遗体的缺失所造成的情感、法律和财务上的混乱，乔纳森直到现在都没处理清楚。法庭拒绝出具死亡证明，除非通过"认真搜寻或调查"，"证明"她确实死了。乔纳森没想到一份死亡证明会那么重要，但事实就是如此。一整年的工夫，他感觉自己都处在一种前途未卜的状态，等待某个神秘力量来通知他确实应该悲伤。倒不是说一份死亡证明就能让比莉已然离去的事实变得更为真实或虚假，而是他难以打消这种希望，即一纸文书或许能赋予他某种一直躲避不敢承认的尘埃落定的感觉。

此外还有一个令人烦恼的事实，缺少死亡证明还意味着没有遗嘱验证，这使得税务问题彻底陷入一团糟，还（更让人苦恼的是）阻挠了人寿保险公司支付保险金——后者涉及的款项总计将近二十五万美元。老实说，这么大一笔钱眼下确实能帮他大忙。他忧心忡忡，精疲力竭。尽管经纪人最终卖掉了《山与天空相接的地方：我与比莉·弗拉纳根的生活》的版权，预付版税已经相当惊人——比他在《解码》杂志工作十八年后的年薪还多——但他没想到的是，这笔钱将会在三年时间里以少得令人绝望的数量分批支付。去年秋天他收到的首付款还不到劳动节就消失得无影无踪。

---

[1]　塔娜·法兰奇（1973—　），爱尔兰小说家，处女作《神秘森林》于 2007 年出版。

让局面更加恶化的是，比莉的追悼会刚过去不久他就发现，他们的财务状况糟得惊人。比莉一直是家里的会计，但不知何故，她没有提醒他，家里的储蓄账户即将耗尽。或许他不该对此感到惊讶——湾区生活早已变得极其昂贵，他们的工资却并没以相同速度增加。此外，过去几个月里，他已经缓慢而痛苦地提取了401K计划[1]账户中的养老金，以便负担房贷和健康保险的保费；凡是被视为不那么紧急的事项（比如学费）都要靠边站。

但是他们终于就要走到结局了。这么多个月以来的会面、采证和宣誓就要结束了，经过这次庭审，他们将彻底"证明"比莉已死，并拿到一纸死亡证明书。"证明"，他和朋友马库斯嘲笑过这个词——"我像是被困在一个卡夫卡小说式的困境中"——但在他最绝望的时刻，这其中的残酷性让他想要大声尖叫。这实在是对时间、金钱和情感能量的一种毫无意义的吞噬，偏偏赶在他一点点余货都匀不出来的时刻。

"那么，庭审日之前，我们只有最后一个难关要过，"简在电话的那一头说，"我们需要在几家全国性报纸上发布启事，告诉比莉我们正在寻找她。"

他用脚踢着门廊上湿透的落叶，将它们聚成一堆，晚点再去收拾。"我跟你确认一下，我理解得没错吧——我们要在报纸上发布启事，给一个死去的女人阅读？"

"尽量别去深究。"简说。

他自顾自地笑了起来："就算比莉还活着，她也不可能读分类广告。报纸分类广告？现在还有这玩意儿？法庭系统中就没有人听说过克雷格列表[2]吗？"

---

[1] 美国根据税法第401条K项条款建立的由雇员、雇主共同缴费的完全基金式的养老保险制度。

[2] 一家分类广告网站。

简的声音中带有歉意："你要是想的话，可以去查一下。法规12406款b项第一条，认真寻找和调查。里面确切指出要在报纸上发布。不管怎样——你要在广告里询问是否有人知道她的下落。大致朝着这个方向写——"她停顿一下，"如果有任何关于比莉，全名西比拉·弗拉纳根——她婚前姓什么来着？"

"色雷斯。不过她从来不用，她跟父母很疏远，高中以后就没和他们说过话。"

"好了，行，不管怎样，我们都要把她的名字登上去，总要应付情况。然后就写'请联系'，附上警察的电话。你知道吗？我来帮你写，根本就不用你劳神。"

他抬起头，看见一位停车执法警员将车停在他的普锐斯后，正在开罚单；他忘了街道的这一头今天是扫除日。他拼命招手，但那警员不予理会，将罚单夹在他的雨刷下，驾车远去。他真的匀不出七十块的罚金。光是与简的谈话每小时就要花掉他五百美元，还没算上请她登广告所耗费时间的报酬。

"你还在听吗？"简问。

"在。"他说，"这样，我可以自己写分类广告。你只管告诉我，需要我做什么。"

屋子里静悄悄的，一片黑暗。他们的房子——和这一片大多数一样——是伯克利工匠式风格的一幢木瓦房，木料上满是裂痕，光线昏暗，充满了建造年代的细节，不过通风性能一直都很好。雨已经下了整整一周，暖气超时运转，密闭的室内闻着有湿毛巾和烧焦的灰尘的味道。乔纳森拧开一盏灯，细细的LED灯管的光芒照亮了入口和起居室。凯茨比，奥莉芙最近收养的流浪猫——被咬掉了一只耳朵的暴脾气的三色猫——冲了过来，发现是乔纳森后，转过身去，一副不感兴趣的样子。

前门口丢着一堆衣服，猫毛像风滚草一样沿着走廊飘移；一股垃圾的酸臭味，得拿去丢掉了。比莉不是个细心的主妇——她各种家务都会拖延一段时间；表面看着整洁，但是只要挪几样东西，你就会发现一层灰，脏衣服就堆在小房间的地上——可是现在管事的是乔纳森，情况实际上每况愈下。家务事永远也做不完，他的妻子是怎样设法维持的呢？她以前总能让人看不见这些，她从来都不抱怨，这令他惊叹。倒不是说他从没洗过衣服和碗碟，或擦地板，相反他尽了最大努力。但他从来都没真正明白，所有事物仿佛都是凭借魔力出现的——冰箱里塞满的食物、度假计划、医生的预约、沙发上的新衬垫、奥莉芙的校服——直到这一切都需要他亲自处理。

他腾挪着穿过房间，收拾好最显眼的乱摊子，如往常一样停下来张望后阳台上显眼位置摆放的画架。比莉最后那幅尚未完工的画还放在上面，是一幅风景画，内容是某处的海景，天空是铅笔素描，调色盘里的蓝颜料干结成一个硬壳。前面的凳子还维持着"就这样"的姿态，接住了最后几抹阳光。有时候乔纳森在尚未完全喝醉时，会跌跌撞撞地走出去，打量那幅画作，惊讶于那其中所呈现出的可怜的象征意义。

他走进厨房，将装沙拉的袋子放在条案上，然后打开冰箱，寻找有没有东西能配着吃。他在保鲜储藏格里找到一个稍稍有些蔫儿的西葫芦，仔细看了看，接满一罐水开火烧。

奥莉芙跟在他身后进了厨房，她走到一盘熟透了的香蕉面前皱起眉头。"你真得去杂货店一趟了，爸，"她说，"都没吃的了。"

"还有点宝贝沙拉，"他说，"量其实很大。"

"厕纸也没了。除非你觉得这样是有环保意识的体现。不管怎样，想法很棒，但很恶心。"她抓起一根香蕉，往门口走去。

他试着找出一些话题，阻止她离开。"我刚从律师那儿得到最新消息。"他脱口而出。

她停下脚步转过身，剥了一半的香蕉从手中无力地垂下来。"抱歉，你说什么？"

"律师，"他说，"说庭审日终于到了，十一月初。"

奥莉芙的脸上浮出一副好奇的神色，一边思考这话，一边皱起了眉头。"结束后……"奥莉芙慢慢地说，"妈妈就正式死亡了？不过，从法律意义上来说，截至目前，她还没死？"

"是这意思。"

"我明白了。"

他停止切西葫芦的动作，抬头看向奥莉芙："你为这个难过吗？我们是不是该就此事多聊一会儿？"

奥莉芙靠在厨房条案上，将上面的一堆邮件扒开，大部分都是运动用品目录，广告商还不知道比莉已经用不上超轻型连帽衫、速干紧身弹力裤和有内衬的戈尔克斯防水面料徒步长裤。她伸出一只手，小心翼翼地摸索额头上的包："爸，你还记得你有一次告诉我，对记者来说，保持开放心态和客观的重要性吗？"

"啊，不记得了，不过这话说得对。"他注意到女儿的嘴角快速闪过一丝奇怪的微笑，一种不好的预感像蜘蛛一样爬上他的后颈。有事情正在发生。"说来我听听。"

"我觉得妈妈没死。"奥莉芙脱口而出，接着，读出乔纳森脸上的困惑和沮丧，她继续急匆匆地说，"听我说，我知道说这些听起来很疯，但我看见她了。"

有片刻的时间，乔纳森胸腔里似乎有某种东西被抓紧了：这可能吗？接着他穿过厨房，轻轻拉起奥莉芙的手握住。她的手平放在他的手掌上，又小又柔弱，令人心碎。"奥莉芙，我也一直看她。每当我在街上碰到一个和她留一样发型的人，我都回不过神来。走路像她的女人，或是穿一样徒步鞋的，或是体形和她类似的，每一次，都会有片刻时间，我被说服那真的就是她，但从来都不是。"

奥莉芙试图抽回手："不，爸爸，我不是那个意思。听着，我看见她了，但准确来说，不是看见她真人，更像是一种……幻视？爸爸，别那样看着我。我说的是真的好吗？我今早和妈妈谈了很多，就今天早上。她出现在沙滩上，穿一条长裙……"

乔纳森将她的手抓得更紧。这算怎么回事？他听到远处某个地方响起火灾警报，或者也有可能只是他自己开始颤抖的警报声。"我不明白，你今天去海滩了？"

"不，爸爸。"她挣扎着抽回手，"我在学校，突然感觉很怪，接着……很难用语言描述。不过说白了就是当我抬起头时，我发现自己在一片海滩上，妈妈和我在一起，她拉着我的手，想让我去找她。"

"去找她。"乔纳森轻声重复，试图消化这句话。

奥莉芙的脸光芒闪烁，一片粉红色。她凑近了，仿佛想要分享一个秘密，有棕色的发丝从马尾辫中松散开来。"是的！明白吗？她还活着。她现在还活着。"

乔纳森感觉有摇摇欲坠的建筑正在他周围坍塌，他好不容易才得到的一点点恢复，此刻正像沙子堆砌的城堡一样消融。正在发生什么？这是母亲的死所造成的迟来的情绪后果吗？他该带奥莉芙去看心理医生吗？或者，老天哪——如果是脑瘤怎么办？他沉默了一分钟，试图找出最合理的回应。"亲爱的，"他轻声说，"我知道希望很难放弃。我也花了很久很久才接受她已离去的事实，我们再也找不到她了。你的经历，听起来像是某种幻觉——"

她打断他的话："爸爸，你说过你会保持客观。"

"我很客观，但我们也应该保持理性。我是说，你在谈论的是超自然现象，奥莉芙。这事——"他不确定该怎么结束这番话，取而代之的是，他试图抓住之前追随的逻辑片段，"前段时间《纽约客》上发表了一篇文章，我想是奥利弗·萨克斯写的——关于悲伤所导致的幻觉，我可以找找看……"

奥莉芙摇摇头："爸爸，我和她交谈过。"

她脸上的表情，就像一根针头扎在他心上。"感觉你是和她谈过话，不过更合理的解释是，是你潜意识的作用。你知道，周年忌日就快到了，而且因为法律上的古怪规定和手续，你可能会感觉有些情绪化。我知道我也是，大脑会跟你耍花招。"他说。

"我的大脑没有耍花招，清晰得不可思议。"奥莉芙说着靠在橱柜上，脸颊泛出亮红色的光芒，不过出于某种原因，阻止乔纳森的是她声音中沉着的确定性；仿佛他的女儿已经不可触及，成了某个奇怪的新创宗教的效忠侍僧。"听着，爸爸，打开你的思维好吗？她还活着，这是有可能的对吗？他们根本没找着她的尸体，所以他们才不肯出具死亡证明！他们认为她还有可能活着。"

"那只是标准法律程序的规定。"他的胃里一阵酸苦，好几种互相冲突的情绪不和谐地冲撞在一起，"任何没有尸体的案子，他们都会那么处理，因为程序规定。这并不是说，还有人相信她仍然存活在某处。没人相信。"

"我相信。"奥莉芙将一只手掌搭在胸膛正中，"爸爸，她让我去找她。"

乔纳森突然感到愤怒。"打住，奥莉芙。这不健康。你的母亲已经走了，死了。"他厉声说道，接着才阻止自己。他立刻感到后悔，伸出一只手去抓太阳穴上的头发，太艰难了，他的眼眶湿润了。"听着，我很抱歉——"他说。

但是为时已晚，奥莉芙已经关闭心扉。"我不该和你说这些的。"她对着地面小声说。

"不，我很高兴你肯说，"乔纳森实际上一点也不觉得高兴，"我正想思考你所说的话。"

"天哪，爸爸，你难道不明白吗？"奥莉芙举起双手，"问题不在于说什么，而在于做什么。我想做些实在的，就这一次。你难道不能打开心灵吗？就这一次。妈妈可能试着找过你。"

"嘿——"他想开口但又停了下来。但是奥莉芙已经冲出房间，步伐僵硬，失去平衡。乔纳森低头看着面前切了一半的西葫芦，意识到自己切到大拇指了。指甲旁边的伤口渗出鲜血，他将手指伸进嘴里吮吸，铜锈味让他反胃。他想着奥莉芙说的话——"她出现在沙滩上，穿一条长裙"——一阵熟悉的记忆涌出：他的婚礼，十七年前，一次匆忙召集的庆祝会，几个茫然的朋友，他不知所措的父母，感觉格格不入。他们是在大苏尔城外一片海滩上结的婚，是个雾蒙蒙的日子，冰冷梦幻。接待处有几杯香槟，比莉还拉着他一起冲进大海。她的婚纱拖在水里，他的皮便鞋里灌满沙子。他还记得那种超然物外的感觉，那样开心，根本不在乎海水冰冷，不在乎燕尾服的押金拿不回来了，不在乎任何事情，只感觉到比莉湿漉漉的手紧紧拉着他，仿佛就因为他，她才没有漂起来。

比莉以前很喜欢去海边：海风吹过柏树，雾气中的盐分刺痛双眼，肆虐的海浪抓刨着崖壁。他以前经常觉得，她内心潜藏着某种与海相关的东西，某种狂热的、深不可测的东西。

该死的比莉，他想着，你竟然留我一个人对付这个麻烦多多的青春期女孩。我一个人要怎么办？

3

阳光终于突破下午的云层，照亮了伯克利公共图书馆的大广场，温暖读者，或是令他们目眩。阅览室高耸的玻璃墙比两层楼还高，已将图书馆变成温室，烘得读者们纷纷卸下秋装，卫衣、帽子、夹克无力地堆在桌面、椅子和低处的书架上。

奥莉芙坐在桌子的一头，往一个螺旋装订的笔记本上列清单，桌子的另一头，一个流浪汉在翻一本斯蒂芬·金的小说；隔着五把椅子，奥莉芙都能闻到他没洗的头发的味道、干掉的汗味，还有隐隐约约的排泄物的味道。她对他心怀歉意，希望能把午餐剩下的三明治给他，可是她已经丢进垃圾桶了。等等——她这样想是不是很专横？或许人家根本就不饿。或许他需要的是别的东西：冲个澡、一份工作、更好的医疗保健。或者也许是他自己选择了这样的生活，她的假设只不过是出于布尔乔亚特权的论断；上周她在《赫芬顿邮报》上读到这样一个观点。

那人像是能读懂她的想法似的，抬起头发现了她的目光。她于是露出一个微笑，不过那人只是用水汪汪的眼睛看着她。奥莉芙低下头，用小而整洁的字迹继续写：

1) 如果妈妈确实还活着，而且

2) 她没有打电话告诉我们她还活着

3) 那么她一定是

她迟疑一分钟，接着迅速写道：

a. 有麻烦

b. 失忆了

c. 被困在某个没有电话和网络的地方（还在荒凉旷野？）

d. 生我们的气

她再次停下，思考最后一条。如果妈妈生她的气，为什么还会叫她去找呢？"奥莉芙，我想你"，妈妈说过的不是吗？是的，奥莉芙划掉"我们"这个词，换成：

d. 生爸爸的气

她就这一条展开思考。她记得父亲以前经常抱起妈妈，将她拉到自己的膝头。妈妈就像一只猫咪那样蜷在那里，爸爸会将鼻子贴在妈妈的头发上，就那样停着不动，仿佛是想将她吸入体内。真奇怪啊，中年人不该有那样的举动；不过在内心深处，奥莉芙喜欢那样。

可是他们已经有好几年没那么做了。相反，爸爸越来越将时间耗在工作上，妈妈总会出门跑马拉松、沿海岸骑自行车，或是去山里徒步，整个周末都自己度过，或是和朋友丽塔待在一起。去年，她有时听见父母在吵架，他们用嘶哑的声音小声争论，有卧室门的阻挡，听不清是因为什么。

这些事让人难过，但并不像会造成危机。也许奥莉芙错失了某些关键因素呢。会不会他们之间发生了很糟糕的事，这才导致妈妈想要离家出走？

这样的思考——有关原因和解决方法——让她头疼起来。于是，她给笔记本翻页，继续书写：

妈妈可能会在的地方：

a. 一个海滩上

这时她又停了下来。还不如写"在地球上"，加利福尼亚有八百四十英里长的海岸线。她看到的那片可能是斯廷森海滩，严格说来，那是离奥莉芙家最近的海滩；也可能是蒙特雷半岛上随便一片海滩，他们最常去的海滩就在那里。可能是任何一个：佩斯卡德罗、门多西诺、穆恩斯通、瓜拉拉、马里布，谁知道呢？

而且这种假设还要建立在妈妈仍在加利福尼亚的基础上。

她试着回想那片海滩的更多细节——某种让她挂记的东西、某种熟悉的东西——但是到这一刻，她的幻视已经过去整整二十九个小时，还能记得的主要是一系列朦胧的印象、一丝热得发烫的希望、一些妈妈脸上的表情，还有她妈妈留下的信息：你必须更加努力。这些已经像磐石一样，盘踞在她心中。她无法摆脱这种感觉，无论有多么难以置信。她不能理解的是：哪怕妈妈还活着的可能性只有一丝，爸爸怎么能袖手旁观呢？

可说具体些，那种东西又是什么呢？她无法拟出行动方案，更不用说触及确切来说昨天发生的事。如果说那是某种幻视，那么这意味着还会发生吗？更具体些，会带来更清晰的信息？有没有可能由她本人来启动，而非被动地等待召唤？

她将笔记本推到一边，转而去看刚从后面一个编号为"133.9

M817-1 '灵性/通灵学'"的灰尘扑扑的架子上找出来的一堆书:《通灵学怀疑论者指南》《现实边缘:意识在物质世界的作用》《连接:幻想中见到挚爱的人》《心灵的前沿:探索灵魂的进化》。这些书看起来都合情合理,除了最后一本,这是一本黄色平装书,封面上是一片梦幻的日落风景,字体俗气,看起来有些过头。她将那本书放在最下面,抄起那本《通灵学怀疑论者指南》,翻开前言开始阅读。

你可体验过无法解释的现象?是否有某种东西让你质疑现实的本质?你可见过、知道或了解某种不可知的事物,某种让你自问"我是不是有超能力"的东西?

我有超能力吗?她开始思考这种可能性。她以前总是觉得自己平平无奇。在班上,她既不是最漂亮的,也不是最聪明、最大胆的;既不是天生的领袖,也不是强壮的运动健将。仿佛她内心深处是个巨大的空洞,什么也没有。她喜欢沉浸在母亲失落年代的故事之中——在那个年代,青春期的比莉离家出走,在太平洋海岸西北部流浪,然后游历世界,与艺术家、无政府主义者、毒贩子混在一起。她感觉自己一定在某些方面让母亲失望。"不管怎样,你不会想经历我做过的事。"比莉会突然中断讲述,但不知为什么,奥莉芙知道她想表达的其实是相反的意思。

倒是妈妈已经不再那么离经叛道;她完全是一副恪守常规的模样,穿拉链卫衣,扎着郊区妈妈常见的马尾辫,给克莱蒙特女孩募款委员会的参会者送鼠尾草籽松饼,为网上宠物商店设计徽标。但在高一学年结束时,奥莉芙将最新的成绩单拿给母亲,她盯着看了很久,仿佛不明白一般。接着她用小手指尖将那张纸推开,凑过来在奥莉芙耳边私语:"任何人都能遵守规矩,找到你自己想做的。别总是按照别人的想法行事。记住:你有权成为你想成为的任何角色。别担心旁人怎么想……因为你是特别的,奥莉芙。不过你得是自愿尝试。"

那是什么意思?奥莉芙之前就思考过。但她还是不明白:她想成为什么人?那又怎么会出人意料?她有时候会感觉到强烈的冲动,但都过于模糊,转瞬即逝,无法落实为行动。此外还有什么呢?好吧,她是个女权主义者……克莱蒙特所有学生都是。她喜欢在本该学习的时候读小说,不过这也算不上出人意料或特别。她救的那些流浪动物?她试过将那当成她的事业,还去了一家当地的动物收容所当志愿者,结果却不欢而散:她受不了每次过去却发现前一周抱过的小狗已经被处死。于是她辞了职。

现在回想起来,感觉她一生中所做过的最有意思的事,就是在学校建立环保小组。是的,她对她们所取得的成就非常自豪,碳足迹减少项目、植树,等等。可就算是那些,似乎也远远算不上什么,跟母亲年轻时代的壮举——把自己绑在树上,躺在推土机前面——相比,那些实在是不值一提。母亲去世后的这一年,奥莉芙强烈地感受到自己的无用:不过是几十亿人之中微不足道的一个。

但是成为灵媒——这事倒是值得重视。不可思议,疯狂又特别。

为什么不呢?她想着,我为什么就不能呢?也许这才是我应该做的。

她看完那本《通灵学怀疑论者指南》剩下的部分——基本是在论证支持灵异现象的存在——然后放到一边,开始寻找更为有用的建议。她拿起那本《连接》,是一本厚厚的精装本,荧光色的粗体标题让她想起好市多超市成堆售卖的自学书籍。

希腊祭司,或称灵媒,能通过凝望镜子而前往遥远的地方,进入一种催眠状态。奥莉芙读道:这种技术实际上能让你随时拜访挚爱之人的灵魂。这种古老的凝望镜子的方法已被证实,可连接起自然和超自然领域,可供任何有耐心、守规则的人训练他们的思维。

这本书似乎更有用。《连接》建议奥莉芙节食二十四小时,然后在黄昏时分坐在一间昏暗的房间的镜子前,试着召唤妈妈的灵魂。应该在放松的时刻凝望镜子,这样有利于过渡到一种不同的意识状态。将挚爱之人的照片和私物放在周边,以便将它们烙印在你的脑海中。当手指开始感到刺痛时,你就知道自己已经进入一个不同的意识状态。

感觉有点蠢,从一本书中获取通灵的指导——和昨天无意识发生的让人欣喜的遭遇完全相反——但除此之外,她还有什么选择呢?奥莉芙闭上眼睛,非常努力地将注意力集中在指尖,想看看是否有效。阳光的投影已经转移方位,她能感觉得出,光线正在温暖她的脸庞,眼睑后面正在燃烧,一片粉红。

片刻之后,她能感受到血液飞快地流经大拇指血管的节奏,但她还是没看见母亲;不像昨天那样。取而代之的是,一段记忆划过她的眼皮:在一场冬季的暴风雨中,妈妈站在后院,浑身湿透了,她仰头朝天,紧闭双眼。她转过身,看见奥莉芙正在后门廊上看她,于是大声呼唤,声音盖过了雷声,钻过雨帘:"出来,就是点儿水而已。"母亲的皮肤冻得通红,拼命地朝奥莉芙挥手,而她则在一种令人震惊的激动之中,走进瓢泼大雨,走到母亲的身边。

"奥莉芙?"

她睁开眼睛,看见是娜塔莉站在阅读桌的对面,怀里抱着一堆社会学的书。奥莉芙脉搏加快。

"嘿。"她小声回应。

过去的一年里,奥莉芙的许多朋友仿佛都……逐渐疏远了。不是说她以前就能在人气竞赛中获胜,但她的社交圈确实还挺大,交往的大多是环保小组中的女孩,像明和特蕾西,她们也会为植树造林和水力压裂技术感到激动。接着一下子她就成了"在一场悲剧事故中失去了妈妈的可怜的奥莉芙",这是一个高深莫测的新身份,朋友们不知道往后该怎么与她相处。她刻意试着不去谈论这事,以免惹得别人不快——哦,我很好,你们呢?人们问起时,她会立即回答——但问题就在那里，悲剧的枷锁就扼在她的脖子上，人们可能会担心，如果靠得太近，就不得不帮她一起承担。现在明、特蕾西和其他女孩会和她保持一段安全的距离，她们会在 Instagram 上贴标签提醒她，或者邀请她参加团队社会活动，甚至和她坐在一起吃午饭，但从不给她打电话，或者一对一地和她见面，从不做会让她们想起，你知道，死亡这件事的举动。她其实也不能责怪她们。

不过没关系，因为她有娜塔莉，那就是她所需要的全部。娜塔莉有一头深色头发，整个人看着很慵懒、可爱，是让你想抱着碰鼻子的那种，像小狗那样；不过她也有急脾气，为人风趣又不拘小节，这也是奥莉芙总想和她腻在一起的原因。她是学校辩论社团的冠军，可能还将成为班上致告别辞的学生代表。这样的成就让奥莉芙觉得惊讶，娜塔莉却似乎根本不在意。"只要能去国土的另一边念大学，远离父母我就心满意足。"她曾经这么告诉奥莉芙。

娜塔莉的爸爸是位律师，说话总是用单音节词；她妈妈也是律师，喜欢大吼大叫。显然，两人尚未签署离婚协议的唯一原因，就是在等待娜塔莉高中毕业。她家里很富裕，和奥莉芙同校的许多孩子一样。不是说富得住别墅——伯克利不是这样——而是会去法国度假，开德国车，住的房子里所有物品都是从斯堪的纳维亚半岛进口的新鲜玩意儿。

娜塔莉今天只系着一条发带，卷发自然地披散着，也没系平时在学校要系的领带（是一条又粗又短的桃色领带；克莱蒙特的女孩们都恨死了那条领带，就像一条松垂的阴茎，不男不女的），只让它松垮地搭在脖子两侧。她的运动西装翻领上别了许多女权主义运动的别针（"端庄淑女无法创造历史"），此刻揉成一团挂在背包的带子上，几乎就要掉下来。

娜塔莉重重地坐在她对面的椅子上，瞄一眼桌子另一头那个流浪汉。她冲奥莉芙抽了抽鼻子，然后小心地伸出一只手捂住，以遮盖那气味。"怎么了？你还好吗？"娜塔莉的声音在图书室里显得分外刺耳，旁边桌子坐的一个女人转身冲她们发出嘘声。

"还好，怎么……"奥莉芙小心地低头看一眼自己面前的那堆书，它们的封面就像一幅明晃晃的广告，昭示着她在和超自然现象的书鬼混。

"你坐在这里闭着眼睛，看着像是在做临床试验。"娜塔莉注意到桌子上的书，她凑近将书转个圈好看清书名，"什么情况，奥莉芙？《探索灵魂的进化》？哪个老师给你布置的这些书？特恩布尔吗？看着可比我的社会学书单有意思多了。"

奥莉芙拉回那本书，脸颊一阵燥热："不是作业。"

娜塔莉笑了。"那你是灵媒还是怎么了？"她抬起头，看着奥莉芙的表情，"哦。啊！你认真的吗？你开玩笑吧？怎么想起来看这些？"

她迟疑了大概一分钟，也可能只是几秒钟。接着她压低声音说："如果我告诉你，我昨天和我妈说过话，你会觉得我发疯了吗？"

娜塔莉盯着她看了许久；奥莉芙相信自己犯了错，她即将成为克莱蒙特预科学校的社交贱民，比现在还要糟糕——疯了！这时候娜塔莉凑过身来。"你知道吗？我祖母以前经常发誓说她跟死去的祖父说话了。"她激动地小声说，"她说半夜里醒来，听到祖父在旁边打鼾。有时候，我去她家玩，我发誓当我们不在房间时，有些东西会自己移动。一些小东西，比如勺子和邮件。"

娜塔莉看着她，棕色的大眼睛一眨也不眨，她笑着，仿佛刚刚送了奥莉芙一样礼物。奥莉芙充满感激，压抑住抓住娜塔莉的手、紧紧握住她柔软的手指的冲动，她降低声音："昨天我在去教室的路上看见了我妈妈，就在阳光翼楼的中间。"

娜塔莉的眉毛扬起半英寸[1]："你看见她的鬼魂了？"

---

[1] 1 英寸约为 2.54 厘米。

奥莉芙凑过去："问题是——我十分确定，我妈妈不是鬼魂。"她感觉得出，自己再次因为这一时刻的狂喜而神魂颠倒，"她跟我说的话真的非常清晰——她告诉我她想我，说我应该去找她。"奥莉芙指指那本《通灵学怀疑论者指南》的封面，"娜塔莉——我想她还活着。"

娜塔莉的领带已经从脖子上溜下，在桌子上绕成一盘，被遗忘了。"活着，好的。"她的脸上快速闪过某种表情——某种松散而悲伤的情绪，像是怜悯——但很快就过去了。她直起身子，抬头看看图书室的天花板，仿佛被那上面的什么东西吸引了。"哇哦，太精彩了。"

"你信我？"

娜塔莉的目光重新低下来，扫过奥莉芙的脸庞，掂量着。她坐在那里，用指尖慢慢地将《连接》那本书转过去。"他们一直没找着你妈妈的遗体对吧？"她似乎在做决定，嘴巴中发出一个奇怪的声音，像是喘气，又像是在笑，"那难道不是很惊人吗？哦，奥莉芙！你看见她了？你真的和她说话了？"

奥莉芙点点头，一时说不出话来。

娜塔莉皱着鼻子："可是——如果她还活着，那她在哪儿呢？"

"是的，"奥莉芙说，"那正是我要弄清楚的。还有，我们为什么去年一年都没收到她的消息？"

娜塔莉又靠到椅背上，心不在焉地拉扯发梢。"或许她在徒步时被人诱拐了，"她说着注意到奥莉芙脸上的悲痛表情，"或者只是失忆？"

奥莉芙低头看一眼笔记本："我列了这种可能性，但听着像是俗气的肥皂剧情节。"

"短暂性全脑遗忘症，就是这个名字。"娜塔莉猛地一扯头发，将其丢在那里，思考着，她的声音变得更加坚定，"我们在心理学课，谈论过，记得吧？头部受伤时是可能发生的。有超过一分钟的时间，你什么也不记得。就像老电影里的情节。"

奥莉芙试着想象妈妈丧失心智，跌跌撞撞地在无人发现的情况下走出荒凉旷野。这依然是她最希望看到的结局。"可如果她失去了记忆，她怎么会知道要联系我？"她疑惑道。

娜塔莉耸耸肩："也许是下意识的。你在她的潜意识中轻轻地敲门？类似心灵感应纽带？我不知道。"

奥莉芙喜欢这种说法，有一条看不见的纽带连着她和母亲。"我愿意相信这种说法。但有个大问题，我该怎么找到她？"

"你觉得她还在山上的森林里，靠雨水和浆果活了下来？"

奥莉芙想象着这些，她依然记得去年从网上下载的荒凉旷野的照片，里面的细节栩栩如生。她有一个文件夹，里面都是徒步者拍摄的照片以及自然摄影作品，她仔细研究，想象着妈妈可能会在那片巨大的禁区之中的某处。她试着定位他们找到母亲遗落的徒步鞋的那条峡谷的确切位置，那只鞋半沉在河床上。"过去这么久了，现在应该有人找到她了，或者她自己找到路走出来了对吧？不管怎样，我看到她在一片海滩上。"她思考着，"不过我认不出是哪片海滩。可能是太平洋沿岸的，根据海水判断。"

娜塔莉将手放在桌子上，开始思考这个问题，身体逐渐僵硬："她最喜欢的海滩是哪儿？我记得读过，失忆的人会被潜意识吸引，前往对他们有重要意义的地方。你可以从那里找起，带上她的照片，四处打听打听，也许有人见过她。"

她思考着这个办法："我不知道我妈妈最喜欢哪里的海滩。她去的地方很多。"

"也许可以问问你爸爸？"

奥莉芙摇摇头："我试过告诉他，说我见着妈妈了。他却告诉我，那只是幻觉。"

娜塔莉背包里的手机开始鸣叫，她转转眼珠。好几个人转身看着她们，娜塔莉摆出一副"怎么了，在看我吗"的无辜表情回应，然后站起身，将领带缠在手腕上。"是我妈，她在外面的车里等我。"她停下来看着奥莉芙，"你没问题吧？这些事你不害怕吧？"

奥莉芙点点头站起来。"没事。"她说的是真的，有娜塔莉站在对面，她感觉这一切越发合理，"我只是希望能知道该怎么办。"

"我能帮忙，只管告诉我方法。"娜塔莉说着突然俯身探过桌子抱住奥莉芙。她们就那样静止了一分钟，木桌因为她们大腿的重量而有些不稳，她们伸出双臂，笨拙地抱着对方的脖颈。奥莉芙感觉到娜塔莉温热的气息吐在她的皮肤上，激起了一层鸡皮疙瘩。

娜塔莉先抽回身。"如果想到什么，记得发信息给我好吗？"她咂咂嘴往门口走去，怀里还抱着一堆书。

奥莉芙看一眼手机上的时间。桌子那头的流浪汉已经睡着了，脑袋枕在折叠的双臂上，口水在书页上汪成一团。她摸到背包底部的格兰诺拉燕麦条，推过去放在男人发黄的指甲旁边，然后开始收拾东西。

到家后，奥莉芙在书桌边坐了很久，不解地盯着德语家庭作业，脑子里大部分时间却在想她的妈妈。凯茨比在她膝盖上发出咕噜咕噜的声音，而在她头顶上，吉兹莫——去年春天她在花园里发现的一只独腿长尾鹦鹉——激烈地拨着鸟笼中的铃铛，想嘲讽那只猫。楼下，父亲在厨房里弄出咚咚的声响，很可能是想对妈妈的死做出些弥补，做一些没有必要的精致晚餐。

她知道父亲想让她陪着做饭；无论何时她走进厨房，他脸上都是一副奇怪的渴望的神情，让她觉得自己是世界上最糟糕的女儿。不过她一直都不知道，还能和他说些什么；仿佛房间里有一个妈妈形状的旋涡，吞噬了所有的空气。此外，他在她身边也不自在，不像妈妈，他总是太过用力；他想要的太多。他会说愚蠢的笑话，就为了逗她笑，或许是因为她笑了，他才能安慰自己，她其实没那么伤心。但她确实是很伤心。她感觉每次张口都会令他失望，所以还是待在楼上房间比较轻松，希望他能找到让自己开心的方法。

她茫然地盯着家庭作业，无法集中精力。才刚过六点，外面就已经一片漆黑，云层遮挡了所有光芒；她试着往外面的街上看，但看到的只有自己的影子。一张乏味的脸，让人毫无记忆点，就像速食燕麦粥，身体从脖子到大腿是一条直线，看不出腰线的痕迹。她知道不该这么在乎自己不漂亮，不像母亲——还有许多更重要的事值得担心，比如埃博拉病毒、海水的酸性水平——但是她控制不住。

她转身看着那首应该背下来的赖内·马利亚·里尔克的诗：

Lass dir Alles geschehn: Schönheit und Schrecken.

Man muss nur gehn: Kein Gefühl ist das fernste.

Lass dich von mir nicht trennen.

"奥莉芙。"她听见爸爸的声音从楼梯传了上来。膝头的凯茨比发出咝咝的叫声，背上的毛倒竖起来。它的爪子刺穿了她的运动裤，她尖叫着跳起来。这时她突然感到无比眩晕，不得不抓住椅子的扶手重新坐下，仿佛身下的房子已经翻倒，让她失去了平衡，她就要飞离地球表面。又闻到那种奇怪的味道——什么东西烧焦的味道——她回头看向窗户想确定自己的方位，却似乎看到窗玻璃上的影子里，母亲出现在她身后——时间刚够感慨一句"天哪"。

比莉就站在奥莉芙椅子后面几英尺的地方，她看上去就和昨天一样——同样的发型、同样的长裙、同样困惑的表情。奥莉芙一动也不动地坐着，兴奋中又有些想要呕吐，担心如果转过身去看母亲是否真的站在身后，这一刻就会过去。于是她就凝望着母亲在窗玻璃上的身影，比莉凹着手掌托住手肘，头发夹在耳朵后面，白裙子下方透出大腿肌肉结实的线条，这些熟悉的地方看得她呆住了。

这是真的，她开心地想。直到现在她才意识到，之前她曾隐隐担心这一切都是自己想象出来的。她凝望着母亲，等待她开口说话。

但是比莉什么也没说。她微笑着，一只手撑在髋部，扬起一边的眉头。她们看着彼此，时间变得拥有了弹性，拉长又收缩。奥莉芙试着寻找能帮忙定位母亲精确位置的细节——母亲还站在一片沙滩上吗？是她认得的沙滩吗？——但影子太模糊了，看不真切。不过她能感觉出那是一个巨大开阔的空间，夜空中有星星闪耀，多到难以置信。

"所以，你能不这么傻看着，挪挪屁股站起来吗？"比莉突然问，声音非常响亮，吓得她一下跳了起来，"你一直坐在那儿，世界与你擦肩而过。"

"抱歉，妈妈，"奥莉芙说，"你得帮我。你在哪儿？"

但比莉不耐烦地摇摇头，仿佛在等奥莉芙自己发现。她脑袋周围的空气似乎在舞蹈，一阵轻柔的风，小小的翅膀拍打着穿过黑暗，是飞蛾吗？

"告诉我吧——"奥莉芙更加急切地说。这时父亲推门走进她的卧室，在这让人迷惑的时刻，感觉他们三人都在这个房间里，就和过去一样。这稍纵即逝的时刻，是奥莉芙一整年来感觉最快乐的时候。

"爸，你看。"奥莉芙跳起来脱口喊道，但是她刚完全转过身，就发现背后根本没有人。只有父亲，一只手拿着一只微波炉手套，另一只手拿着一小张方形的纸。她转身回望窗户，但已经看不见母亲。相反，她看见前院那棵光秃秃的橡树在风中摇曳，枯枝被邻居家的运动探测灯照亮。

父亲循着她的目光看向窗外。"啊，我该修剪修剪那棵树了，赶在它倒进起居室之前。"他说着转过身，注意到奥莉芙脸上奇怪的表情，"嘿，你感觉还好吗？"他过分热心了，笑得有些刻意，奥莉芙看得出，他是因为昨晚的争吵而感到愧疚，"那些德语诗歌让你感到悲观吗？"

有片刻的工夫，她想与他争辩。但有什么意义？他显然没看见妈妈。奥莉芙也无意将之前的谈话稍加改变重来一遍。"我很好。"[1] 取而代之的是，她这样回答。

"那就好。"[2] 他微笑着，脸庞上的皱纹加深了，有一瞬间，奥莉芙看得出，为什么当他去学校接她时，克莱蒙特的妈妈们总是显得很难为情。那个方下巴在她看来那样笨拙，却让他显得强壮有力；他长着一头浓密的沙色头发，粗浓杂乱，作为一个父亲来说，隐约显得有些冷酷；深邃的灰眼睛上长着一副少女才应该有的长睫毛。奥莉芙就没有那样的长睫毛，显然十分不公。

父亲还在说："听我说，我想重新谈谈你昨晚说的话。"不等奥莉芙打断，他将一直拿在手里的那张小纸片塞进她手中。是一张名片，写着"梅雷迪斯·奥尔布赖特，家庭心理医生"。"我想找个人和你聊聊你妈妈也许会有帮助。这位女士实在是一位非常了不起的治疗师。"他停了一会儿又说，"是哈莫尼推荐的。"

"哈莫尼？"奥莉芙惊讶地重复一遍她的名字，"你把我说的告诉她了？"

哈莫尼最近似乎经常出现，在厨房转悠，在花园剪花，或者和爸爸在起居室闲聊，似乎她已经取代了母亲的位子。一开始感觉她很好心，作为妈妈的朋友过来帮忙；妈妈刚过世的那几个月，爸爸酗酒很严重，哈莫尼在的时候，他不会喝那么多。奥莉芙后来将他拉了出来，她做得很好。可现在都过去一年了，爸爸好了许多——尤其是从他开始写回忆录以后——所以她已经做好准备，哈莫尼应该重新开始自己的生活，而非闯入别人家。

父亲刮刮鼻子，避免看到奥莉芙对他的背叛的反应："我只告诉她，你好像还是不能接受你妈妈的死。"

---

[1]　原文为德语。

[2]　原文为德语。

奥莉芙控制不住了："妈妈没死，我告诉过你，我看见她了。"

父亲畏缩了一下："听着，听我的话。你或许确实看见你母亲了，或许没有。不管怎样，去找专业人士谈谈没坏处的，不是吗？"

为什么成年人会觉得，只要送你去和一个更有资历的成年人谈谈，每个问题就能得到解决？奥莉芙想着。就像是在玩烫手山芋游戏：无论何时，只要你的想法或情感不能完全适应世界为你打造的笼子，每个人就会发了疯一般寻找专家，说服你重新钻进笼子。奥莉芙厌倦心理医生、职业咨询师和学校护士，他们只会拿着不知所谓的工作表，探究些实际上什么也解决不了的问题。

"你一直坐在那儿，世界与你擦肩而过。"

但这时她抬起头看向爸爸，注意到他脸上充满希望的神色；他疲劳的眼睛四周发肿，仿佛已经被这一天榨干了。她真希望能与他分享她体内的轻松感，她相信事情马上就要朝好的方面发展了。她不是疯子。她头脑清醒平静，仿佛她即将走进教室，在期中考试中获得第一名的成绩，因为她已经做好了百分百的准备。

爸爸或许现在不会相信我，她想着，但等我找到妈妈他就会信了。

"好吧，"她说，"当然，行。有何不可呢？"[1]

"好极了，"他语气轻松起来，"谢谢你，小豆子。我很高兴。"他伸出胳膊搂住她的肩膀，隔着微波炉手套开玩笑地捏了她上臂一把。

"好，可是爸爸，"她说，"我要郑重地说一下，你不需要为我担心。"

父亲笑了起来："只不过是我的天性。"他说着走出她卧室的门，"晚饭差不多快好了，阿尔弗雷多酱意大利宽面。"

"我过一分钟就下来。"奥莉芙关掉台灯，抓起德语课本，标记看的位置。这时她停了下来，扫了一遍里尔克那首诗的翻译版本：

---

[1] 原文为德语。

一切都将在你的身上应验：

美丽和恐怖的一切。

你只需勇往直前，直至万物终结。

给我你的手，千万别失去了我。

　　我不会失去你，妈妈，她想到。她回想起妈妈的脸在黑暗中闪烁的画面。这时候她突然明白了，不是飞蛾，是蝴蝶。她从背包里掏出手机，快速给娜塔莉发了一条信息："你说会帮忙，还算数吗？这周六我们去海滩。我知道我妈可能在哪儿了。"

　　两秒钟后就收到了回信："十点来叫我。"

　　奥莉芙删掉苹果手机里的信息记录，只是出于安全考虑，之后她下楼去找父亲。

我与比莉·弗拉纳根的生活

乔纳森·弗拉纳根　著

▲▲

在早年生活中，奥莉芙就是她母亲的影子：白天四处溜达时，她总是一只手紧紧抓着比莉的裤子；比莉醒着的时候，她总在四周磕磕绊绊，往她头发里撒面粉、脸上撩水花，将她的脚趾碰出瘀青，这都吓不到比莉。我有时会想，这种情况最后会不会把比莉逼疯？不过如果说有什么影响的话，那就是比莉似乎很鼓励奥莉芙的行为。

经常我在半夜醒来，发现比莉不在床上。如果踮着脚穿过走廊，站在奥莉芙房外，就会听见她们两个在黑暗中说悄悄话。等比莉溜回我们的床上，我就翻过身问她："她都跟你说了些什么？""女孩子间的悄悄话。"比莉会笑着悄声说。有时我也会溜去看奥莉芙，但是每次当我蹲在她的床边，都只看到她胸口起起伏伏，她怎么也不会醒。

比莉没有让奥莉芙报名上幼儿园，而是带她去草莓峡谷参加自然徒步，去佩斯卡德罗海滩上的蓄潮池挑挑拣拣，去斯特恩格罗夫艺术节听免费的音乐会。当邻家的妈妈们来我们家，抱怨带孩子很辛苦——无休无止地换尿布，发不完的牢骚、生不完的气，睡眠总被打断——她就瞥一眼在角落静静看图画书的奥莉芙，提出抗议。我们终于步行送奥莉芙走进当地幼儿园的那天，我看到比莉盯着用柏油铺砌平整的院子、模压塑料玩乐设施，脸上只有愤怒。

我嫉妒她们的关系，但也很高兴比莉是那样享受做母亲的生活。我会想到我自己的母亲——姐姐死后，她筋疲力尽，完全被击败了；她待我很好，支持我，却没有能力真正理解我——感觉心中充满感激，为我的女儿能拥有更好的童年、更亲密生动的亲子关系。

我也感到松了口气，因为奥莉芙身边总有一位家长陪伴。我在《解码》杂志社升了职，我坚决支持的技术革命将帮助每一个人获得更轻松的生活，却让我的日子变得更加艰难。工作占据了我生活中所有空闲的时间：深夜里处理邮件，晚餐时手机提示有新信息，截稿日期全天候不间断，因为杂志从一个周刊变成了一家大规模的"媒体公司"，每个小时都要更新。不知不觉我进入了一个二十四小时持续的激烈竞争，永远无法离开跑道。我安慰自己，至少我的薪水能解放比莉，尽管她似乎想将那些自由时光完全投入在奥莉芙身上。

有一天，我上班时接到一通电话，是奥莉芙学校前台打来的，询问奥莉芙身体是否有所好转。显然奥莉芙感染了某种可怕的病毒，已经三天没去幼儿园；他们一直在尝试联系比莉，可她不接电话。挂电话后，我一时摸不着头脑——奥莉芙那天早上不是还坐在餐桌边，穿着彩虹颜色的睡衣裤，笑着吃她的燕麦粥吗？

我请假回家，当我走进家门，发现我们的房子变成了一座摩洛哥风格的洞穴。比莉给起居室里挂上了天鹅绒布幔，挡住窗口的阳光；家具被推到墙边，有蜡烛在壁炉和摇摇晃晃的沙发扶手上燃烧，沙发垫散放在地上，变成了供人闲躺的枕头。奥莉芙和比莉就躺在上面，图画书随意丢在野餐留下的残迹中。已经是下午两点，两人还穿着睡衣裤。

奥莉芙看到我呆住了，脸上写满了愧疚。比莉则笑了起来："奥莉芙，我们被抓了个现行啊。"她招呼我走进她们的洞穴，我挤在她们旁边的狭窄空间，屁股后面垫了好几本书：《希腊神话》《格林童话》《安徒生童话》之类的。

"这是怎么一回事啊？"我问。

奥莉芙看看她的母亲，然后又看看我："我们这周学数学，张老师把我训哭了，所以妈妈说如果不想上学，我就可以不去。"

比莉一只手保护般地搂住奥莉芙。"奥莉芙自己发明了做减法的方法，老师却不准她那么做。有什么意思呢？他们是想扼杀掉她的每一丝创造力。"她将女儿抱在胸口，"我们不能送她回幼儿园了。"

我尽力理解这件事："那你怎么没告诉我？"

"你不能再承受更多的压力。我想着等想到解决办法再告诉你。"她低头看着奥莉芙，抚平她头发毛糙的部分，"而且，我也需要时间和我的宝贝独处，我想她了。"

奥莉芙抬起头笑着看我，身上闻着有动物饼干和橙汁的香味。"妈妈说，有时候拥有一个秘密是很重要的。"她说。

我记得当时我冲比莉扬起一边的眉头，看到她瞪大眼睛回应我，露出一副"在说我吗"的表情。接着她伸展四肢站起来，布幔轻抚着她深色的头发，仿佛是情难自禁想要触碰她一般。她站在我们上方，烛光在她脸上闪烁，她看上去像个巨人英雄。"难道不是吗？"她说，"等奥莉芙回忆童年，她会记得什么？是在教室里度过的每天都一样的日子，还是我们一起逃学的时光？"

比莉当然说对了。尽管下一周的周一，奥莉芙报名上了一所新学校，但偷来的那一周现在仍然是她最鲜活的童年记忆。"那次妈妈假装在家教育我，其实是在起居室里的一个堡垒中喂我吃饼干。"

其他人却无法理解我们的婚姻关系。当我把比莉的行为告诉父母，他们的反应就好像是，她不和我商量任何抚养小孩的决定，这事很值得担心。我的理解却完全相反：那份魔力才是让比莉成为这样一个优秀的妈妈的决定性因素，魔力就在于她与传统和世俗完全相反。是的，比莉有时是有些随心所欲，但我从没接到过经常在办公室听见的那种歇斯底里的控诉电话——"你什么时候回家？孩子哭了，我们需要牛奶，你迟到了。"比莉已经摒除了育儿中的这些内容，以及两人就各自负责的领域边界争吵之类的事项。相反，她相信所有事情都会自行解决，我们所有人最后终将找到彼此。而事实上我们一直以来确实做到了。

那晚晚些时候，奥莉芙睡着后，比莉和我回到她的摩洛哥洞穴，喝了一瓶红酒，就着烛光温存。过后她拨弄着一块天鹅绒帘子，影子闪闪烁烁地在整块布料上散开。"我小时候一直想要个秘密的藏身处。"她说，"有一次，我在自己的卧室里造了一个。你知道我父亲发现后做了什么吗？他把它一把掀翻，将我拎到地下室关在里面。他说一个诚实的人是不需要有秘密的，再说了，神面前是没有秘密的，我不可能逃脱神的审判，念祈祷文时我应该思考这个问题。"

她笑了，是尖厉的讽刺的笑声。"十二岁时，我在门廊下面找到了他藏的色情影片，都是《我的美好欲望》那类玩意儿。还说什么没有秘密，也不过如此不是吗？"她停下来回忆，"这事过去几年后，他因为对我最好的朋友动手动脚而被抓了个现行。"

"天哪，比莉。我很抱歉。"

她回头看着我摇摇头："不，我不想让你为我感到抱歉。我也不会对自己感到抱歉。我确定，那些事没影响到我。"

于是我就静静地将她拥在怀里，想象着她是怎样设法在那些糟心事中施展魔法——她的父母那样不称职，她却成了这么好的一位母亲。或许我们并不一定会重复父母的宿命；或许我们确实拥有能力，去书写自己生活的故事，去改变结局，只要我们愿意。我们两个人在一起，就能够打造一个全新的世界。

和比莉在一起，我能从这种可能性中感受到自由。

4

乔纳森坐在卧室衣帽间的地上，整理妻子十六年来留下的东西。一堆发霉的毛衣和被草汁弄脏的跑鞋；袜子配不成双，脚跟位置破了洞；圣诞节收到的乔纳森母亲送的丝绸围巾，基本没戴过。还有好几碗认不出用途的扣子，一堆积满灰尘的旧《户外》杂志，一盒子奥莉芙幼儿园时期画的画。

门外站岗一般的购物袋越扔越多，上面用记号笔潦草地写着处理说明：留下、丢弃、捐赠、给奥莉芙。

他已经处理了那些无用的东西，以及主浴室抽屉中满得都要掉出来的物品。比莉的牙刷，依然是暗色刷毛款的：扔进垃圾桶。一次骑自行车出事后购买的处方氧可酮，她从没服用过：放到一边供回收。她的首饰盒，里面的项链都搅在一起：留给奥莉芙。一瓶瓶凝固的昂贵护手霜，一包包泛黄的度假时购买的新奇纺织品，四种不同的运动防晒霜。就是这些几乎没用的零碎物品、这些乱七八糟的东西，它们聚集起来却拼凑出了一个人的形象；每一只穿烂的便鞋或落单的耳坠，都代表着一个时刻、一个决定，反映了主人的品位和看法。

这些物品存在于每个房间、每个抽屉、每个台面——到处都是，甚至包括冰箱。就在上周，哈莫尼还从冰箱里翻出一包用塑料袋密封起来的冻坏的司康饼，上面有比莉手写的标签：蔓越莓柠檬。哈莫尼当时打算把它丢进垃圾桶的，却看见乔纳森一脸恐慌，于是又悄无声息地放回了原处。

他知道——他已经明白——拒绝清理只是还存在幻想：仿佛比莉还会走进门，恼火地发现他已经将她的衣服都捐给了救世军慈善组织。他已经将比莉的物品当成图腾，一直幻想着她还有活着的可能性，一直更新她在自己脑海中的形象。难怪奥莉芙会产生幻觉，母亲又回来了，他想。比莉是家里唯一缺席的一块，奥莉芙只是在完成拼图。

这天早上醒来后，他觉得时机终于成熟了。奥莉芙的精神健康显然到了危险关头。随着忌日的到来，他们即将重返令人头晕目眩的旋涡；只要能帮助奥莉芙平安度过，任何事他都愿意做，哪怕意味着他得面对逃避了整整一年的任务。乔纳森一直等到白天奥莉芙出门——他答应她可以驾驶那辆斯巴鲁载她进城；她说得神秘兮兮的，说是少女们的娱乐（逛博物馆、购物、吃些甜食什么的），并承诺会通过信息签到——然后猛地拉开冰箱门，翻出那包冻坏的司康饼，丢进垃圾桶，盖上盖子，只听到咔嗒一声，这结局令人撕心裂肺。

接着他上楼进了比莉的衣帽间，打开门，呼吸着里面熟悉的气息。闻着已经不那么像她了，取而代之的是灰尘和旧运动鞋的气味。

三个小时过去，乔纳森清理出十一包垃圾，感觉——怎么说呢，准确地说并不轻松，但比他估计的好很多。这对他们两个是必要的，他责备自己，将一堆旧 T 恤衫塞进一个袋子（又停下来，一根手指依依不舍地按着一个熟悉的姜黄色的污点，回想起来是羊肉咖喱留下的）。这是程序中的一部分。我们得开始向前走（而且因为珍妮的死，他不是亲身体验过吗？事情不是那样的。悲伤不是在一段有限的时间之后你就能走出来的东西，而是会冲着你往前漂，让你在潮水中跌进跌出）。

他爬上四脚梯，查看架子的顶部，在那里发现了最后一个灰扑扑的鞋盒，挤在最里面。他把盒子掏出来，盘腿坐在地上打开，里面是一堆童年时代的照片，还有一些泛黄的素描本。

他先看照片，以前都看过，时间已经过去许多年。有一张比莉刚学会走路时在西尔斯百货拍的肖像照，穿一条有褶边的裙子，嘴巴向下撇着，仿佛就要开始号哭；还有一张照片，她父母像旗杆一样笔直地站在一辆生锈的旅行车前面。他们看着就像是从1952年走出来的，尽管那张照片可以肯定拍于70年代末。他们脸色灰白，显得很严肃。在他们身后，是中央山谷一座满是灰尘的农场，有一片杏子林，树荫下有一个轮胎做的秋千。

他翻到照片背面，但没有标注。多么难过，他想，比莉家人仅存的照片，却被丢在一个早已遗忘的鞋盒里。不过话说回来，比莉并不会将她不幸的童年浪漫化。她离家出走了——离开了贝克尔斯菲城外的那座小小的乡村住宅——在高中的最后一年，就在她父亲猥亵她的朋友被抓后不久。从那以后，她再也没和父母说过话。就连奥莉芙出生也没通知他们。"我为什么要通知？"她听到他的建议这样说道。他发誓当时看见她脖子上的汗毛都竖起来了。那样子让他想起狗勃然大怒时毛直立的情景。"他们活该，现在他们无权享受我生活的喜悦。"

他盯着她父母的照片，试着想象妻子在这两个叫人不快的陌生人膝下蹦蹦跳跳的样子。不过从比莉母亲的脸上，依稀能看出她的模样；虽然更俗气，而且照片也褪了色，但她的下巴有着和比莉一样的坚毅。或许比莉的母亲也可以很漂亮，如果她能换个活法的话。

他将照片放到一边，翻开一个笔记本，里面是素描——铅笔线条勾勒出他的脸孔，是二十来岁的他。其中有一幅，他的目光直视画家，嘴唇张开，仿佛正要说话，他的眼睛稍稍眯着，似乎光线很耀眼。他看着那幅画，想起刚开始见面时，她总是一直描画他。后面都是风景画。

他正准备将素描簿放进"留给奥莉芙"那一堆，却发现后面夹了一张照片。他小心翼翼地揭下来仔细打量，是一张用拍立得拍的照片，以前从没见过，可能是十九岁或二十岁照的，她失落的年代。几乎认不出来她，他们认识时，比莉肤色浅黑，留着精灵般的发型，这张照片里却是一头浅金色长卷发。脆弱的鼻子上戴着一枚饰钉，眉毛上穿了一只眉环。她还架着一副金属丝边框的眼镜，后来她升级到戴隐形眼镜；她的目光透过镜片直视镜头，仿佛想让拍摄者不敢直视。

在她的身后，一只手臂占有般地搂在她的脖子上，是个年轻的男人，黑眼睛充满神秘，像只乌鸦。他的脸因为一头凌乱的卷发而显得十分模糊，胡楂儿应该已经留了好几周。他在镜头前笑得扬扬得意。乔纳森翻到背面，阅读后面的字迹，上面写着："西德尼，1991。"

他又翻到正面，更仔细地查看。西德尼是比莉在失落年代的男友，曾是一名哲学系学生，后来变成了一个无政府主义活动者兼毒贩。比莉离家出走后不久，两人就认识了；他们一起在太平洋沿岸西北部流浪了好几年，直至西德尼最终因为在汽车后备厢藏匿毒品被捕——大麻，还是迷幻药？他想不起来了。那是他第三次被捕，判了二十年。

"天哪，西德尼。"比莉提起他总是这副语气。比如她会说："天哪，西德尼。难以相信我竟然和他在一起那么久。"不过只要说起他，她的表情总是很激动，仿佛她依然会秘密地回味他们在一起做的那些厚颜无耻的事。"你想听听什么叫愚蠢吗？试试嗑三颗迷幻药嗑到嗨，然后把自己拴在一棵老红杉树上，六台坐满愤怒的伐木工的推土机径直朝你开去。是，西德尼就干过。他因为那场表演入狱三周。想法是好的，执行方式却不对，当然是我留下来清理他的烂摊子。"

西德尼最后一次被捕后，比莉立即离开了太平洋西北部。"我吓坏了。"她说。她用了好几年时间环游世界，90年代末来到旧金山，想利用互联网热潮。乔纳森在 J 教堂线电车上遇见她是新千年的前夕，她当时就快拿到艺术大学平面设计的学位了，她学的是超文本标记语言，已经完全破产。

他翻着手上的照片，思考着。他其实对西德尼一无所知，连他姓什么都不知道。他见过西德尼一次，时间很短，是在比莉的追悼会上——这男人不知从哪里钻出来的，可能是看到媒体报道的比莉死亡的消息，被诱惑着钻出了栖身的洞穴。他抓住乔纳森的手，咕哝了一连串未尽之思——"抱歉，这女人，天哪。"——接着在乔纳森还因为他的出现没回过神来时就又消失了。他蓄着胡子，穿法兰绒衣服，头发蓬乱油腻、气味刺鼻，他毛孔中散发出某种强烈的气息，令人感觉刺痒。

乔纳森后来很后悔当时没和他多谈谈，因为西德尼毕竟是比莉失落年代中最核心的谜题，是乔纳森了解极少的一个角色。不是比莉不谈，而是因为他从来都没能形成关于这个人的概念。乔纳森一生中几乎没见过多少犯罪分子——他们不会在斯坦福、伯克利碗杂货店或《解码》杂志社格子间周围晃悠——所以西德尼给他的感觉更多的是神秘而缺乏现实感，就像一个童话中的角色，一个讨厌鬼男友。在追悼会之前，他甚至都不知道西德尼长什么样：比莉弄丢了那些年所有的照片，她的背包在印度旅行期间被偷了。

或者至少她是那样宣称的，现在他才意识到。因为显然还留下一张照片，是她藏起来了。他看着照片，思忖着——为什么？他们不像是有联系，有一次西德尼在监狱中写信给比莉，是在好几年前，但她看都没看就烧了。

也许她只是想远远地把那段岁月抛在身后。现在他想起来，她似乎从来都不会怀念自己的过去，甚至在他们相处的早期——那时他还处在不停打听她的故事的阶段。相反，失落年代的比莉和艺术系学生比莉很快都一齐被伯克利妈妈比莉所取代，结婚一年后奥莉芙就出生了。这让乔纳森非常惊讶。这个新比莉每天都带着奥莉芙，角色在女教育家、妈妈和自我之间转换，从头开始学习烤纸杯蛋糕，主持童话故事般的儿童生日派对，或许送孩子上学后她还回去上普拉提课。她是婴儿袋运动俱乐部的创始成员，是主妇妈妈，是家庭教师协会的秘书，是安静的拍卖会主持人；仿佛母亲只是她决心征服的一个角色。他有时会怀疑，比莉是否想通过与女儿的关系，重写她自己不正常的童年。不然怎么解释一个如此独立的前卫女性，竟然愿意进入这样传统的家庭生活？

第一次单人表演门票卖不出去后不久，比莉的艺术雄心似乎熄灭了。取而代之的是，她安心开始做一个兼职的自由网站设计师，主要为网站设计徽标和横幅广告。周末她有时会拿出画架，但只要他鼓励她真正开始创作，她就会缩减："怎样？最后变成那种艺术家，作品挂在当地哈哈啤酒馆的墙上被人遗忘，被拿铁泡沫溅湿？那我宁愿只为自己画。"

是他没能给予她某些能让她蓬勃发展的东西吗？他说不清，每当跟她提及这个话题，她总是坚称，这样的生活她完全满意。"怎么，你不觉得做母亲是一个正当的人生选择吗？"她最后总会这样中断对话。她说得对，他的怀疑是不公平的。如果她都不曾表达对已经放弃的生活感到后悔——绘画油料干涸了，旅行背包在一次庭院售卖中卖掉了，部落文身早就洗掉了——那他有什么立场紧抓不放？

很久之后，他几乎忘了失落年代的比莉。所以五年之后的一个下午，当他们在学院大道碰见哈莫尼时，两人都吃了一惊。那天他们带奥莉芙出来吃冰激凌，正拿着融化的甜筒往回走时，一个女人在身后试探性地问了一句："麻雀？是你吗？"

比莉呆了一秒钟，一只手条件反射地挥舞到空中，脸上浮现出一副狂野的神色；在那令人心跳停顿的瞬间，他仿佛看到了曾经的那个不羁的女孩，一个有能力做到他几乎没想过的事情的女孩。她转过身："天哪，哈莫尼。"

乔纳森转身，看见的是一个漂亮的金发女郎，身穿一条蜡染印花布背心裙，温温柔柔的样子，正急切地朝他们奔来。"麻雀？"他对妻子小声说。

她的目光聚焦在正向她靠拢的女人身上，对他说："是我很早以前的昵称，不许笑。"那女人扑进她的怀抱，她绽出微笑。她对着女人的头发喃喃地说着什么，薄荷味甜筒漏出绿色的黏稠物滴在朋友的肩膀上。"哈莫尼，天哪，你在这儿做什么？"

哈莫尼抽出身子，指着身后一个步伐沉着的男人，虽然是大热天，但男人还是穿着亚麻绉条纹薄西装。乔纳森穿着人字拖和一条脏兮兮的短裤，尴尬地做着鬼脸。"我们刚从奥斯汀搬来。西恩在米尔斯学院找了份工作，做了艺术系副教授。他是个诗人！"那男人讽刺般地轻轻笑着，目光扫过比莉身穿的紧身 T 恤，不过比莉的注意力似乎完全聚焦在久别重逢的朋友身上，没注意到。

"我真难以相信，这么多年过去了。"她回头看一眼乔纳森，然后也冲奥莉芙笑笑，女儿此刻正盯着妈妈，仿佛她是个陌生人，"哈莫尼和我在俄勒冈就认识了。"

"我们以前经常——"哈莫尼迟疑了，看一眼比莉，仿佛是在搜寻正确讲话的提示。

"一块参加抗议活动。"比莉补充道。

哈莫尼笑出了酒窝："我们是在一次静坐抗议中认识的对吧？那座大坝使野生三文鱼濒于灭绝？"

"是斑点枭。"比莉用稍稍有些尖锐的声音纠正道。

"对！"哈莫尼弯腰去看奥莉芙，女儿还沉浸在这一幕中，嘴巴稍稍张开，"当时我在俄勒冈大学念大一，刚从郊区生活走出来，你妈妈却是个从加利福尼亚来的独立叛逆分子，潇洒极了，天哪，我把她当作偶像来崇拜。她总是房间里最自信的人。"

比莉笑了起来，乔纳森注意到她的高兴中有些许狂躁。"她现在也是。"乔纳森打趣道，不过两个女人似乎都没注意到他的存在。相反，她们搂着彼此，把彼此的胳膊抓得太紧了。

随后的几年里，有时候他会感觉这两个女人似乎从未分开过那般亲密。每当他走进厨房，两人总是在喝葡萄酒，小声说悄悄话，抬头看他时表情高深莫测。哈莫尼似乎唤醒了比莉体内的某种东西；某种当她和那群喜欢喝昆布茶的伯克利妈妈朋友一起时，他从未在她身上见过的东西。

表面上，比莉和哈莫尼似乎并没有多少相似点。哈莫尼是个会严格控制开支的私人宴席承办商，不过这只是她最近刚开始的一个新职业，她没有职业规划，除此以外，她还制作大豆蜡烛，写美食博客，指导昆达利尼瑜伽；她穿梭于一段又一段恋爱关系之中，过去十年里住过七个城市。她性格圆融，比莉易怒和固执己见的所有地方，她却能从中汲取营养。有时乔纳森感到惊讶，比莉竟然选择和她做朋友。可话说回来，要想不喜欢哈莫尼也是很难的，她潜入他们生活的姿态就像一条温暖的绒毛毯，经常送来拥抱、足底按摩、新烤的曲奇饼。比莉似乎把哈莫尼当作她从未拥有的小妹：惹人怜爱，待人忠心，不过偶尔也会惹人气恼。

他重新低下头看照片和素描簿，看比莉那叫人熟悉的铅笔笔触，突然有一种令人难受的浪费时间的感觉。他将素描簿放进鞋盒，推进不断增大的"留给奥莉芙"的那一堆。比莉童年时代的照片放在一边找时间镶框，和西德尼的合照则抄进 T 恤衫的口袋，不知道该怎么处理。

他打开另一个鞋盒，这个灰尘没那么多，在里面发现了比莉收集的马拉松终点奖牌。他用一只手翻了翻，都是些廉价的丝带，穿的都是铝制奖牌，他拉出一枚，是 2012 年旧金山半程马拉松赛纪念奖牌。

比莉近年来迷上户外运动是从新兵训练营开始的。她在克莱蒙特预科学校秋季资金募集活动中赢得一个礼品证书，出于好奇，又有空闲时间，便参加了第一次课程。她回到家里时简直被教官丽塔迷住了，丽塔是个长着白金色头发的女人，挺过癌症幸存下来，乳房切除留下的伤疤上方有一个幸运骰子的文身。丽塔性格傲慢，嘴巴臭，还不愿意道歉。丽塔战胜了自己必死的命运，存活下来。丽塔无所畏惧，想到什么都敢做。

丽塔说服比莉开始越野长跑，接着开始跑半程马拉松，然后开始骑山地自行车；后来不可避免地引向徒步和爬山。比莉紧抓新爱好不放的样子，就和她平时对待新兴趣一样：过分沉迷，仿佛她下定决心要精通此道。乔纳森一开始没放在心上。比莉有些可挑战的事情是好事，尤其是现在女儿进入青春期，开始自立。此外，随着哈莫尼的回归，失落年代的比莉的某些方面在她体内重新苏醒；事实证明，从前那个会一次性在巨大的红杉林露营几个月的环保主义者比莉并未完全消失。或许比莉已经对那些年的激进做派丧失了兴趣——长途驾车参加世界地球日的抗议，有意回避当地山峦协会的分会——但她内心依然保存着那份本性。

在比莉人生的最后一年，户外探险之旅开始动辄就要耗费整整一个周末的时间——和丽塔远足让她走遍了整个西海岸。她把乔纳森和奥莉芙丢在家里。乔纳森不太喜欢这样——不喜欢好几天被抛在身后，不喜欢这些活动的危险性质——但是他没有立场反对。她需要一些属于自己的东西，尤其是考虑到现在他成了《解码》杂志的高管，工作占用了更多的时间，他们生活的其余方面，只由她一个人来张罗，这不公平。所以当她收拾背包进山时，他什么也没说，甚至没提出一个人徒步或许不太明智。

就是这类回想起来会让你后悔的事。

乔纳森将奖牌扔回鞋盒，擦了一下鼻子，站起身查看堆在衣帽间角落一只篮子里的徒步装备。他拿起一双登山手套，在手里翻来覆去地看，想起一个周末的早晨，天刚亮，妻子就准备出发，同丽塔一起去爬沙斯塔山。夏日的晨光斜斜地照进来，乔纳森因为熬夜工作困得睁不开眼睛，只模模糊糊有意识，感觉她要离开；他只感觉到她朦朦胧胧的身影在往背包里塞能量棒和冻干的食物，背包闻着还有生产工厂的气味。她伸展身体，被氨纶弹力面料包裹的臀部收缩，尼龙外衣发出嗖嗖的声音，两条麻花辫在棒球帽下方摆荡。桌台上铺着一张地图，路线上做了红色的记号。

他握紧那双手套。这些东西该怎么处理？有些甚至都没用过。奥莉芙也从没表现出对攀岩有任何兴趣的样子。

但丽塔爬山，他突然想起来。想起比莉这位奇怪的朋友，他突然感到一阵痛苦快速涌起。追悼会后，他们就没说过话，尽管丽塔曾送来一大束热带兰花——乔纳森疏于照管，花很快便枯死了。他甚至不曾向她表达谢意，那段时间他根本没有能力去一一处理那数不清的慰问花束，只能残忍地任它们死在家里各处。

我应该给她打电话，把徒步装备送给她，他想到。他看看手套，接着看着比莉那些登山装备，还有他尚未检查的梳妆台抽屉和床头桌。晚点再收拾，他决定。于是他从口袋里掏出手机，一路下滑联系人列表，找到丽塔的电话号码。

自上次见面后的一年来，丽塔变化不大。她的一头金发依然剪得很短，发色更接近于白金，看起来几乎是白的，用发胶定型得一丝不苟，穿一双荧光粉的运动鞋，上身是骷髅印花的连帽衫，下身是迷彩花纹的慢跑裤。在这个阴暗的加利福尼亚北部的上午，她的棕褐色皮肤显得很不自然。

"乔纳森，"她招呼着坐在他对面，"见到你真好。你还好吗？奥莉芙还好吗？"

他们在丽塔位于奥克兰的家不远处的一家咖啡馆见面，不是那种新式的时尚手冲咖啡馆，是丽塔推荐的一家老派咖啡馆，咖啡只要一块钱，喝着像烧煳的花生。女侍是个上了年纪的斯拉夫人，拿着一块闻着有馊牛奶味道的破布一边给他们擦桌子，一边唠唠叨叨，似乎是在自言自语。乔纳森透过窗户能看到街对面有一家资金不足的公立学校，孩子们在一个旧管道和废弃轮胎拼凑的运动场上玩耍。混凝土的部分太多，对于膝盖、手肘和正在发育的大脑来说，太过坚硬了。有时候他在想，他花这么多钱送奥莉芙去上漂亮的私立学校，是不是就为了当她在跌倒时，能倒在柔软的草地上。

丽塔点了一盘炒鸡蛋配水果。他看着她从柜台拿来一罐糖浆，往食物上倒。丽塔看到他在看，歉意地耸耸肩："我讨厌鸡蛋，只有这样才咽得下去。不过三周后我有个钢铁女侠要训练，所以得补充蛋白质。"她冲着叉子做了个鬼脸，"我跟你说，等越过终点线，我就脸朝地跌在一堆甜甜圈上。"

"好的，脸朝地我记下了，三项全能赛就忘了。"他指着自己的盘子，里面是一团汉堡油脂，还有一大堆不够火候的薯条。

"得了吧，你这是在折磨我。"丽塔笑着说，"说真的，你看着不错，考虑到你的处境。你体重下降了吧？"

"因为丧亲节食，"他说，"我不会推荐给你的客户。"

丽塔盯着他看了一秒，然后一仰头笑了起来："你该试试打拳击，那对于释放侵略性有好处。"

"侵略性？我是我认识的人里最没有侵略性的了。问谁都可以。"他又吃了一根薯条，微笑着说。

她仔细研究他："每个人都有侵略性。你应该看看我早上喝咖啡前的样子。我一走进门，我的孩子都会迅速离开房间。"她擦掉嘴唇残留的食物，"不管怎么说，我猜你周六找我不是想获得健身指南吧？"

乔纳森将一个帆布包推过桌子："我终于清理了比莉的衣柜间，收拾出一些东西，想着你可能会喜欢。一些你或许用得上的装备，几件纪念品——徒步地图之类的。"

丽塔用指尖碰碰他的手，紧紧闭上眼睛。她的脸闪着光，因为闪烁的眼影从眼睑上掉落下来，弄脏了她脸颊的上部。

乔纳森继续说："我还想对你说声谢谢，为了你在她还在世时做的一切。"他咽口唾沫，喉咙发干，"我想她很享受你让她保持警觉的方式。没有其他人能做到那一步。"

"比莉一直喜欢出其不意，"丽塔笑着回忆，"真希望能和她多些时间相处。"

"多？"他拨弄着汉堡，"最后那年你见她的次数比我们都多。"他匆忙解释期间，丽塔抬头严肃地看着他，"你们周末不是都一起出行吗？"

丽塔举起的叉子停在空中，糖浆慢慢滴在纸垫上："什么周末出行？"

"去沙斯塔山徒步，门多西诺马拉松……周末去约塞米蒂徒步……"注意到丽塔脸上的困惑表情，他的声音逐渐降低，一个可怕的想法钻进他的脑子——糟了。

丽塔轻轻地放下叉子："我不确定你在说什么。我没和她一起去沙斯塔山，还有约塞米蒂。我记得确实和她跑过一场半马，是在她去世的几个月前。不过就是在本地，在圣何塞，那次比赛我们也没一起过夜。"

一丝希望迅速闪过：或许他弄混了，或者记错了。毕竟已经过去好一阵子。不过当他开始在口袋里翻找手机时，恐惧越积越多，他将手机放在桌面上，用已经麻木的手指按下按键："我找给你看——我们公用的日程表上记录了所有这些旅途。"他将日期翻到一年前，翻转手机给丽塔看，"看见了吗？这儿，还有这儿。沙斯塔山，约塞米蒂。"

丽塔俯身审视日程期间就已经摇起了头："事实上，去年她经常取消计划。我们做好计划，但她会临阵取消。我记得我们说起过去沙斯塔山徒步，但相信我，最后没去成。"她抬起眼睛，注意到他的悲痛后回过神来，"该死，我真是该死的大嘴巴。抱歉。"

"没必要道歉，不是你的错。"他强挣着说出这句话，因为不断蔓延的恐惧正慢慢地掐住他的声带。这说不通。他试着重新掂量这些事，将它们叠加起来，想得出其他结论，但总是落回原地，得出同一个让他无力承受的结论：比莉在撒谎。

丽塔在桌子对面冲他眨眼，鸡蛋早已抛之脑后："我想她只是精疲力竭。她一直以来的强度都太大。跑步，徒步，骑行……对身体的消耗非常大，有时候休息一下会很有用。"她将上嘴唇吸进嘴里啃咬着，"所以我猜应该就是这么回事。"

乔纳森摇摇头，他的思绪正疯狂打转。如果比莉没和丽塔在一起，那她去了哪儿？他低头看着食物，仿佛能从正在凝固的肉中找到答案似的。等他再度抬头，他能从丽塔的眼神中读出她的想法，因为和他所想的一样：比莉有了婚外情。不然她为什么对行踪撒谎？

这不可能。当然，他们有他们的问题，毕竟结婚这么多年（他突然涌起一股愧疚，想起曾经有一次判断失误），但婚姻中出现这么大的裂缝，他不可能毫无察觉。还是说，他确实疏忽了？因为根据比莉周末出门的举动来看，他显然过于粗心，竟然没发现有问题。那么他还疏忽了什么？天哪，他在心里回顾比莉最后一年里每一个反常行为；换上一个完全不同的角度，她的坐立不安突然之间都能说通了。如果是婚外情，那么是和谁？那个离婚的爸爸，叫扎克还是什么的，克莱蒙特预科学校募款委员会的——他一直有点过于靠近她，也许他们发生过些什么？或者是某个背包客，她在徒步或比赛中认识的人。一个想在旅途中寻找罗宾逊夫人的加州学生，一位网站亿万富翁……谁知道？

汉堡里夹的培根的味道叫人恶心，他将盘子推到旁边桌子上，茫然地看着摊在桌面上如一只展翅雄鹰的双手。它们看上去大而笨拙，毫无用处。

"也许她真的去了，不过是自己一个人，没告诉任何人。她有时会那么做，对吧？我是说，她最后也是一个人徒步时死去的……"丽塔说着显得更加惊恐，仿佛一切都是她的错。

"……有可能。"他听到自己说，仿佛只要说服了丽塔确实如此，他或许也能说服自己。但是他记得非常清楚，不可能弄错。他记得那个周末比莉从沙斯塔山爬山归来的情景。她晒黑了，浑身是汗。他记得她将背包放在厨房地上，倒了一杯水，目光直视他。"我战胜了丽塔，比她先登上山顶，"她当时笑着说，"我们打赌来着，所以她只能帮我把帐篷扛下山。"

如果不是丽塔帮她把帐篷扛下山的，那是谁扛的呢？她真的去爬山了吗？

乔纳森回到家径直走进卧室。他四肢着地钻进床下，掀开落满灰尘的玩具兔子。找到了，它平躺在床底，是比莉过世一个月后被他扔进去的。乔纳森将它小心地拉出来，是个电气石蓝色的皮革托特包，比莉四十岁生日时，他送的礼物。

包里的氯丁橡胶内胆中，包着她的笔记本电脑。

他爬上床坐下，背靠床头板，双手捧着钛合金外壳的笔记本电脑。脉搏跳得过快，让他无法理智思考。他想到他那个优雅的爱情故事，已经碎成一千片掉在地上。《山与天空相接的地方》，210 页的幸福婚姻之后，迎来一个悲剧的结局：有没有可能是，他真的忽视了第三幕故事中的一个重大转折点？

"这是个糟糕的想法。"他小声说着。就算妻子有婚外情，现在知道又有什么助益？为什么要摧毁他对她的温柔回忆？（更实际的想法是：这件事该怎么写进他的回忆录？）

他插上电源开机，等待电脑呻吟着重生。

键盘上依然有比莉双手留下的油污，屏幕上还有她打喷嚏弄脏的印记。电脑发出轻轻的杂音，比莉的开机启动程序一个接一个地蹦了出来。从哪里找起？她刚过世时，他就已经浏览过一遍，检索每一个重要的联系人和文件夹，但是没有更深入地探索。当时那么做无异于一种折磨。

现在他看到电脑桌面上一片混乱，每一英寸都堆满了文件夹和文档，密密麻麻地铺在屏幕上，边角都叠在一起。他先从比莉的邮件程序的深渊中开始，一共有 681 兆。他输入沙斯塔，然后是约塞米蒂，看看有没有什么东西跳出来，但是一无所获。他在她凌乱的收件箱中没有发现任何陌生男性的名字，至少快速扫过一遍并没有发现。她的通信簿一共有超过两千条名录，他浏览几页便放弃了。

其他还有什么？他的妻子一直避免使用社交媒体——"我就是不懂，为什么每个人都想知道我的事。"——所以没有脸书档案或Instagram 页面可供他搜寻神秘陌生人的留言。于是他点开了她的日程表。他提到的那些旅途都在里面：沙斯塔山、约塞米蒂、门多西诺，还有其他一些他之前让丽塔看过的地方。但是她的日程没有任何能说明情况的信息，没有秘密的首字母缩写，没有私人符号。

他本该安心的，却没有。他无法摆脱一种正四处爬行的感觉：你遗漏了某些东西。

他检索着电脑桌面散落的文档和文件夹。她的电脑存储空间已经用尽，每一个数字空隙都塞满了比莉日常生活的痕迹：家庭照片、工作设计、一辈子留下来的 MP3 音乐、几百张徒步路线地图、菜谱、早就忘记的杂货店购物清单、以前保姆的推荐信，外加一个已有十一年历史的网上驾校练习册。他无助地四处点击，甚至不知自己在寻找什么。感觉就像在大海捞针，而他甚至连那根针长什么样都还不知道。

他打算放弃，正准备放下电脑时，无意间点开了一个文件夹。在桌面下面的一个角落，隐藏在另一个名为"星球处方公司模型"的文件夹下面，很容易看漏。那个文件夹的标题是很奇怪的缩写字母 R.R.，含义不明，有密码保护。

他胸腔内似乎被什么东西抓紧了。她的电脑中除此之外没有任何东西用密码保护，甚至包括她的邮箱账户。他查看文件夹的历史，创建于 2 月 11 日，她过世的九个月之前。

他一次又一次地点击文件夹，输入密码尝试，但都打不开；他继续尝试。最后他终于沮丧地放弃，合上电脑，扔在床头桌子上。电脑将一本书——是比莉最后没看完的塔娜·法兰奇的那本推理小说——撞落在地，书签掉了出来。

乔纳森拾起书和书签，翻着书页，试图将书签放回去，寻找书页之中是否有折痕，书脊上是否有裂口能显示正确的位置。这时候他才意识到自己在做什么。他将书扔向衣帽间前方那排包包袋袋，击中了标有"丢弃"的那一堆，书落在地毯上，书页压折了。

在乔纳森身旁，电脑发出的光芒像一只电子眼在慢慢眨动，与他急促的呼吸形成鲜明对比；嗡嗡的响声像是在承诺，里面有秘密。

5

　　母亲的斯巴鲁车载温度计显示外面气温为五十二华氏度[1]。天气阴沉，不适合去海滩。奥莉芙和娜塔莉坐在海边，风卷着海浪，咸湿的气息刺得脸疼，牛仔裤因为潮气变得沉甸甸的。乌云犹如一层过低的天花板，奥莉芙感觉把手竖直也许能插进云层，只剩手腕露在外面，手指消失不见。大海泛出铁青色，发怒的样子，广阔无边，全是泡沫。

　　娜塔莉坐在关闭的救生员看台上，穿一件蓬松的派克大衣，兜帽拉起来盖住马尾辫，双手捧着一杯早就冷了的香草摩卡拿铁。奥莉芙正沿着低潮线漫步拾垃圾，从她所在的地方看得见朋友正在发抖。奥莉芙也冷，但是因为太紧张，所以感觉不到。她躲避着海水，脚下的沙滩上有小沙蟹扒拉出的凌乱痕迹，空气中能闻到桉树和海藻的气息。

　　在海滩的尽头有潮汐池。一个男人带着一个小男孩正在岩石上攀爬，两人都穿着派克大衣。男孩用手指戳海葵，奥莉芙看见那位父亲在儿子身边蹲下身，指给他认海星、沙塔蠕虫和一窝窝的圆锥藤壶。海浪拍打着男孩站立的岩石，激起一道道浪花，泡沫四溅。

---

[1]　约等于 11 摄氏度。

在海滩的另一头，有一座形似拱门的巨大岩石耸立在海滩旁边，底座有三英尺淹在水下。一个老妇人在遛她的拉布拉多犬，在拱门前面的沙滩上来来回回，把褐藻球茎扔进波浪，让狗去捡拾。那狗又老又瘸，身上挂着湿漉漉的沙子，但还是冲进浪涛，咧着嘴露出微笑。

除此以外，这地方空无一人。

这就是她幻视看见的那片海滩吗？一定是。比莉消失前，一家人最后一次一起出游，那天他们去看帝王蝶。看到蝴蝶迁徙妈妈哭了。那天妈妈之所以决定来这儿，或许有什么重大理由；是那个理由吸引她来这里，无论她是否意识到。

但是今天，这里没有蝴蝶——今年的迁徙还没开始。海滩一片荒凉，就连冲浪手都没出来。奥莉芙和娜塔莉已经在海滩上逗留了两个小时，但其实只用了半分钟她就知道母亲不在这儿。她当然没有身穿那件薄薄的白色长裙站在海边，在蝴蝶的簇拥下，等待奥莉芙来寻找。驾车沿半岛开到圣克鲁兹就能接妈妈回家，任务非常简单，这样的想法可能太过幼稚了；不过奥莉芙之前就是这么以为的。这难道会比她脑子里其他的东西更疯狂吗？

有件事明确无误：如果她的幻视是某种神秘谜团，那她需要更多帮助才能弄清真相。

娜塔莉来到她身后："嘿，我从爸妈的酒柜里偷了点好喝的金酒。想来点儿吗？"

奥莉芙摇摇头，网球鞋陷进被水浸湿的沙子中。一只塑料杯被浪花掀上岸来，她将其踩在脚下，以免它被重新冲到海里。娜塔莉在她身边先向右走，又向左走，看着她脚的倒影融入水中。奥莉芙担心娜塔莉会失望；她和奥莉芙一样，都相信即将遭遇令人激动的超自然事件。

"你没事吧？"娜塔莉看着她的脸问，"我知道你希望你妈妈在这儿。"

奥莉芙转身看着碎裂的浪涛，以及那座哨兵一般耸立在海边的巨大岩石，一时之间，她觉得内心对这一切都充满怀疑——世界如此广阔，如此美丽，如此永恒——接着她想起自己也应该悲伤。她怎么可能在同一时刻拥有这两种情绪呢？在明白活着的美好的同时，也知道这一切不可能永远持续。她觉得自己必须放弃一种，这样才能真正地审视另一种，但她还不确定，应该先放弃哪一种。

她闭上眼睛，试着用如果母亲此刻在此一定会用的方式审视自己；她不过是寒冷海滩上一个渺小的人影而已。奥莉芙站在那里，海雾拍打在她的脸上，想到小的时候，母亲在她小学的运动场上摆了一个零食摊，出售一盘盘自己烘焙的零食［母亲制作的纸杯蛋糕的卖相足够登上拼趣（Pinterest）网站，瓢虫形的方旦糖和长着小小棉花糖眼睛的绿色外星人总是最早卖完的］。奥莉芙会和朋友们躲在运动场角落，假装对母亲出现在学校感到尴尬，但其实心里充满自豪，她妈妈是所有学生妈妈中最漂亮、最有创意、最有意思的。

不管什么时候，只要偷看在摆弄一盘盘纸杯蛋糕的妈妈，她几乎总会发现，妈妈正一副若有所思的样子在打量自己。只需要通过母亲噘嘴或歪头的方式，奥莉芙就能知道，母亲是否支持自己的行为。她发现自己会做出相应的调整：离开那群老是咯咯笑个不停的女孩，在足球场上喊声再大一点，爬上方格铁架的最高一层。奥莉芙希望运动场的其他女孩喜欢自己，但更希望得到妈妈的青睐。有妈妈在运动场的那一头观看和引导，奥莉芙的想法比一个人独处时更加清晰。

母亲今天没有观察自己。奥莉芙根本感觉不到她在场。

“我没事。”奥莉芙推开忧郁的思绪，抓住早上出门时的乐观心态，“毕竟我们才第一次尝试，对吧？”

娜塔莉伸手揽住奥莉芙的腰，脑袋靠在她的肩膀上，她的头发闻着湿乎乎的，有蜂蜜的香甜。“这就是我成为印度教教徒的理由。他们相信轮回永生：你永远不可能真正死去。所以就算你妈妈死了——

我不是说她真死了，而是说如果她死了——她也依然会活在别的某个地方。"

奥莉芙没从这番话中感受到娜塔莉期望的安慰效果；朋友语气中的怀疑——"就算你妈妈死了"——她却注意到了："你什么时候成了印度教教徒？我上次问，你还是长老教会员呢。"

娜塔莉抽回身："哎呀，可能现在不是，但我保留有天会是的权利。"

她们看着浪涛在岩石形成的桥下卷起泡沫。娜塔莉再次开口："所以，你准备好回去了吗？"

奥莉芙伸手接过朋友手中的金酒瓶，迅速灌了一口，液体从她喉咙中淌下，一股火辣辣的感觉，她坚定决心，转身看着海滩上方崖壁上的一排房屋。"不。"她指着第一座房屋说，那是一座看着很亲切的雪松木墙面板的平房，有白色镶边，一道尖桩组成的栅栏礼貌地拦起沙滩游客，免得他们闯入私人领地，"现在我们去上面找人打听。"

奥莉芙沿着街道往上走，娜塔莉跟在她后面一点，穿过那座墙面板搭建的房屋。大门旁的钉子上挂着一块褪色的指示牌，上面有手绘的黄蜂和帝王蝶图案，写着"坦普尔顿宅"几个字。她重重地敲门，然后等在那里。

一个戴眼镜的年长妇人打开门，看着她们。她穿一件毛茸茸的蓝色居家服，紫色的妇人拖鞋上绣着花朵，她的眼睛很大，隔着厚厚的镜片显得很阴冷。"有什么事吗？"她问。

奥莉芙掏出一张母亲的照片："很抱歉打扰了，夫人。我的母亲失踪了，我想她可能在这片地区，所以想问问您，去年的什么时候是否见过她？"

"哦，太糟糕了。让我看看。"妇人说着将奥莉芙的手拉拢些，仔细观察照片。与奥莉芙相比，她的手像纸片和瓷器一般薄。"我，嗯，我不能确定。她看着好像有些熟悉，不过我的眼睛不像过去那么好使了。"她松开奥莉芙的手，"这附近来往的人很多，游客啊、度假客啊，变化很大。"坦普尔顿妇人抓着门框，慢慢关上门，"那么祝你们好运。"

"谢谢！"门咔嚓一声关上，奥莉芙喊道。她转身面对娜塔莉："我在想，说'可能'有些过于乐观了，我们还是说'不确定'吧。"

两人沿着街道往前走，敲门询问。大多数面朝海滩的房子都是度假屋，冬天到来都关着门，百叶窗闭得紧紧的，遮挡阳光，就像沉睡的巨人。一座座种着杜松、冰叶日中花和洋蔷薇的小花园里，都插着警报系统的标志牌。母亲有没有可能就藏在其中一座屋子中？她心想着。她想象着母亲因为失忆而稀里糊涂，被一个因爱而冲昏头脑的百万富翁带回度假屋藏起来照料，等待她恢复过去的记忆。（好吧，这听起来像是她最近看的一部电影的情节，不过确实是根据真实故事改编的啊！所以，可能性是有的！）

奥莉芙带着娜塔莉往远离海滩的内陆走，完美的海滨出租屋渐渐变成各种住房混合的形式。这些房屋呈现有人长期居住的迹象——前院的旁边有一辆太阳晒褪了色的塑料三轮车，一根花园用的软管横在车道上，有衣服晾在外面等待被风吹干。她们敲响一扇扇门，只要有人开门，奥莉芙就拿出照片。房子的主人都连连摇头，看上去充满困惑。"不，没见过。""从没见过。""说不好。""可能见过。""是那位在杂货店工作的女士吗？""哦，不，等等，或许没见过。"都是些派不上用场的答案，让人恼火。

时间慢慢到了傍晚，奥莉芙加快脚步。她们停在一座绿色别墅前面，护墙板上斜靠着冲浪板，楼上阳台晾着的潜水衣像蛇皮一样空空荡荡，窗口挂的是扎染的床单。奥莉芙站在街上都能闻到那屋子里散发着大麻的味道，娜塔莉看着她皱起眉头。

她们小心地走上车道，经过一辆车斗上罩着卡车罩的锈迹斑斑的皮卡车，敲响房门。门被打开，走出来一个年轻的金发小伙子，穿一条烂运动裤，留着三天的胡楂儿，一双蓝眼睛耷拉着。

"瞧啊，"运动裤看着她们拉长调子叫道，他用一只手撑着门把手，"请告诉我，你们是来出售女童军饼干的吗？因为我快饿死了，这会儿能吃完一盒子巧克力蛋糕。"

娜塔莉在旁边咯咯笑，奥莉芙惊讶地转身看她。她的朋友正一只手拽着上衣，往下拉到牛仔裤腰部位置，另一只手则将发际线上的卷发往后抚。不是吧，奥莉芙心想，来这一套？她感觉遭到了背叛。她回头看着运动裤，试图弄明白娜塔莉看到了什么，是什么东西让她这位富有女权意识和进取心的朋友变成了一个谦卑荒谬的笨蛋。但她看到的，只是一个平淡无奇的男人，或许算得上好看，但并无任何特别之处。

她并不是从未和男孩接过吻。前阵子她在伯克利自然保护网做志愿者时遇到一个名叫艾萨克的伯克利高中的学生。他够帅，留着犹太爆炸头，有种书呆子的酷劲——他聪明风趣，看上去很安全——而且出于某种原因，真的很喜欢她。所以她便和他一起去过一个派对，之后允许他亲吻了自己，不过更多的是出于好奇，而非不可控制的欲望。她一直等待着激动人心时刻的到来，想象中应有的恋爱的兴奋感，但那体验差不多只让她想起看牙医的经历。当他用舌头探索奥莉芙的白齿时，她想到生物课上研究的阿米巴虫的幻灯片——就像是艾萨克正用带有细菌的伪足在她嘴巴的洞穴中探险。

奥莉芙知道娜塔莉亲过四个男孩，多数都是她在阿卡达营地外宿时认识的男孩，她父母每个夏天都会送她去那里磨炼辩论技巧。她最近告诉奥莉芙，说她想多去参加伯克利高中的派对，因为她真的很想在上大学之前结束处女岁月。"你知道，知识就是力量，最好开始着手准备，让那事在我的控制之下。"她的解释稍稍带着歉意。奥莉芙消化这句话时不太开心，感觉她们之间隔了一道深渊，她不知道该怎样跨越。

此刻运动裤的朋友走了出来，也是大学生年纪，这个朋友肤色较深，一头被海水腐蚀坏的长发披散在背上。他穿的是一件褪色的衬衫，身前横着"镇痛剂"几个字，手指间夹着一根湿乎乎的大麻烟，正在慢慢燃烧。"有什么能帮你们的吗，女士们？"

奥莉芙将照片举到他们鼻子下："我想请问——你们见过这个女人吗？"

镇痛剂伸手抓过照片仔细观察，目光好奇地在奥莉芙妈妈的脸上扫视，接着抬起他那双眼圈发红的眼睛，翻转照片给运动裤看。"看看，"他说，"是那个妞吗？玩麦克塔维什冲浪板的那个。你知道吗？就是上个月被赶出圈子的那个。你差点撞到她，记得吧？"

运动裤往后退一步，试着集中目光看照片上的人："不。不是她。那妞是金发，记得吗？而且是短发。"

"不，你好好看，"镇痛剂用大拇指点着奥莉芙妈妈的额头，"给她换个发型，你不觉得像吗？"

"你被蒙蔽了，伙计。"

镇痛剂依然在研究那张照片，眯缝着眼睛仔细观察，先是闭起一只眼，接着闭起另一只，仿佛不知该怎样集中注意力似的。"你们找她做什么？"

"她是我妈妈。"奥莉芙说着，心跳加快了两倍。她妈妈不冲浪——之前不冲——不过她有可能会冲。这正是比莉喜欢的那类事。她还可能把头发染成了金色，剪短了。也许她在伪装，想要消失。不过这样就引出了另一个更加棘手的问题：她想躲避谁？

镇痛剂往后退一步，将大麻烟夹到两腿之间，仿佛是无心之举。"如果是我说的那人，她是本地人。"他指着下方的大海，"以前在下面那块地儿经常见到她，不过最近没怎么见了。"

"如果再见到她，请你给我打个电话好吗？"奥莉芙说着从口袋里掏出一张写有她电话号码的方形纸片，塞进镇痛剂手中。男人色眯眯地看着奥莉芙。"你妈妈啊，真叫人伤心。"运动裤低声说着，扬起大拇指，越过肩膀往后指了指，"你们想进来吗？暖和暖和？抽根大麻烟？"

身旁的娜塔莉开始点头表示同意，但奥莉芙伸出手揽住了朋友的腰。她感觉得出，怀里的娜塔莉正在挣扎。"不了，谢谢，"她说，"我们还有事。"

"那就是你们的损失了。"运动裤说。两人站在门口，看着两个女孩走下车道。奥莉芙抓着娜塔莉的上衣布料。娜塔莉扭头冲身后最后一次挥手——孩子气地愚蠢地挥手——两个男人醉酒一般死气沉沉地看着她们离开。

"奥莉芙，你认真的吗？休息一会儿又不会要命。"一走出男人听力所能及的范围，娜塔莉就抱怨起来。

"我们集中精力好吗？"奥莉芙看着街区里的房子，试着决定接下来该去哪一栋。那座地中海风格的别墅？科德角式的那座？天色开始变暗，头顶灰色的乌云逐渐变成更深的黑色。"我想再去几家问问看。"

娜塔莉停下脚步："好了，听着，我不想质疑你的业余灵媒证书，但是这事现在感觉相当不靠谱。"

"这是你的主意。"奥莉芙指出。

娜塔莉将双手插进口袋深处，拒绝看奥莉芙的眼睛："我其实没想清楚。"

"那个人说他认出她了，娜塔莉！"奥莉芙坚持。

"他喝醉了，"娜塔莉把自己锁在大衣里，"抱歉，奥莉芙。但是我很冷，而且天晚了。我如果不赶回家吃晚饭，我妈会发火的。回去吧。"说完，她沿着街道大步往上走去。

奥莉芙维持了一整天的乐观情绪突然间消失了。她环顾四周，数着这条街上房屋的数量，是从大海延伸上来的街道上房屋数量的几倍，接着将这个数目再增加几倍，才是这片地区海滩和街区上房屋的数量，于是她承认失败了。线索太模糊，就连公开表示支持的朋友也开始动摇。这份工作的孤独感变得越发清晰。

接下来的想法像一把大锤般毫不留情地砸了下来。如果妈妈把头发染成金色，来这里只是为冲浪呢？是的，她可能失忆了，不知道自己是谁，可这种事情切实发生的概率有多大？到这个时候，难道不是应该已经有人发现了她的真实身份吗？当然，她可能做了伪装，因为陷入了某种麻烦——被强迫、被控制？——但是在这样的海滩上游荡可不像是在求救。所以过去的这一年她都在做什么呢？如果奥莉芙最后找到她却发现她其实并不想被人找到呢？

奥莉芙不开心地回想起来，事实上，在妈妈消失前的一年里，她们的相处已经不像过去那么和睦。她上高中后，两人之间就有了一道无形的裂缝。不是说她和妈妈不亲密，或者她不爱妈妈，但是她能感觉到自己在疏远妈妈，因为妈妈的高期望和难以改变的观点而感到烦恼。她的母亲——或许那就是她的回应？——开始整个周末都走出家门，同丽塔一起去探险，隔阂于是越来越大。

在死前不久，比莉曾坚持母女两人一起沿约翰·缪尔步道徒步；或许她是想补偿，之前那么多周末，她都不曾邀请奥莉芙一起。只不过结果证明，奥莉芙的妈妈把那次徒步当作某种召唤内心勇士的课程；一次奥莉芙注定要失败的测试。比莉一直冲在前面，想赶在天黑前走到下一个营地，奥莉芙却一瘸一拐地跟在后面，小心提防她的水泡。一开始她担心妈妈会为坚持带自己来的做法感到失望，但随着时间的流逝，奥莉芙开始痛恨她，痛恨她竟然以为自己能胜任这次徒步。那晚到了营地，奥莉芙管比莉叫"奴隶监工"，比莉却控诉奥莉芙害怕挑战自我。等返回妈妈的汽车旁时，两人几乎已经不说话了。

不过就在奥莉芙卸下背包时，她感到比莉双手搭在她的肩膀上。母亲在她耳畔小声说："抱歉，我把你逼得太紧了。你不是我，我有时会忘了这个事实。你也不应该是我。你可以成为你想成为的任何人。

不要忘了，不管怎样，好吗？任何人。"

奥莉芙知道她可以转身给妈妈一个拥抱，那样她们就会再次和好如初；但在那个瞬间，她仍然在生母亲的气，为母亲假定对自己简单的事情——漂亮、坚强、非常自信——对奥莉芙也会一样简单。所以她便僵着身体，摆弄着背包的带扣，无视母亲的邀请。她感觉很强大，因为知道自己有能力像那样伤害母亲。最终比莉的双手从她肩膀上滑了下去。"没事，"她听到母亲咕哝道，"就那样吧。"接着比莉便走回驾驶席，启动车子，不耐烦地等着奥莉芙钻进去。

几周后，她便离开，走向荒凉旷野，奥莉芙再也没机会补偿。在有关母亲的记忆中，这件事想起来还是让她感到痛苦；比莉死的时候是否还在生她的气，这事已经成了谜。

妈妈是不是自己想要离开的？她是不是妈妈逃走的原因？这些想法让她感觉更糟。

想到这种可能性，她开始感觉到难过；一种奇怪的呕吐感，搏动着从她的腹部向上，直冲进她的大脑。眩晕之中，她注意到娜塔莉已经拐过街角消失了，她急忙追上去，绊了几步，靠在一根路灯柱上才保持住平衡。就在她靠上灯柱的一刹那，灯光开始闪烁，她停下来抬起头看着灯光想到：是因为我吗？她感觉像是醉了，也许是吸了那两个冲浪手的二手烟，嗨了。

等她再次回头向后看时，母亲正坐在那里，在几英尺外一个花槽的边缘。她穿的是一件氯丁橡胶的潜水衣，头发（不是金色，也不是短发）湿湿地搭在背上，膝盖抵在下巴下面，仿佛正坐在那里注视眼前的风景。她举起一只胳膊，指着大海的方向："浪来了，奥莉芙。"

奥莉芙看向母亲指的方向——其实有一堵可怕的粉红色的灰泥墙挡住了视线——接着又看向母亲，她正在潮湿的雾气中闪闪发光，就像灯火在雾气中闪烁。不是真的，当然不是。她的心沉了下去。

"我不会冲浪，"奥莉芙说，"你知道的。"

"我不会。你要是一直那样想，你就永远也追不上我。"母亲说，"跟我说：我会。我会我会我会我会我会我会我会我会我会我会……"母亲就这样单调地重复，像是录音带卡住了，最后她的声音听起来不像是鼓励，更像是嘲讽。奥莉芙想哭：现在该怎么办？她闭上眼睛，双手捂住耳朵。这根本不是她的妈妈，不是她想记得的样子。她为什么不说"我想你了，你为什么不来找我"？

但这时候，她感觉像是有某种东西将她包了起来，几乎感觉不到的东西，像是雾的触须，雾的一根手指横在她脸上，就像某种缥缈的怀抱。是她幻想的吗？有可能。但不知为何，她感觉好受了些，哪怕当她睁开眼睛，发现母亲再次消失了。如果妈妈这么生她的气，那又何必像这样一再现身？每一次幻视，其实就是一次召唤。所以妈妈的消失一定有理由，她告诉自己，妈妈不是被自己逼走的。

娜塔莉是对的：那个冲浪手嗑嗨了。那个金发女人不是她妈妈。

她沿着街道慢步跑过去，寻找她的朋友。当她转过街角，却与又冷又烦的娜塔莉撞了个满怀。

"抱歉，"奥莉芙说，"我准备好回去了。下周我再去别的海滩看看。"

她们顺着街道，步伐沉重地往前走，沿着疾风呼啸的崖壁走向海滩。奥莉芙能看见斯巴鲁车就停在远处，孤零零的，停在一座什么也没有的停车场。有一个木头楼梯向下通往海滩，奥莉芙紧跟在娜塔莉身后，她下台阶紧握住楼梯扶手，那扶手饱受风吹日晒，已被冲浪者的手磨得一片光滑。

娜塔莉停在台阶半途，仿佛有了什么突如其来的想法。她转身看着上方的奥莉芙。"如果你在幻视中看到的不是现在怎么办？"她说，"如果你看到的是未来呢？也许你的妈妈现在不在这个海滩上，但一个月后她会过来呢。"

奥莉芙想起母亲身穿氯丁橡胶潜水衣的样子："他们管那个叫先

知。我想都没想过。不过我又怎么会知道呢？"

"你应该找个真正的灵媒问问看。你知道吗？就是那种知道这一切运转方式的人，他们能帮你解读你看到的东西。或者甚至教你如何看到更多、更清晰的东西。"

奥莉芙思考她的话。该在哪里寻找合法的灵媒呢？她知道不能拨打 9.99 美元一分钟的深夜电视热线；伯克利虽然不缺塔罗牌占卜师，但是他们窗口悬挂的霓虹灯招牌实在让人没有信心。

一阵寒风吹上崖壁，沙子钻进她们的眼睛。奥莉芙伸手抓住木头扶手站稳，大拇指猛戳泪腺。她用上衣的袖子擦掉风吹落在她脸上的一层薄沙。接着她低头看向手里抓的扶手，第一次注意到那根软木上满是涂鸦，整个楼梯上下全部都是，就像是给冲浪手的路标。托尼·G，11/2/12。圣克鲁兹塔布里斯塔·皮拉塔斯。一颗心中刻着 MK两个字母。安吉拉·达挥手独占。她一边慢慢走下台阶，一边查看冲浪手留下的暗号。这时她看到一条特别的涂鸦，刻痕深邃，用的是大写字母，就在她手下饱经风霜侵蚀的地方。

她伸出手抓住娜塔莉的肩膀，扳着她转过来。"你看。"她指着扶手上的刻痕说。娜塔莉看到后抬起一只手捂住嘴巴，而在那只平铺的手掌之上，她的眼睛瞪得巨大。两人面面相觑，像是触电一般激动。

那条涂鸦的内容是"西比拉"。

我与比莉·弗拉纳根的生活

乔纳森·弗拉纳根 著

　　和一个漂亮女人结婚的问题在于，其他人也会意识到她很漂亮。起先，你几乎会因人们对她的注目而感到受宠若惊——就好像她美貌的光环也将你囊括在内，反映了你自身的良好品位、你自身的吸引力。毕竟这个魅力十足的女人选择了你。

　　但是十年过去，随着新鲜感慢慢消失，这开始变成一种对你婚姻自信度的测试：你觉得你们的结合关系有多么强韧？你有多么确信你属于你们这个结合体？因为不可避免地会有其他人想要从内部突破那个等式，主张你的伴侣的美属于他们。

　　一直以来都有男人盯着比莉看，而比莉也会直视他们回应。她喜欢被人崇拜。

　　我们社区就有个家伙，以前经常来看比莉跑步前在前院拉伸。七点整，准时得像闹钟，这个变态总会想方设法拉着狗来到我们门前，趁比莉在台阶上放松小腿时，让他的梗犬在马缨丹上撒尿，色眯眯地看着她穿着黑色弹力裤的臀部、她慢跑时被文胸绷得紧紧的胸部。比莉会撑在柱子上保持平衡，漫不经心地回视他，脸上带着点歪斜的微笑，像是在说："看吧，傻子。我知道你在看。"

　　这种事已经发生过太多次，有一天，我透过窗户看到这一幕，便大步出门走到街道上想叫那家伙滚蛋。不过经过时，比莉抓住我将我拉了回来。"哦，就让他满足心愿吧，"她轻松地说，这期间那家伙早已沿着街道匆忙溜走了，"这可能是他一天中的亮点时刻了，小可怜。"

不过说真的，这些发痴的陌生人并不会叫我感到困扰，更难忍受的是那些痴迷不悟的朋友。

哈莫尼和男友西恩搬到镇上来后，大多数周六我们都一起过。家庭聚会最后总是喝得醉醺醺的，在大富翁或拉密牌游戏中结束，奥莉芙看着电影就在沙发上昏睡过去。午夜过去许久，哈莫尼两人才跌跌撞撞地摸黑回家。

到了某个时候，酒喝得有点多以后，我经常发现西恩会远离哈莫尼，朝我妻子凑近。他的脸离比莉太近，眼睛死死地盯着她，仿佛看呆的样子。他似乎很喜欢拉着她进行漫长的理论探讨，以一种学术讨论的方式，不过我总会注意到，他极其关注比莉嘴唇翕动的样子。

我记得有天晚上，在激将我妻子开始一番政治探讨之后，他突然半途打断了她的话。"像你这样的女人为什么会在这里，在伯克利烤纸杯蛋糕？"他问，"你为什么不离开去主宰世界？"

"你这么说也太轻视比莉现在的生活了。"哈莫尼插话道，但比莉只是对朋友挥挥手，仿佛完全不在意的样子。

"不过，你看啊，"比莉朝西恩凑近，眼睛紧盯着他，"我确实在控制世界。"

"你是控制着一个世界。"他澄清道，他造作的领结歪了，衬衫袖子卷到肘部，用一根手指揉着干燥的嘴唇，接着他放下手，搭在她的胳膊上，"可是我难以想象，对于一个拥有像你这样的头脑、美貌和自爱的女人，竟然会满足这样一个世界。"

妻子冲我眨眨眼，幅度刚好让我注意到：你相信吗？这个人竟然会说这种话。接着她转身面对西恩，羞怯地眨眨眼睛："你觉得这么说能讨女人欢心吗？用这种侮辱性的语言？还是说你本来就想否定我？"

她笑着握住他的手，用手指快速地弹了一下他的手背。他皱皱眉，但是没有移开视线。"你要是想知道效果，不管用。我很喜欢自己的生活，不会被一个自认比我还懂我的人吓到。"

西恩咧嘴笑："哦，真的是。"

我记得那天哈莫尼无助地看着我的眼神，我冲她转转眼珠，仿佛整件事不过是一场四人桥牌局，而不是一对一的挑衅。"相信我，"我对他们说，"没人能拉得住比莉。如果她想要什么东西，她一定会得到。"

"确实，"比莉拉长调子说着，靠在她的椅子上，"而我现在想要的，是再来杯鸡尾酒。"她的手指扫过西恩的脸。

"遵命，长官。"西恩说着站起身。他看着我摇摇头，仿佛在说"你的这个女人啊"，然后便进了厨房。

他一离开，比莉立即冲我皱眉："我觉得他喝多了。哈莫尼，下次请早点打断他胡言乱语，为了我们大家好。"她伸手握住我的手，然后看着哈莫尼笑起来，仿佛刚刚是我们一起在开玩笑。

我记得当时被她吸引的感觉：当然，她一直当着我的面，和一个我们共同的朋友说笑，而且还把我也拉了进去，所以有何不可？

在我们的婚姻生活中，这样的表演，或者不同的版本，我一定看了有几百次之多。对手有克莱蒙特预科学校的其他爸爸、我的朋友马库斯，还有一次是我的父亲。我总是会觉得很安全，因为这套惯例表演的最后一幕，这场挑逗的歌舞伎演出会打破第四面墙，将我也囊括其中。眨眼、睁大眼睛、手指与我交缠，这些动作意味着比莉无心隐藏，意味着没有任何事情需要隐藏。

6

"也许这个文件夹里藏着非常机密的间谍计划。"乔纳森的朋友马库斯说，"也许比莉在为中情局工作，代表政府刺杀哥伦比亚毒枭。"两个男人坐在马库斯位于奥克兰海滨一座科技园的办公室中，比莉的笔记本电脑放在两个人之间的桌子上，门关着，以防有任何员工误闯进来。

"哈哈。"乔纳森无法配合马库斯强开的轻浮玩笑。

马库斯似乎没看懂乔纳森的暗示。"也许那个文件夹里装的是色情内容，"他说着仰靠在办公椅上，巨大的块头像是要把整个椅子压得翻过去，"自拍啦、裸体写真啦、脏脏的视频啦，那些值得设置密码保护的东西。你们俩有没有做过什么脏脏的事是你不记得的？"

"我十分确定，那种事我不可能忘。"乔纳森冷淡地说。他的双手横在笔记本钛合金的外壳上，感觉到上面有细小的凹痕和擦痕，是装在比莉的包里蹭出来的。周末剩下的时间，他都在想方设法地探索妻子留下的数字垃圾堆，但没发现任何婚外情的痕迹。没有妥协的邮件，没有六块腹肌的陌生男人的裸体自拍或其他照片。过了一阵子，他开始怀疑自己行动的最初缘由。或许他们日程表中这些神秘的旅行能解释得通。她甩开丽塔只是为了独自一人去徒步？他满怀希望地想着。她撒的也许只是一个可以原谅的谎，而非蓄意欺骗：她不想让他担心她独自外出。

但还有那个名叫 R.R. 的文件夹，那是比莉认为值得保守的第二个秘密。此外，在翻找她的电脑的过程中，还有几个零碎的地方让他迟疑过：

1）一座他从未见过的房子的照片，是一座小农舍，护墙板边缘深绿色的涂漆已经开裂，形成羽毛般的效果。前院杂乱地摆着一堆自行车，屋檐上挂着一面褪色的装饰旗帜，上面有一头蓝色的鲸鱼，草坪上两把露台椅之间放着一个锈迹斑斑的烧烤水壶。有三张白天拍的照片，是从不同角度拍的，根据器物的移动轨迹推断，拍摄时间应该不是同一天；还有两张是晚上拍的。最后一张中，能看出有一个人影正走过前窗的窗帘。乔纳森眯着眼睛仔细凝视这个身影，想辨认他的身份、年纪或性别，但照片很模糊昏暗。这些照片让他感到不安，因为隐约有一种跟踪者偷拍的感觉，是他妻子拍的吗？

2）一张网页书签，深藏在比莉的浏览器文件夹中，是一个名叫"金及其伙伴调查服务公司"的网站。他点击进入，发现这位卡尔文·金是一名私家侦探，公司在旧金山。比莉究竟有什么事需要找私家侦探？

3）一封来自六号汽车旅馆公司办公室的邮件，时间是比莉去世的七个月前。"亲爱的弗拉纳根女士，"信中说，"我得知您于四月二十日在我们旗下一间汽车旅馆入住时遭遇了床虱的问题。我想向您表达我们的歉意，并决定当您下次入住我们公司在全美的任何一家分店时，额外附赠您一晚客房。"乔纳森交叉对照这个日期——应该是她与丽塔一同前往约塞米蒂的那个周末。她不是应该在国家公园露营吗，为什么会睡在六号汽车旅馆一张爬满床虱的床上？而且这实在不像是优惠的浪漫选择（他无法想象妻子会在任何情况下自愿选择一家廉价连锁酒店）。她住的是哪一家六号汽车旅馆？地址在哪儿？邮件中没有提供线索，六号汽车旅馆网站上列出的单是加利福尼亚州的分店就有一百六十五家。死胡同。

4）一张亚马逊网站的收据，购买的产品名叫"佐格先生的性感涂蜡"。乍一看，他觉得那是什么变态的东西——是他正在寻找的婚外情证据吗？当然，不管那东西是什么，她都没和他一起用过——仔细查看后，发现是一种冲浪板用的蜡。不过，据他所知，妻子不会冲浪。

都是些小事，汇总起来，却描画出一幅警报的画面。

还有一些别的东西，一些让人更加不安的东西，塞在比莉手包一个内口袋中，就像最后的疯狂一爪，撕裂了她的所有物品：是一个安全套。

他们已有多年没用过安全套——四十岁过后不久，她就戴了子宫内避孕器，他们正式决定，不会再要孩子。他将安全套放在手掌上思考。包装纸是细长的，磨得很旧，有效日期都磨掉了。它在里面放了多久？

他忍不住想到那个 R.R. 文件夹。可能里面有关于这一切的解释？但他无法破解密码。比莉婚前的姓氏、奥莉芙的生日、他们的结婚纪念日、他们公共银行账户的密码都不对。他还试过她的幸运数字、她的社保账号，也都不对。

"我问你，想打开那个文件夹，难度有多大？"这时他问马库斯。

"不是太难。我无法想象，比莉竟然会使用难以破解的密码。"马库斯的电话响了，不过他没理会，心不在焉地拉扯腰带。乔纳森认识马库斯时，两个人都还在斯坦福念研究生，马库斯那时还是个聪明的瘦高个儿，一头长发梳成马尾，穷疯了，只有一条牛仔裤。二十五年过去，马尾辫已经剪掉，换成了一脸葛根般杂乱的胡须，肚腩的增长速度与银行账户中数值的增长速度成正比；尽管他现在有至少一打昂贵的牛仔裤，但很难把它们拉上他的屁股。

乔纳森嫉妒马库斯，因为他有很强的适应能力，而且在他生存的圈子里，外表完全无关紧要；在科技领域，一个人的性魅力完全取决于大脑中线路的神秘走向（及其后续创造利润的能力）。马库斯显然头脑聪明过人，独一无二的智慧已经将他推上一系列雄心勃勃的独角兽[1]创业公司首席技术官的席位。他的这位朋友缓慢地行走在世间，带着一份熟知自己是被上天眷顾之人的优雅；他是上天选中的那类人，拥有正确的技能，生活在正确的城市、正确的年代。

马库斯看着他："不过，抱歉问一句，你能跟我解释一下吗，你为什么要这么做？"

乔纳森看着朋友办公室的窗外，注意到旧金山下午的雾气正在吞噬城市，远处的群山像爪子一般，包围着下方的摩天大楼。而在这边，在海湾的另一边，他们依然被阳光照耀，不过一小时之后阳光也将消失。

"你知道，为了写那本书。"

马库斯还是盯着他，一言不发。乔纳森叹口气："好吧，我终于开始收拾比莉留下的东西，在将所有物品打包放进车库之前，我想把所有零碎资料都汇总到一起。"

马库斯皱着眉头："汇总零碎资料就要侵入她的电脑？我不确定我明白这逻辑。"

"我怎么知道那个文件夹里有没有包含重要信息？财务文件、最后遗嘱之类的。"

马库斯咕哝着站起身，椅子的前轮砰地落在地面："那些东西为什么要用密码保护？正确的逻辑不应该是把它弄简单点，以防意外过世？"

"你还没回答我的问题。你会帮我搞定密码吗？"

---

[1] 指估值 10 亿美元以上，创建时间较短的公司。

马库斯伸出手越过笔记本电脑包的边缘，他的手指出乎意料地纤细。"乔，出什么事了？你的行为很奇怪，是不是有什么事该告诉我？"

"听着，马库斯，如果你对我的做法感到不舒服，没关系，我可以找别人。"

马库斯脸部肌肉抽搐几下："不，不。我来搞定。不过我现在很忙，眼下正在张罗一款新软件发布会，所以你得耐心等待，得等一两周我才能腾出工夫来处理。"

"行。"乔纳森表示赞同。窗外，在海湾的中央，一艘游艇漂入视线，上面载着一个巨大的不锈钢立方体，装饰着一个闪闪发光的荧光问号。那是为某个新的社交媒体应用程序做的广告。他不记得在哪里读到过，那个问号漂在那里，一天得花一百万美元。一道不停变换的粉红色光芒径直照在上面，他不知道那个立方体是想回答世界上的所有疑问呢，还是只想储存全世界的疑问和不安。

他想着他自己人生中那个巨大的问号：你当时想做什么，比莉？

好几天的工夫，他只能干看着《山与天空相接的地方》，无法动笔，坐在那里回忆妻子的行为突然间感觉像是欺诈。仿佛他拧开了手电筒，假装无视黑暗中所有匆忙躲避光线的生物。几个谎言当然不会改变一切，他一直这样安慰自己，她还是他爱的那个人。他一直都知道，她是个复杂的女人，哪怕他在回忆录中一直掩饰这一点。但有些内在的东西发生了变化，他不确定该如何将其拉回到开始写作的地方。他对自己婚姻的不满——他一直在忽视这一点，是出于对死者的尊重吗？是为了方便写作这本书吗？——正开始悄悄地渗入文字中。在明知道自己被笔下的主人公欺骗了的时候，该怎样写作一个爱情故事呢？

马库斯仍然在说，同时将比莉的笔记本电脑塞进他的邮差包："你要答应我，不管我挖出什么东西，你都不要生气。"他放低声音，突然间急切起来，仿佛他读懂了乔纳森的思维，"这样搞得我不舒服，你知道，挖掘别人的数字隐私，哪怕主人公已经死亡。为了什么？我们都有隐私的一面，不希望每个人都看见。但那并不会改变我们的本质，对吧？并不意味着我们过去的人生就不复存在。我们留在身后的痕迹本身并没有任何意义，它们可以引出各种解读，但都是旁观者的看法。没有比莉在这儿给你解释你找到的东西——嗯，你可能会因为发现的某些其实根本不重要的东西而生气，我痛恨这样的想法。”

“我不会。”乔纳森在撒谎，他完全明白，现在说什么都为时已晚。

回到家，乔纳森发现前门廊上有律师寄来的一个包裹，是他出门期间快递员送来的。他把包裹拿进厨房，把桌上装满变黑的香蕉的果盘和早餐留下的脏碗碟推到一边，腾出一个空间。一堆摇摇欲坠的邮件纷纷落到地板上，他看到失踪许久（可能已经过期？）的水费单夹在一本 Sweaty Betty 邮购目录中。

他撕开包裹，发现是一叠有着新鲜折痕的周日报纸。他看着报纸，一时之间不知是怎么回事。接着才反应过来，翻开最上面那份《旧金山纪事报》，丢开艺术、商务和运动版面，翻到填满文字、总是被人遗忘的最后一版。

在那里，他找到了他的分类广告，在最下面的角落，很容易被忽略：

> 如果你是加利福尼亚州伯克利的比莉，全名西比拉·色雷斯·弗拉纳根，或有任何她最近行踪的消息，请联系（510）555 2453。你的家人因为你的失踪已经申请了死亡公告。

他坐在厨房桌边，盯着那过时的报纸看了很久，徒劳地用指尖触摸那些文字，最后字迹模糊，手指变黑。他痛恨这则启事的发布前提，祈求一个死去的女人主动联系，这样的方式给人一种希望，而实际上并不存在希望。他该将报纸扔掉，赶在奥莉芙发现之前，以免她用这则启事来支持她的幻想，说什么妈妈还活着。

他看着指纹上脏污的涡旋，脑海深处有一些陌生的不受欢迎的想法在低语。这时，他被疯狂的冲动所控制，抓起手机拨通启事中的电话号码。

铃响了两声、三声，乔纳森即将恢复理智挂断时，一个男人接起电话，是个刺耳的烟熏嗓。

"莫利探员，伯克利警察局。"男人简要地报出姓名。

"你好，"乔纳森说，"莫利探员吗？我是乔纳森·弗拉纳根。打电话是为比莉·弗拉纳根的案子，去年冬天的。她是我妻子，去年十一月在荒凉旷野徒步时死亡。呃，我们猜测她死了，不过一直没找到遗体。我敢肯定你记得。"

电话那头是一阵长时间的沉默，警探可能正在脑海里的文件夹中快速翻阅。"哦，对。我能帮你些什么？"

"我知道说这些听起来很疯狂。"他犹豫着，不确定自己是想做什么，然后还是说了出来，"不过——这两天你接到过关于我妻子的电话吗？我打电话是因为，我在几份报纸上登了分类广告，寻找她当前行踪的信息——不是说我觉得她还活着，当然了，是申请死亡证明要求这么做。"他意识到自己有些唠叨，就停了下来，"不管怎样，我想还是打电话问一下比较好。"

"没有，"莫利慢慢地说，"没接到电话，抱歉。"

"听我说，我也不知道为什么要打这个电话劳烦你。整件事不过是走个程序而已，你当然不会接到任何有关比莉的电话。"他知道自己开始说疯话了，"算了，如果还有别的需要，我再给你打电话。"

他不等莫利回应便挂断电话，将手机塞回口袋，感觉像是刚刚做了什么不光彩的事。他到底想什么呢？他坐在那里，盯着那则启事，一遍又一遍地阅读：如果你是加利福尼亚州伯克利的比莉，全名西比

拉·色雷斯·弗拉纳根，或有任何她最近行踪的消息，请联系（510）
555 2453……

这不可能发生。难道有可能？

他意识到自己的小脑深处，有一颗奇怪的种子自己种了进去，正
在钻出试探性的触须。让我们来假设，作为论据，你妻子有婚外情，
那她有没有可能决定与情人私奔？她有没有可能只是自己躲起来了，
并没有死亡？这是一个很大的跨越，但他不停地回想起女儿脸上绝对
确定的神色，她说："我看见妈妈了。她还活着。"将奥莉芙那番话中
奇异的超自然成分抛开，她的话有没有可能是真的？

答案像一根冰锥，刺穿了他的胸膛：没有什么不可能。未必确实，
但并非不可能。

是什么事逼得比莉要如此极端地行事？他的手指划过餐桌边缘，
陷入要命的思绪之中。她在内心深处仍然是失落年代的比莉，她需要
更多的刺激，而与你在一起已经无法让她感受到更多的刺激。或许与
其他人在一起刺激更多。你们的婚姻并不完美，无论你付出多么大的
努力，将它粉饰成你在回忆录中所写的那样。但是，他分析道，人们
不会只因为厌倦就干脆失踪，不会只因为有了婚外情就假装死亡；至
少他们会首先尝试夫妇一起进行心理咨询，或者看在上帝的分儿上，
会先离婚。

是这样吗？

他回想起在比莉去世的几个月前，他们发生的一次争吵。当时是
午夜，他一直在楼下办公室工作，忙到筋疲力尽，眼睛干涩刺痛，这
时比莉突然跌跌撞撞走下楼梯。她站在门口，头发凌乱，睡眼惺忪，
穿一件上面印着"杰里米"字样的旧 T 恤衫，上面都是破洞。

"还在工作？"她难以置信地说，"你再也不打算睡觉了吗？"

"睡眠的重要性被人们高估了。"他说。

"精疲力竭毫无意义，"她反驳道，"说真的，别忘了奥莉芙和我

还存在，好吗？我们一直看着你的后脑勺，已经看倦了。我在这家里，不是只为了在你工作时为你添茶做饭。"

他停下打字的手，懊恼地转过身："真该死。我是那么做的吗？抱歉，这份工作快要了我的命了。"

她走过来，靠在他的椅子背上，贴得那样近，他都能闻到她睡眠时出的汗散发出的香味。"……老实说，我听你说这些都听腻了。都好些年了，情况越来越糟。我不懂你为什么不干脆辞职走人。去写本书，做些有创意的工作，改变世界；你以前一直念叨那些。"

"辞职？"他抬头看着妻子，她正扬着眉头看着他，仿佛他是个蠢得没边儿的孩子。他盯着她看了很久："我不可能领一笔薪水就辞职走人。一份稳定的工作，不是理所当然就会有了。还有健康保险——你知道现在要花多少钱吗？"

"你随时都能一走了之。"她说，"你害怕的是什么？情况最糟会怎样？"

"一本书都卖不出去，我们没钱付账单，我们会失去房子，最终无家可归。我们不得不动用奥莉芙当临时保姆挣到的钱，去购买她坚持要吃的不使用农药的羽衣甘蓝。你只能去黑市出售卵子。"

"没有人会花钱买我的卵子，它们都已干枯死去。"她伸出一只手梳理他的头发，温暖的手掌贴着他的头皮，只是抓毛囊的力气有点大，"其实这些我都不在乎，都是可以丢弃的东西。"

"什么？"他转身不解地看着她。

她似乎放弃了："你知道我的意思，就像他们说的，那些不过是琐事。"她的手从他头上抽走，"不过这不是我想说的重点。你以前一直想当一名艺术家、一位革命者，发表过雄心勃勃的理想宣言。现在却只会一边编辑介绍无线网络驱动的榨汁机的文章，一边抱怨狗屁不通的语法。"

他有些不自在地笑了："是啊，每个人年轻时都想当艺术家，然后现实击碎梦想。"

"说真的，乔纳森，不要胆怯。"

"这不是胆怯不胆怯的问题，而是责任的问题，"他怒冲冲地说，"我需要照顾你和奥莉芙，你难道不记得了吗？"

"你不需要照顾我，你一直抱持着这种过时的想法。"

这话让他感觉有些刺痛：拜托，这些年一直是我在支付账单，是我在支持你。不过他还是忍不住思考她说的话是否正确。辞职真的是个非常糟糕的主意吗？就因为他这么感觉？将谨慎丢入风中？妻子刚刚发给他一张通关卡，他不知道自己为什么要拒绝。就因为他不希望自己变成一个一无是处的附属品吗？如果他没有为家人提供财务保障，那么他提供的是什么呢？

"我在《解码》工作了十八年，那里的人都依赖我，"他思考过后大声说，"我得给他们足够长的时间，好让他们找到替代我的人。"

比莉失望地举起双手："你走的时候，他们会哭着去好市多超市给你买一个上面写有你名字的蛋糕，等找到一个更年轻、更新鲜、更便宜的替代人，他们十分钟后就会将你忘得一干二净。"

他转身看着她，嘴里一阵酸涩："那样的态度真是太糟了。"

"可那就是生活，"她说，"你只能活一次。别浪费，别平庸。"她俯身越过他，一只手合上他笔记本电脑的盖子。当他匆忙地再次掀开屏幕，查看正在工作的文档的状态时，她只是平静地看着他。接着她从椅背上起身，扯了扯被屁股夹住的内衣，走出房间，爬上楼梯。

那时候，他试图将她的话抛诸脑后，那是他们一贯对付某些隐秘的耻辱的方式。她只是厌倦了维持一个家，她厌倦了听他抱怨，他说服自己，完全可以理解。他也厌倦了自己。但是现在，再回想起那次谈话，他在想她那晚说的话是不是和他无关，而是关于她自己：我随时都能一走了之，都是可以丢弃的东西。她当时是不是就已经计划好重新开始，同其他的某个人？这是否就是她一直在策划的，在她假装出门同丽塔一起徒步的那些日子里？

就算她想从他面前消失，她也永远不会这么对待奥莉芙，他想到。比莉有她的问题，但是她不会这么残忍地对待他们的女儿，这显然太过分。不过他又想到她日程表中的漏洞、消失的那些周末，有个声音在他脑海深处小声说着：如果她都有能力撒这样的谎，那她还会做出别的什么事？显然你没有自己以为的那样了解她。

坐在厨房中，坐在压倒一切的腐烂的香蕉味道中，他突然间明白了，当奥莉芙说比莉有可能还活着时，他为什么会那么抗拒。因为，如果她没死，那么她就不是他笔下塑造的样子；如果他的妻子还活着，那么她一定是某种怪兽，不然是找不到合理的理由解释的。他还没准备好改变对自己一辈子的故事的看法。

他盯着果盘看了许久，注意到绿色的霉菌正在缓慢地包裹一只干枯的克莱门氏小柑橘，直到他受不了，一跃而起，将那水果倒进一只满得快溢出来的垃圾桶，用袋子装起来，然后抓起车钥匙。

我希望比莉已经死了，他这样想着，将垃圾袋拖到路边，因为他无法想象，如果她没死，那会意味着什么。

几小时后，乔纳森提着杂货店购物袋重新回到家，听见屋里有说话声，闻到厨房飘出煎洋葱的味道，这才想起哈莫尼要来做晚饭。他在门口站了一分钟，整理思绪，试着抛开下午的黑色疑心。

走进厨房，他看见哈莫尼站在炉灶边，正在摆弄一锅汤。她在和奥莉芙说话，奥莉芙坐在一把高脚凳的边缘，一只脚试探着往门口蹬。

"爸，"奥莉芙说，"你没说哈莫尼要来做晚饭啊。"他从她的声音里觉察出一丝隐隐的抱怨。

他看向哈莫尼，她因为炉火的热量脸色粉红，看上去在发光；她的身体似乎充满了活力，她穿一件低胸上衣，透过衣料隐隐能看见她胸脯上方有汗水的光泽。他不免觉得，她看上去似乎刚性交过。"抱歉，给忘了。"他说着移开目光，开始整理买回的杂货：奶酪、杏仁黄油、香蕉、洗洁精、奥莉芙喜欢的干海藻……该死，没买厕纸。他怎么又忘了买厕纸？

炉子上的锅开始沸腾，哈莫尼转动火势开关，调成炖煮模式。她在一只抽屉中翻找，似乎和他一样熟悉他们的厨房，最后翻出一把木勺："我该等等再进来的。我想我吓到奥莉芙了。"

"我没被吓到，"奥莉芙反驳的声音虽然有礼却显得不太自然，"就是惊讶，爸爸没说你有钥匙。"

"我没有啊。"哈莫尼说。

乔纳森也附和："她知道我们藏钥匙的地方。"

"哦。"奥莉芙从购物袋里拿起一根还泛青的香蕉，剥开皮，避免与两人有视线接触。他突然感到挫败，女儿平时总是可爱又体贴；她对哈莫尼，对其他人有什么问题？

"你知道吗，"他说，"哈莫尼，应该给你一把钥匙。我给你弄一把。你其实已经是这家里的一员。"

哈莫尼对乔纳森笑笑，然后回头继续在炉灶上忙活。

"我刚才正和奥莉芙说起，问她想不想过几天来场女孩子间的约会。"她一边搅汤一边说，"修修脚指甲啦，买买东西啦，做做面部护理啦。"她回过头冲奥莉芙微笑。奥莉芙大咬一口香蕉，质问般地看着乔纳森，仿佛是要先得到他的许可，才能开始她们女性之间的联系。乔纳森扬起眉毛以示鼓励。奥莉芙看了他很久，然后才转身对哈莫尼轻轻点头，露出一个苦恼的微笑，表示同意。乔纳森对两人都感到纳闷：对于奥莉芙来说，据他对她的了解，她从不涂脚指甲；而对于哈莫尼来说，她一直煞费苦心地想和他的女儿交朋友。

哈莫尼用木勺指着奥莉芙："现在就由你决定了，挑好日子告诉我。"

"好，我会的。"奥莉芙快速说道。乔纳森叹口气，知道她永远不会。少女们就像森林中善变的小动物，听到你的脚步声就会逃走，如果你大胆地与她们迎面相撞，她们更是会气得直嚷嚷。你需要等待，要有耐心，等她们主动找你。

奥莉芙将香蕉皮扔进堆肥桶，然后回头看着乔纳森："爸，我今晚有一堆家庭作业要做……"

"饭好了我们叫你。"

她于是出了门。乔纳森慢慢走到炉灶边，越过哈莫尼的肩膀打量："那是芜菁？"

"是耶路撒冷洋蓟。"她转身看着厨房门，"奥莉芙刚刚是给我面子对吧？也许我该建议些别的活动，而不是美甲。你觉得她想做什么呢？"

"种树？参加水力压裂法抗议？阅读 BuzzFeed 新闻网上关于搁浅的海象的故事？"他耸耸肩，"别担心，偶尔尝试一次不感兴趣的事，她死不了的。"他打开一瓶葡萄酒，然后开始观看哈莫尼烹饪。她总是粗心大意的，但很有热情，喜欢美食，眼下食物飞得到处都是，一根手指一直插在嘴里。他记得比莉在炉灶边忙活的样子，更有激情，也更专注——她是个可靠的厨子，她烹饪时会密切关注食物的变化，做出的菜肴总是很上镜——不过他不知何故，总觉得对哈莫尼热心制作的菜肴负有责任。

他将一杯葡萄酒滑过案台递给哈莫尼。"我有个棘手的问题想问你。"他说。

哈莫尼停下手中的动作，将葡萄酒端到嘴边："关于什么的？"

"比莉有婚外情吗？"

哈莫尼慢慢放下酒杯，擦一把发际线上的汗珠："婚外情？你为什么这么想？"

他迟疑着，意识到这样会玷污哈莫尼对她朋友的记忆："是这样，我发现比莉对我撒过几个谎。她告诉我周末要出门和丽塔去徒步，但丽塔告诉我，比莉没和她在一起。"

"是吗？"哈莫尼的脸上快速闪过某种剧烈的情绪，似乎突然间想到了什么，接着她摇摇头，"我敢确定没那回事，她可能就是一个人去徒步了。你了解比莉的，她有时会那么做，沉浸在她自己的世界里，不关注其他人会怎么想。"

这番话是想安慰他，但并没有起效。如果比莉对他都撒谎，谁又敢说，她不会对哈莫尼撒谎呢？"不过你有没有发现她行为古怪呢，在她死之前？"

哈莫尼整个身体都绷住了。她转身面朝炉灶，开始摆弄炉火的温度。"嗯，是啊。"她背对着他，将一大把绿油油的东西扔进汤里，"但是你知道原因，对吧？"她转身面对他，声音逐渐降低，"我们之间发生的事，在那个时候。"

终于来了，去年已经封棺入土的话题终于破土而出——他们谁都不想谈论的话题。

他最早是什么时候发现的呢？哈莫尼喜欢逗留在他们家，就算比莉和西恩不在。其实从一开始他就注意到了，无论什么时候，只要和他聊天，哈莫尼总是站得离他有点近，她身体的热量似乎勾起了他体内的某些化学反应。他们四个人一起约会，西恩和比莉忙着激烈辩论，哈莫尼会突然抬起她那双蓝色的眼睛与他对视，他感到深深的不安、震惊，乃至眩晕，仿佛他们刚刚分享了一个他完全不想传达的秘密。

但是哈莫尼是那样丰满，充满女性魅力，秀发柔软，曲线柔美。比莉虽然更漂亮——她的棱角更锋利耀眼——但是他们毕竟结婚多年。两个人已经一起做了父母，性欲很久前就已消退，他们的性生活只是舒适快速的释放；彼此的熟悉使得过程一定会舒适轻松，但同时也就无法提供任何真正激动人心的高潮。那段时间，乔纳森总要忙到深夜，而比莉清晨就会起床锻炼，他们的作息无法重叠，性爱该怎么调节适应那样的状况？

不过，他本该永远无视这份对哈莫尼隐隐约约的兴趣的。他不像是会对此做出任何反应的人。结婚多年来，也曾有其他出轨的机会自动送上门来：克莱蒙特预科学校的妈妈们，春季募款活动时四杯金汤力下肚，她们的手在他的小臂上逗留时间过久；他去的健身房里的女人，在镜子中对上他的眼睛便不肯移开视线。虽然这总是让他很受用，甚至觉得有点刺激，但显然都不值得他毁掉婚姻。他爱妻子和女儿，他喜欢当一个模范丈夫，他的生活就是他一直以来梦寐以求的模样，他不打算毁掉这一切。

在比莉去世的七个月前，哈莫尼和西恩突然分手了；那之后很久一段时间，哈莫尼从他们的生活中消失了。"我想她是在舔舐自己的伤口疗伤，"乔纳森问起，比莉耸耸肩，"感觉很受伤，可能还有些尴尬，和西恩坚持了这么久，任何人都看得出，两人矛盾很大。我是说，你也看到他以前和我调情的样子了。"他没花太多时间想这件事，哈莫尼的缺席，老实说让他感到松了口气，仿佛他之前一直被困在一只高压锅中，终于有人揭了盖子。

但是接着，在九月初，他与比莉就辞职的事发生争执的两天之后的周六晚上，比莉出门同丽塔去沙斯塔山徒步，奥莉芙去朋友明家参加过夜生日派对，家里只有乔纳森一个人。他与那篇有关比特币的未来的杂志社论作战，大吃大喝毁掉他六块腹肌中还像样的部分。

门铃响时，他已经喝得半醉。也许那就是原因，当他意识到是哈莫尼站在门口时，他没有听从本能中正确的那一方。或者他可能还在生比莉的气，遵从了潜意识中自毁的冲动。不管是哪个原因，看到哈莫尼站在门外，手里紧紧攥着手机，他没有像应做的那样打发她离开，而是打开了门。

"嘿！没想到是你，"他听到自己的语气中有种过于热情的调子，"你来找比莉吗？她这周末出门去徒步了。"

哈莫尼尴尬地站在门口，徒劳地看着手机屏幕，仿佛手机应该通知她这一切似的。"哦,"她说,"我只是路过,应该先打个电话的。"她羞怯地朝后退去,"那我走了。"

他迟疑片刻:"嗯,我在家。我敢肯定,冰箱里还有瓶葡萄酒。"

两小时后,那瓶葡萄酒就空了,他们相处时光中更美好的部分也随之消失了。乔纳森发现自己正和哈莫尼坐在长沙发上,听她讲述她与西恩分手,挣扎着找到一间新公寓,去塞多纳的一个以宽恕为主的冥想班休息了一个月,刚刚返回来。"我需要重新找回我的情感重心,放弃所有那些有毒的愤怒。我感觉是那样的——"她举起一只手,一边说一边抖动着,"不平衡。"她突然放下手,接着歪着头看他,"西恩出轨了,你知道吗?"

他坐起身:"真的?我不知道,他真是个白痴。"

她看了他很长时间,半透明的眼睛一直盯着他。最后,她向后靠在散放的靠枕上,叹了口气:"他已经交了新女友,一个研究生,年纪只有我的一半。我却被卡在网上约会中没有进展。我都四十多了,还上 Tinder,太可笑了。"她赤裸的双脚互相摩擦着,小小的圆形脚趾涂着金属光泽的天蓝色指甲油,金色头发从发辫中披散下来,垂在身后犹如亮闪闪的翻腾的波浪,"你长什么样,为人多么有趣,统统不重要,一旦你的年纪以四打头,你基本就隐形了。"

"我无法想象你竟然是隐形的。"他声音沙哑。

她冲他无神地笑笑:"你真会安慰人。不过,我需要的是网上配对约会网站。你知道,'青春不再人士','因为经常约会失败所以需要帮助的人士','已经完全准备好定下来的人士'……这些网站。"她看起来像是要哭了。

他以一种评判的眼神看着她,试着想象有个人在滑屏幕挑人时正好停在她的页面——这种事似乎没有尽头。他无法帮忙。"振作点,哈莫尼,别对自己这么苛刻。你是个漂亮女人。"说这些越界了吗?他在沙发上自己的角落里缩得更紧,仿佛在两个人之间竖起了一道隐形的空气隔墙。

"算了，不重要。好男人——"她举起一根手指，歪歪斜斜地指着他，"像你这样的好男人，早就没了，许多年以前就被抢光了，被那些高瞻远瞩的聪明女人，被那些二三十岁的从不胡思乱想的女人。哎呀，也许下一个男人会更好，结果却发现日子每过一天，剩下的男人质量就更糟。"

"天哪，哈莫尼。"听到从她嘴里说出这样的话，他很震惊。他狂乱地寻找语言，任何语言都行，只要能取出她言语中那令人不安的刺痛，"你最终还是会遇到某个人。不管怎样，我没那么好。我敢肯定比莉跟你讲过我许多缺点，工作狂啦，健忘啦，躲避风险啦。"

"哦，拜托。"

"真的，比莉觉得我应该辞掉工作，做些更有创意、更富于冒险性的事，我却总是有一百万个理由来逃避，因为我害怕失败。你一定听过这些。"他意识到自己的声音中不知不觉多了一分怨恨，于是他笑着抵消。

哈莫尼在沙发上伸开双腿，脚趾距离他的大腿只有几英寸远："比莉什么事都不告诉我。"

"得了吧，我看过你俩讲悄悄话的样子，你们总是在讲悄悄话。"他大喝了一口酒，"再说，你俩还有一段共同的历史。"

"历史。是的，我们的共同历史很长。"哈莫尼奇怪地笑起来，摆弄着手里的酒杯，"我们的关系——很复杂。你知道，在俄勒冈的时候，我常常觉得她是在忍受我。或许她确实是在忍，或许现在她让我留在身边，只是因为我知道太多她的秘密。"

"秘密？"听到这个词他笑了，他想象的是克莱蒙特妈妈们内讧的闹剧，庆幸自己被排除在外，"不管怎样，我肯定那不是真的。你是她最好的朋友。"

"你知道比莉的性格，"她继续说，脸颊泛起一抹红晕，"跟她在一起过了这么久，聊了很多，你感觉你很了解她；但是当你走开就会意识到，她其实根本没告诉你任何有关她自己的真事。她差不多只是在反射你对自己的思考，反射你最想看到的东西。"

乔纳森感觉到震惊，因为他的想法出乎意料地获得了认可，突然又觉得令人不快。他们各自待在沙发的一角看着对方，他感觉哈莫尼的脚趾正在触碰他的大腿，像带着电。这感觉极为苦恼，他脑海中突然亮起一盏红色警示灯——坏主意。他移动身体，站起来，离开沙发，远远地离开她，突然间她也跟了上来，贴在他身上，舌头伸进他的嘴巴。

亲吻她让他感觉有一股急流涌遍全身，不同于他和比莉的任何一次。他几乎都快忘了这种原始的喜悦，亲吻某个新人的快乐，你的身体已经蓄势待发，因为酒精又非常放松。在那关键的几秒钟——半分钟？——他因为这种惊喜的感受而完全忘记了自我，欲望所带来的竭尽全力的堕落使他的舌头与她的搅在一起；接着他的意识英勇归来，战胜了原始的欲念。

他猛地抽开身体。"停！"房间在旋转，刚刚发生的一幕的真实性攫住了他，重重地，"我不能——抱歉——"他退缩着，然后匆忙离开，穿过起居室朝走廊里的洗漱室走去。进去后，他将脸贴在冰冷的陶瓷马桶上，将晚餐吃的汉堡吐了个精光。过后他用冷水洗了把脸，看着镜中的自己，吓坏了。你及时停下了，他告诉自己，是她先亲的你，你没做错任何事情。但他无法否认他喜欢这种感觉，他感觉受了诱惑，而这种感觉几乎就和出轨本身一样糟糕。他看到自己正摇摇晃晃地站在一座绝壁上：离婚，一场抚养权之战，奥莉芙的眼泪；住在普通高层公寓楼中的单身公寓，每晚与波本威士忌形影相吊；有个空卧室是为奥莉芙保留的，但大多数时候都空着。我不想过那样的生活，他在心里想到，我爱我的家庭超过其他任何一切。

待他重新走出来，哈莫尼依然坐在沙发的角落里，怀里紧紧抱着一只靠枕。他安全地坐在房间另一边的扶手椅上。

"我不想撒谎，说我没被你吸引，"他说，"但是我已经结婚了。我爱比莉。我不想做任何可能伤害她的事情。"

她点点头，看着像是要哭的样子。她左眼下方有一块睫毛膏晕开留下的污渍，粉红色唇彩擦出了唇线。

他想过去给她个拥抱，但知道最好不要。"我希望我们能成为朋友，"他继续说，"我希望这件事不会破坏你和比莉的友谊，如果有可能的话。我不想导致你们分裂。"

"当然。"哈莫尼的声音恢复了平静。他不确定她在为谁伤心：他？比莉？还是她自己？他们就那样安静地坐了几分钟，最后哈莫尼起身拉直衬衫。"听我说，这事完全是我的错。我不知道自己在想什么。不管怎样，你不要责怪自己。"她走到门口，然后在那里犹豫了一下，转过身看着他，"比莉配不上你。"她说完不等他回应就离开了。

周日比莉回来，他对于发生的一切只字未提。说了有什么用？不过，他难以控制地感觉到，他行为中的某些东西已经变了，他有一个妻子不知道的秘密，感觉它就像一块尖利的石头，横在他们每一次交流的基础之上——每一次厨房水槽旁亲切的对谈。比莉一定看得清清楚楚，某些事情不一样了。虽然哈莫尼保证过，但他还是责备自己，如果不是他给了她理由，让她以为会得到回应，哈莫尼当然是不会亲他的。

他不确定该做什么。用鲜花、昂贵的礼物和高潮作为对妻子的弥补显然会泄露他的愧疚，但他也不想通过埋首工作的方法来躲避她，那不正是他们开始产生问题的原因吗？他所做的一切都感觉不再自然。取而代之的是，他感觉自己像个骗子；愧疚和自责噬咬的痛苦像是溃疡，要将他生吞活剥。

终于他再也无法承受。一天晚上他走进卧室，看见比莉正坐在床上读一本小说。他盘腿坐在床垫边缘，看着她：她眉头上的柔软皱纹、大眼睛周围细细的纹路、第一绺发灰的头发，这一切都是照顾这个家所需要的细心、关注和由此产生的压力造成的。他美丽的妻子，他这么多年来的伴侣。他让她失望了。

"有件事我想和你谈谈。"他说。

她抬头看着他，很惊讶的样子，暗色的眼睛中燃烧着某种难以解读的情绪。是恐惧吗？她小心地折起书页，合上书："说吧。"

"哈莫尼和我接吻了。"他的声音很嘶哑。说出来几乎让他感到轻松，所有压抑在那里的愧疚全部发泄出来，就像冲出了一只打开的压力阀。

比莉笔直地靠在枕头上。她歪着头，一副对这一切感到不解的样子："你，亲了哈莫尼？"他等待的是另外一些东西——控诉、泪水——但她只是看着他的脸。她是在测试他吗？

他开始滔滔不绝："那是个巨大的错误。我知道没有借口可找，但是我们当时都喝醉了，是你和丽塔外出徒步期间。我停了下来，任何实质性的事情都没发生。没有——"

"做爱？"她干脆地打断他的话，不看他。

"没有。只是亲了一下。整个过程持续了最多一分钟。听我说，我知道这依然很糟，我也不怪你因此发火——"他卡在那里，词穷了。

比莉盯着他，嘴巴微微张着。接着，出乎意料地，她开始笑了起来，一声紧绷的并不高兴的笑，几乎是一开口就停了下来。她低着头，双手捂着脸："你为什么告诉我这些？"她的声音也被捂住了。

"因为我受不了对你撒谎，"他说，"我们的婚姻不是那样，我不想开那样的先例。毁灭关系的是欺骗。"

比莉从手中抬起头，眼睛亮晶晶的，在闪烁。"这事我们不要再提。"她说。

他迟疑着，不确定这句话的意思。"或许我们该提，"他说，"或许是时候该谈谈，去进行婚姻心理咨询。这事不是毫无来由。"

"婚姻心理咨询？认真的？"比莉盯着床对面的墙壁看了很久，思考着。接着她转身面对他，露出一个奇怪的、安抚的微笑。"不用，事情已经过去了。"她说，"它发生了，就是这样。打散重组也不会改变任何事情。我们往前走吧。"她伸手越过床铺，抓住乔纳森的手，牵向她的嘴巴，弯腰用干干的嘴唇亲吻上去。接着她向后靠去，重新翻开书，翻到她折页的位置。

他被这一幕弄得说不出话来，她嘴唇的触感还在他手掌上燃烧。真这么简单？难道没有别的事需要做、需要说？是的，他犯了大错，还是根本的方向性错误，但是他要遭受的惩罚难道不应该比这多吗？

他等待着迟来的连锁效应，但他们依然平安无事；可能比之前许多年还好了许多，仿佛那个吻照亮了所有真正重要的事。他缩短工作时间，好抽出更多的机会与家人共处：工作日晚上陪奥莉芙和比莉去她们最爱的餐厅用餐；抽了一天一家人一起去蝴蝶海滩度假；温暖的秋夜他们会坐在门廊上喝葡萄酒，谈论奥莉芙。他和比莉甚至还有了几次精彩的床上生活，事后两人都浑身大汗，气喘吁吁，和过去一样。一个周五，他下班回到家，发现哈莫尼和比莉坐在餐厅，两人的脸因为葡萄酒涨得通红，面前的桌子上放着一盒曲奇饼。"天哪，你提前回家。"比莉语声柔和，说完又返回和哈莫尼交谈，仿佛什么都没有改变，尽管桌子对面的哈莫尼不敢看他的眼睛。

无论何时，只要他试图提起那个吻的话题——屈从于某些让人不安的感觉，他们之间有问题没解决——比莉都会把它推到一边。就这样，时间到了她人生的最后一天，她亲吻他，告别，拿起背包出门，独自走向荒凉旷野。

那时，他感到一股巨大的如释重负的感觉——情况原本可能比那糟得多。他妻子奇怪、愉快的宽恕总好过令人怨恨的明显的愤怒。但是从眼下的位置回望，比莉那种若无其事的态度似乎显得更加可疑。尤其是他了解了情况之后：在他亲吻哈莫尼的那晚，比莉原本应该与丽塔在沙斯塔山徒步，但实际上她根本没和丽塔在一起。

　　或许比莉不为他犯的错感到难过，只是因为她知道她的错比他大得多。

　　这时候他抬起眼睛与哈莫尼对视。她正用她那双明亮的眼睛审视着他，湿淋淋的木勺依然拿在手中，仿佛是想测量他因为她而升高的体温。十一月最后一个周末，比莉徒步没有回家，惊恐和慌乱之中，哈莫尼是他第一个通知的人。不出一个小时，她就赶了过来，无言地拥抱他，仿佛她仍是比莉最好的朋友；从那时起，他们就一直维持着这种状态。那个吻似乎已经被雪崩般的悲伤埋葬了，是一个幻觉中的错误，是他们两个人都不想谈论的、不想挖掘出来研究的。

　　但是，它就在这里，以某种方式存活下来。因为他现在就看得出来——从哈莫尼渴切的表情、她嘴唇微微颤抖的样子——如果有机会，她会再次亲吻他。

　　根据胯下难以抑制的动静来看，他可能也会用亲吻来回应。

7

奥莉芙一个人待在一座山的顶部,松树在她四周发出沙沙的声音,空气中锋利的雪花在互相啃咬。她坐在一根能俯瞰山谷的倒下来的木头上,落日余晖照在她的脸上。在她的脚下,蹲着一只小鹿,因为不安的预感,耳朵一直在抽搐。有人来了。

"你得做一个选择。"她转过头,看见母亲坐在身旁的木头上,双腿在身前展开,靴子包裹的双脚在脚踝的位置交叉。她戴着墨镜,氧化锌制作的镜片架在鼻梁上,脸庞已经晒成了深深的棕褐色。她继续道:"你喜欢事物本来的面貌吗?如果你喜欢,无论如何都要坚持下去。但是如果你不喜欢,没有任何事情会发生变化,除非你决定改变。"

"你在说什么?改变什么?"奥莉芙说着转过身,想把母亲看得更清楚,却被耀眼的光芒晃得睁不开眼。

母亲转头看向阳光。"太阳给人的感觉很好,"她说着撕开一包格兰诺拉燕麦条,"它照在我们所有人的身上,无论我们在哪儿。"

"那你在哪儿呢?我们现在是在荒凉旷野吗?"

妈妈笑了起来。有那么一瞬间,感觉几乎就像从前一样,母女二人分享一个秘密;接着森林开始退散,气流将她轻轻地沉淀在斯巴鲁车的驾驶座上。母亲消失在奥莉芙的背包中，与书挤在一起，坐在副驾驶座上；小鹿重新排列，变成了一只帆布购物袋，被丢弃在脚下。奥莉芙抬起头，试图辨别方位。车道两边栽着剑兰，中间是一座庞大的两层楼高的豪宅大门，框架上蚀刻着摇晃的葡萄图案，一排瘦骨嶙峋的柏木歪向地面。我在莎伦·帕金斯的门前，她提醒自己。

这是她一天里第二次产生幻视。现在它们的到来方式是这样的：要么一连几天完全不出现，要么就结队而来，每一次都很快聚焦清晰，然后消融在背景之中，像是经过一家广播电台的调频来的。她原本坐在物理教室中，接着突然就到了另外某个地方，她的母亲就在身边，发表一些高深莫测的言论。有时奥莉芙会辨认出她降落的地方（妈妈最爱的咖啡馆，或是蒂尔登公园山顶），有时方位太过模糊，无法辨识（一片海滩、一座无法辨认的松林中的空地）。让人沮丧的是，那些幻觉画面都很神秘，难以驾驭。它们就像玻璃纸，闪闪发光地穿透她的身体，不留下任何有用的信息；就像是线索和符号片段，指向一块她无法完全领会的更大的图画。它们意味着什么？她试过盯着镜子看，严格遵循《连接》那本书中的指示，但最后只因为盯着镜子看了三个小时而眼睛酸痛。她甚至还在阁楼上找了一块旧的占卜板，坐在黑暗中，祈求灵体回答——你去了哪里，妈妈？——但是指尖下的占卜板顽固地没有变化。

她一直想起那个冲浪手提过的金发女人。那有可能是她妈妈吗？有没有可能是她将自己的名字刻在那根木头扶手木上，想求助？那会不会是一条只写给奥莉芙看的秘密信息？但镇痛剂没给她打电话，通知她那个冲浪的女人回来了。除了返回圣克鲁兹，站在那个木头楼梯的底部——要多久？几周？希望看到母亲跟跟跄跄地从自己面前经过？——奥莉芙完全不知道接下来该做什么。

她希望，莎伦·帕金斯能提供这方面的帮助。

奥莉芙钻出汽车，穿过铺路石走到门前，门廊上方挂着一块小小

114

的名牌，上面刻着花体字："请律师不要打扰。"她试探性地按响门铃，听到铃声穿过门后巨大空旷的空间。

一个三十多岁穿运动服的小个子红发女人打开门，她速度太快，奥莉芙吓得往后跳。那女人看着奥莉芙皱起眉头。"哦，"她说着目光越过奥莉芙的肩膀，疑惑不解的样子，"我在等我的健身教练呢。"

"您是莎伦·帕金斯灵媒吗？"奥莉芙看见这个女人戴着一条用块状物连接的手链，无名指上戴着一颗巨大的钻石。她的面色是生活悠闲的女人才有的卡仕达酱的颜色，头发往后梳成一片闪亮的瀑布，就健身来说，她的妆容并不合适。

"天哪，能请你不要用那个词吗？"女人反驳时双手依然放在门把手上，仿佛正准备关门，"听着很掉价。"

"抱歉。"奥莉芙怀疑她是否将惊讶表现得过于明显，连莎伦·帕金斯都能看得出。她之前以为灵媒会更……像良师益友？更具母亲色彩？或许更有灵性力量吧，与宇宙合而为一。

莎伦完全不是奥莉芙在谷歌搜索栏输入"湾区灵媒"时期待看到的人。（不过话说回来，她当时想看到什么样的人呢？一个戴头巾的女人，身上挂着吉卜赛金饰，怀里抱着一只用天鹅绒包裹的水晶球？）奥莉芙在谷歌上的第一次检索得到了一百一十七条答案；将搜索条件改成"湾区最好灵媒"后，结果缩减到三十三条，包括一个专门帮助寻找丢失猫咪的灵媒，以及一个名叫智慧博士、在衣柜公司有份兼职的家伙。

奥莉芙再次尝试——"湾区合法灵媒"。

成功。最上面一条结果是《旧金山纪事报》刊发的一则故事，发生在六个月前：《湾区灵媒引导警察找到一个失踪的十二岁男孩遗体》。

曼纽尔·阿尔瓦雷斯失踪十一天后，帕洛阿尔托市的一位名叫莎伦·帕金斯的家庭主妇开始看见他的脸。她不知道在她所描述的"白日梦"中一直看见的男孩是谁，但她知道他很重要。于是她就致电当地警察局，要求浏览他们的失踪人口文件。十分钟不到，她就认出自己一直看见的男孩是曼纽尔；接着不到二十四小时，她就引导警察来到圣布鲁诺市的一块空旷地，曼纽尔的尸体就躺在那里的一堆废弃床垫之下。

"莎伦·帕金斯完全合法。"警探弗雷德·波利斯基称，他也曾就过往的失踪人口案咨询过帕金斯，"我不知道她是怎么得知那些情报的。"

一位副业是寻找失踪人口的灵媒，完美。奥莉芙在搜索栏中输入"帕洛阿尔托的莎伦·帕金斯"几个字，找到地址，来到这座门前停有一辆白色奔驰轿车的仿地中海风格别墅前。

"我叫奥莉芙·弗拉纳根，"奥莉芙说，"我希望您能帮我找找我的妈妈，她失踪了。"莎伦·帕金斯下巴周围的肌肉抽动绷紧，奥莉芙继续说，"不过我得先和您说——我想我和她有心灵感应。"奥莉芙看见莎伦·帕金斯弧度完美的眉毛有一条扬了起来，"或者不知道您喜欢用什么术语来称呼。"她急忙修正。

莎伦·帕金斯的目光越过奥莉芙，看见车道上停着一辆结实的斯巴鲁，然后将她上下打量一番，看见她身穿一套新洗过的校服，胸袋上装饰有克莱蒙特女子预科学校的标志。最后她叹口气看一眼手表："好吧，我想我能抽出几分钟时间，进来。"

她带领奥莉芙沿一条摆满赤土陶器的门廊走进客厅，里面有一座笨重的大理石壁炉，枝形吊灯足有一辆车那么大。沙发是皮革的，上面摆满了靠枕。每一个表面都放有艺术品：玉瓶、瓷雕、青铜瓮，从古到今、从东方到西方的镶框油画；藏品的丰富和多样性似乎是为了抵消观者对于收藏者品位的任何疑心。奥莉芙低头看脚下，意识到自己站在一条用真正的熊皮制作的小地毯上，那动物的头和其他部分都还在，这让她胃里一阵恶心。她在接触不到熊皮的长沙发上找了个座位。

莎伦·帕金斯坐在她对面一把扶手椅上，身体前屈，用手撑着下巴。她的目光扫过奥莉芙的脸，从左到右。四目相对，奥莉芙想着，她是想"阅读"自己吗？奥莉芙感到不舒服，于是移开目光，转而看着壁炉边一个穿在黄铜柱上的古董旋转木马乳白色的瞳仁。

"这些——都是做灵媒时得来的吗？"她指着房间里的收藏品问。

莎伦做了个怪相："我不做灵媒。我不靠那个赚钱。不做——我丈夫是做风险投资的。"

"哦。"

"我不会宣传我的能力，更别说试图用它们来赚钱，你这么问很不懂礼貌。尤其是我经常帮不上任何忙。不过总有人来找我，按我的门铃什么的。但是——"她看着奥莉芙脚下的背包，"一般没有女学生来找我。现在这个时间，你不应该在学校上学吗？"

"学校职工培训日。"奥莉芙撒谎道。事实上，为了驾车穿过湾区，她翘了下午的课，而且必须在五点前赶回去，因为要与新约的心理医生第一次见面。这是她第一次翘课，她感觉不舒服——一定会陷入麻烦吧？——不过她提醒自己，这样违反规则的行为正是妈妈会鼓励的（任何人都会循规蹈矩，找到属于你自己的东西）。

"那么，我应该先告诉您我的幻视吗？"她问。

莎伦向后靠去："你想从哪里开始都行。"

"好，是这样，事情开始于大约一周前。"奥莉芙迅速地给莎伦讲了一遍母亲的失踪、她第一次幻视、母亲的名字刻在海滩的木头扶手上，还有后来越来越频繁的幻视，一直讲到在几分钟前幻视中看到山顶的情景。

"那么这一切意味着什么呢？"最后她说，"我不确定该怎么将这一切拼凑起来。我看到的是现在，还是未来？我怎么才能知道，我看见的某件事是否重要？它们都互相关联吗？"莎伦点头，奥莉芙等着她说话，后来才意识到她点头只是示意自己继续说，并不是在给出任何具体的答案。奥莉芙于是继续发言，指向更加明确："我想或许您能告诉我，该怎么解读这一切。因为毕竟您是专家。"

"我是专家？"莎伦笑了，露出一口堪称完美的洁白整齐的牙齿，"我甚至连自己的大多数幻视都解读不了。杂音太多，信号又太少，如果你明白我的意思。所以抱歉，我不会帮你解读的。虽然我真的很想帮你，但是如果你想寻找逻辑，在这些无法解释的幻视中是找不到的。就像我说的，大部分人从这里离开时都不高兴。"她掉转话头，仿佛谈话已经结束，"就这些？"

奥莉芙依然坚持立场："但是你帮助找人，对吧？寻找失踪人口。"

莎伦再次向后靠去，低头看着自己的手，按在弹力运动裤上。她轻轻擦拭上面的细毛，将其全部理顺："我找到了曼纽尔·阿尔瓦雷斯，如果你指的是这个。"

"你是怎么做到的？"

"很难描述。有天早上我醒过来，就知道该往哪儿走，我脑海中有一幅很清晰的画面，知道该去哪里找他，于是……老天。"莎伦抿着嘴唇，"这个技能我教不了你，如果你想要的是这个。记住，我也会看见许多完全说不通的东西，一直都搞不懂。就像我说的——杂音。"

奥莉芙的喉咙绷紧了："好，但是就算你不能教我方法，你还是找到了曼纽尔·阿尔瓦雷斯——对吧？所以你可以找到我妈妈。"

莎伦摇着头，突然之间看起来疲惫不堪，但奥莉芙继续紧逼："我想我们可以接近她的——你们管那叫什么来着，能量场？——如果我们合作，用我们两个的……"她忙乱地寻找正确的词。

莎伦向后拧着嘴唇，露出一个干巴的微笑："力量？我也讨厌那个词。还有，这事没办法和别人一起做。"

奥莉芙低头看着自己紧握着膝盖的手："你不相信我见到我母亲了，是吧？"

莎伦将一只冰冷的手放在奥莉芙的膝盖上："我不是那个意思。我能从你身上感受到确定的能量。你遇到了一些事情。我很乐意帮你找到你妈妈，我真的想，如果我有能力。但是我不能，我做不到。根据我的经验，幻视不是为了交流；它们是单行道。我也不能挑选我看到的内容。不是说换个电视频道就能看到八点钟的电影。"

"但是你刚说过，你帮忙找人。"

"更像是他们找到我。"

"所以呢？你至少可以试试。"奥莉芙意识到自己哭了，"我不知道还能请谁帮忙。"

莎伦似乎被她的眼泪弄得慌了神："好好，但是我不能保证。"她坐在那里，拧着手指上那颗巨大的钻石，"你有没有带着什么你母亲的东西？"

奥莉芙想了一分钟："我开她以前的车来的。"

莎伦穿上运动鞋，两人出门走到车道上。她站在那里看着那辆深绿色的斯巴鲁车，驾驶门上有奥莉芙上周撞到一根杆子留下的凹痕，后保险杠上张贴的三年前世界地球日留下的贴纸已经斑驳。车身涂漆上有雨水留下的泥点，慢慢地快将整个车身都包裹了，奥莉芙认为在水资源短缺的情况下还洗车是错误的，尽管父亲一直在念叨。莎伦双手并在一起揉搓，接着将指尖轻轻地放在发动机罩上。她站在那里闭上双眼，阳光落在她的皮肤上。有一瞬间，看着女人脸上的光芒，奥莉芙觉得充满希望，接着，莎伦只是睁开眼摇摇头。

"抱歉，我看到的只是火花塞和活塞环。"

奥莉芙坚持不放："你到车上来会不会好点？因为她大部分时间都待在驾驶座上。"

莎伦环顾四周，仿佛在等待有人来解救。"好吧。"她不情愿地说。奥莉芙打开驾驶室的门，女人弯腰坐进去，避开皮罩新裂的口子里钻出来的一团泡沫。她将指甲修剪得整整齐齐的手指合拢，两根放在方向盘上，指尖摩擦塑料盘面。奥莉芙站在身旁，莎伦眼睛直视前方，透过挡风玻璃能看到街对面的蒙特利殖民地风格的建筑。她闭上眼睛，嘴角抽动着。

漫长的一分钟过去了，奥莉芙终于打破了宁静："你看见什么了吗？"

莎伦抬头看着奥莉芙，表情呆滞。等她终于说话时，她的声音低沉含混，仿佛完全属于另外某个人。"你有没有想过，有些事情还是不知道为好？"她咆哮起来。

奥莉芙被吓到了。不等她恢复镇定，一辆本田车开上车道，停在斯巴鲁车旁边，开车的男人长着罗马雕塑一样的鹰钩鼻。车身侧面贴着一张很吸引人的广告，写的是"里卡多·埃斯波西托，私人教练"。听到车胎吱吱碾过混凝土地面的声音，莎伦似乎终于返回了现实。她下车抚平运动衣上的褶皱。

"你看到什么了？"奥莉芙坚持问，"听我说，如果你想保护我，你没必要这么做。我能应付。"

莎伦看着奥莉芙的脸，时间有点长。"我什么都没看见，"她说，"抱歉。"

莎伦回头往她的房子大门走，她的健身教练跟在身后，怀里抱着一个瑜伽平衡健身球。奥莉芙沮丧地看着她离去的背影，就在莎伦即将进门的时候，奥莉芙冲上去抓住她的胳膊："你骗我，你看到什么东西了。"

莎伦转身看着她，脸庞因为受挫而紧紧拧成一团："我不知道。也许吧。老实说——我对你妈妈的事真的感到抱歉，但是我想你还是应该放手。花点时间和朋友相处，亲吻某个人，尽可能地当个普普通通的高中生。如果你真是灵媒，事情只会更加难。成人的世界残酷不公，你不会想在里面花费超出必要的时间。"

有那么一瞬间，奥莉芙痛恨这个女人和她的陈词滥调：难道她不明白吗？对我来说，没有什么事是"容易的"。没有了妈妈，世界已经"残酷不公"了。除非把妈妈找回来，不然我永远不可能弄清每件事应有的模样。"你只需要告诉我一件事，"她脱口而出，"我妈——她想要我去找她，对吗？"

莎伦停下脚步。一滴汗珠沿着她的发际线边缘滑落，突然转向落到了耳朵下面。她盯着奥莉芙看了很久。"是的。"她干脆地回答，然后像是解脱一般轻轻地晃了晃。

莎伦和她的健身教练一同进屋，随后轻轻带上门。

于是，莎伦·帕金斯被那座仿地中海风格的别墅吞没了。透过房门，奥莉芙能听见女人的运动鞋踩在西班牙瓷砖上发出的咯吱声。这算是胜利吗？并不算，但奥莉芙依然感觉到像是达成了某个目标。我妈妈想要人去找她，至少这件事得到了确认。她开心地钻回斯巴鲁车，将双手分别放在方向盘十点和两点的位置，就是莎伦刚刚放过的地方。方向盘还是热的。有那么一瞬间，奥莉芙觉得，她依然能感觉得到，母亲还在车里，接着她拧动钥匙点火，准备与晚高峰车流作战，横穿湾区返回。

奥尔布赖特医生的办公室是用车库改造的，位于一座刷成清爽薄荷绿的维多利亚时代的建筑后方，在一条小路的里面，小路两边长着野薰衣草和薜荔。奥莉芙在治疗师接待室候诊，坐在一排巴厘岛儿童照片下方。她看着那些照片，心里奇怪哈莫尼是怎么认识奥尔布赖特医生的。他们是朋友吗？奥尔布赖特医生也是她的心理治疗师吗？如果是这样，感觉会很奇怪。

她盯着墙上的时钟，开始感到不耐烦，还要一个小时才结束，真是太浪费时间了。

放在背包深处的手机响了起来，她掏出来，发现是未知号码来电，但还是接通了。

电话那头是一个男性的声音，听起来像是坐在洗衣机的转筒里讲话："嘿，嗯……奥莉芙吗？"

她小心翼翼地握着手机："你是谁？"

"啊，我是马特。之前你来过我家，说要找照片中的女人，还记得吗？"是镇痛剂，她想起来了，背景的喧嚣声——海浪和风声——消失了。

电话线的那一头，马特在冲某个人喊着什么，他用手掌捂住了电话的话筒，所以声音听不真切："嘿！快过来！"

"记得！你好，"奥莉芙迅速说，"怎么了？"

马特回来了："啊，我找到她了。玩麦克塔维什冲浪板的金发女人。她之前去巨轮航道冲浪去了……"话筒再一次被捂住，马特似乎将它按在衬衫上。她能听到他在和某个人讲话，声音轰隆隆地闷在胸腔。而在她自己的胸中，她的心中充满希望，她几乎要打起嗝来，真的会是妈妈吗？

电话突然换了手，一个女人的声音传过来："你好！"

听起来不像她妈妈的声音，完全不像。她妈妈的声音尖厉，这个女人的鼻音太重。不过她已经有一年没听见妈妈说话了，记忆有可能骗人。"妈？"她试着叫了一声。

电话那头的女人听起来很困惑："天哪，不是吧？什么情况？"

她的眼睛刺痛，希望破灭了。这个声音绝对不是妈妈，有气无力的声调，话语中带着疑问，绝对不是妈妈。比莉平时说话的样子，像是她完全知道自己在说什么，根本不会有疑问。奥莉芙清清嗓子："抱歉，我在找我妈妈，马特以为有可能是你。"

"我不是。"女人说，"我想，如果我有孩子，我应该知道。不过还是祝你好运。"

马特接过话筒："姐们儿，抱歉啊，现在我再看她，感觉好像她的年纪不够当你妈妈。"

"你嗑嗨了吗？我才二十五岁。"奥莉芙听到那个女人在说话，"她要是我孩子，那我大概得在初中就分娩。"

"算了，抱歉。"马特说道，奥莉芙不确定他是在对她道歉，还是在对那位金发冲浪手，"好吧，我累了。那么再见！"

他挂断电话。奥莉芙委屈地看着手中的手机。现在该怎么办？奥尔布赖特医生的办公室依然一片寂静。

她迅速编辑一条信息给娜塔莉："镇痛剂打电话来叫金发冲浪手跟我讲话了。她绝对不是我妈。"

手机振动，收到娜塔莉的回信：一个哭脸表情。

也许我妈根本就不在那片海滩上，也许我理解错了幻视的意思。

那扶手上的名字怎么解释？

假冒的？巧合？

她想着又编辑一条："或者她确实在那儿，但是我找她的方式不对。"

很长时间的停顿。

"也许那名字是她之前刻的，你们一家去年去那边野餐时刻的。"

奥莉芙没想过这种可能性。她就这个令人沮丧的想法思考了一会儿，感觉她这些琐碎的线索一个接一个地都断了。

这时手机再次振动："那现在怎么办？"

好问题。她没辙了。

治疗师办公室的门向内打开，一个和奥莉芙的妈妈差不多年纪的女人走了出来。她长着一头蓬松的黑色卷发，身穿一件灰白色的开襟羊毛衫，长至膝盖，垂在宽松的亚麻长裤上。奥莉芙跳起来，将手机塞进背包。

"奥莉芙·弗拉纳根？"奥尔布赖特医生轻声说着，握住奥莉芙的手，"我听哈莫尼说了许多你的事。我们进去说吧。你在想什么呢？"

我与比莉·弗拉纳根的生活

乔纳森·弗拉纳根 著

▲▲
〜〜

　　我的妻子并不是一个好相处的人——我从一开始就知道这一点——但那并不是说，和她在一起不好玩。事实上，情况完全相反。如果做得有点过火，她自己就能知道，然后她就会向反方向扭转，做一些体贴或自然的事。在那旋风般快速旋转的时刻，在那样的高光时刻，我从没有体验过那样强烈的快乐、那样浓烈的爱。

　　我们会吵架，但是第二天一早，我醒过来，床上会有精心制作的早餐，最后一道菜是一次不请自来的口交。有时候她整整一周都郁郁寡欢，沉浸在自己的世界，暴躁易怒，但到了周五，她会带着奥莉芙出现在我的办公室，带领我们来一次说走就走的周末旅行，前往某座山间小镇，她听说在那里能吃到世界上最好吃的苹果派。每当我要出门工作时，她会变得很冷漠，不想理我，但是一个小时后，当我打开笔记本电脑，会发现屏幕上粘着一张便条，上面写着："别生气，我爱你。"我从来没有一直生气，我总是原谅她，我总是用爱回应她。

　　现在想起比莉，我经常会想象她坐在她的汽车驾驶座上，带着奥莉芙和我踏上未知的探险之旅。她开车时，喜欢将椅背向后倾斜，打开收音机，将音乐声调到最大，车窗调到最低。活在当下，她就是这样的人，而对于我来说，这一点就足以轻松掩盖她性格中的其余部分。

不过近来我也一直在思考比莉的一个朋友对我说过的一句话："比莉喜欢惊喜。"

比莉喜欢让我们的生活充满激情，说到这里，在一起生活十六年之后，难道真的还有什么东西能让我们感到惊喜吗？甚至说得直白些，结婚这么多年后，还有任何东西能真正地让一个人感到惊喜吗？到了这个时间点，配偶已经熟悉你的每一件事：你鞋子的味道，你喝咖啡的习惯，你打喷嚏的声音。你与年长的父母打电话时不耐烦的语气，你一再控诉他们强加给你的同一套行事方式。你循环利用的引文。你童年时代摘樱桃的记忆，已经重复讲过太多次，你的配偶现在都能在晚宴上代替你背诵你最有意思的逸闻趣事。

你渐渐变得乏善可陈，你的怪癖不再有趣，而是都在意料之中。就像一个棋盘游戏，下的次数太多，因此已经无法真正地乐在其中；像你最爱的一部电影，你已经无法再强迫自己从头到尾地看完。配偶的存在让你感到安慰，是的，你依然爱着对方，但是你已经不再为对方而激动，不再像你曾经的样子。你已经不再能感受到惊喜。

当然，我也不再能给比莉惊喜。

因为——让我们坦诚相对——我也不再能从她那里感受到惊喜。她的不可预测性已经变得……可以预见。不过没关系。这些都没关系，因为我一直相信，一个牢固的婚姻关系的基石便是一生恪守承诺，来容忍你的伴侣的缺点——要有能力放过那些令你讨厌的东西。即便你已经厌倦妻子莫名其妙的郁郁寡欢，或是她过于冷漠的评判，或是她假定你一直会在身后接住她的想法。你只需要深呼吸，宽容地微笑，大方行事，将负面情绪一扫而空。不要将伴侣的缺陷当瑕疵来拒绝，你应该用谅解作为贝壳中包裹沙粒的珠衣，层层覆盖，将它们凝结成珍珠。爱不应该是简单的，而应该是某件你无论如何也要做的事——无论如何我都爱你。

再说了，谁能没有缺陷呢？我认为离婚是懦弱者的行为，他们以伴侣的失败为借口，避免面对镜子近距离对照自己。

我一直以为比莉也是这样想，她不介意事情本来的面目——婚姻难以避免、无可躲避的推进——但是她或许并非如此。

所以如果你和配偶努力争取的是两种完全不同的婚姻，会发生什么？一方的基础理念是克制，另一方却是惊喜？如果你眼中的将你们维系在一起的东西，事实上却在将对方推得越来越远，该怎么办？

那时候会发生什么？

8

    金及其伙伴调查服务公司的办公室，在一个毗邻田德隆区的街区里一幢旧楼的八楼，一条走廊的深处，走廊两边的房门上贴的都是会计和税务顾问的广告，以及一些头衔神秘兮兮的咨询服务。楼里一片死寂，好像走进了某个被时代遗弃的鬼城，被蓬勃发展的新经济甩在身后。

    乔纳森穿过脏兮兮的大理石门厅，脚步声激起沉闷的回音。走进金及其伙伴调查服务公司鲜橙色的门，乔纳森看到的是一个方形大房间，从窗口能一直看到市中心。一面墙边摆着一排拉丝钢打造的文件柜，另一面墙边摆放的是一个几乎空置的书架。在一个墙角，摆着一座小型喷泉系统，汩汩的水声未能完全遮挡八楼之下街道上的汽车鸣笛声和地面电车发出的叮当声。喷泉上方挂着一面教室用的挂钟，指针静静地带走流逝的时间。

    坐在房间正中央的是瘦削整洁的卡尔文·金，他刚剪过头发，粉红色耳朵周围的皮肤裸露在外，领尖钉有纽扣的衬衫紧紧扎在灰色长裤中。他身姿笔挺地坐在一把无靠背的符合人体工学的高脚凳上，那凳子看上去非常像自行车座。办公桌摆放在身前，上面覆盖有玻璃，除了一台合上的笔记本电脑、一部手机和一叠对齐成直线的打印文件外，桌面几乎空着。

金站起来握住乔纳森的手，招呼他坐在摆放在桌子正对面的另一把车座般的高脚凳上。"很高兴见到你，"他吐字清晰，讲话谨慎，"我能帮你些什么？"

乔纳森小心地坐在凳子上。"其实不是我的事，是我妻子。我想她可能与你谈过，去年的某个时候。"乔纳森开始述说，"我发现她的浏览器上将你们的网站标记成了书签。她名叫比莉·弗拉纳根，有印象吗？"

金的左眼痉挛般抽动了一下："我对此无法确认，也不能否认。抱歉。"

乔纳森想到他会这么回答："如果说出来会有帮助，她去世了。"

金眨眨眼睛："对此我很抱歉。"

"嗯，谢谢。"乔纳森继续说，"我在处理一些房产问题，希望你能告诉我她雇用你的目的。"

金将双手摊开放在桌子上，小心地让每两个手指之间的距离都完全均等，然后仔细研究它们："我们公司的保密政策非常严格，我必须维护顾客的隐私，不然就没有顾客会找我了。"

"她去世了。"乔纳森缓慢地重复一遍，在他身下，高脚凳轻轻地前后摇晃，像是在表示赞同，"她去世了，你依然不能确认她来见过你吗？"

金摇摇头。

"听我说，我理解——并且欣赏——你们的谨慎，但是她不可能过来冲你们发火了。"

金轻轻皱起眉头："但是，任何人都可以走进这里，声称他们的配偶去世了，你也明白。你有没有死亡证明能给我看看？"

乔纳森差点笑出来："还没有，有些法律漏洞，我们正在解决。这也是我来的一部分原因。"

金点点头，仿佛这一切并没有任何的不同寻常之处："没有证明，我帮不上你。抱歉，但是政策需要被贯彻，还有其他事我能帮你吗？"

乔纳森沉默地在高脚凳上转着圈思考，接着他发现自己正面对着文件柜。他扫了一眼，想找到标记 F 的抽屉，然后前倾身体，猛地冲过去奋力扒拉，直至找到比莉的文件夹；但接着他意识到，柜子上根本没有标记。事实上，根据其中一个稍稍拉开的抽屉判断，里面都是空的。只为了摆着看？他继续转圈，接着发现自己正盯着办公室房门旁一面窄镜中的身影：没有刮胡子的脸，卡其裤穿了三天，已经发皱，上身是一件旧卫衣，褪色的字母写的是"解码未来"几个字。继续转圈，看到几近空置的书架，上面有基本软件工具手册，一些抽象黑白照片，看着像是宜家的印刷产品。

他转回来面对金："你们的那些监控设备在哪儿？大多数私家调查员不都那么做吗？跟踪出轨的丈夫和妻子，捕捉他们的行动。"

卡尔文·金勉强地笑笑，露出弯曲的门牙："那样看待我所提供的服务，已经过时了，弗拉纳根先生。我的生意更现代化一些，基本上所有的工作都在网上进行。"他将一只手放在笔记本电脑上，"我有很多业务，档案调查、寻找失踪人口、房地产交易、数据库搜索、人员历史查证，等等。我不会浪费时间——"他讽刺地笑着说，"坐在车上吃甜甜圈。"

"有意思。那么我的妻子雇用你，不是为了跟踪某个人？"她想跟踪谁呢？他吗？那个假定存在的神秘情人？

"再说一次，我不能确认或否认她雇用过我。"

"好吧，我明白了。"乔纳森站起身，高脚凳无声地朝书架墙的方向滚去。口袋里的手机响了，他掏出来，显示是克莱蒙特预科学校来电。他调成静音，想着可能是吉莱斯皮来催学费。"好了，谢谢你拨冗相见。"

"没关系。"金礼貌地起身相送，"抱歉，我不能帮你更多。"

乔纳森走到门口突然站住，因为他看到镜中反射的侦探的影子，他正低头看笔记本电脑，两道眉毛之间起了褶皱。金说过的某些话停留在乔纳森的意识边缘，搅得他无法安宁。

他转身："你调查失踪人口？"

"是的。"金说着再度合上电脑。

乔纳森眼前打开了一只兔子洞——你真想这么做？——不过他还是张口提问："一个人想要失踪的话，难度有多大？"

金抬起头："请说得详细点。"

乔纳森将凳子推回桌前坐下："我们做个假设，如果我想从地球上消失，不留下任何存在的证据，每一个人都以为我死了，需要怎么做？有可能做到吗？"

金盯着他，下颌周围的肌肉不自觉地绷紧又放松："你想雇用我来查找一个失踪人士吗？"

"你怎么收费？"

"一百块一小时。"金说。

乔纳森有些畏缩："如果我花二十五块钱买你十五分钟，快速咨询几个问题呢？"

卡尔文·金耸耸肩，看一眼时钟："当然，现在就可以开始。"

"那么？"

"所以，要想消失并不是特别难，如果你真有这个心思。有网上市场——你或许听说过暗网？——在上面你可以购买一整套身份信息，偷来的社保账号、伪造的护照和驾照之类的。如果知道从哪儿找起，完全是小菜一碟，而且并不特别昂贵，八百美元，或许一千美元，你就能完全成为另一个人。好好计划——现如今很容易掩盖你的痕迹，只要足够小心，可以使用预付费的手机和匿名电子邮箱。越境进入墨西哥，这样一来你就消失了。不过难的部分在于，一直保持消失状态。"

说到这里，金身体前倾，呼出的气体在干净的玻璃桌面上化成白雾，他说得更起劲了："你必须丢弃任何有 GPS 定位的物品——汽车、手机。当然，你必须远离与过去身份相关的电邮和社交媒体，因为我们能分辨你是否登录过。避开你去过的地方。一定要丢弃所有物品，包括照片和引人回忆的纪念品，因为这类东西可能导致你失败。给你的笔记本电脑来一次彻底的清洗，处理掉任何可疑痕迹。等你搭建好新身份，你必须确保，不必依靠任何有可能泄露真相的源自过去生活的细节，它们有可能组成一个可供搜索的数据库。"他兴奋地笑着，"我找到的失踪人士中，有的只是颠倒了社保账号的数字，有的新名字是旧名字的相同字母异序词，有的使用同样的登录名注册新的网络账号。这些疏漏我都知道。"

　　乔纳森思考着这些。这就是比莉雇用这个家伙的原因吗？她来找卡尔文·金，是为了请他协助她失踪，彻彻底底地，让她永远不被发现？他想象着她使用预付费电话和无法追踪的电邮账户，小心地上演她的退场秀；然后在某地开始新的生活，使用虚假护照，名字也与过去的毫无关联，架子上摆放的都是无关的照片。

　　他试着理解这一切，很难将这一切同他结婚十几年的妻子联系起来。然而，他再一次想起比莉说过的话："你随时都能一走了之。"她以前不就那么做过吗？还不止一次。在他遇到她之前，她已经好几次摆脱原来的生活。不过那些都是很糟的状况，那样的生活应该抛弃。

　　然而，你又怎么能真正地了解他人？他意识到，对于我们了解和深爱的人，我们写下的都是我们自己的看法。我们挑选最容易讲述的故事、最贴合我们对自己生活的看法的版本。我们书写了解的人都是从自己方便的角度出发，我们挑选的定义他们的方式，都是最有利于满足自我夸耀的。对任何不符合这个干干净净的小故事的事物都加以粉饰，因为我们不希望整个虚构四分五裂。而在他虚构的比莉、奥莉芙和乔纳森的幸福故事中，他们的生活就是理想生活，比莉永远不会想要离开。但在她的版本中，或许根本不是这样。

他感到难受。他看着卡尔文·金稍有些发红的脸，难以控制地想到，这个陌生人是否真的知道一些他都不知道的妻子的事？他是否知道，比莉还活着？如果真是这样，他是否也知道她在哪里？

"好了，"他慢慢地说，"我们假设一下，我无法进入你能进入的数据库。但是我想知道，我以为死亡的某个人是不是其实还活着，只是假装死亡。"他仔细观察卡尔文·金的脸，想看看他对此的反应——这个设想你听着是不是很熟悉？——但是金没有任何反应，"那么我需要寻找哪些线索？"

金沉默片刻。"那么，首先要查的是电子银行账户交易信息。"他继续说，"如果你想消失，那么你就需要现金，对吧？所以会有大笔现金提取的可疑记录，甚至是在一个相当长的时间段，持续提取小额现金。"

他想起他们的存款账户已经耗尽。"嗯，还有呢？"

"仔细搜索这个人的笔记本电脑。网页浏览记录、电邮、日历、照片，任何看起来不对劲的东西。"

"我搜过，所以才找到你。"

金认真地看着他，然后瞄一眼时钟："抱歉，十五分钟到了。"

这还不够，乔纳森急切地想到。"最后一个问题。"他说道。

金将手掌翻上来，然后又向下按在桌面上："好，就一个。"

"如果某个人——这个人不想被人找到，"乔纳森小心地说，"你会怎么做？你会用什么窍门引诱他出来？"

金盯着他抓在桌子边缘的手指。喷泉发出汩汩的声音，拍打在装饰性石子上；办公室门外突然响起嘈杂的声音，沿着走廊慢慢消失。最后，金说："我会用 IP 地址设置一个陷阱，创建一个有关这个失踪——假装死亡——人士的网站，你明白，就是纪念他，或者收集信息，了解相关的情况。然后追踪该网站访客的 IP 地址。假装失踪的人想要知道自己是否已经达成目的，他会难以控制地在网上搜索自己的信息，查看朋友和家人是否说过些什么。所以你就建一个这样的网站，然后等着看是否会有一个 IP 地址一次又一次地访问。这个人很有可能就是你要找的人。"他看着乔纳森，掂量一番又说道，"或者女人。"

"谢谢，"乔纳森说，"真的很有启发。"他起身掏出钱夹，数了几张钞票放在桌子上。金瞄一眼钱，轻轻点一下头。乔纳森往门口走的途中，听见金在身后轻声低语。

"祝你好运，"他说，"希望你能找到她。"

他漫无目的地驾车横穿湾区，思绪一片混乱，几乎没注意交通的堵塞状况，他的普锐斯车后座正散发出难闻的腐臭味道，是上周打翻的拿铁。新建的湾区大桥的白色尖顶从头顶划过，远处奥克兰港的起重机蹲伏在那里，宛如祈祷的螳螂，周围环绕着空荡的货运集装箱的尸体。

他在五点差几分时到家，将车子开上空荡的车道，关掉引擎。他没办法立刻离开车内狭窄的安全空间，车座的温暖贴着他的背。外面的街道一片昏暗，旧工匠式风格的房屋一座接一座地亮起了灯。街道的对面，一位老派伯克利嬉皮士的房屋上挂着的一大排彩虹旗——纸风车、鱼风筝、旋转玩具和风向标插在草坪上，挂在橡树上，插在蕨类植物中——被风一同扬起，猎猎作响。

他自己的房子里是黑的，奥莉芙不在家。抬头看着她漆黑的窗口，他想起奥莉芙今天第一次去见心理治疗师梅雷迪斯·奥尔布赖特。他突然感到一股愧疚，他一直想阻止奥莉芙相信比莉还活着，但在同一时刻，他自己却咬住同样的线索不肯放弃。

他坐在车上，脑海中充满之前从没想过的场景：他的妻子并没有在荒凉旷野的中心死去，而是徒步返回，回归了生活。那么她使用的是什么交通工具？搭乘公共汽车吗？森林里的公共交通工具不多，他们也去搜寻过，所以一定有人找到了她。不，更有可能的情况是，她有个同伴，一个有车的人。大概推测起来，应该就是她周末一直去见的那个人。

他走出汽车，用肩膀开路穿过潮湿的空气，走到前门口。进门后，他打开暖气，直接走进书房，将笔记本电脑放在桌面上。他猛地拉开桌子的抽屉，掏出里面的文件夹，检查它们的标签，上面都是比莉整洁的笔迹：话费账单、成绩单、有线电视费账单、银行对账单。他掏出最后一个文件夹里的内容，在面前展开，应该有好几年的账户记录。

没用多长时间，他就找到了想要的信息。他长长地呼了口气，直到这时候他才意识到，从离开卡尔文·金的办公室以来，他似乎就没怎么呼吸过。在人生的最后一年，比莉开始定期从他们的储蓄账户提取现金。一开始只是时不时地取出几百美元，接着提高到一千美元。像这样消失的储蓄金额，合起来大概一共有一万九千五百美元；他们的存款状况糟糕，这下子有了新的解释（还有一个残忍的证据，他找到两次向 KPRS 公司付款的记录，分别是在五月和九月，那当然是金及其伙伴调查服务公司的缩写）。如果他以前花点时间看看每月的账单，或许就能发现钱在慢慢消失。但他从未看过——比莉应该是知道的——储蓄就这样从他眼前慢慢消耗一空。

差不多有两万美元。不够比莉用到永远，但或许能维持足够长一段时间，尤其是如果她逃到某个生活成本低廉的地方，比如墨西哥；或者有别人共同承担花销。

他找到了，某种类似证据的东西。他看着那堆文件，手掌迅速一挥，将它们都扫到地上，愤怒到整个身体都在颤抖，他试着抓住桌子边角让双手停止抖动，这时却看到无名指上已经磨损的戒指。他脱掉戒指，丢进抽屉中杂乱的曲别针和干涸的笔堆中，然后重重地摔上抽屉。

墨西哥。他想起之前从比莉的电脑中发现的另一些奇怪碎片。他从包里掏出他的笔记本电脑，打开浏览器，点进六号汽车旅馆的网站，往分店列表中输入墨西哥。等待结果期间，他的心脏一直狂跳。

六号汽车旅馆在墨西哥没有分店。他瞪着搜索结果，试图想清楚下一步该怎么做。所以妻子那个周末并没有去墨西哥执行秘密侦察任务，计划她的热带逃亡。那么她还能去哪儿呢？

他听到钥匙开门的窸窣声，于是从椅子上起身，正好奥莉芙从前门走了进来。她在门口看了一圈，然后快步走进来，瞪着她清澈的大眼睛扫视他的脸。她的鼻子上有一块蓝色的墨水印，淡淡的，像是指纹。他感到对女儿的爱在心中痛戳自己，它是那样的发自肺腑、那样的鲜活，就发生在当下。他想也没想就将她揽入怀中，抱得紧紧的，视线变得模糊。他意识到，已经有太久没有抱过女儿，不仅仅是因为女儿不再来向他索取拥抱，还因为忘记总是来得更简单。他忘记了别人——尤其是一天比一天更缺席的妻子——的双臂拥抱他的感觉。

奥莉芙也一言不发地抱着她，背包从她手中滑落，砰的一声落在他脚后的地上。她紧紧地抱着他，仿佛是要弥补去年一整年来一直渴望的拥抱——父亲的和母亲的。对奥莉芙来说，最好的结果是什么？他思考着，小心地放开双臂：是她的妈妈还活着，有意地离开了他们；还是她死了，永远地离开了？他意识到自己需要慎重行事。如果他继续调查，很有可能无论发现什么，情况都不会令人开心。那会对女儿造成怎样的影响？他该怎么保护她，不被他们可能会发现的丑陋真相所伤害？

但已经于事无补了。现在他已经无法停止。

好吧，那我们就开始吧，他在心里想到，让我们来查个清楚，比莉是否还活着，在消失的前一年里，她都做了些什么。

他后退几步看着奥莉芙："你是从奥尔布赖特医生那儿回来的吧？感觉怎么样？"

她弯腰收拾背包："我喜欢她。"他能感觉出，她又消失在她的世界里了，但是他想把她拉出来。"她的幽默感很好。"她的脸埋在包里。

"你们谈什么了？我能问问吗？"

"大部分是谈妈妈，你知道的，不过也聊学校什么的。"奥莉芙还是不看他。

"帮你弄清什么问题了吗？"他看着地上散落的银行对账单，笔记本电脑的浏览器依然显示着六号汽车旅馆墨西哥分店搜索结果。

她皱着眉头："什么问题？"她循着他的目光，看到地上的一片狼藉，探寻地看了他一眼。

"关于你妈妈——"他说。但是奥莉芙不再看他。她的脸一片苍白，瞳仁又黑又大，犹犹豫豫地伸出一只手抓住一把扶手椅，仿佛想把自己拉起来一般。她的眼睛先是向左看，接着向右，掠过乔纳森的脸，仿佛他身后发生了什么有趣的事。乔纳森担心地蹲下来，看着她的脸："奥莉芙？"

她似乎感觉不到他就在面前。他抓住她的上臂，不确定是否该叫醒她。就像之前那天晚上在奥莉芙的卧室，她从桌边站起来时，脸上也是这种茫然的神情。现在他意识到了，当时是怎么回事。见鬼。他问："奥莉芙，你还好吗？"

他感觉到她的身体颤抖了一下，肌肉做出一系列调整，突然间她就醒来了。她看着他，瞳仁依然很呆滞，她慢慢松开椅子："我没事，爸爸。"

他重新审视过去两周里一直在反复思考的一些可能性——她产生幻觉了吗？是惊厥，还是因为悲伤？——这才稍稍有些不情愿地做出最后的判定。"你能跟我说说吗？"他问。

她看着他眨眨眼，装作茫然的样子："你指什么？"

"你刚才又发生了一次——"说到这个词时他绊住了，不知道该怎样描述，"幻视，是吗？"

她看着他，仿佛在搜寻讯号，确定是否正在走进一个陷阱："如果我告诉你，你还会送我去见那个心理医生吗？"

"如果你不想去，那就不用再去了。"他说。

"哦，好的。"她说着却又疑惑地停了下来，"等等——什么？你现在相信我看到幻觉了？"

他相信吗？他意识到，一开始将他送上这条路的人就是她。他想起几年前一篇发表在《解码》上的故事里写过研究梦境的科学家：人的精神既不理智，也缺乏科学性。正如量子物理学家马克思·普朗克所说："科学不能解开大自然的终极奥秘。那是因为，归根结底，我们本身正是我们试图解开的谜题的一部分。"

他放弃了，站起身。"我正在停止怀疑。"他说。她依然看着他，没明白。"听我说，我想可能性是有的——可能——你妈妈还活着。光是这样，我也愿意同你一起去探索。"

他期待奥莉芙会欣喜若狂，但是她只是露出一个勉强的微笑，然后脸色一点一点地沉了下去。她坐在沙发上，用手掌的小鱼际按着眼眶，用力呼吸。乔纳森坐在她身边，一只手搭着她的肩膀，感觉到她的身体在颤抖。他们坐在那里，谁都没有说话，过了很长时间。"那么——你刚刚看见什么东西了吗？"他问。

"是的，"她轻声说，"我一直都会看到奇怪的东西，爸爸。我看见她了。她和我说话。感觉就像，我不知道，心灵感应什么的。"

"你依然相信她还活着吗？"

"是的，"奥莉芙柔声说，"我知道真的不合情理，爸爸，但是我就是相信。她需要我。我想她一定有麻烦。"

"好的。"他抬起头看着女儿，试着想象她脑海中看到的内容：转瞬即逝的信号划过黑暗。过了这么久，再见到比莉，听到比莉的声音，对她是种安慰吗？"你刚刚的幻视中——她在吗？"

"是的。我们在——"她闭上眼睛思考，"一座农场。"

"一座农场？"乔纳森的脑海中出现了一座讨人喜欢的红色粮仓和一排白色的尖木桩栅栏，有几只母牛在发呆，还有一群刚剪了毛的小羊羔，"就像《老麦克唐纳》[1]那首歌里唱的那样？"

"不是，"她重新睁开眼睛，"不是那种陈词滥调，更像是在风沙侵蚀区，我看不清。"

乔纳森脑海中的画面变得清晰了，变成了一座他最近看过的完全不同的农场：有杏树林，一只歪向一侧的鸡笼，一个轮胎做的秋千。那是他最近清理出来放在厨房里的照片中的一张，正准备装框。

他走回自己的电脑，重新点开六号汽车旅馆的网站页面，浏览加利福尼亚州的分店，直至一个名字在他脑海中发出微弱的声音。加利福尼亚州舒斯特。他点了一下那个地址，映射工具发出一个红色箭头，沿着一条公路旁的小路前进，地址是在加利福尼亚州的中央山谷的中央。他在地图上左右滚动，等待某样东西推动他的记忆。有了。在加利福尼亚州舒斯特往东大约五英里的地方，有一座名叫米查姆的小村子，他的妻子一直在那里住到十七岁，她的父母至今——就他所知——依然生活在那边。他再次放大，直到画面足够清晰：六号汽车旅馆是比莉长大的村子附近最近的酒店。

"你在找什么？"奥莉芙越过他的肩膀打量，她的声音重新稳定下来，开始有了活力，"你现在真的相信我吗？因为老爸，这太棒了——我可以利用你的帮助。有一阵子我以为圣克鲁兹的一个冲浪手可能是她，我还发现那里的一个扶手上刻着妈妈的名字，但是没有别的进展。至少现在还没有。哦，我还必须告诉你，今天我去见了一位灵媒，她看到了一些东西——但是她不肯告诉我是什么。不过她说妈妈绝对想要有人找到她。我不确定这些应该怎么叠加起来，但是或许——我想是失忆症还是……"她喋喋不休地说着，但是这些词语都从乔纳森耳

---

[1] 美国童谣《老麦克唐纳有个农场》。

边滑走了，他点击进入一条小路，那让他正朝一个非常有意思的全新的方向飞去。

"你说，"他打断她的话，"我们俩明天上路旅行，去见见你的外祖父母，怎么样？"

9

去奥莉芙外祖父母家的路是铺砌过的公路，两旁长着杏树，一直绵延到地平线，它们的枝干伸向天空，叶子落尽了，处于冬眠状态。奥莉芙转身看着它们从窗口一闪而过，每棵树都伴随着有韵律的声音消失不见。公路旁的大地是棕色的，沟壑万千；一辆废弃的拖车上贴着一张标语，写的是"祈雨"。

从伯克利驾车前往米查姆花了四个小时，父亲大部分时间都在问她各种问题：学校怎么样？关于大学你有什么想法？你现在有职业上的想法吗？你担心未来吗？这些问题她都是随心所欲地回答，要是真把她给出的答案当真那就太奇怪了。不过她还是奇怪地感到高兴：阳光照进窗户，车里很温暖，收音机在播放酷玩乐队的歌，不管她说什么，爸爸都认真地点头，仿佛那些真有什么重要意义似的。

父亲让普锐斯车加速绕过一座半独立式伐木场。"如果我问你，有没有喜欢的人，会奇怪吗？"他问。

"爸！天哪，当然奇怪了。"

他扭头看着她："你知道，我高中时几乎没约过会。我其实不了解女孩，她们当然也不了解我。直到进了大学，我才对自己感到舒服，并且也成熟了，我是说性的方面。在那个阶段，我对女孩子有点疯狂，不过那是另一个故事了。"他不自在地清清嗓子，"我想说的是，如果你觉得自己还难以理解那种感情，没关系，那很正常。"

"爸，说真的，你讲得太多了，我真的不想知道你是什么时候失去童贞的好吗？请换个话题。"

他笑了："这样很好，我们应该多花点时间像这样聊天。"

她点点头，看向外面的果园，想起小的时候，妈妈经常半夜钻进她的房间，爬上她的床，把她弄醒，在她耳畔急切地窃窃私语："告诉我一切，告诉我你的心里今天在想什么。"就着黑暗的掩护和半睡半醒的脆弱状态，能将一切都倾吐给母亲不啻于一种释放：其他女孩漫不经心的残忍行为，老师把她训哭的时刻。世界上的痛苦那么多，有时候让人难以呼吸。母亲会认真倾听，她的身体在奥莉芙的侧面感觉很温暖。最后奥莉芙会重新沉入睡眠，眼含热泪，心事倾吐一空，比莉则会踮着脚返回自己的房间。

不过上克莱蒙特预科学校后的某个时间点开始，奥莉芙开始厌倦这种消耗情感的夜间谈话。她想要更多的私密空间，她想睡觉，但是现在回头去看，她不确定当时自己为什么会有这种感觉。她开始在睡觉时锁门。某一天晚上，母亲试图进来，奥莉芙愧疚地躲在被子下面，听着母亲咔嗒咔嗒地转动门把手，轻声叫她的名字。她讨厌自己的背叛，但又感觉她在保护一些非常宝贵的东西。第二天早餐时间，她几乎没看母亲的眼睛，它们又红又肿，但比莉一边给她的吐司上涂黄油，一边微笑，仿佛什么都没发生。

那之后，奥莉芙又开始不锁门睡，但母亲再也没有来过。

行驶一段时间后，父亲在贝克斯菲尔德市以北一个被日光漂白的出口离开高速公路。他们在一家免下车的塔可钟墨西哥快餐店买了墨西哥卷，接着父亲将车停在一家刷着桃色灰泥的六号汽车旅馆门前。空荡的购物塑料袋被风吹着穿过几乎空着的停车场，挂在旅馆的混凝土门廊边缘。楼上的房间应该视野很好，能看见一百码以外的州际公路。

"我想你妈妈在这里住过，在她去世前。"父亲说，"我想她一定是过来拜访你的外祖父母。"

奥莉芙惊讶地伸出脖子去看那座旅馆，试着想象母亲肩上挂着露营包，从那个门廊下方走出来的样子。"她住这儿？你怎么知道？"她问。

父亲将双臂环在方向盘上，俯身抬头去看旅馆的窗户。"我最近在她的电脑中找到些东西。"他说。

"她为什么去看他们？我以为他们都三十年没说过话了。"

父亲过了一分钟才回答，他回答时用词非常小心："我不知道，但是或许他们能够解答。"

奥莉芙看着父亲。在墨镜下方，他眼睛周围的皮肤掉了皮，显得很脆弱，她第一次感到疑惑：比莉还活着，对于这个可能性，父亲为什么不像她那么高兴？难道他知道些什么她不知道的事情？她正思考着该怎么提出这个问题时，父亲启动车子，最后扫一眼那旅馆，将车开回了州际公路。机会逝去了。

几分钟后，他将车开上一条乡村公路，两边关了门的水果店用很小的招牌打着草莓的广告，废弃不用的收割机停在水沟里，被路上扬起的灰尘铺成了灰色。远处的山像书立一样挡在平坦广袤的山谷的两侧。父亲给车减速，开过一座果园，里面干死的杏树最近刚被推土机铲平，一棵棵树平躺在地上，就像灾难现场的裹尸袋。两位脸上盖着扎染印花大手帕的移民劳工正将死去的树干往一台木头切片机里塞。

他在一排邮箱的位置右转，开上一条颠簸的乡村小路，路旁偶尔会有装着护墙板的农舍闪过。无论往哪个方向看，奥莉芙看到的都是辨不出种类的树和冰冷的泥土，毫无特色的天空看上去就像用滚筒刷涂出来的。这片土地感觉像是脱离了现代社会，像是一个依然以自然元素和残忍法则为基础的地方。拯救地球，她条件反射地想到，但是这片土地看上去并不想被拯救的样子。外来的物种被种植在这里的土地上，也许会蓬勃生长，也许会枯萎，但不管怎样，一切都将继续。

不过，她还是很高兴家族历史上能有这么个地方：一片乡下的地方，与土地相连，人们曾经从土地上采集食物。"我没想到妈妈是在真正的农场里长大的。"奥莉芙说。

乔纳森皱起眉头："农场已经不运转了，她爸爸其实是个布道牧师。我记得，他们好像在她出生之前把大部分土地都卖掉了，只是留下了房子；你母亲说家族世代都住在这里。"

他们经过一座养马的小农场，一个身穿骑马装备的女人骑着一匹冒热气的黑色母马，围着农场慢慢转圈，扬起团团灰色尘土。最后，父亲的GPS通知，他们已经抵达目的地，他减速开上一条车道。

"就是这里。"他说。

面前的农舍几近坍塌，边缘的白漆卷起，环绕式的门廊有一端已经塌陷。门前的杏树树干上挂着一条磨损的绳索，不知道挂过什么——也许是个轮胎做的秋千——应该很久都没用过了。前院停着一辆锈迹斑斑的庞蒂克车，发动机组已经没了，从里面长出了杂草。这就是她在幻视时看到的农场，但是破旧得多。

乔纳森关闭引擎，沉默了一阵子。"你知道，你妈妈不是很喜欢她的父母，"他说，"她父亲做过一些非常糟糕的事情。我不确定他们是不是好说话，也许他们并不想看到我们过来。"

"我知道，爸爸，"奥莉芙说。她听到风吹过杏树林发出飒飒的声音，宣告它们的存在。农舍周围有一道铁丝网围栏，将外面的果园隔开。

她推开车门钻出去，抬头看那房子。车门发出砰的一声，父亲走过来站在她身边。两人一起看着那房子，而房子似乎也在闷闷不乐地看着他们，窗口挂着泛黄的蕾丝窗帘，空气中隐约有烧木头和肥料的味道。

奥莉芙用力回想母亲讲过的她在这里度过的童年故事。不是很多，但是她还记得。在她很小的时候，她在花园里同妈妈一起玩寻宝游戏时，问起了妈妈以前和外祖母玩耍的情况。当时母亲的脸上闪过一些严酷的表情："我母亲不玩耍，她只信两件事：家务和祈祷文。只要是能出门的时间，我都待在外面，这样就能逃离她。"当时母亲原本牵着奥莉芙的手，突然间就将她的手握得很紧。奥莉芙抱怨起来，母亲才放开，她转身面对奥莉芙，露出鼓励的微笑："没关系，树林就是我的朋友。"

奥莉芙一直很喜欢这幅画面：她的母亲在杏树林里玩耍，就像《爱心树》[1]中的那个小男孩——坐在它们的树枝上摇晃，用它们薄薄的白色花朵做头冠。她环顾四周，看着那些光秃冰冷的枝杈向四面八方伸展，它们看起来并不是特别友好。

"我难以想象，有谁会买这样的地方。"乔纳森看到杂草中有一块几乎被埋没的招牌，写着"房屋出售"。他抬头看门廊，轻手轻脚地走上塌陷的台阶，奥莉芙紧跟在后面。他按了下门铃，不过好像已经用不了了，便大力敲门。

没有人回答。

奥莉芙透过离门最近的窗口往里看。房子已经处于半废弃状态，仿佛有人曾搬运财产物品，搬到一半又放弃了，留下来的每一件家具都透露着这一点。还有一些家具缺失了部分，这情景使得房间看起来比完全空置显得还要荒凉。她能看到餐厅椅子，但是没有餐桌，有一张咖啡桌，但没有沙发，有电视柜，但没有电视。在远处的墙上，一把孤零零的折叠椅上方，挂着一个刷了漆的十字架，耶稣扭曲的面颊上虽然有鲜血流淌，但仍显得十分安详。

在另一面墙上，她看到一系列镶在便宜画框里的素描画，歪歪扭扭地挂在曾经可能放有沙发的位置的上方。"看，"她指着那里说，"那些是妈妈画的素描吗？"

---

[1] 美国漫画大师谢尔·希尔弗斯坦创作的儿童绘本，最早于1964年出版。

父亲将双手拢在玻璃上往里面看："我想应该是。"

她试着推推窗户，想看看能否推开，但锁得严严实实。"看样子，这里没有人住。"她小声说，不过她也不知道自己为什么要这么小声。

乔纳森摇摇头："现在比莉的父母应该已经快九十了，可能已经不在了。"

奥莉芙听到这句话展开思考："或许那正是她回来的原因，来参加他们的葬礼。她觉得这消息对我们来说太过压抑，或者担心我们会觉得有义务陪她一起回来，所以对我们只字未提。"

父亲好笑地看了她一眼，接着快速闪过一个惊讶的笑容。"我倒是没想过这一点。"他继续拢着双手，透过玻璃往房门的另一侧窥看，"好吧，显然你妈妈不在这儿。"

他往后退去，在裤腿上擦干净手上的灰尘，脸孔变得扭曲，奥莉芙无法辨识那是怎样的情绪：释放？失望？"你觉得她会在这里？"她问。她想起那天和娜塔莉在蝴蝶海滩上的感觉，当妈妈没有出现的时候的感觉。这一次她已经更熟悉它，但依然觉得妈妈指引他们来这里一定有原因。

父亲摇摇头，环顾四周，仔细观看树木、门廊的损坏状况。"我其实也不知道自己在想什么，"他转身面对着奥莉芙，"再给我理一遍你看到的东西，还能记起更多的细节吗？"

"我没看见任何具体的东西。只有农场，就像这里，只是没有这么破旧。她正在荡一个轮胎做的秋千。"她指着从那棵树上垂下来的绳索，"她说：'你怎么耽搁了这么久？'就这么多。"

父亲饶有兴味地盯着她看的样子——仿佛她是一个纤弱的生物，需要小心呵护——让她不舒服起来。她感觉他有点像是在看畸形秀，于是开始怀疑，他是在拿她开玩笑。"爸，"她说，"你为什么改变想法？现在你为什么肯相信我了，相信我说的妈妈还活着？"

父亲多等了一会儿。"我相信你是因为我爱你，小豆子。"他说。

"天哪，谢谢，但是这不是一个有说服力的原因。"她说。接着她听见慢慢刹车所发出的尖厉的吱吱声。奥莉芙和乔纳森回头，看见一辆皮卡车在车道下空转。驾驶座上坐的是来的路上那座养马农场里的女人，她将胳膊伸出来搭在摇下的车窗上，冲他们招手。

"你们找色雷斯夫人吗？"她喊道，"她现在不住这儿了。"乔纳森和奥莉芙走下门廊，在他们两个人的同时重压下，台阶的木板发出不祥的嘎吱声。"她还活着？"乔纳森问。

那女人耸耸肩："就我所知，丈夫死后，她搬走了。"

"什么时候死的？"

"今年二月，心脏病。"

奥莉芙看着父亲将这句话代入心里合计，他的喉结上上下下。她很快就弄清楚了：二月意味着母亲不是来这里秘密地参加葬礼。或许她只是来探望父母，可为什么？

皮卡车喷出一团黑色的废气。"你们是他们的亲戚朋友？"女人问。

乔纳森伸出手臂搂住奥莉芙，轻轻地抓着她的上臂："我叫乔纳森，娶了色雷斯的女儿。她是奥莉芙，我女儿，他们的外孙女。"

女人关闭引擎，一只手搭在眼睛上遮挡阳光，细细观察他们。她一头短发因为戴着骑马头盔而纠结在一起，汗水干透后结成一绺一绺的："怎么回事？我都不知道他们有孩子。"

奥莉芙说话了："我妈妈叫比莉，全称是西比拉·色雷斯·弗拉纳根。你没见过她吗？她从没出现过？"

女人摇摇头："我不知道。我和色雷斯家不是很熟，他们不太与人交往。"她灰色的眼睛瞄了一眼农舍，又收回来，"我听说很久以前有些流言蜚语，在色雷斯还是布道牧师的时候。这里的人都不搭理他们，不想和他们有太多牵扯。"

乔纳森点头："那罗斯·色雷斯出了什么事？"

"呃，她几年前患了失智症，有时我会在我家粮仓里看到她，走来走去，很迷惑的样子，说那里是她的起居室。我想那时这里的情况很糟糕，你岳父看着也不像是能处理好的样子。"她咳嗽几声，扭头吐痰，"接着你岳父在二月发了心脏病，"她斜眼看着他们，"是我发现的。在外面路上，邮箱旁边。所以我感到有些责任，就做了力所能及的事，代表罗斯联络了一些代理机构——她当然不能独自待在这儿。当时没有任何亲戚能接纳她，我想只有你们，不过当时我还不知道有你们。"

"她现在在哪里？"乔纳森问。

"一个政府运营的退休之家，在奥伊尔代尔，沿切斯特大街穿过贝克斯菲尔德往北走。"她犹豫一下又说，"你们从没见过她吗？我是说罗斯。"

他们一起摇头。

女人启动车子："好吧，那我提醒你们一句，她现在可没法多说话。"

在奥莉芙小时候，比莉在后院围栏旁一大丛蕨类植物下支了一张小桌子和几把椅子，给她一把铁锹和一个放大镜，宣布那里是她的"私人勘探角"。母亲放任花园里的植物随意生长，充满了生命与腐朽的黑色土壤让奥莉芙无限迷恋，她会坐在那片斑驳的阴影下，被自己挖出来的宝贝深深吸引：一条吸饱水的蚯蚓，一朵腐烂的山茶花，去年夏天埋葬的一只麻雀的白骨，一只甲壳虫脱水的残骸。

外祖母瘫坐在轮椅上，那样子让奥莉芙想起她以前常常在勘探角研究的那些东西：在她的身上，死亡的部分多过活着的，她仿佛是一个透明的外壳，勾勒出一个人曾经存在的空间。

罗斯·色雷斯坐在奥伊尔代尔辅助生活养老院的活动室一角。有人将她推到窗口看风景，不过她顽固地别着头，所以她并没有看着宽阔的停车场和街道对面的汉堡王，而是茫然地盯着墙上钉的一个纸做的万圣节骷髅。她的面部细节已被雪崩一般的皱纹淹没，只有黑色的小眼睛透过干枯的血肉黯淡无神地向外窥视。

她用那双眼睛看着奥莉芙，轻轻扫过外孙女的面容细节，从左到右，看见了她耳朵上的金色耳环，将头发束在脑后的绿色发夹里。她似乎对具体的部分更感兴趣，而非整体。

空气中有消毒剂和尿液的味道。奥莉芙环顾四周，为这个地方的机构性特点感到悲伤：为了这些人生已经走到尽头的可怜人，难道就不能试着把这里弄得喜庆一些吗？沙发上盖的有光泽的格子布已经糊满污渍，地板上铺的蓝色地毯已经褪色，无法掩盖上面散落的液体泼溅的痕迹。房间里很安静，只有电视里播放的一档脱口秀节目在发出刺耳的声音，似乎也只有几个住户在观看。其余许多人都一动不动地坐在轮椅上，像蛰伏的熊，下巴搭在胸口上。有两个警觉程度较高的女人，原本正坐在一张磨损的折叠桌旁打桥牌，这时都停下来观看访客穿过活动室。她们冲着奥莉芙微笑，眼睛里充满渴望，她只能愧疚地回以微笑，感觉应该代替今天没有来探亲的访客做些弥补。

椅子是护士给他们拖来的，乔纳森坐在奥莉芙身边清清嗓子。"色雷斯夫人，"他说得很慢，音量在这安静的房间里听起来大得吓人，"我是乔纳森，比莉的丈夫。这是你的外孙女奥莉芙。"罗斯短暂地转移目光看向他，然后又落回到纸骷髅上。

"你好，外婆。"奥莉芙轻声说。外婆的漠不关心让她感到难为情，不过外婆年事已高，可能已经听不懂别人说话。她想起祖母安妮，就是爸爸的妈妈，住在威斯康星，七十多岁，因为有关节炎，走路需要拐杖，但依然每周都打电话来，最近还试着申请了脸书账户，这样就能"与我的宝贝孙女保持联系"。奥莉芙对这位外婆感到好奇：是什么样的女人会让她妈妈这样痛恨，几乎从未提起？她想象中的罗斯是个高个子，神情吓人，一张脸冷酷无情，穿一身礼拜日的套装，帽子别在头上，就像罗尔德·达尔[1]笔下那些讨人厌的外婆。但是坐在奥莉芙

---

[1] 罗尔德·达尔（1916—1990），英国小说家。

面前的这个女人驼背、秃顶，袍子前襟糊满了污点，她更像典型的健忘的老人，而非比莉暗示的吓人的怪物。她和奥莉芙的漂亮妈妈没有任何相似之处。

"真的很高兴见到你。"奥莉芙小心地将每一个音节都发得很清晰。

罗斯举起一只手，抓住袍子的衣领，但还是一言未发。

"这是比莉的女儿，色雷斯夫人。"乔纳森用更慢的语速重复。

"不，她不是。"罗斯的声音非常微弱。

奥莉芙看着父亲，想确认他们是找错人了，还是说这是因为疾病的影响。但这时罗斯的眼睛突然聚焦了，她扭头扫过房间，寻找将她推过来的护士，声音低得像是耳语："那边的那个护士，她偷走了我的十字架，纯金的。她趁我睡着时从我这儿偷走了，直接从我脖子上取走了。你们知道，她是西班牙裔。"奥莉芙听到这种种族歧视性的言论畏缩了一下，但是罗斯露出甜美的笑容，继续降低声音说，"我想她是被撒旦控制的。而我体内有上帝的光，所以我能帮她。"

奥莉芙扬起眉头，惶惑地看着父亲：这种情况我该怎么回应？

"很抱歉你丢了项链，色雷斯夫人，"乔纳森俯身靠近老妇人，一只手轻轻放在她的膝盖上，"我们晚点会找到的。但是色雷斯夫人，罗斯，你听见我的话了吗？这是你的外孙女奥莉芙。"

罗斯低头看着搭在她膝盖上的手，想将腿挪开。"她不是我的外孙女。"她无力地说，乔纳森收回手。她开始用撕裂的声音呼叫那位护士："上帝看见了一切！"

护士发出生气的声音，但还是转过头。乔纳森和奥莉芙对视一眼，耸耸肩，眼神隐隐透露出他并不担心，这是奥莉芙所不能理解的。难道就没有其他人关注这位老妇人说的话吗？这难道是正常的吗？

"罗斯，你的女儿来看过你吗？"奥莉芙看到父亲的眼睛扫过罗斯的脸庞，等待她的反应。外祖母的身体因为刚才用力呼叫护士而上下起伏，但是她一句话也没说。

奥莉芙看得出父亲脸上的挣扎：他想要保持和善，但又对上了年纪的罗斯的固执感到不耐烦。"是这样，我很抱歉告诉你这个消息，比莉——"他想了想，犹豫一下，"我是说西比拉——她死了。"

罗斯转过脸看着他们，终于开始直视奥莉芙。有一瞬间的工夫，她像是吓坏了，感到迷惑，像是要哭出来了。"西比拉。"她念这个名字时，舌头捋不清。她湿润的眼睛定在奥莉芙身上，伸出手去抓奥莉芙的小臂。"你又回来了。"她的声音降低到耳语，"我不想上帝惩罚你。"

奥莉芙害怕地抽出手。"别担心——"她说。

但是罗斯打断了她的话："你必须请求上帝的宽恕！"她想站起来，使出的力气却推得轮椅猛地后退又前进，无力地原地转圈，"我们会祈祷！我能拯救你！还不晚！"

这时护士穿过房间过来了，站在那里的奥莉芙开始后退。她的父亲也站起身，保护般地将她干脆地推到身后，好像罗斯还有能力站起来，强迫奥莉芙跪下一般。"真的没必要，罗斯。"他的声音现在已经听不出温柔。

护士的大块头叫人感到安慰，经过时有柠檬香皂的味道。她抓住罗斯的轮椅把手，将她推成背对窗口。"好了，罗斯，"她斥责道，"这些好心人是来看你的。我认为你不应该对他们说那样的话，对吗？我敢肯定，上帝眼下并不认为他们需要拯救。"

罗斯抬头无助地看着护士。"把我的十字架还给我。"她小声抱怨着，但是身体里生命的火花再度暗淡了。她的头向右歪着，眼睛再一次看向那个纸骷髅。那骷髅也斜睨着回应她，嘲弄地脱帽致敬。

护士送他们走到养老院门口。奥莉芙注意到她的制服上装饰有凸眼睛的卡通青蛙，仿佛她是在儿科工作，这让奥莉芙感觉稍微好了些。心脏位置上方佩戴的名牌上写的是"玛加丽塔"。"抱歉，"玛加丽塔说，"她经常那样胡言乱语。虔诚的狂躁症。在失智症患者身上相当普遍，迷恋上帝和惩罚这类说法——"她皱皱鼻子，"耶稣会把其他住户都赶走，把访客也赶走。不过罗斯其实没什么访客。"

"没有其他人来看过她吗？"奥莉芙觉得这真是让人异常悲伤——她的外祖母真的没有一个亲人了吗？生命像这样结束多么可怕，没有人爱，孤身一人，甚至连最快乐的记忆也被失智症夺走了。一股怜悯的情绪让她回头去找罗斯，发现罗斯已经将目光定在电视机上，里面播放的是一个跨性别女演员在传授化妆技巧。

护士皱起眉头："这个，有一个女人来过——是亲戚吧，我猜。不过她只来过一次，两个月前吧，也没待多久。进了罗斯的房间看她，几分钟工夫就突然冲了出来。"

奥莉芙看到父亲从口袋里掏出手机，把屏幕翻过来给护士看。主屏幕上是一张比莉和奥莉芙的合影，几年前度假时拍的，两人在一个游泳池边微笑。"不会是这个女人吧？"他用手指戳戳比莉的脸问。

护士仔细看着那张照片："天哪，已经有一阵子了，显然，不过——是的。看起来就是她。"

奥莉芙看着父亲，父亲也看着她，他眉头拧成了结，仿佛在做一些复杂的计算。奥莉芙的思绪也难以捉摸，所有这些前后冲突的细节都太滑溜，无法抓住。那正是她想听到的回答，不是吗？也许有人见过妈妈，她还活着。但是这句话的意思——比莉可能来探访过她原本痛恨的母亲，但是没带上女儿和丈夫——让她感到难受。她看到旁边的一张桌子上有一个塑料的杰克南瓜灯，嘴巴画成受到惊吓的O形，真希望他们没来。

"你们有访客名录吗？"父亲问。

"当然，但是我不能拿给你们看，"护士用大拇指将发际线周围的碎发往后梳，"这地方的官僚作风浓到你们难以置信。我原本以为之前工作的医院就够糟了，但政府经营的机构简直是个坑。"

乔纳森将他的电邮地址写在一张纸上，塞进护士的手中："听我说，我不想给你惹麻烦，不过我真的想知道罗斯另外那位访客的名字。

如果可能，还想知道她到访的日期。我们正在找——"他看一眼奥莉芙，"一位失踪人士，这个信息也许能帮大忙。"

护士用指尖夹着那张卡片："可是我没有权限查看前台的档案，我是楼层服务人员。"她抬头打量他们，"我想我能到处打听打听。"

乔纳森抓着奥莉芙的肩膀，两人离开养老院。"别激动过头，"他柔声说，"他们说目击者的身份识别不可信，这种说法是有原因的：人都容易受影响。记忆是重构的产物，而非记录，这是你进新闻学院后会最早学习到的东西之一。所以除非我们拿到名字，不然那女人有可能是任何人。我们不能确定她是你母亲。"

奥莉芙点点头，不知该对此作何感想。

出门上车的路上，她回头看了一眼养老院。停车场的柏油地面反射的耀眼的太阳光，已经将这座庞大的两层楼建筑前立面涂的灰泥装饰晒成了难以辨认的灰褐色。窗口挂有遮光帘，使人无法看见里面的情况。奥莉芙怀疑这也许是故意设计的，这样过路人就不会被迫与那些将死之人发生不必要的目光接触。

但建筑最左边的一个窗格上的遮光帘掉了，透过那块三角形玻璃，奥莉芙能看见她的外祖母依然坐在床边。她发誓，罗斯正在看她，而且在哭。

我与比莉·弗拉纳根的生活

乔纳森·弗拉纳根　著

那位心理学家的说法或许不对，爱并非任何两个人之间都能产生的东西，或许爱也并不具有魔力。或许爱归根结底是你与他人相结合，就像榫卯结合时所产生的问题。你的神经症，所有源自你的过去的包袱，以某种方式与他们完美相合：你需要照顾人，而他们需要被人照顾。你渴望有个富有创意的人，而他们需要一个稳定的人。诸如此类。

如果真是这样，那么我之所以会爱上比莉，或许是因为珍妮，我的姐姐。

建议我们溜进邻居游泳池的人是珍妮。那是一个闷热的夏日，中西部所特有的湿气让空气显得很滞重，我们的后院里只有灌木丛，无法避暑。母亲已经禁止我们离开家门，不过她出门购物去了——当时珍妮十岁，我八岁，才刚刚被允许自己待在家里。我们的脚边摆了一台电风扇，无精打采地玩了半小时的雅利达游戏机后，姐姐突然抬起头。

"我们去游泳吧。"她说。

"现在吗？去哪儿游？"我问。

"威尔森家。"说话间，她已经踮着脚站在窗口，越过树篱往邻居家的院子看，那里蓝莹莹的游泳池整个夏天都空无一人，叫人悲伤，"他们都去上班了，永远也不会有人知道。"

姐姐一直是调皮的那一个，膝盖上有玩滑板摔出的伤口留下的痂，成绩单上写满了老师的警告；我则是听话的那个，好读书，守规矩，顺从到令人沮丧。当我的姐姐回到家里，因为在学校打架又流了一脸的鼻血，母亲会悄悄对我说："我很高兴你明白道理，不会犯那些事。"但是在坐在我的房间，只与书本和星球大战玩偶为伴时，我不确定那话到底是不是真的。珍妮似乎总是生活得更投入，我却只是从边缘匆匆滑过，只肯将脚趾伸下去试探。

所以那天，我跟着她去了威尔森家的院子，攀爬装饰性树篱时，我们的小腿被擦伤了。我们将短裤脱在躺椅上，手舞足蹈地穿过滚烫的混凝土地面，穿着内裤和T恤跳进水中。池水是那样冰冷，感觉就像被掴了一掌，我们都被拍得喘不过气来，大笑不止；阳光毫不留情地打在我们的脸上，我们钻出水面，水滴像钻石般向四面八方洒落。在这样的时刻，你才会知道，这才是活着的意义；将你身体里的每一个细胞都协调好，接受你活着这一惊心动魄的事实。

"真是太爽了。"我对姐姐喊道。

"当然了。"珍妮回答。

我一直记得姐姐钻出游泳池的样子：她一头金色的短发像顶闪亮的帽子一般贴在头上，湿透的T恤挂在她男孩般平坦的胸部，她的脸因为开心而闪闪发亮。她走回到树篱的位置，像个短跑选手那样蹲下。"双后空翻。"她大声宣布，然后突然起跑，她的膝盖翻飞，双脚弯曲。她冲过冒着热气的混凝土，接着脚趾紧抓泳池的瓷砖边缘，然后飞到高得不可思议的空中，最后深深地扎入水下，一直没有起来。或者说，她起来了，但姿势非常奇怪：头下脚上，四肢懒散，一头短发凌乱地漂在头部四周。

死人漂浮的样子，我告诉自己，等着她停止玩笑，但有些地方看着不对劲。"别闹了，"我呆坐在泳池台阶上大声喊，"别闹了，珍妮，别闹了。"我一直对自己念叨这句话，一遍又一遍，仿佛只要念的次数足够多，珍妮最后就会翻过身嘲笑我，真是个胆小鬼，真是个容易上当的傻瓜，把你的鼻子伸出书本，看看真实的世界吧。

虽然我立刻就肯定发生了非常糟糕的事，却仍然坐在那里呆若木鸡。我想着我必须打911，我必须游过去救她，我要用海姆里克腹部冲击法，不应该是心肺复苏术，具体是哪种我不知道，但不管怎样，我必须给在办公室上班的爸爸打电话，他会知道该怎么做，他会知道我们闯入了邻居家，我们会惹麻烦，但那不重要。可能只是几秒钟的工夫，但感觉像是永远一般漫长，最后我终于进入水里，拍起的水花和眼泪一起飞溅，我把姐姐重得吓人的身体拖到台阶上，撑着她，让她一半的身体突出水面。我将她放平，重击她的脊背，试着往她的肺部呼气；但是她空洞的眼睛告诉我，一切都为时已晚。

但我仍旧大喊着"别闹了，珍妮，别闹了"，重新钻出树篱拨打了911；这一次大腿被割出了很深的口子，但接下来的好几天我都没注意到，最后一直到发脓了才接受治疗，留下一个淡淡的伤疤，成年以后我都还不敢看。

没有人责备我，除了我自己。"你姐姐年纪大，她才是负责的人。"父亲说，我坐在我的床边，他的红眼睛是他独自吞咽悲伤的唯一证据，"就算你知道心肺复苏术，也帮不上忙。她摔断了脖子，医生说是当场死亡。"但是我知道他说得不对，我知道我坐在那里毫无用处的关键时刻一定意味着什么。甚至在那之前：我应该是聪明的那一个，负责任的那一个，我应该在珍妮一开始想到这个点子时就阻止，我明白事理，不会犯那样的事。

随后的几年里，我甚至表现得更加优秀，试图以此来对姐姐的死做出弥补，仿佛只要我取得双倍的好成绩，就能从某种层面上掩盖另一个小孩死去的事实。我学着如何表现得迷人和风趣，这样我就能让父母再次欢笑。高中时我成了学校的报纸编辑，毕业时成绩是班上最好的，我进了斯坦福，在硅谷找到工作，约会的一连串漂亮女孩都拥有令人羡慕的履历。"他一定让他们得到了真正的安慰。"我能听见邻居的小声议论，但私底下我知道我根本无法安慰他们。

所以二十六岁时，我遇到一个让我想起死去的姐姐的女人，姐姐长大一定就是那个模样——生活在传统的锐利边缘，骨子里充满自信——我为她发狂，我立即展开行动弥补我过去所有的错误，保护她，将我自己贡献给她，认为通过这样的方式，我就从某种意义上变得高尚。这难道有什么值得惊讶的吗？

我会爱上比莉，这或许是无可避免的。我会故意忽视她的所有缺点，这或许也是无可避免的。只有害怕自己平凡的人，才会全然不顾条件地对另一个人的超凡脱俗完全买账。

这或许就是他们说爱是盲目的原因：你想要的伴侣的模样，会让你看不见他的真实面目。

10

从斯坦福刚毕业，开始在《解码》杂志工作时，乔纳森曾经将他最爱的作家格雷厄姆·格林的名言挂在办公桌上方："一则故事既没有开始，也没有结局。只是随意从中截取某个瞬间，从这个瞬间讲述曾经或者后来的故事。"他随着时间流逝才认识到，作家这份工作，不是为了讲述一个完整的故事，而是以一个人所能想到的最有意思的方式，讲述一个不可能被缩减的故事。为某些原本无形且多变的事物赋予形状和方向，就是文章的前因和后果、行动和反应、引语和结语。

他和比莉的生活的故事大纲的真正起点在哪里？是她登上J教堂线电车，直奔他旁边的座位时？是她转过身，用几乎听不见的声音谈论天气时？还是说他们的故事其实开始于更早以前，在他姐姐溺死，他人生的轨迹被永久改变时？或者甚至比那更早，早至他出生的那一刻，先天与后天两种力量开始在他面前交织成一条路，最终引导他走到未来的妻子面前？

或者他们的人生故事更准确的版本其实开始于终点？或者是在他以为的比莉和乔纳森故事的结局之处：比莉的追悼会，四百位亲朋好友挤在一座瑜伽中心原本已经租给他人的礼堂，奥莉芙的手紧紧地抓着他的手，他的身体在颤抖和出汗，仿佛要经历的是某种戒断过程。直到不久前，他都一直相信，这将会是《山与天空相接的地方》一书的结尾，一段铿锵有力的结语；但是现在，因为那些已经暴露出来的事情，他开始怀疑，这段话是否应该是他的引语。

他要将他与比莉的生活写了又重复改多少次，才能知道什么是真相？

乔纳森坐在家中书房的桌子后面，百叶窗屏蔽了周日清晨相当明亮的阳光。身旁的一个玻璃杯中还有三指深的波本威士忌；已有四指深的酒被他喝下肚，他的脑海中正在翻腾。他看着笔记本电脑屏幕，空格光标正在一个空白的博客模板中闪烁：他的 IP 地址陷阱正在等待最新访客。

事实证明，设置 IP 地址陷阱就像上了一门互联网入门课程："陷阱"就是一个博客，用一个名为 IP 监视器的免费网络服务器日志分析程序做强化处理，它会捕捉每一个访问该网址的 IP 地址。至于博客的内容——卡尔文·金建议就写"比莉的回忆"——就更简单了，关于妻子的文章他已经写了几百页，而且每天都在增加；不过最新内容的大意有了巨大的改变，变得更加黑暗，早已不再是奉承、美化。

他慢慢地吞一口威士忌，开始撰写新的一部分：

奥莉芙八岁时，比莉和我带她去六旗海洋世界庆祝生日，结果却证明是个巨大的错误，原因有很多方面（混凝土围栏里的大象已经没了，奥莉芙的年纪太小不能乘坐过山车，海豚表演要排队一小时）。奥莉芙吃漏斗蛋糕吃吐了，没过多久，她整个人就消失了。比莉和我当时没留神，都筋疲力尽，一边吵架，一边还要清理网球鞋上的呕吐物，研究地图，寻找能最快出园的路线，当我们抬头时，女儿已经不见了。

我非常恐慌，周围都是水，我立刻想到了珍妮。我开始绕着圈大喊奥莉芙的名字，拍打灌木丛，翻找垃圾桶。我跟一个身穿六旗海洋世界制服的孩子说了情况，他可能只有十八岁，我要求他做点什么——我们的女儿可能已经溺水。

正准备脱掉网球鞋跳进海豹湾浑浊的水中时，我听见扩音器里传来比莉的声音。回过头，我看见比莉站在漂浮在水上的根汁汽水站的屋顶上，拿着一只从过路电车司机手中借来的扩音器。天知道她是怎么爬上去的。

"奥莉芙，"她的声音是那样的嘹亮和急切，惊得潟湖里的火烈鸟一齐抬起头拍打着翅膀飞了起来，"小豆子，快出来吧，我们不会生气的，好吗？我们爱你。让我们知道你藏在哪儿。"

整个区域的人都停了下来。和我一样，他们都忍不住盯着屋顶上的我妻子看，她暗色的头发肆意飞扬，身后的落日晃得人头晕目眩。那样的镇定，那样的有吸引力，那样的自信。片刻之后，奥莉芙从空中飞车的隔板背后钻了出来，泪水沾在脸上挂着的糖霜上。她看着正从汽水站屋顶爬下来的母亲，然后冲向我，扑进我的怀抱。

我将奥莉芙紧紧地搂在胸前，人们开始鼓掌。比莉已经回到地面，只是站在那里，看着我们。她的脸上闪过一种奇怪的表情，某种严厉和愤怒的表情——仿佛奥莉芙首先冲向我，而非乖乖站在汽水站下面等妈妈从屋顶上下来的这种行为背叛了她。接着那表情就过去了，取而代之的是，她有点讽刺地向人群鞠了一躬，慢慢走过来，姿态优美而镇静，仿佛她从不曾担心；仿佛整件事只是一场玩闹，已经变成一个故事，我们会在接下来的许多年里一直谈论。

她走过来揉揉奥莉芙的头，搅搅她的头发。"没关系，小豆子，你不会有事的。"她对奥莉芙说，接着环顾四周，掂量形势的进展，"我们赶紧离开这个鬼地方。"

有那么一瞬间，我几乎痛恨我的妻子，恨她那种光芒四射的虚张声势。她真的就不害怕吗，还是说她只是比我擅于掩饰？对她来说，展露弱点就那么可怕吗？有没有可能，她所体会到的感觉，完全不是我所理解的那样？

我不太记得接下来我们做了什么——有没有吵架？女儿安然无恙，我是感觉到庆幸，还是为我们身为父母的失败而感到羞愧？但是直到今天，我依然记得当我抬头看向比莉的那个时刻，她站在高高的天上，像个亲密的陌生人，我想，你到底是谁？这是怎么发生的？我们是怎么选择对方的？我们怎么才能真正地了解对方？

他读着刚刚写下的句子。这些他从未告诉过比莉，他怎么能够？这些想法他从前甚至都不敢对自己承认，这些不愿面对的怀疑在他脑海中翻腾，直至他将它们推开，拒绝打破他们的生活安排。现在他想知道，婚姻是否就是要在说与不说之间的脆弱交叉点做出平衡，只分享能满足亲密需求的东西，不要越界涉入危险地带；其余的东西都塞到地毯下，希望它们不会越积越高，最后把你绊倒。

他滚动鼠标，返回标准博客模板顶部，点击发送。最新文字发布上线，加入了周末他上传的四十六篇条目。回忆录的内容现在绝大部分都在里面，供比莉熟读，假设她肯费心找的话。

你好，比莉。我想你应该就在某个地方吧。告诉我你在哪里。告诉我你为什么要消失。向我解释，你怎么能这么对我们。告诉我，你究竟是谁。

现在除了等待已经没有别的事可做。要等多久？一天？一周？一个月？一年？不管比莉在哪儿，要等多长时间，她才会臣服于好奇心，开始一次满足虚荣心的搜索，无意间泄露她的面包屑小路？

他又慢慢地吞一口威士忌，然后下载 IP 监视器手机应用程序。他在手机上安装好，然后检查他的访问状况：

你的页面已有 0 个唯一 IP 地址访问。

握在手中的手机铃响了——克莱蒙特预科学校——他吓得跳了起来，还没想好该怎么应对就按了接听键。是副校长吉莱斯皮的声音："乔纳森吗？"

"你好。"他让自己坚强起来。

吉莱斯皮听着像是在吃葡萄柚，声音尖刻干燥："好了，上周我一直在查我的收件箱，但是你没有回复。你知道奥莉芙上周五下午逃课了吗？你知道在克莱蒙特预科学校我们对这种行为的对策是不容忍吗？"

"是吗？"他想起上周五在私家调查员办公室挂的电话，他立即想到一向很守规矩的女儿在中午偷偷摸摸离开学校的画面（去做什么？和娜塔莉去看电影？去电报大街购物？），感觉很不真实，随即又意识到这种回应不太合适。他努力让语气显得更像不赞成这种行为的家长："我会和她谈谈的。"

"好的。一定要让她知道，以后再违规就要被停课，如果还继续，就要被开除。"吉莱斯皮说，"趁着给你打电话，我正好顺便问一下，这周能收到学费支票吗？"

该死。他合上笔记本电脑，打开最近的银行对账单，余额为三千一百二十三美元。刚刚够付这个月的房贷，还有财产税、杂货账单和车贷要考虑。他只能再次从 401K 账户中提取养老金，来应付基本开支。"很快，我保证。"他说。

吉莱斯皮冷酷地哼了一声，既不是支持，也不是反对。"我们不能再等了，你知道。"她说。

"相信我，我比你们还讨厌这种情况。"

吉莱斯皮笑了，听得出她有些惊讶："好吧，那请你跟奥莉芙谈谈她逃课的事。"

"我会的。"

他挂断电话，迅速拨出一个纽约的号码。他的经纪人兴高采烈地接了电话："乔纳森！你写得怎么样了？"

"哦，很好。"他说，"听着，杰夫，我在想——我知道交稿后我才能拿到下一笔预付款，不过你觉得出版社有没有可能现在再支付我一部分呢？我实在是现金短缺。"

杰夫笑了。"当然，"他说，"有可能。但是只有让他们看到你一直在前进才行。你快写完了吗？有没有能拿给我看的？"

乔纳森看着打开的电脑屏幕上刚写完的一章：他的妻子站在汽水站的屋顶上，而年轻时候的他开始质疑他们婚姻的本质；算不上实实在在的爱情故事。"还没，"他说，"还在修补叙述的语气。"

"那太棒了。"杰夫说，"现在就挂断电话，回去写作。那样才是我们拿到全款的最快方式。"

乔纳森干涩地笑笑，急切地开始思考，然后挂断电话。他又慢慢吞一口威士忌，仔细过滤他的选项。接着，他用越来越麻木的手指拨通了马库斯的电话。

乔纳森听得出背景音中有车流声，风从打开的窗户呼呼灌进来。马库斯的声音听起来像是从一条隧道最里面传来的："乔纳森，不太好说话，我正赶去帕洛阿托参加一个投资人会议，已经迟到了。"

"两个问题行吧？"他请求道，"我会很快。"

"说。"他的朋友说。

"第一，你突破比莉的密码了吗？"

片刻的沉默："该死的，完全忘了这档子事，我尽快，抱歉了。最近情况太棘手。"

"我明白，我明白，不着急。"他清清嗓子，"第二，我能问你借点钱吗？"

马库斯咳嗽起来："我们在说的是多大数目？"

三万美元，乔纳森心想，但是他没有勇气说出来。他怎么会让人生落得如此境地？四十三岁的人了，连房贷都得靠借，连牙膏的价格都要忧心。（"可能发生的最坏结果是什么？"比莉去年问过他。就是这个了，现在他想到了，受辱。）

"一万。"他支支吾吾地说。或许克莱蒙特能勉强接受分期付款。

"哇哦，乔纳森——我不知道你在为这个发愁。"

"就是在拿到下一笔书款，或是人寿保险金之前，暂时抵补一些开销。不知哪个先来。"说到这里，他突然想到：如果我证明比莉根本没死，那么就不会有人寿保险金。这样一来，也就没有什么书了。天哪！

"好的，我能帮你周转，"马库斯说，"我尽快给你准备好支票。"

"我尽快还你。"他感激得快说不出话来了。威士忌让他变得情绪激动，这一切都让人太难以消化。

"我知道你会挺过来的。"

挂断电话后，乔纳森喝完酒，希望渺茫地盯着他的电脑，知道最快脱离困境的方法就是写完这本该死的书。但是他怎么能做得到呢？脑子里明明都是《启示录》一般的场景，看到妻子和她那位面目不明的情人在一起，在充满异国情调的地方，一个男人的手臂环在她的腰上，他们在一片艳阳高照的海滩；色情片一般的体位，在一间黑暗的汽车旅馆的房间；早餐就喝迈泰鸡尾酒。在加利福尼亚各地短途旅行，在去温泉浴场的间歇，拜访她语无伦次的母亲。靠偷走的钱过着潇洒的生活，留他坐在这里，试图维系这一切，而他的整个世界正慢慢滑下水底。

哦，讽刺的是，他辞了工作，就为了讨死去的妻子的欢心；结果却落入破产的绝望境地，连妻子死没死都闹不明白。

你怎么能这样对我，比莉？他坐在那里，被愤怒包裹，头晕目眩；或许是因为酒精的作用。

他听见前门廊有脚步声，接着是轻轻敲门的声音。UPS快递，他猜测；但接着传来钥匙插进门锁的声音，他从椅子上跳了起来。

他走到门口时，哈莫尼正拿着新的房门钥匙进门。她站在门口，端着一杯咖啡，拿着一包糕点，脸上一副惊讶的表情。"你好！我刚去市场，想着应该过来给你们送些食物。"她将咖啡塞进他手中，"我就这样自说自话地闯进来是不是吓着你了？如果你忙着写作，可以把我一脚踢出去。"

他端着咖啡，往后退几步好让她进门。他意识到还不到中午，他就已经相当醉了。"我其实没有写作。"他说。

她跟着他走进房子。她穿的是紧身的棉布连衣裙，臀部和胸部裹得很紧。如果仔细看——就算不靠那么近——能看见她内衣的线条，可以肯定穿的是丁字裤。她张大鼻孔，闻到他身上飘出波本威士忌的味道。"今天很想比莉吗？"她说着，目光越过他，往书房里看，笔记本电脑在黑暗中发着光，犹如一座灯塔。

"为什么那么说？"他说得恶狠狠的。

她歪着头，露出疑惑的表情："哦，你之前有一次说起，说你酗酒……你也许想谈谈？"

"我厌倦了谈论比莉，"他口齿不清地打断她，"我们不应该谈点别的吗？"

"比如呢？"她露出隐约的微笑。

"比如……"他根本不知道自己想谈什么，但是他很清楚自己不想谈论什么。他再也不想思考，他不想评估风险因素，担忧任何人对他有所图，分析他的整个人生轨迹。他只想做他想做的事情。

而他现在急不可待、一心想做的，就是亲吻哈莫尼。

164

于是他就做了。

她的嘴巴温热柔软。奇怪的是，那感觉是多么的熟悉啊，仿佛他的筋膜以某种方式保存了她身体的记忆，虽然已经过去一年。亲吻她就像是沉入一个温暖的浴缸，他整个身体都放松下来，舒了口气。

哈莫尼伸出一只手，捧住他的后脑勺，将它紧紧地搂住，另一只手解开他的牛仔裤。他用脚踢上大门，绊了一下，接着将她拉过来，将她抱得那么紧，感觉像是要将自己整个推进她的身体，从另一端钻出来。他的手向上滑，直至够到她的胸部，然后就停在那里，被它的丰盈吸引住了。一切都是那样的纵情和出乎意料，他觉得应该停止，给自己一分钟时间去思考，实际上却撕开了她连衣裙的肩带，将她往楼梯推去。他感觉像是丧失了自我，仿佛丢开了气球的绳子，正看着过去的自己消失在大气层中。

他抽身吸一口气，看着她的脸——涨得通红，眼皮松弛。"你可以吗？"他突然担忧地问她。

"别说蠢话了。"她说着抓起他的手，将他拽上楼上的卧室。

事后不知过了多久，他才清醒过来，发现他正躺在湿透的凌乱床单里，心脏依然在胸中狂跳，身边躺着的裸体女人并不是他的妻子。他的身体感到愉悦，刚刚发生了什么？那是不忠吗？是对妻子的回忆的背叛吗？是报复性上床吗？或者只是在经过一段足够的哀悼之后，重新探索自己理所应得的性爱滋味？现在他感觉相当清醒，但依然不辨方向。

他翻身看着哈莫尼，她正平卧在床的另一边——妻子经常睡的地方，气喘吁吁。她伸出一只手指按着他的眉毛："别这么忧心忡忡的，你只是上了个床而已。"

"你把我说得像是个发情的中学生。"他将手臂横在她赤裸的腰上。

"我不知道你怎么样，但我在高中不曾有这样的性爱。"她露出满足的微笑，金色长发挂在有瘀伤的嘴旁。她肚子上的皮肤就像一个被泄露的秘密，奶油色，连绵不绝，他无法停止用手触摸。

"有点出乎意料……"他开始解释。

她打断他的话，将他横在她身体上的胳膊拉紧些："不要觉得愧疚，比莉已经去世一年了。你没做错任何事情。"

"我知道。"他说。

他能感觉到她的眼睛在观察他的脸。"我得告诉你一些事情。"她说。

他微笑："什么事？"

"之前你问过我，比莉是否有婚外情。"

乔纳森的笑容僵住了，感觉心跳漏了一拍，老天哪。

"是这样，她和西恩睡了，所以我才和西恩分手。"

他突然坐起身："什么？"

"你难道没发现，在比莉去世的前一年，我和她大概有六个月没说话？就因为那事。她和西恩睡了，我在我们的床上发现了她的胸罩。"她也坐起来，这样就和他一样高，他能看到她的脸涨得一片通红，"我与她对质，她说西恩多年来一直挑逗她，最后终于抓住她的一个脆弱时刻，当时你们俩大吵了一架，她出于某些原因对你很生气，于是做了冲动的选择。"她将一只手放在他胸膛上安慰他，"她恳求我不要告诉你，接着让我最好离开西恩，不要再和他浪费时间，因为他配不上我。"她轻轻笑了起来，但是他感觉那笑容之下隐藏着更阴暗的脓疮，"我生了很久的气，最后去了塞多纳参加冥想班。去年我过来的那天晚上，就是我们接吻的那天晚上，我本打算告诉她，我原谅她了，但是当时——"她的手意味深长地拂过乔纳森的胸膛，"你知道吗？我想她帮了我一个忙，如果我还同西恩在一起，现在我就没办法和你在一起了，是不是？"

他突然无法承受她的手抚摩他的皮肤的触感。他将她的手拿起来，紧紧握住。大吵一架？他默默地想着，我对她做了什么？然后——西恩，对，那个浑蛋。"你当时为什么不告诉我这些？"他问道。

她用自由的那只手摸摸上嘴唇："我们接吻的那天晚上我差点就告诉你了，但是，算了。之后她过世，我想是一直没有机会旧事重提了。那样只会伤害你，我无法忍受伤害你。"

他的肚子发出难受的呱呱声，是喝了酒在泛酸。西恩。他试着将西恩扬扬得意的脸放在他一直幻想的比莉的陌生情人的脑袋上。"所以我和你说过的，她消失的那些周末，她的行踪都明了了，是和他在一起。"

"啊！不是。"她摇摇头，"我想不是这样的。她说只发生过一次。西恩和我分手后，不到一个月他就找了新女友。我几周前还碰到他，在电报大街。那女人怀孕了。他一直告诉我，他不想要孩子。"

他的脑袋一片模糊，血管剧烈搏动，嘴里干干的。如果那些周末比莉没和西恩在一起，那么有没有可能，还有另一个男人？天哪，到了这一刻，一切似乎都有可能。他俯身去够床头的水杯，这时看了一眼时钟："差不多三点了，我得去接奥莉芙放学。"

哈莫尼皱起眉头："我还以为她最近都自己开车回来。"

"斯巴鲁车没油了。该死，我要迟到了。"他起身下床。衬衫翻了个面躺在地上，内裤丢在一把扶手椅下，椅子上都是脏衣服。他找不到毛衣了，接着他想起来扔在楼梯上了，和哈莫尼的胸罩、裙子一起。于是他就从椅子上找了件脏的运动衫套上。

哈莫尼拉起被子盖住胸部看着他："你们回来时，我应该留在这儿吗？"

他呆住了："今天还是别了吧。奥莉芙会和我一起回来。"

她闷闷不乐地点头："我不该告诉你西恩和比莉的事，我应该守住秘密的。我知道这么做不对。"

"完全不会，"他撒谎，"我很高兴你告诉我。"

她将膝盖抱起来，下巴搭在上面，像个女学生那样："请你诚实告诉我，这是一次性的，还是说我们会继续？"

他坐在床沿上，伸出一只手抚摩她的脸颊。"我不是浑蛋，我保证。"他说。卧室窗户斜照进来的光线点亮她的脸庞，温暖了他抚摩过的她的皮肤。她的眼皮因为性爱依然显得很松弛，看上去就像一个堕落的天使。"我们很快就会再见。"他承诺道，再一次亲吻她，然后快速下楼走向他的汽车。

他快速穿越伯克利，茫然之间转错了弯。他感到像是散了架，整个人生似乎已经四分五裂。失去控制让他感到眩晕，心里充满恐惧，肚子里感到恶心，但同时也感到一种奇怪的愉悦。他阴暗地想到：这是否就是比莉的感觉？当她和西恩上床的时候，那些周末她其实并未去沙斯塔和约塞米蒂徒步的时候，当她过着秘密的双重生活的时候：一种不顾一切的自由感受，知道你的人生方向突然偏离正轨，可能径直冲下悬崖。

她上了西恩，就在我的眼皮子底下，但我甚至不曾发觉。他苦涩地想到她钱包里的安全套。那东西在他妻子的钱包里放了多久了？是怀有期望吗？还有其他人吗？

他的运动衫口袋里有东西，锐利的边缘从面料里凸显出来。他掏出来，意识到是比莉和她的前男友西德尼在她失落的年代拍的宝丽来照片。他们当时还是两个孩子，相互占有般地抱着彼此，轻蔑地看着未来。他看着照片，然后把它扔到副驾驶座上。

接着他又拿起来，突然间想到一种之前不曾考虑的可能性。他那天启一般的幻想之中，比莉的陌生情人突然换上了一张已知的脸：西德尼。

他已经出狱了，不是吗？

思绪回到三年前的那一天，一个信封躺在邮箱里，上面附了回信地址，是俄勒冈州的一个劳教机构。他将那封信从邮箱底部的一堆分类广告中掏出来，奇怪地拿给正在厨房准备晚餐的妻子。他把信伸到妻子眼前晃晃，看到她的嘴绷得紧紧的。

"你说是不是西德尼寄来的？"他当时问过。

"还能有谁？"她小心地用厨房用毛巾擦干手指，从他手里抽走信封仔细检查。接着她走到灶台边，打开煤气炉，将信封边缘伸到火中，信纸被烧黑，燃了起来。接着她转身回到水槽边，等纸张几乎要烧到手指才将它丢进不锈钢水槽。信封又闷烧了一阵子，上面用整洁的大写字母印着她的名字和地址——乔纳森·弗拉纳根夫人——也被照亮了，接着便碎裂成灰烬。比莉打开塞子，黑色灰烬打着旋儿流下厨房下水道。

他看着她，感到震惊："天哪，还是不想和解吗？"

她转身背对他，在牛仔裤上擦干双手，靠在水槽上，反手抓着水池边缘："不管里面写的什么，我都不想看。"她平静的语气中似乎隐藏着某种不对劲的东西，仿佛她必须非常努力才能保持镇定。

"你不好奇吗？"他都感到好奇。

"我敢肯定，他是想做些弥补，匿名戒毒会的十二步疗法之一。"她耸耸肩，"老实说，我真的不想知道。都过去很久了，我情愿那些东西就留在过去。所以如果不打算走进其中，为什么要开门？"她返回砧板旁，继续将灯笼椒切成手指粗的条儿。

他在她身后又逗留了片刻，为她的所为感到奇怪而不安。她将信封举到火中的动作说明她心里有过一番剧烈的情感挣扎，那让他感到震惊。感觉差不多就像是，她烧掉那封信是为了将乔纳森屏蔽在她过去一段关键历史之外。这么想太愚蠢了，他当时这样激励自己，她连读都没读那封信，她甚至都不知道里面写了什么。

但在这一刻，他看着这张宝丽来照片——这张妻子隐瞒了他十六年的照片——不禁开始怀疑，她是不是知道那封信里写了什么。如果那不是她第一次收到他的信呢？如果实际上她甚至还给西德尼回过信呢？

身后车辆按喇叭的声音叫醒了他，他开始加速，但这些令人惊恐的问题填满了他的脑海。不管怎样，西德尼是如何得知寄信地址的？为什么上面写的是乔纳森·弗拉纳根夫人，她婚后的名字？西德尼是什么时候出狱的？如果从那时起他们就重燃了某种浪漫火花怎么办？有没有可能，西德尼来比莉的追悼会并不是为了纪念，而是为了确认，然后向她汇报？

正当他苦苦思考这些问题时，手机开始振动。他看一眼来电显示，是一个不熟悉的号码。按下接听键的同时，他转弯进入学院大街，车载扬声器系统传来一个女人的声音："是乔纳森·弗拉纳根吗？"

"是我。"他说。

"是警察告诉我你的电话号码的。"女人急匆匆地说，"我叫谢丽尔，我在《旧金山纪事报》上看到你发的分类广告，你在寻找西比拉·色雷斯的下落对吗？我刚打了上面的电话，接电话的是个警察，他没帮上什么忙。不过他给了我你的联系方式。"

他减慢车速。"你知道她的下落吗？"他问。身后的汽车开始鸣笛，他漫无目的地将车开进一条小路。

"西比拉？不！"她说，"我不是故意让你产生这种错觉的。是这样，我上一次和她说话是三十年前了。不过她曾是我最好的朋友，明白吗？高中的时候。"她笑了起来，发出紧张的哈哈声，"不管怎样，我看到广告，就觉得——啊！你知道吗？我们有很多回忆，我一直想知道她的下落。她再次消失了吗？那个广告是想表达这个意思吗？"

"再次？"他的失望之情得到缓和，重新燃起好奇——这就是被她的父亲骚扰过的那个朋友吗？他想知道——他继续朝着克莱蒙特预科学校的大致方向前进。

"是的，她当时也从我身边消失了。"女人又笑起来。

"她消失了，从你身边。哦——她失踪时是在高中吗？"女人的笑声——哈！哈！——让他感到紧张。他意识到自己正将车开进一条死胡同，于是掉转车头，最后却被困在阿什比大街的车流之中。前方面包车车尾的保险杠上贴满了贴纸，他看到其中的一张写着"你的愚昧便是他们的力量之源"。

女人不再发笑："我试着找过她，每个人都是。当时，她的离开真的让我非常难过。我不是想责怪她！但是，就是……很难。"

另一个贴纸写的是"对，我们完蛋了"。

"你等等，"乔纳森慢慢地说，"你能否告诉我——"

"拜托停下来好吗，小伙子们？"谢丽尔的声音突然变得非常吵，"亨利，我看得见你在做什么，别拿你的球鞋打你弟弟。拜托了，小伙子们，别让我发火。"背景中传来听不清的交谈声，一个声音一直在尖厉地叫喊，接着她返回电话，"抱歉，我的孩子们刚放学，搞得一团乱，我得走了。不过或许我们能见一面，聊聊？"

"是的，拜托了，"乔纳森说，"你住在哪儿？"

"费利蒙。"

前方就是克莱蒙特预科学校，一辆接一辆的汽车开出来进入街道，属于正常的拥堵。他看见一群妈妈聚在停车场，端着通勤携带的杯子，在汹涌的学生群中寻找自己的孩子。乔纳森将车子减速，得赶在奥莉芙上车之前停止通话："费利蒙，好的，不是太远。我来找你，或许明天傍晚——"

"不不，傍晚家里总是一团乱，你在伯克利对吧？我喜欢伯克利。我周四下午过来，那天我不上班，孩子们要练足球，会在学校待到很晚。有个出门的借口再好不过。"

"那我请你喝咖啡。"乔纳森松了口气。

"哦，我不喝咖啡，"谢丽尔说，"我喜欢香草茶。"

他挂断电话，驱车进入学校，来得太晚，已经没有停车位，只能停在一排空转的汽车后面。女孩们一群群地从那座破旧的大宅里走出来，低着头围在一起看她们的苹果手机，校服穿了一天，都耷拉着。奥莉芙那位算不上英俊的英语老师赫仑先生站在台阶的最上层，怀里抱着一堆遗落物品——掉落的毛衫、遗忘的笔记本，等等，都是女孩们故意丢掉的。一群初中女生围在他身边，甩头发、调整裙子，测试她们刚刚萌发的性魅力。

奥莉芙最后出现在学校门口。虽然天气很冷，但她的外套解开了，头发扎成两条麻花辫，让她看起来比实际年龄小三岁，一只耳朵后别着一朵蔫掉的雏菊。

奥莉芙往楼梯顶部走去，避开那群咯咯叫着对英语老师抛媚眼的女孩，然后停了下来，仿佛被什么东西吸引了注意力。乔纳森按响喇叭，发出轻柔的鸣笛声，想吸引她的注意力。校门口每一个女孩都扭头看声音的来源，但奥莉芙除外，她只是站在那里，轻轻摇晃，目光定在远处的什么东西上。哦，该死，乔纳森认出了她脸上的表情。

他的女儿往前走了一步，却没踩住最上面的那层台阶，摔了下去。

11

"看见这块黑色的东西了吗？你的右侧下颞叶皮质可能有些瘀伤，有些胶质细胞增生。可能是周一跌倒导致的，不过也有可能是之前受过某种重大脑部损伤，才导致你产生异常幻觉。正面没有肿胀现象。"神经科医生用笔帽轻轻敲着奥莉芙的核磁共振成像扫描结果，嗒嗒嗒……

奥莉芙和乔纳森站在神经内科门诊检查室的黑暗之中，看着墙上挂着的她的脑部成像幻灯片。乔纳森走近去观察那团朦胧的阴影，他的脸被灯箱发出的光芒点亮。他点点头，仿佛医生刚刚说的每一件事都完全明白。奥莉芙看着同样的扫描结果，却看不出任何显眼的东西。看着她自己脑袋的横截面成像，她看见的只有一片灰色和黑色形成的图案，像是肿胀的珊瑚。

看到自己身体内部的情况感觉很怪，完全不是她想象的样子。她以为自己的脑灰质会显得神秘又魔幻，但实际上并非如此，奥莉芙感觉像是看到了一碗白色软干酪。就连她大脑的形状看着也很陌生，更近于圆形，而非椭圆，稍稍有些畸形，而非完美对称，像一团碎布、一个悲惨的有机体。这难道就是构成她这个人的东西吗？一台核磁共振成像机器而已，怎么可能捕捉到一个独一无二的人类体内任何有意义的东西？

技术员提醒过她，核磁共振成像的过程可能会引起不适，但她没想到会这么可怕，几乎令人产生幽闭恐惧反应，那些科幻小说里才有的内容在她脸部几英寸开外的地方，发出刺耳的嘤嘤嗡嗡声，而她的脸被固定在某种类似施虐狂会使用的金属支架上。被困在一根管子里，她紧紧地闭上眼睛。原本她曾想象她体内的氢质子会一齐温顺地内旋，会响应环绕在她身边的巨大磁体，像陀螺一样旋转。但大部分时间，她感觉自己就像是电影院烤箱中旋转的热狗。

她不明白：为什么非来这里不可？是的，她是当着全校的面摔倒了；站在上面看见这一切的赫仑先生叫了救护车，并拉着那群女生不让她们靠近。她当然必须看医生，但她以为只需要进行常规检查，然后就可以离开；她没想到爸爸会这么认真地对待，后续还预约了神经科专家，然后还跟他讲了她的幻觉。

她想起摔倒前看到的那些画面，感觉心跳开始加快，在胸中紧张地跳动。

"奥莉芙？"

她意识到父亲和菲什拜因医生都满怀期待地看着她，于是问："怎么了？"

菲什拜因医生重复一遍他的问题："有没有可能是最近发生的什么事故导致了这些？撞车，运动受伤，尤其是被绊倒摔得很严重？记得这样的情况吗？"

父亲的脸因为灯箱而反射出诡异的蓝白色光芒，眼睛下方的阴影令人毛骨悚然。他仔细看着奥莉芙，思考着："两周前你在学校撞伤了脑袋，记得吗？"

"那次吗？"她转身看着医生，"没什么大不了的，我就是走路撞到一面墙了。"

"撞了一个很大的包。"父亲指着奥莉芙额头上当时起包的位置，肿块先是紫色，然后变蓝，接着褪色变成恶心的黄色，之后才完全消失。

医生皱起眉头："可能导致了脑震荡。"

"我都没有晕倒。"

"那不能说明什么，这里面的东西还是有可能会损伤的，"医生用指关节敲敲自己的头骨，"有时候损伤要过一阵子才会表现出来。"

"但我在撞到头之前就开始看见妈妈了。"她反驳道。

但是父亲和医生都已经转头开始研究核磁共振成像了。"这么说，里面没有任何不该出现的东西吧？没有增生什么的吧？"父亲有点神秘兮兮地说。

医生摇摇头，用笔帽轻轻敲敲成像结果，嗒嗒："你是说肿瘤吗？没有，绝对没有。我看见的唯一不规则的东西就是这里的这一团，就像我说的，应该是疤痕组织。当然了，不能下定论，不过有可能它就是你女儿最近一直产生异常幻觉的成因。或许它引发了某种临时性颞叶癫痫。"

"那些不是异常的幻觉。"奥莉芙打断医生的话，看着爸爸，求援。但是爸爸眯着眼看着医生，一下子显得不太高兴的样子："等等——她有癫痫？"

"临时性颞叶癫痫。有可能，只是临时性的颞叶癫痫发作，和一般的强直阵挛性癫痫发作非常不同。你们知道，它不是——"菲什拜因医生将眼珠子向后转，身体也开始紧张不安地跳动，开始模仿癫痫大发作，那样子让乔纳森消除了戒心，而奥莉芙想打他，"如果是颞叶癫痫，更有可能的症状就是产生幻觉，情绪过度激动。遭遇这种情况的人会看到光环，产生奇怪的嗅觉或味觉、不同寻常的身体感觉、即视感，甚至幻觉。听着很像你描述的情况。所以我猜测是这样。"

奥莉芙用指尖摸摸成像扫描图片，大拇指死死地按着菲什拜因医生刚刚指出的那个小小的灰色团块，癫痫发作？"但是不能肯定。"她说。

"除非我们将你的大脑切开，这当然是不可能的。而且很有可能就算切开也无法确定。"

她就是不相信，就在那天早上，她醒来时还看见母亲站在她的床脚，直视着她。"你不会有事的。"她说的话一清二楚，奥莉芙感觉到如此释然，甚至哭了起来。那不可能是随随便便的幻觉，什么神经元受损所造成的哑火事件，不可能。因为母亲以前经常说那句话，一直以来，她都是那种典型的不带感情色彩的口吻。膝盖破了皮、考试成绩很糟、和朋友打了架时，比莉都会说"你不会有事的"，然后轻轻推推小奥莉芙的脊背，仿佛她是一只小小的鸟儿，需要将她从巢穴里推出去才能学会飞翔。问题在于，她的妈妈是对的，一般情况下，每件事最后都很顺利。血痂掉了，成绩提高了，她和朋友和好了。那些事曾经让奥莉芙非常抓狂，但是现在她不会那么担心了。

此外，她想到，就算那些幻觉只是大脑神经元受损导致的随机画面，那它们的真实性就会降低吗？不管怎么说，难道她整个人格不都是神经元随机投射的结果吗？正是扫描影像中那个灰色团块里的碎片和斑点，紧紧地凑在一起，才组成了她奥莉芙。是什么让她的任何细节都显得真实？谁规定幻觉就不如她任何其他的想法或感觉重要？而且生命本身不就是一种幻觉吗？就因为原子碰撞然后分裂，燃烧形成生命，然后又土崩瓦解吗？

菲什拜因医生已经撤走成像扫描图片，将它们叠放在奥莉芙的病人档案中。他俯身打开电灯开关，日光灯光芒耀眼，三个人都眨了眨眼，文件柜的白色漆面和信息海报都很刺眼。脑部活体解剖的图像呈现一种迷幻的色泽。

"关于人脑，还有大量的东西我们都不了解。就连我有时也会感到困惑。"菲什拜因医生似乎被自己这番虚假的自我贬低逗乐了，"不过我猜你的大脑是在访问你的记忆，并将它们重新利用，以幻觉的形式投放出来。因为颞叶正是你存储记忆的地方，记忆和感情。所以，由于胶质细胞增生，可能引发颞叶癫痫，就像你无意间打开一个水龙头，却不知道该怎么关闭。"他拿起处方笺，开始在上面涂写，"不过好消息是，我知道该怎么帮你关闭。"

他撕下处方笺，递给奥莉芙的父亲，乔纳森扫一眼对折起来。奥莉芙很生气：他们觉得她还是个孩子，都不相信她能自己拿处方吗？

"如果我不想关闭呢？"她问道。

菲什拜因医生转过头，脸上稍稍露出惊讶："我不推荐那么做。"他心不在焉地敲了敲笔帽，"我们先给你用一百二十五毫克的丙戊酸钠，一天三次，吃饭时服用。此外，你还得考虑改变生活习惯。"他再次转身看着乔纳森，"她失眠吗？压力大吗？"

乔纳森笑了："她刚上高一，你认为呢？"

菲什拜因医生又转身面对她："好吧，两项都是癫痫发作的诱因，所以别再这么担忧了好吗，孩子？多睡觉！找点乐子！"

他拍拍她的肩膀，然后突然离开房间。乔纳森展开手中的处方阅读，然后小心地放进钱包。奥莉芙仰靠在一个橱柜上，双手交抱胸前。

"我是不会吃药的。"她向他宣告。

"不，你要吃。"父亲疲倦地闭上眼睛，"抱歉，你得听医生的话。"

"你不是说相信我吗？"她问，她的眼眶已经蓄满失望的泪水。她还以为他们已经结为同盟。她还以为他是站在她这边的。

乔纳森拿起一个放在橱柜上方的塑料立体人脑模型，从中抽出颞叶，在手中转动："试着站在我的立场上看看，小豆子，我们是在讨论你的大脑，我不会拿我女儿的大脑冒险。是的，我们都希望你是灵媒，但是现在不是更合理吗？我们应该面对现实。"

"那现在是什么情况？你已经认定我只是脑部受伤，所以你要停止找妈妈了吗？"

乔纳森往模型里面窥看，仿佛会在里面找到满满一脑子的软心豆粒糖，或是丢失的钥匙，或是她刚刚提出的问题的答案。他轻轻地将颞叶放回去："我没那么说。"

"如果你认为我看见东西只是因为神经元哑火造成的，那你为什么还要费劲寻找？"父亲眨眼的次数多到令人疑心，她看着他，突然间明白过来，"你知道一些我不知道的关于妈妈的事，是不是？"

父亲轻微地摇一下头。

"我相信你是因为我爱你。那不是原因，对不对？你认为妈妈还活着，是因为你发现了一些事情，但你不想告诉我。"她越说越激动，"爸，你必须告诉我。"

他不安地动了动："好吧，养老院里有个护士见过她。"

她摇头："你已经告诉我，你认为她是个不值得信赖的目击者。还有别的原因，对吗？"

他将大脑模型放回去，将其与水槽边缘对成一条直线："奥莉芙，我不能每件事都告诉你。"

"为什么？我以为我们是一个团队。"

他叹口气："因为我还不能确定每件事的意义，而我最不想看到的，就是让你产生不必要的担忧。你听到医生说的话了，不要有压力。"接着，他看出她听到这些并不开心，"请你，就……让我先处理一下，你服用丙戊酸钠，试着多睡睡觉，我们看看结果会怎样。"他走近一些，转过身，这样就能和她并排靠在橱柜上，伸出胳膊搂住她的肩膀，"如果你服药，但还是产生幻觉，那我们就知道菲什拜因医生是错的，不是吗？"

她从父亲身上移开目光，发起抖来，突然间觉得空调吹出来的风很冷。她突然感觉很难受，父亲认为母亲身上发生的一些事她可能会接受不了，那些事情糟糕到他甚至都不愿说出来。她再次感觉到他们的疏远，仿佛他们正站在一排自动扶梯上，但是移动方向相反，一个上升，另一个却在下降，她只能难过地看着他的脸沉入黑暗。

"你不会有事的"，妈妈的那句话总是对的，不是吗？奥莉芙心想。尽管在这一天之前，明明没有一件事是好事。

父亲将她送到学校，正值午餐铃响。教室门一扇接一扇砰地打开，克莱蒙特的女孩们陆陆续续走出来，因为急着吃饭补充血糖含量，匆匆的脚步让裙角都飞扬起来。奥莉芙穿过阳光翼楼朝餐厅走去，敏感地意识到橘色的丙戊酸钠药瓶正放在她的背包中。她就是不想吃，反正，谁能知道她吃没吃药呢？

餐厅里提供的是牛油果三明治、巧克力布丁，兵豆沙拉上面吓人地点缀着血淋淋的甜菜根。她端起托盘，发现娜塔莉坐在大窗子下面的一张餐桌上，和明、特蕾西一起。她的心沉了下去——她原本希望娜塔莉单独一人的。

她走过去，娜塔莉移开，给她腾了个地方。她将托盘放在明和特蕾西对面，两个人正脑袋凑在一起，小声说悄悄话，她们的头发落下来，围在脸颊周围，形成一道防护帘。聪明女孩和漂亮女孩，学校的女生一般这样称呼她们。奥莉芙认为明和特蕾西之所以这么依赖彼此，是因为她们性格互补，两人在一起能组成一个完整的人，比独自一人要舒服。她记得以前她也常常和她们坐在一起，头发形成一道防护帘，咯咯笑着，说些乱七八糟的。一年前还是那样吧？倒不是说她们现在对她不好，只是自从她妈妈消失后，她们就把她屏蔽在了外围。她希望娜塔莉也不再和她们来往。

"你今天上午去哪儿了？"娜塔莉问。她的头发卷在脸部四周，像一个光环，狂乱而不受控制，用一只儿童用的蝴蝶形发卡随意地别在一只耳朵上方。奥莉芙羡慕地看着那只发卡——娜塔莉似乎从来都不担心别人怎么看她——然后咬一口三明治，抑制住冲动，没有伸手去抚平娜塔莉头发中特别翘的那一绺。三明治软得叫人讨厌，咬在嘴里嘎吱嘎吱的。

"去看医生了。"奥莉芙含着满满一嘴的食物，说着看了一眼明和特蕾西，谢天谢地，她们对她似乎没什么兴趣，而是起劲地将巧克力布丁搅成一团糖浆似的糯糊，讨论一个僵尸节目最新一集的情节，奥莉芙从来没看过那节目。

"因为你周一晕倒的事？"奥莉芙因为娜塔莉的大嗓门而畏缩了一下，这一次她真的希望她的朋友能控制一下嗓门。

"对，"她降低音量说，"我爸带我去看神经专科医生。太荒谬了，他让我做核磁共振成像。"

"太酷了，"娜塔莉伸出一只手搭在奥莉芙胳膊上，捏了她一下，抽走手后她还在疼，"你应该把成像的图片复印一张裱起来，实在是太酷了。"

明和特蕾西突然间看了过来，明扭头打量奥莉芙，瞪大眼睛。她的鼻子上有一个长了很久的粉刺，被她用化妆品遮住了；一头黑发亮得如同漆皮，只有挑染成紫色的几缕有些卷。"我看到你摔倒了！是怎么回事？"明扭头对特蕾西说，"她好像直接从楼梯顶层摔下去了，赫仑先生吓坏了，叫了救护车，忙前忙后的。"

"哦，没什么，只是眩晕而已。可能是脱水什么的。"她拨弄着三明治，摘出里面一个筋特别多的豆子，"那么，今天上午我错过什么了吗？"

但是为时已晚，明和特蕾西用好久都不曾有的感兴趣的目光看着她，娜塔莉担心地皱着眉头。"等等——那你跟神经科医生说了你的幻视吗？"娜塔莉问，"你做核磁共振就因为那个吗？"

"幻视？"特蕾西低声低气的声音显得很夸张。她好奇地看着奥莉芙，双手抓着浅黄色的头发，窗子滤进来的阳光将她的发色染成奖杯一般闪亮的金色。她用的面霜闪着微光，叫人分心。

"朋友们，奥莉芙是个灵媒。她一直在说她妈妈的事……"娜塔莉斜一眼奥莉芙，扬起眉头，仿佛在为揭露这个秘密而征求允许，虽然她已经先斩后奏。她俯身趴在桌子上，手掌向下递给明和特蕾西，仿佛在邀请她们加入秘密。

奥莉芙缩在座位上，对这一切感到不舒服。

"等等，你周一又幻视了，所以才晕倒吗？"

奥莉芙点点头，脸烧得火辣辣的。明皱起眉头看着她，仿佛奥莉芙刚刚证明她是一种罕见的崭新的生命形式；特蕾西微微张着嘴，露出一副相当白痴的表情，她试着将头发横在嘴巴前面加以掩饰。奥莉芙知道她们一旦离开餐桌，就会在背后议论她。

"看到了什么？"特蕾西屏住呼吸。

奥莉芙看一眼娜塔莉，想寻求安慰。娜塔莉笑着回应，仿佛并不为此担忧的样子，于是奥莉芙就放心了一些。"火，"她说，"我看到一堵熊熊燃烧的火墙。"

特蕾西的脸垮了下去："就只有——火？"

"非常大的火，烫得厉害。"奥莉芙想要自我辩护。后颈上的汗毛刺痒，她回想起刚走出学校大门的那一刻，她所感觉到的恐惧：熟悉的下坠感，燃烧的气息，接着突然之间，她的母亲就站在身边。突然之间，她们周围全是树，那样的浓密，连头顶的天空都看不清了，整个世界似乎都暗了下来。

母亲的手上有个东西：一只手表。

母亲看着她的两侧："你认为呢？我应该做吗？把它烧个精光？"

不，奥莉芙心想，别。

但是为时已晚，因为一堵火焰之墙正在越过地平线，那样逼真，她发誓她能感受到热浪从身后扑来。她能听到附近传来不祥的隆隆声，有什么东西倒塌了，或许只是火焰吞噬氧气的声音；一种令人厌恶的危险感悬在空中，一种身体面临危险的感觉。她的母亲呢？她自己呢？接下来她所知道的，就是她躺在地上，四周围了一圈女孩，还有赫仑先生异常担忧的脸庞。

"所以，会怎样？那意味着什么？学校会着火吗？"明甚至都没费心掩盖声音中的怀疑。

奥莉芙耸耸肩，看着娜塔莉寻找后援。但是娜塔莉靠在长椅上，双手背在身后，等待奥莉芙做出解释。

但是这次幻视意味着什么？火只能是火，除非你知道发生在哪里，是什么时候，燃烧的原因和发生的对象。三个女孩看着她，要求她给出逻辑、谜底或观点，奥莉芙想到背包里装丙戊酸钠的药瓶，想到核磁共振成像图片中没有形状的那一团灰色物质，想到她脑袋里不定时发出砰的一声的神经元。她的特别身份溜走了，留给她的只是一个死了妈妈的精神科病号。

然而，尽管有背包里的药片作为证据，她还是无比清晰地感觉到——任何逻辑假设或医疗技术都无法与之相提并论——她的母亲正隐藏在目力所不及的某个地方。这种感觉已经在她胸中扎根，有绳子将它们捆在一起，她不会让任何人——医生不行，明和特蕾西不行，父亲不行——有机会将它赶走。

她眯起眼睛看着明和特蕾西。"我想我看到你着火了，"她对特蕾西说，"你尖叫不停，头发烧起来了。"

特蕾西拽紧她宝贵的头发，眼睛瞪得大大的，明嫌恶地看了奥莉芙一眼；但是娜塔莉在她身边咯咯笑了起来，奥莉芙感觉自己澄清了一点点。

"得了吧，简直是胡说八道，"明说，"你在骗人。"

"我对神发誓。"奥莉芙说，不过她已经失去了制胜地位，所以声音听起来又尖又短。

"随你便，怪胎。"

"注意你的语言。"奥莉芙感到有只手搭在她的肩膀上，抬头一看是副校长吉莱斯皮站在她旁边。她还是穿着一套看起来很毛糙的套装，奥莉芙心想，她穿这样的衣服一定是为了避免任何不必要的肢体接触。女孩们都待在座位上，打断话头来看是否有人说了什么不符合克莱蒙特校规的话。吉莱斯皮用食指轻轻点点奥莉芙的锁骨："我能和你谈谈吗？"

奥莉芙抓起背包起立。明、特蕾西和娜塔莉同情地看着她离开，然后脑袋又不可避免地凑到一起，头发再度形成一道隐私防护帘，掩盖她们的低声交谈。

奥莉芙跟着吉莱斯皮走出餐厅来到庭院，外面阳光明媚，雨水暂停，空气干净清爽。

"我刚和你父亲谈过，"吉莱斯皮说，她身上闻着有淡淡的柠檬和潮湿的羊绒气息，"他告诉我，你去见神经科医生了；你患了癫痫。感觉还好吗？"

奥莉芙慌忙点头。

"你身上带药了吗？"

"我父亲和你说的？"

"当然。"吉莱斯皮干脆地说，"学校有政策，学校不能吃药，除非提前通知。我们会在档案中保留处方复印件，这样一来就不会造成误解，同时监控用量。你今天已经吃了吧？"

奥莉芙摇头："我应该在吃饭时吃。"

吉莱斯皮指着餐厅说："我很肯定，刚才我看到你在吃午餐。"

奥莉芙不解地看着她："你想看着我吃药吗？真的吗？因为说实话，这种情况太像奥威尔小说里会发生的事了，吉莱斯皮副校长。"

吉莱斯皮笑得露出了牙齿，她伸出双手放在裙子边缘，仿佛要确定上面是否有任何断掉的纤维或灰尘。"你是个好学生，奥莉芙。我知道。但是你突然之间就开始旷课，你的老师说你看上去总是心不在焉的。我想是和你的……家庭状况有关，还打算建议你和桑迪亚哥夫人多谈谈。我的工作是确保无论你正面临怎样的健康问题，都不能耽误学习。第一步就是确保你按时吃药。所以——"她挤出一个微笑，"还等什么呢？"

奥莉芙慢慢地从背包中掏出药瓶："我没有水。"

吉莱斯皮副校长指着庭院边缘一个古老的饮水器，里面塞满了丢弃的口香糖和湿透的落叶。"我看那边就有水，奥莉芙。"她说。

奥莉芙迈着沉重的步伐走到饮水器边，它闻着有发霉和生锈的味道。她回头看一眼，确定吉莱斯皮是否仍在注视——确实在注视。于是奥莉芙取出药片放在舌头上，然后从饮水器那儿喝了一大口水，冰爽惊人。药片在她的喉头停留了一会儿，她呕了起来，又喝了一大口水，才终于落下喉咙。她站在那里，看着餐厅贴有墙面板的侧墙，勃然大怒。现在还会发生什么？幻视会停止吗？如果今天早上的幻视就是她最后一次见到母亲，她该怎么办？

她转身背起背包："请告诉我，我们不会每天都要这样，吉莱斯皮副校长。在这里请求一点信任很过分吗？我已经十六岁了，不是十二岁。"

"我想这不是信任的问题，"吉莱斯皮说，"而是我要照顾好我最爱的女孩之一。"她利落地拍拍奥莉芙的背，走回餐厅。

餐厅的门打开又合上，奥莉芙看见娜塔莉正透过玻璃窗往这边张望，她的眉头皱了起来，形成两个愤怒的问号。"发生了什么？"她用口型比画。奥莉芙耸耸肩，所以娜塔莉又重复了一遍，"发生了什么？"仿佛奥莉芙刚刚没看懂似的。奥莉芙放弃了，转过身，走捷径横穿草坪，绕过建筑的边角，一脚踩进浸满水的草地，留下七个泥泞的脚印指示她的路径。她以为自己是在漫无目的地行走，直至抵达学校大门，她发现自己仍在行走，径直走上人行道，这时候她才意识到今天她又要逃课了。

让他们开除我吧，她想，我回不回去都无所谓。

我与比莉·弗拉纳根的生活

乔纳森·弗拉纳根　著

▲▲
〜〜

　　奥莉芙七岁时，比莉离开过我们。那才是事情的真相，不是吗？多年来我一直将整个故事美化成"妈妈需要独处的时间"，虽然只是我们共同生活的历史的一次颠簸，但事情的真相其实是：她离开了，并且没有告诉我们她的去向。有三天时间，她不接电话，接着突然间她就回来了。

　　那么她去了哪儿？

　　离开的那天，她和奥莉芙吵架了。那不是她们第一次争吵。她们不再好得像连体婴，但是我想，好吧，母女之间经常会那样，对吧？女儿到了一定年龄，绝尘而去。她们需要发展自己的个性，她们开始为裙子的长度、宵禁、自己洗衣服的事大吵大闹。

　　但是问题在于，她们以前没像那样大闹过。

　　"娜塔莉邀请我周日和她一起去教堂。"比莉离开的那天早餐时间，奥莉芙如此宣布。

　　比莉当时正忙着将食物端上餐桌，当即就砰的一声将牛奶罐放在桌上。"我的天哪！"她说。

　　"我想就是说说而已吧。"我插科打诨。

　　比莉看上去可不高兴，她在奥莉芙的另一边坐下："你不要去教堂，好吗？你知道谁会去教堂吗？绵羊。不能自己决定事情的那种人，太懦弱，不能对自己的生活负责的那种人。所以他们就将一切重担都转嫁到某位神祇的身上。你比他们坚强，奥莉芙。"

奥莉芙皱着眉头："娜塔莉就去教堂。"

"那么，或许是时候去交别的朋友了。"她拿起牛奶罐，咕嘟咕嘟地给奥莉芙装了家乐氏脆米花的碗倒满，"你忘了，我就是在教堂里长大的，我知道你不了解的事情。"

奥莉芙露出开心的神色："但是妈，这不一样，明白吗？娜塔莉的教会——是进步的，所以没关系。"

"神就是神。"比莉端着牛奶站起身，"周日我们去徒步怎么样？"

"我讨厌徒步。"奥莉芙抱怨。

比莉在去冰箱的半途中停了下来。在那段沉默中，奥莉芙面前的谷物早餐被牛奶泡得咝咝冒泡。

我跳了进去。"嘿，"我说，"如果她想自己决定事情，那我们就应该让她从去教堂这件事开始。"

比莉回头看着我，脸颊气得通红："不要，妨碍我。"

我当时清醒地意识到，奥莉芙就坐在我身边，正舀了一勺被牛奶泡软的谷物早餐，一路滴滴答答地正要往嘴里送，她瞪大眼睛看着我们。在那一刻，我明确地感觉到，有人踩住了我的脚趾，一只运动鞋的鞋跟故意触碰到我的脚趾。是我女儿在向我传递信息。或许她是想要感谢我，或许她是想要告诉我别担心，或许她是提醒我回避：她用脚传递的意图并不十分明确。然而，很明显的是，我们家里刚刚发生了阵营变化：曾经奥莉芙和妈妈一个阵营，爸爸只能从外面看着，突然之间却有了奥莉芙和爸爸结盟的可能性。

"如果你想去教堂，那你就去。"我告诉奥莉芙，然后看看我的妻子。她站在那里，一只手插在牛仔裤的裤兜里，死瞪着我们。"一次布道而已，杀不死她。或许会让她哭泣，但是杀不死她。"接着我换上一副更温柔的语气，因为我想我知道这一幕的意义，"教堂里不是每个人都像你父亲，我知道你担心那个。"

但是比莉的态度没有软化，而是变得更加强硬，就像有人拿草耙往她后背钉了一耙子："我不喜欢你拿我的过去当作武器来对付我。"她的语气很平静，背后却隐藏着某种致死的尖利的东西。她小心地转过身，将牛奶放回冰箱，将麦片盒放回橱柜。等她再次转身来面对我们时，她又满脸笑容了："有人要吃香蕉吗？"她的食指上钩着一串香蕉在摆荡。

那天晚上，我接奥莉芙回到家时，比莉已经走了，还带走了她的行李箱。只留下一张字条："很快回来。"所以我就对奥莉芙说，妈妈要自己待一段时间，很快就会回来。那难道不是比莉自己在便条中写的吗？我没有任何确切的理由不相信她，尽管后来周五变成周六，周六变成周日，很快根本不那么快。不爽变成担心，接着感到受伤，然后变成愤怒。

然后比莉就回来了。周日晚上，她抱着满满的杂货走进家门，仿佛只是出去买牛奶一样，表现得好像什么都没发生过一样。

我记得她轻快地走进门时，我站在厨房里，感觉就像是被木板打了脸。我看着比莉，她晒黑了，容光焕发，还是那么美丽，就像是某个时尚的广告模特，我心里充满怒火：你那样对我们，怎么还能看起来像个没事人一样？然而，当她与我对视时，却明显点燃了我心中的欢乐，我感到她对我施展了某种神奇的魔力。那让我想起我们在旧金山的J教堂线电车上第一次遇见时的情景，我仿佛被卷进了她的魅力旋涡，什么也看不见了。

"你都去哪儿了？"

"不是什么值得一提的地方。"她说着将杂货放在条案上，伸出双臂拥抱我，"别生气，我只是需要喘气的空间。你知道，那是我应得的。但是我很想念你们两个！"仿佛那样就足够解释一样。而我就像个容易上当的人，信了那种说法——因为那就是我想听到的答案。

当时我没有将两件事直接联系起来——吵架和比莉的离家出走。或者这两件事本来就没有联系，或许她那个周末离开还有别的原因。或许她与其他某个人有了婚外情，哪怕是在当时。或许她就是需要一些独处的空间。但是或许，只是或许，与奥莉芙和我的对立，让她有了一直在寻找的借口，有了我们两个联合起来对抗她的证据，有了离开的理由。

另一个我不想承认的事实是：虽然我对比莉的离去感到焦虑和生气，但她不在时我其实很开心，感觉就像是走出了一个阴影，阳光又照在我的脸上。那个周末，奥莉芙是和我一起度过的，我们一起吃了冰激凌圣代，看了比莉永远都不可能看的科幻电影，一起在让人舒服的沉默中读书，还点了外卖。我们刚刚建立的同盟得到了巩固，因为一种不言而喻的互相理解，即我们两个其实更相像，只是一直没有机会去发现。

那个周日的早上，当去教堂的时间即将到来，我提出开车送奥莉芙去娜塔莉家时，她却迟疑了。她环顾房间，仿佛她的母亲会在沙发后或门口现身，然后低头看着自己赤裸的脚。"不用了，爸爸，"她轻声说，"我其实本来就不想去。"

难怪我曾经假装，比莉并未真的离开我们。我是为了奥莉芙。我是为了我自己。只有这样假装，我们才能作为一家人生存下去，因为奥莉芙想要我们在一起。

12

　　谢丽尔比约定时间迟到了十五分钟。乔纳森坐在学院大街一家咖啡馆窗边的位置，看着一杯咖啡，那里离他家只有几个街区的距离。一个留墨西哥女画家弗里达·卡罗发型，戴一个绿松石鼻钉的女招待在擦拭大理石台面的桌子，午餐人流刚开始多起来。加州大学伯克利分校的中国留学生安静地坐在咖啡馆的后面，学习有机化学。外面，有个小男孩踩着滑板车嗖嗖嗖地在乔纳森的窗口滑来滑去，从尼泊尔精品服装店滑到意大利美食杂货店再返回。

　　与菲什拜因医生的见面让他感到反胃；看到女儿目光呆滞地钻进那台令人难以忍受的机器的画面，融化了他心里一些关键性的东西。尽管诊断结果没有想象的吓人——颞叶癫痫而已，没什么大不了的，也不是肿瘤（谢天谢地）——但他依然不想去想象女儿脆弱的大脑受损的样子。让自己相信，她脑袋中发生的是一些更加魔幻的事情倒是更叫人开心，比如她真的能看见他看不见的东西。他本该想得更清楚些的，放纵那样的幻想对他来说就是自私，他真是蠢到家了才会鼓励奥莉芙采取行动，而非让她安全地待在黑暗中，直至他确定下一扇门后没有藏着怪兽。

然而，奥莉芙已经发现了某些东西，不是吗？只要他开始思考这个显而易见的谜团，他的大脑就会卡住。

　　又过了十分钟。他又点了一杯咖啡，查了一遍他手机上的 IP 监控器应用程序。零位访客，还没有一个人点击，尽管已经又过去三天时间，他又更新了四章内容。现在黑暗的记忆正源源不断地涌出，就像之前未被检测出来的癌症突然之间迁走了：写下它们让他感到难受，然而他似乎无法停止，哪怕没有一个人在意。他开始感觉，卡尔文·金给他安排了一个愚蠢的差事；或许他甚至提前提醒过比莉，让她不要因为虚荣心而在谷歌上随意搜索。

　　他又看了一眼手表，谢丽尔已经迟到了半个钟头。他就要放弃离开时，一个女人冲了进来，她提着一个鼓鼓囊囊的旧手袋，撞在门柱上又弹了回去。她尴尬地环顾四周，对上乔纳森的视线，然后就摇摇晃晃地走了过来，坐在他对面的椅子上。

　　"你是乔纳森，对吧？抱歉，迟到了，今天早上我忘了放狗出去，它吐得整个地毯都是，我不得不清理干净才出门。"她在旧手袋里翻找着什么，然后突然又坐好，"然后我没有一张零钱支付停车票，只好到处问人换，我很确信他们给我的钱不够数——"她打开一只拳头，迷惑地看着里面的硬币，然后直瞪着他，眼睛睁得很大，"哦，你很英俊，不是吗？我一点都不惊讶，西比拉一直喜欢帅气的男人。"

　　他感觉像是遭遇了鞭打："我给你买杯茶？"

　　"不，不！你不用那么做，我自己可以买的。"她转身站起，朝咖啡吧台走去，零钱掉了一路。

　　他看着她离开。谢丽尔个头很高，但是她走路时身体向前倾，好像有人在她背后轻轻推着。她的头发在脑后扎成一个马尾辫，发根是金色的，有几厘米挑染成灰色和棕色。她穿一条粉红色的连裤袜，脚上是 UGG 鞋，上身是一件朴素的开襟羊毛衫，不过她付茶钱时，乔纳森看到她的手腕上有文身。耳垂上有一排凋萎的耳洞，超大号的耳钉应该很久没戴了。她曾经也许很美，不过皱纹地图表明她经历过艰苦岁月。

"这么说你是在《纪事报》上看见我的广告的？"她再度落座后，他问，"我很惊讶，现在还有人会读报纸，更何况还是分类广告版面。"

她往茶杯里加了满满一勺糖："哦，我不看报纸。我是个兼职宠物美容师，我们用报纸垫笼子。刚好戳在我眼皮子底下了，知道吧？她的名字一下子跳进我的视线。"

乔纳森说："我还以为你寓意着报纸的未来还有利可图。"而她困惑地看他一眼，道："当我没说。"

"我能看看照片吗？西比拉的。"

乔纳森从手机上翻出一张，是比莉和奥莉芙几年前的一个夏天拍的。两张脸并在一起，奥莉芙看着隐隐约约有些像她母亲，两人都散着头发，在阳光下都眯着眼睛。"和我们的女儿一起照的。"他说着递过去。

谢丽尔抓着他的手，拉近她的脸，盯着看了很长时间都没有说话。"哇哦，没想到她最后会是个瑜伽妈妈。"她说。

"她其实不喜欢瑜伽。"他说。谢丽尔依然抓着他的手腕，捏得他有些地方感觉不舒服。

"哦，别误解我的意思，我喜欢瑜伽，如果有时间，我会练练的。上帝知道我需要时间，两个九岁大的双胞胎儿子，我可以在生活中多修行一下禅宗。哈哈！不过我丈夫会崩溃的，他觉得太难了。我们是在匿名互诚协会认识的，想互相谈谈困难嘛，不过也没有什么可说的。"她松开他的手腕，"我唠叨个不停，是吧？该死的，抱歉，我一紧张就这样。"

他在桌子下方按摩手腕："那么，谈谈比莉？"

"比莉。"她慢慢念叨这个名字，不厌其烦地念着"莉"这个字，"好玩，以前从没有人叫过她别的名字，都叫她西比拉。她讨厌昵称。"

比莉曾告诉他她讨厌西比拉这个名字，他想起来了。他试着保持平静：作为一个客观的新闻工作者，搜集与主题相关的事实，从零开始，创作一幅画，看看是否能与自己脑中已有的形象相吻合。"多告诉我一些，"他说，"她当时是什么样子？"

谢丽尔吹着茶给它降温："哦，我还想着让你给我讲讲她的事。她生活得怎么样？"她环顾四周，看看大理石台面的咖啡桌，宣传一份沙拉十六美元的布告板，看看乔纳森从上扣到下的衬衫，脚边皮包里塞的笔记本电脑，"她过得不错，对不对？我一直知道她会。她有那种东西，你知道吗？"

他小心地抿一口咖啡："什么东西？"

"你知道，她是那种谁都想要成为，或者围着她转的女孩。"谢丽尔的目光落向一侧，自顾自地笑起来，"她和我，我们当时算是班上漂亮的女孩，在校园里走来走去的样子，像是那地方归我们所有。我有张照片，你想看吗？是高中二年级拍的。"谢丽尔伸手在包里到处翻找，掏出一张细长的快照，颜色已被时间褪去，上面是两个顶着夸张发型的漂亮少女：刘海用气雾发胶粘在一起，眼睛因为涂着荧光色的眼影而显得很突出，穿着紧身的牛仔裤，纤细的大腿上包裹的是纱质面料。她们坐在马路边，双脚交叉伸在水沟里。金发的那个是谢丽尔，张开双腿跷在深色皮肤那位的膝盖上，正在大笑；深色皮肤的那位将一支香烟举在女友的头顶，烟灰几乎要点燃那头蓬松的头发，她看镜头的表情有些茫然，带着点容忍的意思，仿佛正在等这一切快点结束。是比莉，但不是他之前认识的比莉。他盯着照片看。

"我们很火辣对吧？只不过，西比拉拥有一种其他任何人都没有——我当然也没有——的东西，那就是冷酷。她总是一副镇定自若的样子，不会像我们其余普通的孩子一样激动。你知道吗，她还被选中去参加返校节舞会，而她甚至都没出现。她当时就已经准备好去追求更宏大、更好的事物。"

"比如什么呢？"他试着想象。

"比如任何事情。"谢丽尔重重地吐口气，"她喜欢抢占先机——大孩子、晦涩难懂的音乐，还有她读过的东西。她会研究某种东西，全力以赴，然后就厌倦了，将注意力转移到其他的事物上。"她停顿一下，"你得理解我们的出身，一文不名：农场啦，教堂啦，移民劳工啦，挣扎在贫困线上的家庭啦。周末无事可做，只能开车越过两座小镇，去购物连锁超市的停车场上玩。"

"我去过米查姆。"乔纳森想起那座即将倒塌的农舍。

"那你就知道了，西比拉的爸爸那时候在村子里是个大人物，是每个人都去的新教圣公会的布道牧师。"她低头看着她的两只手，指甲出于实用剪得很短，"她的父母对她相当严格，如果可能，他们会将她锁在屋里直至嫁人。"

"不是锁过吗？"他终于在谢丽尔的故事中抓住了有用信息，于是将它们与他早已熟悉的部分拼接起来，"锁在地下室里。"

她抬起头，脸上现出疑惑："你是说娱乐室吗？我们以前经常在那儿喝得酩酊大醉。不过我想说，是的，他们很严厉。他们会惩罚她，逼她徒手抄《圣经》里的诗行。她的父亲不许她穿短裙、约会、听她喜欢的音乐，所以她总是背着他们偷跑出来。她就是喜欢和他们作对。"她喝了一大口茶，被烫得直皱眉，只好又放下，在杯沿上留下一个珊瑚色的唇印，"高一开学，她告诉父母，她参加了一个课后《圣经》学习小组，其实是和我搭便车去贝克斯菲尔德的商场玩。都是些小小的乐趣，却已经是我们所能获得的最好的东西。她的父母最终还是发现了，于是就关她禁闭。"

"你能跟我讲讲她离家出走的事吗？"

她歪着头："哪一次？"

这回应太过刺耳。"不止一次？"他问。

谢丽尔伸手在包里掏啊掏，最后拿出一支电子烟："抱歉，说到过去让我真的很想抽烟。别担心——"那位弗里达·卡罗发型的女侍者立刻走到她身边，露出不支持的表情，但是她挥挥手将其赶走，"我不抽，有时候拿着就能帮忙，行吧？"她拿着烟在手指间来来回回地转动，"所以，西比拉不喜欢被禁足。不过她就是这样——她从来不会歇斯底里，你知道吧？她只会集中精力，全心投入。所以有一天，她在学校找到我，将我拖进厕所，非常严肃地说：'我要离家出走。'她不是说说而已，是认真的。"香烟来来回回地转动，来来回回，"我说服她带我一起走，我们就打包了一些东西，溜出学校后门，跳上一辆开往洛杉矶的长途车。"她笑了起来，哈哈！"事实证明，西比拉一直在从她爸爸教堂的奉献盘中偷钱，持续好多年了，她有整整一堆现金。她说那是她滚蛋的钱。"

乔纳森想起他自己的银行账户中每周消失的那些钱，发现同样的模式重复了几十年。滚蛋钱。"是的，听着像比莉的做派。"他咕哝道。

谢丽尔探寻般地看他一眼："不管怎样，我们在洛杉矶一家廉价的汽车旅馆住下了，待了十天，过着逍遥无比的生活，参加好莱坞林荫大道上的派对什么的，西比拉在一个派对上遇见了那个家伙。然后有一天，旅馆有人敲门，是我的父母找来了。"她眨眨眼，继续回忆，"看吧，西比拉提醒过我，我们需要用新的名字——她要叫'伊丽莎白'，我要叫'劳拉'——但是我忘了，订旅馆时用的是真名，我猜我的父母一直到处打电话才找到我们。西比拉对我大发雷霆。我们被拖回米查姆，那差不多就是结局了，她的父母决定送她去念为不守规矩的女孩准备的圣经学校。"

乔纳森又抿了一口已经凉掉的咖啡，比莉从未给他讲过这段故事。"不过他们最后没送。"他说。

她大吞一口茶："不对，她赶在那之前再次出走。她的父母再也没找到她。"

她发出一阵即将窒息的声音，盯着她的空茶杯。乔纳森注意到，她放在桌子上的指尖在颤抖。"你当时一定很难受。"他说。

　　谢丽尔抬头看着他，用她那双受了伤的大眼睛："她把我丢下了，明白吗？她觉得我太麻烦，她觉得我不值得。"她的呼吸声很刺耳，"不管怎样，故事就是这样。"

　　乔纳森点点头，将所有那些在他脑海中移动的碎片拼接起来。这不完全符合他对比莉童年的想象，但也没有差到离谱。不过话说回来，他在期待什么呢？另一个人的过往在他身后展开，就像一片无边的大海，是不可能把握其全貌的；他所能做到的，就是短暂地瞥见那些隐藏在深处的东西，一件接一件拽出来审视后又全部丢回去的东西。

　　接着他又想起别的一些事情："抱歉，问一句，不过……比莉告诉我，她父亲曾经因为性侵她的一个朋友而惹上麻烦。是你吗？"

　　电子烟从谢丽尔手指尖滑落，咔嗒一声落在地上，她弯腰在椅子下面摸索。当她重新坐起来后，不看他的眼睛，而是盯着电子烟。"是的。"她说，"但那是她的想法。"

　　他放咖啡杯的动作过快，杯子滑倒在托碟上，没喝完的液体洒在桌子上。他用餐巾纸轻轻擦拭："抱歉，比莉的想法？"

　　谢丽尔卷起袖子，紧张地挠着一只手臂上的文身，用一只指甲在好斗的日本锦鲤的肚皮位置上下磨蹭。"他们把她从洛杉矶拖回家后，她父亲要把她弄上船送去'信仰之翼'还是什么，反正是那个学校的名字，她怒不可遏，所以就像是复仇一样，对吧？她说我应该去他在教会的办公室，假装哭一哭，告诉他我想忏悔我的罪，然后坐上他的膝盖，看看会发生什么。就是吓一下他，她说。"她沉默下来，"她本来就因为洛杉矶的事气得要死，我再也不想让她失望，所以，是的，我做了。"

　　他的手机突然响了，不过他迅速按了静音，正面朝下扣在桌上："你就——坐在他的膝盖上？"

　　"是的。"谢丽尔将烟捏在手中，像握着一根魔法棒那样，然后又打开，她寂寞地看着烟，仿佛希望它消失一般，"我是说，问题出在我坐的方式上。我想西比拉一定知道些什么关于她父亲的事，但是她没有告诉我。因为当我坐上去时，当我溜上他的膝头，伸出胳膊搂住他的脖子时，他并没有被吓到或生气。他变得很……兴奋。接着他突然伸出一只手放在我的裙子上，另一只手则钻进我的衬衫。我不知道该怎么办，就是，西比拉是希望我继续呢，还是停止？你知道吧？但是这时一位教会助祭冲了进来，看见了我们。接下来，是的，你该猜得到往下的事。巨大的丑闻。她父亲差不多被毁了。我是说，我当时才十六岁。"她暂停片刻，"我一直想知道，是不是西比拉故意让那位助祭进来，好陷她父亲于麻烦之中。我从来没有机会问她，因为这些事发生后，她就消失了。"

"天哪！"他的声音太大，大理石桌面、瓷砖地面、玻璃墙起了回音。几个桌子开外，一个正在学习的学生抬起头来皱了皱眉，故意将她的笔记本翻了一页。他放低声音："我真的非常抱歉。"

谢丽尔坐直一些："哦，没事，"她快活地说道，"我是说，这事让我沉沦了很长一段时间。不过现在我的生活好起来了，对吧？有了丈夫，两个孩子也不总是那么调皮，工作也足够好，十年没喝过酒了。我过得还不错，我不怪她任何事。"

你应该怪，他想到。他感觉辨不清方向：这些都是比莉人生的故事，都是她经常讲述的熟悉的故事。现在他意识到，另外还有某个人也在一直讲述着有关她的一生的故事，但是方式完全不同。或许对讲述者来说，这两个版本都是真的，他该相信哪一个？

他的目光随即被学院大街上走过的一个熟悉的身影所吸引，他认得那件运动衣，因为背包过于沉重，步伐很迟缓。那是奥莉芙吗？他拿起手机看一眼时间。他的女儿又逃课了吗？他注意到他刚错过的电话是克莱蒙特预科学校的前台打来的。

他举起手轻轻敲敲窗户，犹豫着，重新思考现在的情境。就在这时，奥莉芙走过咖啡馆，看见他坐在里面。在这个令人不安的时刻，他们隔着窗户盯着对方，都在等待对方开口。奥莉芙看看谢丽尔，又回头看着乔纳森，再回头看谢丽尔，接着她掉头朝咖啡馆的门走去。

"抱歉，"他对谢丽尔说，"那是我女儿，我想她逃课了。"

谢丽尔看着奥莉芙朝他们的桌子走来，压低声音说："她眼睛是有点像比莉。"

奥莉芙侧身走到他们桌边："嘿，爸爸。"

"你为什么没上学？"

她耸耸肩："我觉得恶心。"

"亲爱的，你不能就那样离开。克莱蒙特对逃课施行的是零容忍政策，你会害得你自己被停学的。"女儿看起来这么凄惨，他很难发火。她脸色苍白，看起来很虚弱，校服半敞着，几绺头发从发夹里散了下来。不知她吃没吃丙戊酸钠，不过他也不想当着谢丽尔的面问。

"我们现在不说这个好吗？"奥莉芙大胆地看着谢丽尔，后者坐在那里，未点燃的电子烟依然夹在手指之间，"嗯——你好！"

"这位是谢丽尔——"他看着谢丽尔，"抱歉，你姓什么？"

"鲁茨。我懂，很惨对吧？不过结婚就是这么回事，连姓都要改掉，还要收拾他们的烂摊子。"她又发出刺耳的笑声。

奥莉芙看着她，稍稍瞪大眼睛，似乎正处于卫星信号延迟中。

"那么，听我说，奥莉芙，我们回家再谈——"他说，不过谢丽尔已经开始说了起来。

"我认识你妈妈，我们是高中同学。"

"真的？"奥莉芙来了兴致，她抓过一把椅子坐下，背包砰的一声扔在脚下，"我能加入吗？"

"我们差不多快说完了，"他转身看着谢丽尔，"对不对？"

但是谢丽尔正在包里东翻西找，眼睛一直盯着奥莉芙的脸："你母亲，她真的了不起，我现在还一直想着她。"她掏出一张折叠的纸，推过去给乔纳森看，"我想你或许想看看这个。"

是一张便条，写在脏污的活页纸上，几乎已经被岁月染成了黄色，折痕软软的，已经磨损。他小心翼翼地展开，立即认出是他妻子尖利的笔迹。

谢丽尔：

　　这个村子里的人想让我变得小小的。他们想把我挤进一个符合他们期望的小盒子，即便那样会杀死我。无论如何，我都不允许那种事再次发生，所以我走了。这地方的一切都令人窒息。

　　我知道你想要我告诉你我的去向，但是说真的，我想我不能信任你，在你做了那些事之后。你只需要知道，我去了一个人们的心胸更开阔的地方。外面还有整个世界的人，像西德尼那样的人，他能看到更广阔的画面，知道人生中还有很多精彩的事，而不仅仅是坐在一起吃多力多滋，谈论邦乔维乐队中谁最性感。

　　所以，听我说：正如我们所知，地球已经在最后的边缘摇摇欲坠，就要崩塌，速度比我们设想的还要快。我们把它榨干了，什么也没留下，很快我们就将面临大规模的资源短缺，接着会发生大变动——全球变暖，森林砍伐殆尽——接下来一切都会完蛋。和你想象的任何情况都不一样。所以，是的，西德尼和我要为此做些事情。

　　我想说，我很快就能再见到你，但这可能是谎言。别担心，我不恨你，振作起来好吗？我敢肯定你不会有事的。闭上嘴巴，扬起下巴，不要回头。

　　　　　　　　　　　　　　　　　　　　西比拉

他抬起头，再次对那个名字感到不舒服。"你知道西德尼？"他问。

谢丽尔点点头："就是她在洛杉矶派对上认识的那个家伙。说实话，他吓着我了，他总是很激烈，疯狂地迷上了西比拉。我曾经很爱听他说话。你知道吗？他真是太激进了，拯救世界什么的，都是那种废话。嬉皮、朋克、垃圾。"她做了个怪脸，"当然，西比拉却吸收了那些。我没意识到他们一直有联系，直至我看到她的信，是她夹在我的数学课本里的，我一个月后才发现。"

乔纳森听到这些感到很不安，想起了那张宝丽来照片，还是觉得奇怪。他看了一眼奥莉芙，她正在看那封信，那样子让他觉得不舒服。他感到一种奇怪的反胃感——十几岁的人写出这样的词汇——他以前常常感到一种想要保护那个女孩的欲望，觉得她是不堪一击的受害者，但是突然之间，他无法完全确定，她实际上是不是她所表现出来的受害者的模样。

谢丽尔站起身，将她的东西揣在腋下，仿佛要冲向门口离开似的："得跑起来了，"她说着，俯身从奥莉芙手中抽走那封信，重新折成长方形，"孩子们很快就要放学回家了。"

他快速思考，浏览脑海中堆积的问题，找到一个似乎最要紧的。"最后一个问题，"他说，"比莉回去过吗？回米查姆。"

谢丽尔已经将电子烟塞进嘴里，准备点火。在她思考他的问题时，那烟就一直摇摇晃晃地挂在那里。"我不能完全确定，"她最后说道，"我听过一个谣传，大概是在五年前吧，说她回来了。我甚至还到她家去过几次，按门铃，但是没人开门。所以——"她朝门口走去，"听着——我很抱歉，但是——我得……"

他站起身："谢谢你来。"

他看着她离开。下午的阳光斜斜地穿过窗户，照亮她的脸，她眼睛下方皮肤下垂了，头发像稻草一般软软地卡在她珊瑚色的嘴唇之间，但是尽管如此，她眼中依然有诚挚和希望的光芒。比莉的话语一直回响了几十年：我敢肯定你不会有事的。这个女人，她真的在尝试。他想知道，她想证明什么，她做这些是不是给鬼看的。

"爸爸，"奥莉芙柔声说，"西德尼就是在监狱里的那个家伙，对吗？那个毒贩子？"

"是进过监狱，已经出来了。他还来了你妈妈的追悼会。"

她在椅子上坐直身体，目光越过他，看着远处的某个地方："如果是西德尼绑架了妈妈怎么办？"

他一瞬间几乎说不出话，他从没想过这种情况。最后他有点不自在地笑了："太荒谬了，他为什么要那么做呢？"

"你听到谢丽尔说的话了，他迷恋她。"奥莉芙的声音变得又高又急切，"这种推测合情合理，不是吗？他是个罪犯，他追踪她！天哪，爸爸，这样就能解释一切了！我告诉过你，她有麻烦。"

"慢点，奥莉芙，你已经陷得太深。"

"我们必须找到他！"

"我甚至都不知道他姓什么。"他说。

"那今晚邀请哈莫尼过来吃晚饭，问问她，"她说着交抱双臂，"我想她应该知道。"

那天晚餐过后，碗碟都堆在水槽里，接下来的几天里都不会有人处理。乔纳森去找哈莫尼，她摊开四肢躺在起居室的长沙发上，在读一本书。奥莉芙在楼上，安全地待在她的房间，晚餐一结束，她就逃开了。不过，为了安全起见，乔纳森还是坐在沙发的另一头，与哈莫尼隔开距离——近到能感受到她的热量，距离又足够摆脱麻烦。

他注意到哈莫尼在读比莉的那本旧的塔娜·法兰奇的小说，两周前他把那书丢在卧室一个角落里，显然她把它捡回来了。她什么时候找到的？书签已经挪回到第一页，他试着不为此烦心。他们之间纠缠不清的关系——他死去的妻子，她的前男友——让整个场景变得暗流丛生，显得很奇怪，他不确定该如何处理。

"西德尼，"他对她说，"你认识他对吗？"

"西德尼？比莉以前的男友？"她翻一页书，食指一路追溯文字移动，"是的，我认识他，一团糟，有毒瘾。"

"他因为贩毒被捕过是吗？"

她从小说中抬起头，看着对面墙上的一个点："还有别的原因，当时我已经走了。"

"他……危险吗？"

她在书页上移动的手指停了下来，转身看着他，皱眉头的样子很迷人，叫人分神："什么？这问题太奇怪了，你为什么这样问？"

他快速思考："我就是想起来，去年在比莉的葬礼上见过他。没怎么和他说话，但是很好奇，他有一种气场。"

哈莫尼放下书，一条腿向他伸展，用一只脚趾探索他的身体，直至碰到他的小腿，然后沿着他大腿的内侧慢慢向上移动。"我敢肯定，一定是他在监狱里待了这些年，让你有了这样的感觉。"

"他和比莉的关系如何？"

她的脚趾在他胯部附近游移："非爱即恨的事，很强烈。她不喜欢他吸毒，他们为此经常吵架。"

他应该更担心哪部分呢？爱的部分，还是恨的部分？"你知道他现在住哪儿吗？"他问。

"我怎么会知道？"她笑了，那只脚碰到了他的腹股沟，"当时的情况是漂泊不定的，人们来来走走——被捕啊，离开去森林隐居啊，流落街头啊，死于吸毒过量啊。没有人真的在意。那以后我们都走上了各自不同的道路。我是说，他可能在任何地方。"

他想起那封被烧掉的信，想起西德尼在比莉的葬礼上的短暂露面。不是任何地方，他想，就在这附近的某个地方。"好吧，他姓什么？我想找找他看。"

她凑近些，一只手滑进他衬衫的纽扣之间，轻轻地拨着他的胸毛，为他的躯体注入一种触电般的感觉。"不知道，"她说，"当时每个人都有昵称，没有人想用自己的名字，更别说姓氏了。当时他们都抗拒父权，崇尚无政府状态，而非阶级社会。匿名者最大，记得那时候的情况吗？比莉用过'麻雀'，西德尼用过'马弗里克'[1]。作为一个激进分子，这个名字比'西德尼'合适，你不觉得吗？"

她放在他胸口的手叫他分了神。"那你当时叫什么？"他问。

她笑着跨坐在他膝头上。"哈莫尼，"她小声说，"我一直都叫哈莫尼。"

他们听到低声哭泣的声音，都抬起头，看见是奥莉芙站在门口看着他们。他们立即分开，但为时已晚。

"这样就能解释很多问题了。"奥莉芙平静地说。

她转身冲上台阶，他们听到她光脚踩在楼上木地板上的声音，接着她重重地摔上门。

哈莫尼看着乔纳森，瞪大的眼睛一片茫然，嘴巴微微张开。她啪的一声捂住嘴，捂住她想说的话，不管是什么。

"该死的。"乔纳森从沙发上站起来，飞快地朝奥莉芙房间冲去。等他喘着粗气跑到她房门时，她已经锁了门，透过锁孔，他能看见她的影子，她就在门的那一侧。

他轻轻敲门。"走开。"她喊道。

"我不走。"他说。他等了一分钟，又开始敲，这一次使的劲更大，"我会敲一整晚。"

透过房门，他听见她愤怒的呻吟声——"天哪，好吧。"——接着门开了，奥莉芙的眼睛已经哭肿了。

他钻进房间，坐在桌旁椅子上，推开一堆书和一条看起来脏兮兮

---

[1] 马弗里克（Maverick），意思是持不同意见的人，特立独行的人。

的毛巾。奥莉芙依然站在那里，双手无力地垂在身旁。在他旁边，她的书桌上，她的笔记本电脑是打开的，显示的是谷歌页面，搜索栏里写的东西令人心碎：俄勒冈州毒贩西德尼。

"抱歉，甜心。我知道你刚刚看到的那一幕感觉像是一种，一种——"

"背叛？"

他抖了一下："奥莉芙，听我说，我们已经蹚进了危险水域，一周年纪念日就快到了。现在再加上关于你妈妈的这些推测，还有你一直看到的那些画面……我肯定你一定很困惑，因为我也很困惑。谁知道这些东西实际意味着什么？眼下这里有许多激烈的情感正在上演。与此同时，哈莫尼，她对我来说确实是个安慰，因此很自然地，我想要再一次感受到某种东西——"

她打断他的话："等我们找到妈妈，她会怎么想你和哈莫尼混在一起？"

她会怎么想？他咽了一口唾沫。"我不可能在推测的基础上过生活，你妈妈不在这里。"他的声音很尖厉，下巴用力地上上下下。

"还不能这么说。"

他举起双手："你想要我说什么？我就像个苦行僧一样干坐在这里，就为了以防万一？"

她固执地扬起方下巴："不，我想听你说，你会去找西德尼。"

在她昏暗的房间中，他身旁的笔记本电脑发出明亮的光芒。他的眼睛被重新吸引过去，就像看到一座灯塔。谷歌最上面的一条搜索结果是最近发生在佛罗里达州的一则新闻：《墨西哥黑手党涉入车行缉毒案》。他看得出，她已经点击前七条链接看过，他明白女儿想整夜都坐在这里，一条接一条地阅读这些毫无用处的网页中的每一个页面。想到这些，真叫他心痛。

他轻轻合上她的笔记本电脑，让搜索引擎休息。"好的，"他说，"我会的。"

13

奥莉芙在黑暗中突然惊醒，心脏怦怦直跳。她躺在那里，恐慌逐渐平息，变成一种熟悉的感触——梦的感觉依然悬挂在意识的边缘。起先她还无法确定出了什么事，只觉得夜里有什么东西变了——一个缺失。就像小时候玩的记忆游戏：托盘上放满各种东西，你必须闭上眼睛，再睁开，判断别人拿走的是什么物品；你盯着托盘看啊看啊，显然少了一个东西，直到突然间答案找到你。

妈妈走了。

丙戊酸钠已经开始生效。奥莉芙一动不动地躺在床上，盘点药物的副作用：无力，有轻微的呕吐感，嘴里有股奇怪的金属味——确实无误。她感觉像是一支钝铅笔。她测试自己，展开思绪寻找母亲那令人安心的存在，意识的外围发出细微的嗡嗡声，但是她已经消失，几乎就像她从不曾存在于其中。或许她真的从来不曾存在，或许那些幻视都只不过是神经元哑火所引发的现象，只是大脑的瘀伤，是严重的怀旧病，寻找母亲的行动注定徒劳无功。

她允许自己哭了一会儿。

时间流逝，她不确定过去了几分钟还是几个小时；她精疲力竭，但又无法重返睡眠。她躺在那里，试图让母亲再度现身——试着哪怕只是想象她的画面——但是她脑海中的画面感觉正在消退，像是照片在日光下曝晒了太长时间。

最后晨曦驱散夜色，一缕薄薄的晨光从窗帘下方漏进灰色。她能听见楼下的低语——哈莫尼在这里。她昨晚在这里过夜了吗？还是她早上回来的？两种情况都让人不开心。

过了一阵子，她闻到烹饪早餐的味道——鸡蛋和土豆煎饼。父亲从来不会费心在工作日早上做早餐，这意味着，要么是哈莫尼接管了厨房，要么就是父亲在炫技。在书桌上方的笼子里，鹦鹉吉兹莫快乐地嘟囔着，摇着铃铛，等待奥莉芙起床喂食。

她拉起被子盖住脑袋，父亲来敲门，轻声叫唤她的名字时，她没有回应。她能听见他走进房间，摸索着跨过东一件西一件丢在地板上的脏衣服，接着她感觉到他的体重压在床垫的边缘。

"你想躲谁？"他问。

"我没躲。"她在被子里说。

他轻轻捏了一下她的脚："我怎么不相信你呢？"接着他开始用祈求的声音说，"奥莉芙，求求你了，和我说话吧，小豆子。"

"我觉得不舒服。"她对着枕头说。

"你说的是哪种不舒服？病了，比如感冒什么的？红眼病？还是指丙戊酸钠引发的副作用？"他掀开被子，让她的脸露出来，她被阳光刺到，不开心地眨着眼睛。虽然父亲的脸上有担忧的神色，但是今天早上他似乎活泼得令人苦恼，感觉他已经喝完了一罐咖啡。他的脸颊发红，还刮了胡子，她注意到他端着一杯水。

"是丙戊酸钠，我想，"她说，"让我感觉有点怪怪的，像是喝醉了酒，想吐。"

他低头看着脚下，从地板上拾起丙戊酸钠的药瓶，是她昨晚丢在那里的。"菲什拜因医生说过可能会出现那种副作用。"他在手中慢慢转动药瓶，"过了周末，我们看看你的情况，如果感觉还是没有好转，就给他打电话。在那之前——"他往手里倒出一片药，递给她，送上水杯。

"天哪，爸爸。我完全有能力自己吃药。"她吞下去，越过水杯的边缘怀着恶意看着他，"为什么每个人都把我当小孩？"

"抱歉。"他虽然这么说，但听不出任何歉意，"如果你感觉那么糟糕，那你今天可以不用去学校，我给学校前台打电话。"

"谢谢。"她翻了个身，开始抠床头上方一张照片上剥落的胶带，照片中是她和妈妈在塔霍湖搭冰屋，当时她还是个孩子。她至今仍记得那座冰屋：他们花了整整一天时间来搭建，妈妈坚信它真正能用，等建完，她们在里面烧了堆火烤棉花糖，喝热苹果酒。感觉很魔幻，就像是在月亮上野餐，尽管她浑身疼痛，防雪装因为一整天在雪地里挖啊刨啊都湿透了。妈妈还想在里面露营过夜，但是爸爸争辩说，如果不能进屋暖和身子，奥莉芙会得肺炎。"扫兴。"妈妈当时取笑他，不过奥莉芙隐隐觉得松了口气，为不用在雪地里睡觉。

"我今天得进城，不过我会让哈莫尼待在这儿，以防你需要什么东西。"父亲说。

"爸，你没听见我刚才说的别拿我当小孩吗？我不需要任何东西，尤其不需要她。"她责难地看着他。

父亲叹了口气："那如果恶化，给我打电话。"

"我会的。"她重新拉起被子盖住头。

"我爱你。"他说。她听到他离开房间，但是她依然待在黑暗的被子里，直至脑袋一片眩晕，又睡了过去。

她再次醒来时，房子里悄无声息。已经过了中午，她的肚子叫个不停，所以她穿上绒毛拖鞋，披上从父亲收拾的"丢弃"堆中抢救出来的妈妈的旧浴袍，下楼去厨房。她摇摇晃晃的，有些辨不清方向——或许是饿的，或许是丙戊酸钠的副作用——所以她慢慢下楼，抓着栏杆以防摔倒。

抵达楼梯底部后，她意识到房子里并非只有自己一个人：父亲回来了，在他的书房，把抽屉开开关关。她沿着走廊朝他走去。

打开门后，她困惑地站在那里，是哈莫尼坐在父亲的桌子边，一只手还伸在一只半打开的抽屉里面。听到合页嘎吱转动的声音，她转过身，看到是奥莉芙，她呆住了。两人对视了几秒钟，哈莫尼抽出手。

"想找支铅笔，"她笑着将一大束金色的头发从一边肩膀拢到另一边，"你们俩似乎都没有。"

奥莉芙指着桌子上面的笔筒："自己选。"

哈莫尼看着笔筒："天哪，我真是眼瞎了。"她说着挑出一支夹在耳后，然后站起身，"我能给你做点什么吗？泡杯茶？煎个蛋卷？"

奥莉芙没有从门口走开。"你为什么在这儿？"她尖锐地问。

"你爸爸去城里开会，"哈莫尼说，"要我留下来保证你没事。我今天不工作，正准备填字谜。"

"我不是问那个。"奥莉芙开始说，但是话语都死在了她的喉咙中。哈莫尼朝她走来，在距离几英寸的地方停下脚步。奥莉芙向后退，害怕哈莫尼会拥抱她；她闻得到哈莫尼用的身体乳的味道，椰子味，甜得发腻。

"奥莉芙，听我说，我不想我们俩之间搞得这么尴尬。我知道你想念你的妈妈，我们都一样。我知道这样——他和我在一起——对你来说可能很奇怪，但是你必须给你父亲一个机会。你妈已经去世一年了，我们都想寻找通往幸福的新路径。"

妈妈没死，奥莉芙本能地想到，但是这种想法似乎已经是上辈子留下的遗迹。她想不出任何反驳的语言，它们听起来都显得任性、孩子气、疯癫。丙戊酸钠已经模糊了她的棱角，所以她甚至想不起一开始为什么想攻击哈莫尼。她的大脑一团糊涂。

哈莫尼冲她眨着眼睛，等待着。她的嘴唇丰满闪耀，唇间似有若无的微笑充满光彩。这样的一张嘴，是那种会花大量时间来思考该吃什么食物的人才会有的。她让奥莉芙想起奶油蛋羹，甜蜜、温和、无害。但是她身上仍然有东西让奥莉芙感到不自在，就像她并非伪装的那么和善。

"好啊，我想吃煎蛋卷。"奥莉芙说着，转身上楼，走回卧室。

这一天的时间慢到令人感觉煎熬。哈莫尼将煎蛋卷送到她的房间，然后悄无声息地不告而别。奥莉芙听到她启动车道上的车子，于是下楼去看探索频道播放的自然节目。她已经想不起上一次自己一个人像这样白天待在家里是什么时候了，房子里这么空荡，她的呼吸声听着都像是飓风。

午餐时，娜塔莉给她发了一条信息："为什么没来学校？"但是奥莉芙没有回复；要回答娜塔莉的问题对她来说太复杂，在手机上说不清楚。她将手机塞在沙发靠垫下面，不理会嗡嗡振动的声音，只顾着观看一个关于阿拉斯加猎手捕杀动物获得皮毛的节目。她为那些死去的可怜动物感到难过；接着她也为那些猎手感到难过，毕竟他们也只是想要生存而已；然后她又为自己感到难过。

三点钟，克莱蒙特预科学校放学后，奥莉芙在睡衣外面套了一件连帽衫，从前厅抽屉里刨出斯巴鲁车的钥匙，自己开车去了娜塔莉家——奥克兰山往前再走几英里。

娜塔莉住的房子是一座两层楼的都铎式建筑，木头框架，含铅玻璃，门前有一个整洁的英国式花园，常春藤和玫瑰都修剪得整整齐齐。紫藤攀爬到前立面上，藤蔓上还残留着最后几片枯叶。植物都修剪过，预备过冬，门前草坪闻着像是堆了牛粪肥。

她在车上给娜塔莉发了条信息，突然间对自己没了信心："你在家吗？我现在就在你家门口。"

"你为什么都到我家门口了，还坐在车上不进来？蠢。"

"好的，就来。"

娜塔莉在门口迎接她，穿的是骷髅和交叉骨头图案的运动裤，T恤上写着"这就是女权主义者的模样"。她正在美甲，双手在空中挥舞，好晾干指甲油。她退到一边让奥莉芙进门。"你今天错过猪胚胎的解剖了，"娜塔莉说，"真的很酷。"

奥莉芙颤抖起来："对于可怜的猪来说就没那么酷了。"

"它们为了更伟大的事业献出了生命。"娜塔莉挥一下手臂，示意奥莉芙去她卧室。

娜塔莉的房间看着就像品趣志图片网上的样板间，到处都是抱枕和打褶的帐幔，还有镶框的印刷艺术作品，被套上有她名字首字母交织组成的紫色图案，蛋形椅整个用人造毛皮包裹——奥莉芙相当确定她在一本雷斯托奥里欣家居公司的图册上见过这把椅子，标价1800美元。娜塔莉尽全力糟蹋这地方：羽绒被正中央有一个大大的黑色脚印，她妈妈挂在墙上的一幅莫奈作品印刷件上用透明胶贴了一张比基尼杀戮乐队的细长海报，椅子上挂着穿脏的连裤袜。

奥莉芙扑通一声仰躺在床上，蹬掉鞋子。娜塔莉蜷在床的另一头，继续用一瓶特别可怕的荧光橙色指甲油攻击她的指甲。

"今年万圣节我们扮什么？"娜塔莉问，"我想扮《沉睡魔咒》里的玛琳菲森，也许你可以扮《白雪公主》里的坏皇后。"她眯着眼睛看奥莉芙，"不过我不知道，你到底有没有能力扮坏人。"

奥莉芙想起那些依然坐在她家前门廊上还没雕刻的南瓜："今年我抵制万圣节。"

"你生活中的鬼魂已经太多了吗？"娜塔莉看到奥莉芙脸上受伤的表情，"啊，我真是太迟钝了，抱歉。"

"没关系，"奥莉芙不希望娜塔莉感到抱歉，"说的差不多是真话。"

娜塔莉涂完左手指甲，看着奥莉芙："要我给你的脚涂一下吗？"

奥莉芙点点头，坐起身，娜塔莉抱起奥莉芙的右脚，扑通一声放在她的膝盖上。她的手抓着奥莉芙的脚跟，凉凉的，但感觉很可靠。

"别笑，"她说，"你要害我涂花了。"

"好痒。"奥莉芙说。

"想过用除臭王吗？你的脚臭死了。"但娜塔莉继续用小刷子给她涂指甲油，奥莉芙的脚在她手中暖和起来。

"我的脚趾看上去像是别人的，"奥莉芙盯着橙色的脚指甲说，"像是小丑的，或是日本女孩的。"

"伪装，"娜塔莉说，"这样能帮你融入当地人。"

"那是目标所在吗？融入？"

娜塔莉皱皱鼻子："取决于你问谁。"她皱起眉头，抹掉指甲油上的一个污点，"如果你想消失，那这段日子你并没有成功。"

"谁说我想消失？"

娜塔莉意味深长地看着她："那么你打算告诉我，你的屁股是怎么回事吗？你昨天从学校逃走了，今天又一整天没上学，甚至都没发信息告诉我怎么回事。桑迪亚哥夫人拧着双手四处询问，搞得像是你得了爱情小说里的肺痨死了。明觉得你就是想引起关注。"

"好极了，"她看到天花板上有一只小虫，上下颠倒地挂在装饰模型上，"我才不在乎明的想法。"

娜塔莉做了个怪脸。她看看自己的手艺成果，然后将奥莉芙的脚从她的膝盖上推下去："那你准备告诉我出了什么事吗？"

"医生给我开的丙戊酸钠阻断了我的幻视，"她说，"我再也见不到我妈妈了。"

娜塔莉皱着眉头："那是什么意思？"

"意思就是，我根本不是灵媒，只是脑部受损而已。得了某种癫痫，不管他管那叫什么。就是精神疾病。"她说得很随便，但是嘴巴周围的肌肉似乎想往下拉，眼泪从她眼眶里涌出来，她在好朋友的床中央突然之间变成了一个悲伤的泪人。

"哦，"娜塔莉谅解地说，"哦，该死的。"

她猛地冲到奥莉芙旁边，还没干的手指甲在被罩上蹭出一道黏糊糊的橙色指甲油纹路，她伸出双臂抱住奥莉芙。

"你刚毁了你的被罩，"奥莉芙靠在娜塔莉的肩膀上哭诉，"这么好的被罩。纱支大概有一千支吧。"

"我才不在乎这种丑陋的被罩。"娜塔莉将她抱得更紧。奥莉芙能闻到她头皮的味道和汗味，好像是今天上了体育课没洗澡。

"听我说，我知道你现在感觉很糟，但你妈妈仍有活着的可能，就算她不能再和你——通过通灵的形式交流。"

奥莉芙摇摇头，不断地吸鼻子："我们从来没找到任何有决定性意义的东西。"娜塔莉的一绺卷发钻进她的鼻子里了，她打了个喷嚏，弄得到处黏糊糊的，"抱歉，现在我把鼻涕弄到你头发里了。"

娜塔莉耸耸肩："没关系。"奥莉芙向后退一点看着她，她的脸涨成了粉红色，正用舌尖舔上嘴唇。她拉着奥莉芙的手："我希望我能知道怎样才能让你好受些。"

奥莉芙能感觉到娜塔莉的心跳，激动、快速，一直搏动着，就在她皮肤的下面。她敏感地意识到，娜塔莉吐出的气距离她的脸只有几英寸远。她转过头，像是抓住了一根电线，有什么东西发出咝咝的声音，像磁力一样穿过她的体内，不等她控制住自己，她就亲上了娜塔莉的嘴唇。

娜塔莉的嘴唇很光滑，凉爽得令人惊讶，就像热天吃柔软的冰激凌。奥莉芙觉得她快晕过去了，因为心跳得那样快。感觉像是过了一分钟，但实际上可能只有几秒钟，一个全新的未来在奥莉芙眼前打开了，像是突然打开了一扇门，展露出一幅她之前一直怀疑存在但从没看过的风景。

我爱你，她心想。（但是……哦，该死，她是大声说出来了吗？）

接着娜塔莉突然抽开身，剩下的只有一分钟以前她的嘴唇呼出的凉爽的空气。奥莉芙停在那里，徒劳地希望能将这个时刻冻结在时光之中，因为她知道下一秒，一切都将永远地改变，而且不是往好的方向变。

"我不是那个意思。"娜塔莉喃喃地说着，脸色变得灰白，雀斑却烧得通红。她迅速往后退，直至背抵到床头板。

"抱歉，"奥莉芙感到羞耻就像气球一样悬在她体内，最后觉得它像是要爆炸了，突破她的皮肤，"我不知道刚才是为什么。"

娜塔莉斜着看了她一眼："得了吧，奥莉芙，连我都知道那是怎么回事。你是个同性恋。算了，我很久之前就发现了。太酷了，你知道吗？耶，这是在拒绝父权规范。但是听着，我不是。"

奥莉芙想象有一根针扎入了她的胸口，将她钉在一个展览柜里，下方有一个标签，上面写着"女同性恋"。其实真的说不上疼，感觉更像是，她体内有某种东西从那个打开的洞里撒了出来，有点激动人心，令人难以置信。这是真的吗？她问自己，我是那样的人吗？她无法阻止自己回答这个问题，但眼下更紧迫的问题是，她即将失去最好的朋友。因为尽管娜塔莉刚刚那样说——太酷了——但当奥莉芙看着她朋友靠在床头板上的时候，感觉她像是退到了一百万英里之外。

"明白。"奥莉芙说，"不管怎样，我现在得走了。"她跳下床沿，因为一阵眩晕差点跌倒——丙戊酸钠的副作用，在最不恰当的时刻杀了回来——然后笨拙地找鞋子。

"你不用离开。"娜塔莉说，但是她的话语中已经悄悄渗入了某种僵硬和尴尬的意味。奥莉芙觉得她确实必须走了，而且要快，赶在一切变得更糟之前。

"嗯，好，得赶回去。"她将脚塞进鞋子，脚趾上刚涂的指甲油被抹花了，她弯腰去找从床垫上落到地上的车钥匙，最后在床罩下找着了。一离开娜塔莉的视线，她的泪水就夺眶而出。

她擦了把脸，站直转身："你怎么知道的，我是同性恋的事？因为甚至连我自己都不知道——不确定。"或许她确实知道，因为她能感觉整个逻辑都正好吻合，就像去年大部分时间她一直盯着看的一张拼图中的关键性的一块。我妈妈看出来了吗？她突然想到。或许那正是妈妈告诉她"寻找属于你自己的东西""无论你想成为什么样的人，都不要犹豫"的真正所指，或许那正是妈妈一直以来对她如此失望的原因所在。或许比莉能看懂奥莉芙的内心，看见她没办法看见的心里的世界。有那么一刻，在她还没回过神来的时候，她想着回到家，要问问母亲这件事，或许甚至可以趴在她膝头哭一会儿，接着她想起来，母亲已经不在了，显然永远也不会回来。

娜塔莉耸耸肩："就是，你并不关注男孩子。那有点泄露实情。"

"对。"奥莉芙背对着门停了下来，想到了一些别的事，"你什么都不会说，对吧？"

娜塔莉皱皱眉："这又不是什么需要感到羞愧的事。其实，还有点酷，你知道吗？女同性恋是非常新潮的。如果你决定，比如，女扮男装或是变性，就更新潮了——"

奥莉芙打断她，感觉想吐："什么？"

她的朋友看着很尴尬："好吧，当然。"

在走向门口的半途中，她听到娜塔莉小声说："周一学校见。"奥莉芙认为她在娜塔莉的声音中听出了一些期待，一些让她觉得自己是否应该转身回到她身边的东西；好像娜塔莉也和她一样担忧，一切就这样被永远毁掉。

但是为时已晚。

"或许不会了。"她说。

她驾车下山回家。隧道路两旁栽种的橡树树冠在摇颤；经过克莱蒙特酒店时，从下面的公路看去，那座建筑就像是一个巨大的婚礼蛋糕；再穿越新开的巨大的西夫韦超市旁混乱的停车场。她一路开进她所在的街区，这里稍稍旧一些，显得更放浪不羁，不过到了该右转开进白家住的街道时，她继续向前。

开母亲的车感觉很棒：与世隔绝，暖气强劲，座位的泡沫已经适应了她的臀形。多云的天气给挡风玻璃笼上了一层薄薄的水汽，她能看到房屋门廊上的南瓜腐烂成了泥，塑料做的食尸鬼从观景草坪中钻了出来，骷髅在树枝上发出叮叮当当的声音。以前她很喜欢万圣节，但是今年，死人复活的可怕允诺只叫她感到沮丧。

她转动收音机的调频，直至找到伯克利学院电台，里面正在播放某种复古放克音乐，她任由音乐带领着她向西，朝湾区开去，接着向南，然后向西，开过圣马特奥大桥。太阳落山了，车流增多，行进速度变慢，像是血液凝固了一般。她告诉自己，并没有特定的目的地，就是驾车兜风而已。但是当斯巴鲁车最终停下时，她抬头看，发现自己来到了莎伦·帕金斯门前，她一点也不觉得惊讶。

外面已经黑了，但是莎伦家的每一个窗口都灯火闪耀。柏树在晚风中摇晃，在空中慵懒地画着圈。她走上车道，能听到隐约的歌剧声——意大利语，激动人心。她的牙齿在打战，她还穿着睡衣，甚至都没穿外套。

她敲门等待。

来开门的是一个年长的男人，差不多和她爸爸一样年纪，眼睛凸出，长着方下巴，穿一件领尖钉有纽扣的衬衫和宽松长裤，脚上是一双绒毛格子花纹拖鞋。他看着奥莉芙，一脸的茫然。

"我能帮你些什么吗？"他问。

就在这时，莎伦出现在他身后，手里拿着一满杯葡萄酒，乳房几乎要从低胸款黄色毛绒线衫里钻出来。她绕过她的丈夫，抓着奥莉芙的手肘，将她拽进房子。"没事的，亲爱的。我认识她。"她说着带领奥莉芙走向客厅，远离她的丈夫。

"抓紧时间，"她低声说，"我丈夫不喜欢我做这些。他说会吓着他。此外还要担法律责任，你知道吗？"她将葡萄酒杯举高以免酒洒出来，"发生了什么？你看见什么了？"

奥莉芙坐在沙发上，和上次同一个位置。跟上次来的时候相比，房间里没有任何变化：旋转木马依然在慢跑，剥了皮的熊头依然坦然地瞪着远处。"不，"她说，"那就是问题所在。我看不见她了。"她说着哭了起来。

莎伦呆住了。她在奥莉芙身边坐下，将酒杯放在桌子上的一个玛瑙杯托上。"哦，亲爱的。我提醒过你，"她温柔地说，"这种事没有任何逻辑可寻，也无法预知。"

奥莉芙用袖子擦擦鼻子："我的医生说我是癫痫发作，让我吃丙戊酸钠。"

莎伦脸色沉了下来："哦，见鬼。"她拿起酒杯，一口气喝掉半杯。

"幻视停止了。所以就是说，他们是对的？看到妈妈一直都是我的幻觉吗？每件事都没有意义，幻视也好，蝴蝶海滩也好，养老院的老妇人也好，都只是被我的大脑强行联系在一起的，因为我希望它们有联系。"

莎伦放下酒，试探性地伸出手揉揉奥莉芙的背，她用手拘谨地画着小圈。奥莉芙明白，莎伦不曾长时间和孩子相处，不然她就应该知道，现在正是给予母亲怀抱的正确时机。"我不是医生，但是，想想看，"她最后拍拍奥莉芙的背，迅速抽回手，"你开始服药，当然就看不到你妈妈了。丙戊酸钠——那东西可不是开玩笑，它在扰乱你大脑的化学构成。你吃药会让里面发生的一切都变得迟钝。"她看着门，放低声音，"听我说，我过量喝酒是有原因的：为了同样的效果。当我不想看到那些东西时，酒能帮我关闭。丙戊酸钠的效果比酒强多了。"

奥莉芙的电话一直在连帽衫的口袋里响，她掏出来看一眼——是她的父亲，或许是想知道她的去向。她按了挂断，抬头看着莎伦："那我怎么才能知道，医生是对是错？我怎么才能知道，我看到的东西是不是真的？"

莎伦耸耸肩："重要吗？对你来说是真的，或许那才是唯一重要的地方。"她凑近了，"没有任何其他人能告诉你，你的脑袋里在发生什么。只有你才能知道，他们不能。我当然也不能。"她又回头看一眼门口，丈夫的影子悬在那里，仿佛他就站在走廊里看不见的地方。

奥莉芙密谋般地凑过来："但是你看见过东西，对吧？那天，在我妈妈的车里。"

莎伦端起酒，盯着杯子的底部，转动得那样用力，剩余的酒似乎快洒出来了："你爱你的妈妈，对吗？你真的想念她吗？这一切都是因为爱吗？"

奥莉芙点点头，不喜欢对话的发展方向。

莎伦轻轻地摇一下头，站起身，仰着脖子一口气喝完酒："那我们就说这么多吧。你看，我的晚餐还在炉子上煮着。你爸爸正试图联系你，不是吗？他可能想知道你在哪里。回家吧，我不能解决你的任何问题。"

奥莉芙拒绝从沙发上起身："就这样？这就是你给我的答案——回家？"

莎伦用手掌小鱼际擦掉溅落在鸡尾酒桌上的一滴葡萄酒，舔掉皮肤上残余的酒渍，舌头是惊人的粉红色："你想要我说什么？"

"告诉我你会怎么做。"

"该你告诉我，你希望我怎么做。"

奥莉芙开始思考："你会把药扔掉。"

莎伦耸耸肩："我不会那么做。我只是想——"她犹豫了，接着俯身在奥莉芙耳边低语，声音那样轻，奥莉芙甚至不能确定自己是否听得对，"我不会让任何人阻止我看真正想看的东西。"

　　她开始往门口走，她丈夫的影子突然消失了。但是走到一半时，她停了下来，转身面对奥莉芙："别担心你的朋友，她很快就会挺过去的。"她说着露出一个隐隐带着歉意的微笑，"有一天你会找到一个能回应你的爱的人，很快。"

山与天空
相接的地方

我与比莉·弗拉纳根的生活

乔纳森·弗拉纳根　著

　　有四百人参加比莉的追悼会。当时我想这说明我的妻子备受人们喜爱，但是现在回过头来，大多数人难道不都是看热闹的看客吗？他们想要看到自打索菲亚·德拉姆因为骗税被捕以来，克莱蒙特预科学校的妈妈身上发生的最激动人心的一件小事。他们有多少人真正了解对于我妻子来说重要的事？

　　我们结婚的那天，我就应该看出来的，比莉不肯让任何人长期靠近她。那天是在大苏尔，我们的宾客多数是来自我这一边——我的父母、我的同事、我的大学好友——而她那边的人只有几个艺术学校的朋友，后来的岁月里都全部失去了联系。

　　但在当时，我只觉得比莉有点像是一匹孤狼，经历了这些年的流浪之后，挣扎着想要站稳脚跟，并且努力地建立起一个属于自己的社交圈子。另一个原因是，她需要我的爱与支持。还有一个原因是我们需要一个孩子，建造一个属于我们三个人的小小安乐窝。

　　但是岁月流逝，这种模式持续了下来。她身边总是围满了人，她的社交日历总是排得满满的；但亲密的朋友却来了又走，因为比莉慢慢地会对他们的缺点感到不耐烦，然后继续寻找新的。我现在依然记得那些曾出现在我们家的一张张面孔，依然记得他们的缺点，因为比莉会明确告诉我：简，强硬的反疫苗运动分子，对科学缺乏理解；艾玛，有抑郁症，不停地说要离开她那个变态的有裸露癖的丈夫，但从来没有任何行动；特鲁迪，在Kickstarter众筹网站上发起一项一万四千美元的募款活动，为了给她那只十八岁的瞎眼吉娃娃治疗癌症，却在奥莉芙上门兜售女童军饼干时拒绝购买，因为怕糖。这些女人会坐在我们的餐桌旁，往信封里塞克莱蒙特预科学校春季募捐活动邀请函，一边同比莉说闲话，一边喝完一瓶加州葡萄酒；接下来有一天，出乎意料地，她们全都消失了。

"我只是无法再容忍，"当我问起某人时，比莉会这样回答，然后做个鬼脸，"我对她所有那些特别品牌的狗屎毫无耐心。"

重点在于——我心里其实是喜欢她这一点的。我喜欢这样的方式，因为它让我觉得自己是被选中的幸运儿。其余人会来了又走，但是我是她真正唯一的爱。她将障碍竖得那样高，只有奥莉芙和我达到了标准。这让我感觉与她更亲近。

但是现在既然她走了，我只能怀疑：那障碍真的高得不可思议，没有人，甚至包括奥莉芙和我，能长久地跨过它吗？我们"特别品牌的狗屎"终于跨越了她禁区的门槛吗？在大苏尔结婚的那天，当我看到婚礼宾客差不多都是我的朋友而盲目地微笑时，我是否就该意识到，我娶的这个女人不希望被任何人了解——甚至包括我？

如果我追溯比莉的历史到足够远的地方，最后能找到一个真正懂得她的内心的人吗？

14

　　《解码》办公室在旧金山一座通用大楼的八楼上，所在的街区就在几年前还以流动人口和夜店多而闻名，现在却建起了十几座崭新的细长办公楼和豪华公寓塔楼，还有更多的正在建设之中。要想前往办公室大门，乔纳森必须穿过一条搭建有脚手架的走道，踢开荧光粉的广告传单和塔罗牌算命读物，空气里有尿液和烘烤咖啡的味道。

　　自辞职那天起，他就没来过这里。环顾四周，他体会到一种未曾预料到的怀旧的苦闷。每天从湾区捷运车站长途跋涉过来，大堂咖啡馆出售的奶酪卷，空荡的办公室里一百台电脑发出的嗡鸣声，都是抚慰人心的日常生活元素。话说回来，究竟这地方有什么东西让他逐渐感到极度反感？为什么他抛开了一切？在现在的他看来，《解码》就像是张诱人的懒人沙发，他仿佛可以沉在里面永远待下去，因为想复职实在是太他妈的难了。

　　前台的接待员是个乔纳森不认识的蓝头发孩子，他要乔纳森坐下，等他告知德西，即乔纳森以前的研究助手。乔纳森僵硬地坐在一张沙发上，杂志社的员工从旁走过，他等着有人认出他。但他们看上去都很匆忙，注意力都集中在紧急新闻上，不管是什么趣闻，只要是现在的世界所沉迷的就行。

"你走的时候，他们会哭着去好市多超市给你买一个上面写有你名字的蛋糕，等找到一个更年轻、更新鲜、更便宜的替代人，他们十分钟后就会将你忘得一干二净。"

他小口喝着随身携带的瓶装水，在手机中东翻西找，无聊地查看IP 监控器应用程序，没抱太大希望。这会儿他已经将所有的回忆录都上传到那个网站上了，好几百页的内容中，关于妻子的尖刻评论越来越多——他还有什么比这更能诱惑她的办法呢？

你的页面已有 1 个唯一 IP 地址访问。

他把这条报告读了两次才确认没有看错。他看着那个 IP 地址，只是一串无意义的数字，然后意识到可以点击数字获取更多信息。他点击进去。

程序反应了半秒钟，接着就返回一条答案：

大陆：北美

国家：美国

城市：纽约

网络服务提供商：兰登书屋

是他的出版商。

见鬼，他想着。就在这个时候，他的手机响了起来，经纪人的名字出现在屏幕上：杰夫·弗利尔斯。

他不情愿地接通："你好，杰夫。"他强迫自己的声音充满阳光。

"乔纳森，你搞什么鬼？"经纪人的声音在电话里听起来滋滋作响，"你的编辑刚给我打电话，他说刚刚在网上偶然发现了你的书籍手稿，他说你把它自行发表在一个……博客里了。是那样吗？"

乔纳森盯着地毯上刚好和巴西地图形状一模一样的一块污渍："其实算不上自行发表。我没想到会有人看。"

"是啊，好吧，你的编辑用谷歌搜索你妻子的名字，就轻而易举地发现了它。你难道不明白吗？那本书已经不再归你所有。你把支票兑了现金，他们才是版权所有人，你没有自行发表的权利。他们可以因此而起诉你。"

"我会撤下来。"他说。

"好的，但是那只是问题的一半。"经纪人的声音听起来像是处于中风的边缘，"显然那并不是你告诉他的你正在写的书。他说你把比莉写成了一个狂暴的贱人。你好像把跟她的婚姻中的所有问题都写下来了，就好像你对她的离去并不感到特别悲伤，是那样吗？"

他开始思考这一点："现在问题有点复杂。"

杰夫的声音变大了，乔纳森只得将电话拿远："天哪，乔纳森，这应该是本悲伤的回忆录。发生什么了？这就是你伟大的逝去的爱情吗？"

蓝头发接待员正看着他，乔纳森降低音量："事情……变了。"

"好吧，艾略特说如果你计划提交的是这本书，那他不想要。所以你最好重新考虑你的写作方向。距离交稿，你只剩下……多少？三个月时间？"

"我不知道我是否还能继续写这本书。"乔纳森轻声说。

电话那头很长时间都只能听到缓慢吸气的声音："好，我明白，也许你现在体验到的一些情绪，是你刚开始写作这本书时没预料到的。这种事常有。但是你就不能把那些抛到一边吗，为了这本书？那被称作艺术放纵。"

乔纳森开始考虑过去几周他一直在回避的问题，肚子里一阵翻腾：他能作假吗？为了出书的协议？为了他的生计？他想起最近在《纽约时报书评》上读到一篇评论玛丽·卡尔[1]作品的文章中的一段话，其中的某些地方说到了他的痛处："所有的回忆录都是谎言，即便是那些讲述真相的。他们无法控制，因为我们活得越久，我们尘埃落定的过去变化的地方就越多。"而且，他甚至都已经失去了可供利用的故事，他无法掌控他的主角。她本质上是一个好人，还是一个怪物？还是介于中间？或者两者兼有？他连她曾经真实的身份都不知道，怎么可能写完这本关于她的书呢？或者还要算上她现在的身份？

"我不知道。"他最后说道。

电话那头是良久的沉默。杰夫再度开口时，像是完全泄了气："你明白这意味着什么吗？你会失去合同，你将不得不退还预付金。你有那么多钱吗？"

乔纳森想到那笔钱，咽回了涌起的愤怒。

"乔纳森？"德西站在他面前。从他坐在沙发上的高度，他只能看到她脚上穿的黑色大靴子和垂到膝盖上的毛衣。

"杰夫，听着，我得挂了。只是……帮我向他们转告我的歉意，我会想到解决办法的。"他挂断电话站起身，这样他就比她高出许多。当她拥抱他时，他感到有东西抵着他："德西……你这是……"

"怀孕了。"她说，"看到这里的孩子们对待我的方式，你会觉得我是个麻风病人。开故事选题会时，没人想坐在我旁边。我想他们是觉得要是不小心碰到我，可能会被传染。"

他跟着她穿行在迷宫一般的格子间里，和上次来时相比，这里已经变了：设计了新的路线，通往全新的目的地，一大片面孔他都不认识。穿过办公室时，有几个人冒出来叫他的名字，快速地招招手，不过每个人都有截稿日期要赶，没时间聊天。"新雇了很多人？"他怀着希望问。如果杂志形势不错，或许他们能重新雇用我。六个月的工资，

---

[1] 玛丽·卡尔（1955—　），美国女诗人。

我就有足够的钱返还出版商。

她翻了翻眼睛："去年春天刊发的全部都是长文对吧？接着上层领导开始害怕调查性报道太花钱。突然之间，我们现在改走实用主义路线，全部都是讲解和图表。新来的那个代替你的家伙从洛杉矶招了一群孩子过来，制作视频内容。不过说实话，船已经开始下沉，我觉得裁员就在眼前。"她叹口气。

"《解码》总能渡过难关，"他试着保持乐观，"它是数字媒体年代的小强，你杀不死它。"

她笑了："你的想法是对的，去做你自己的事，写一本书。那些辉煌的岁月啊，午夜之前就能上床，不会有深夜或早晨六点的邮件、截稿日期，听着像是天堂。"

"你不知道详情。"他说。

走进德西的小隔间，她从一把染了污渍的宜家扶手椅上清走杂志，示意他坐。有一种奇怪的嗖嗖的声音，他抬头看见有人正在编辑们的头顶上飞一架玩具无人机，那东西在几个隔间上方盘旋。他听到有人在骂，一只手举起来，冲无人机打了个响指。它突然转向，飞到够高的地方，摇晃了一会儿，然后嗖嗖地往会议室飞去。

"那么，告诉我你的需要。"德西在电脑屏幕前落座。

他将那张宝丽来照片递给她：西德尼和比莉正从 1992 年看着他。马弗里克和麻雀。德西拿着照片的边缘举起来仔细观察，一分钟后，她才恍然大悟："这是比莉？"

"我对和她一起的这个家伙有兴趣，"他说，"我想弄清楚他是谁。我只知道他的名字，西德尼，曾在俄勒冈因为贩毒被捕入狱。是 20 世纪 90 年代初的事了。你能帮我打探到他的全名吗？"

"该死，互联网出现之前的时代，是吧？不过，也有办法，"她说着将照片放进她的扫描仪，上传到她的电脑屏幕，从照片中剪下他的脸，然后在一个新的 Photoshop 窗口打开，放大成一张近景肖像，"我可以试着用图片搜索到几个数据库找找，越过国家计算机辅助报告研究所。让我看看能找到什么。"

他坐在她身后的椅子上等待，同时翻阅一本三个月前的《大西洋月刊》。周围的新闻编辑室一片嗡嗡声和点击声，还有低语声，熟悉的白噪声。最后德西小声说了句什么，转过身来："找到他了，看看这里。"

她将电脑屏幕翘起来给他看。是一张男人大头照——确切说来，是个男孩，站在蓝色的背景前，不诚实地盯着镜头，露出一副愕然、呆滞的表情。他的头发比另一张照片里的要长，络腮胡更浓密，脸也更憔悴，不过毫无疑问，是西德尼。

"西德尼·考夫曼，"德西念道，"于 1992 年在俄勒冈州的本德被捕。"

"因为贩毒被定罪吗？"

她再次敲击键盘，然后皱起眉头："是的，还有其他许多原因。"

他越过她的肩膀去看："比如呢？"

"纵火，杀人未遂。"

"杀人未遂？"他看着德西将几个关键词输入一个数据库，从《俄勒冈人报》搜出一条旧闻：

> 西德尼·考夫曼被控三项罪名于今日定罪，包括杀人未遂、阴谋用火或炸药摧毁公司和政府财产、拥有管制药品并意图出售。考夫曼及其同谋文森特·斯巴托于今年早些时候因安放一系列火焰炸弹而被捕，他们的行为摧毁了好几处建筑，包括一座野马避难所和一座美国农业部建设的大坝。考夫曼在破坏一座滑雪度假村的过程中被当场抓获，导致一名执法官员严重受伤。预计其造成损失的价值为一千八百万美元。斯巴托以精神疾病为由拒不认罪，已经被移交精神科看

护。考夫曼将面临二十五年刑期。

"他是一名过激环保分子。"他大声说。他的思绪旋转起来，将大脑中的细节都汇总到一起：在森林流浪的那些年，他的妻子说过当年她离开太平洋西北部地区时处于"极度恐惧"状态，多年前她收到那封信时令人担忧的反应。他的胃沉了下去：天哪，这就是许多年前她逃离太平洋西北部地区的原因吗？她发现男友是个反社会分子？

"听着很像。"德西靠在椅子上，心不在焉地伸出一只手抚摩毛衣绷紧部位的细毛。

"你能找找他出狱的时间吗？"

她转身回到电脑前，再次输入关键词，然后说道："大约是在两年前。"他意识到，正是比莉开始连续撒谎的时间。天哪，或许奥莉芙说得对，或许比莉当时处境危险。一个凶残的反社会分子，据传闻曾疯狂迷恋他的妻子，刑满出狱；就在那一年，妻子失踪了，不可能是翘课。他感觉快要吐出来了。

德西回头看他："查这些是为了回忆录什么的吗？他是比莉以前的朋友？"

"是她的前男友。"

"啊，天哪！"她转过椅子面对他，身体向下滑，释放对肚子的压力，"她知道他的所作所为吗？"

无人机再次飞过头顶，停在乔纳森上方几英尺高的地方。他注意到上面装有一台 GoPro 摄像机，正对准他的脸。他好奇谁正在观察他，对监视到的画面又有何想法。他盯着摄像机看了一分钟，无人机在他上方的空中颤动，接着他站起来，一把将其拍得冲过走廊，撞在墙上，摔落在地，发出喧闹的哀鸣。

"只有一个办法能证明。"他重新坐下来说，"你能查一下那家伙现在的住址吗？"

　　驾车曲折穿越旧金山的途中，他给哈莫尼打了个电话，他跟着一辆市政有轨电车上行翻越诺伊谷，朝教会区外围开去（他注意到跟的是 J 教堂电车线路，真是个不小的讽刺）。哈莫尼在铃响三声后接起电话："嘿，宝贝，"她说，"我从你家出来了——"

　　他打断她的话："比莉知道西德尼是个过激环保分子吗？我刚发现这家伙还会用炸弹！他是因为企图谋杀被定罪的！"

　　电话那头是长久的沉默。"你怎么发现的？"她问。

　　"报纸报道。我在做调查，为了回忆录。"他说，"所以她确实知道？"

　　哈莫尼的声音变得很冷，他以前从未听过她用那样的方式说话："你觉得她为什么离开他？"

　　电车尖叫一声停在他前面，他踩下刹车："她离开他是在他被捕之前还是之后？"

　　哈莫尼过了很久才回答："乔纳森，"她小心翼翼地说，"是比莉告发的他。"

　　他感觉失去了方向，世界再一次完全变了模样。有没有可能是西德尼出狱后寻求报复？消失的钱——或许是比莉启动的类似紧急救援基金，他想到她有可能不得不躲避西德尼以挽救自己的性命。她是为了躲避西德尼吗？还是说更糟？他闭上眼睛，看到妻子在荒凉旷野徒步的画面，西德尼跟随其后，等待合适的时机出击。

　　一个刚从 J 教堂线电车下来的孩子透过挡风玻璃看着他，可能是好奇为什么这个开车的人的脸看着像是被人揍了一拳一般难看。"她为什么不告诉我？"他问。

　　又是一阵虚空一般的沉默，仿佛有一只大拇指按住了听筒。哈莫尼重新开始说话，她的用词锋利精准："比莉想将那一切都抛之脑后，她想忘了发生过那样的事。"

电车再次启动，他慢慢跟上，渐渐对其缓慢的速度、对哈莫尼、对每一个人都感到不耐烦。"那你呢？你可以告诉我，那天我问起他的时候。"

"她让我发过誓，不泄露任何信息，我只是信守我对她的诺言而已。"她现在开始哀求，"别难过，真的，乔纳森，都已经是好多年前的事了。几十年了！"她的声音逐渐变小，"你是在生我的气吗？"

他是在生她的气，气得失去了理智：你难道看不出来吗？这么长时间，我可能一直走错了路——对比莉发怒，但实际上我本应该担心她的。不过那不公平，他提醒自己，哈莫尼不知道他最近都经历了什么。是他自己的错，没把情况告诉她。

"不，我不是生你的气，别担心。"他看见目的地已到，就在前方高处，"抱歉，我得挂了，晚点再打给你。"

西德尼·考夫曼住在埃克塞西奥区的郊外。乔纳森将车停在一家用木板封住的街角商店前，沿街道步行走到西德尼居住的大楼，沿途有一家名叫"格拉莫内尔斯"的发廊，一家有嘻哈明星的肖像涂鸦的咖啡馆，明星的头都不成比例，很小。整片地区弥漫着浓雾，等他抵达前门时，他的羊绒外套已经凝结出水珠滴落下来。

他找到了西德尼·考夫曼的名字，是斜体的手写体，写在一块剥落的胶带上，旁边是六号门铃。他退后几步，往窗户里面窥看，所有窗户都只看到反射的外面世界的模样。有一扇窗户用纸板箱盖起来了，另一扇活动百叶窗坏了；有的挂着佩斯利涡旋纹的窗帘；有的贴着好久之前的罗恩·保罗的竞选符号，已被阳光晒褪了色；有的贴着已经松垂的薄纸；有的贴着已经剥落的锡箔纸。乔纳森看着这些窗户思考着，哪一扇是考夫曼的？他的房间里有没有什么东西是需要隐藏的？

我的妻子？

乔纳森按响门铃，铃声掺杂着噼里啪啦的电火花的声音。没有人应门，他拱起双手，贴在前门廊有刮痕的玻璃上往里看，唯一能看到的东西，就是一本被水打湿损坏的电话本，纸页散开了掉在地上，还有一堆中餐馆的外卖菜单。

　　某间公寓里飘出浓郁的咖喱味道，乔纳森意识到除了哈莫尼给他做的早餐，到现在他还没吃过任何东西。他沿着街道退回那家咖啡馆，走进去才发现里面相当热闹，是个社区用餐处，有和他脑袋差不多大小的包裹得很紧的糕点。他买了司康饼和咖啡，步行返回，在西德尼所在的公寓楼街道对面的一个门口坐下，等待他现身。

　　一个小时过去，那座楼没有人进出，甚至直到五点都没有。在雾气之外的某个地方，太阳已经开始西沉。起风了，风一直吹个不停，冲下山坡向南吹，穿透他外套的翻领。路上渐渐有了行人，大多都是华裔和拉丁裔的通勤者，从湾区捷运巴尔博亚公园站走出来赶回家。

　　坐在那里，他发现自己奇怪地想起了珍妮。姐姐死后，有很长一段时间，他都坚持认为，她可能会变成幽灵——依然待在他身边，陪伴他，即便他看不见她。后来，他渐渐把她当成看不见的啦啦队队长，激励他第一次喝醉，约一个喜欢的女孩出去，学习单板滑雪。她的声音在他脑海中回响，打断他的自我怀疑：别这么害怕。但是在他快三十岁的时候，有比莉睡在床上，奥莉芙在隔壁房间，那个声音就停止了。珍妮不再是一个有形的存在，而是退化成某种更抽象的东西，一阵痛苦，会在他意想不到的时刻袭来，让他在想到那种几乎快遗忘的丧失感时落泪。

　　如果珍妮现在还存在，作为他的共鸣板，会怎么做？她会发出理性的声音，透视这个烂摊子，还是发自本能地理解比莉，以一种他显然无法做到的方式？他闭上眼睛，试着想象她长大成人的样子，但他所能看见的，只是一个冻结在时间之中的十岁的女孩，一个皮肤晒成棕褐色的假小子，担心的只有扭伤的脚踝和漏掉的家庭作业。她无法向今天的他提供建议。话说回来，谁能知道她会变成什么样子，他们是否还会那么亲密。

这事只有他自己孤单面对。

街对面那座建筑的大门被猛地撞开，发出巨大的砰的一声，他吓了一跳，抬头看到一个身穿彩虹颜色毛衣外套的年轻女人从那座楼里走出来。她朝一辆掀背式起亚车走去，一路走一路摸索车钥匙。他冲到街对面，将女人拦在车子前面。女人胳膊下面夹着一只宠物笼，里面有一只猫非常愤怒地嚎叫着。"你好，我能快速问你一个问题吗？"他问。

女人猛地转过身来，打量他被雾气打湿的头发和衣服，向后退了一步，将宠物笼挡在前面做掩护。他举起双手："我不是跟踪狂或变态，我发誓。我只是想找个人，我想他就住在你住的这栋楼里。"

女人有些犹豫，给了他足够的时间，从口袋里掏出照片。他举起照片，女人快速扫了一眼，脸色放松下来。"哦，他啊，是的，他就住我楼下。"她说。

"他人什么样？"他说，"吓人吗？危险吗？"

"什么？嗯，不吧？"她皱着眉头，依然靠在起亚车上，"我是说，我不是太了解他。不过他在楼梯间会打招呼，不是每个人都会这么做的。"

"他曾经差点杀死一名警察，"乔纳森急忙说，"他还引爆了一系列炸药，在监狱蹲了二十五年。"

"真的吗？"女人一脸的惊恐，"他？你确定？"

乔纳森点头："你知不知道他家里有女人？你有没有听到过奇怪的声音，比如，你知道的，就是有人被迫囚禁在里面的声音？"

女人精心修过的眉毛皱了起来。"天哪，不！"她否定道，"神哪，你说我应该搬家吗？他是捕猎者什么的吗？"

"我敢肯定你不会有事。"他安慰她。

女人担忧地点点头，打开驾驶室的车门："抱歉，但是我得走了。我约了兽医，要迟到了。"不过在上车前，她又看了一眼他手里的照片，"我见过照片里的女人。"

他的心狂跳起来："她？"他愚蠢地指着比莉，仿佛照片里还有别的女人似的。

"是的。"她说，"她现在看着变化很大，老了，变得更加保守。不过是的，我非常确定，我见过她，好几次。"

他回头看着公寓楼，一排排的窗户都没开灯。"是最近吗？"

女人摇头："有好一阵子了，可以肯定至少是一年前了。我记得，因为上次他们互相冲对方大吼大叫，特别吵，在我的公寓都能听见。"

他看着照片："那后来怎样了？"

她耸耸肩："她走了，我看到她开车走了。"她钻进驾驶座，拧动车钥匙点火，猫咪在后座上激动地嚎叫，"得走了，我的猫吃了一颗巧克力豆。"

他看着她一寸一寸地横着往外挪车，最后终于开出停车位，然后沿着街道慢慢开走。天已经开始黑了，路灯亮了起来，嗒嗒嗒，给街道投下一层地狱般恐怖的光亮。电话发出哔哔声，是奥莉芙发来了一条信息："在娜塔莉家，马上回家。"

他在外套口袋里翻刨，找到一张细长的咖啡馆收据，还有一小截铅笔。他想了一分钟，各种问题在脑海里旋转。但是纸太小了，写不下太多细节，于是他只写了六个字——"我想和你谈谈"，然后附上名字和电话，塞进西德尼的邮箱。

他最后看了一眼公寓楼的窗子：应该是贴锡箔纸的那间，或许是盖了纸板箱的那个。接着他慢慢跑回他的汽车，想赶在晚高峰开始之前到家。

15

　　周日上午父亲带她出去吃早午餐时，她十分确定他宿醉未消。他呼吸间依然有酒精的味道，他的头发里还疑似有烟味，眼睛充满血丝。这让她担忧。上一次看到他这个样子，还是妈妈刚失踪的那几个月，当时她偶尔会听见他半夜跌跌撞撞地在房子里到处走，像是迷路的鬼魂。

　　他们去了离家几个街区远的一家新开的花哨餐厅，是那种鸡蛋菜肴会起法语名字、桌子上的盐是粉红色的地方，跟过去经常和妈妈一起去的那家咖啡馆完全不同——那是一家当地餐厅，最早叫"人民公园"，卖水果丹麦酥、炒豆腐之类的食物，周末会有一大群老人演奏蓝草音乐[1]。

　　父亲坐在她对面，点了一杯咖啡，眼睛下面的凹陷慢慢地消失了。

　　她对早餐指指点点："我的鸡蛋水太多。"

　　他瞄一眼她的盘子："不是，他们是用法国方式做的。"

　　"我不知道我们为什么不直接去艾米斯。"她把鸡蛋在盘子里搅成

---

[1]　乡村音乐的另一个分支，一种起源于美国南方的快节奏民谣。

一团糨糊。

"老是吃艾米斯，我想换个口味，"他说着舀起一勺奶油燕麦片喂进嘴里，"我们去那儿吃过太多次了。"

她从盘子里一堆搅得乱七八糟的食物中拽出一小块三角形的吐司，蘸着鸡蛋吃了。街上已经有了一些万圣节的氛围，商店里挤满了穿着道具服的小孩子，拿着塑料的杰克南瓜灯篮子要糖。"艾莎女王"和"蜘蛛侠"摇摇晃晃地从窗口走过，嘴里塞着棒棒糖。"艾莎"停下来，看着窗户里面的奥莉芙吐舌头。

奥莉芙吓了一跳，也冲小女孩做了一个鬼脸。小女孩的舌头左右摇摆，片刻之后，奥莉芙意识到，小女孩其实根本看不见她，只是对着玻璃的反光在检查自己的紫舌头罢了。

"我在想，他们的父母知不知道，那种食物染色剂是有毒的。"她大声说完扭头看父亲，意识到他正专心地看着她，仿佛是想穿透她的皮肤和颅骨，看进她的大脑一般。

"爸爸，别这样看着我。"她终于说道。

"什么？"

"你一直盯着我看。"她说。

他眨眨眼移开目光："就是想知道，你现在跟昨天早上相比，感觉有没有好些。"

"好多了。"她如实回答。

他看上去松了口气："或许你只是需要安定下来。癫痫发作过吗？"

"没。"她想到家里房间中的药瓶，想到她昨晚到家后是怎样将丙戊酸钠倒进马桶，想起它们打着旋儿冲下去的样子多么美丽。她在橱柜的旧药瓶中找了很久，才找到一些看起来大致差不多的药——是一种薄膜包装的过期的抗过敏药——她将它们装进瓶子里替换，以防有人专门监督她吃药。比如吉莱斯皮夫人，或者爸爸。

现在她感觉头脑清醒多了，过去几天那种绝望的钝铅笔般的感觉消失了。她能感觉到，她又兴奋起来了，仿佛分子已经开始运动，无论今天世界打算发送给她什么信息，她都已经调频好准备全部接收。母亲就在视野之外的某个地方，奥莉芙又能感觉到她了，她正在悄悄回来，就快能看见了。这让之前她无法思考的每一件事——父亲亲吻哈莫尼，与娜塔莉的关系破裂，母亲可能是被前男友绑架了——都以某种方式变得更容易接受起来。

父亲轻轻地敲着燕麦粥上的糖衣，往下面看，仿佛凝乳中还有什么值得捞起来吃的东西。"好吧，那我猜是药开始起作用了。"

"当然。"她撒谎。

他抿着嘴唇："我担心你，甜心。你是我所拥有的一切。"

她看着他捏勺子的手指，第一次注意到跟她的相比，他皮肤上的皱纹有多深。不是老人家的手，还没那么严重，但比她记忆中的要老。她吓坏了："别担心我，爸爸。我不会有事的。"她被自己的秘密鼓励着露出微笑，"就像妈妈以前经常说的那样，对吗？"

他露出一个奇怪的表情："说起来，"他清清嗓子，"开庭日——听审会就在明天了。我知道你打算参加，不过我想那毕竟不是什么好主意，综合各种因素考虑。"

她花了一分钟时间才明白他在说什么："你是说，妈妈死亡证明的听审会吗？还要举行吗？"

"当然。"他说。

"但是我们认为她有可能没死。"她表示怀疑。父亲什么也没说，只是继续将碗里的燕麦粥搅成糊糊。"你想说什么？"她问。

他摇摇头："我还不能确定。"

"那就取消！"想到法庭要发布她母亲的死亡证明，她惊恐不已——仿佛只要签署一份表格，就会抵消妈妈仍然活着的任何可能性。

父亲叹口气："事情不是那样运作的，他们不可能让你取消。再说，这次听审会我们已经等了整整一年了。"

奥莉芙丢掉叉子，那叉子从她的盘子上弹落，咔嚓一声掉在地上，鸡蛋渣溅得桌子上到处都是。父亲眨眨眼看着她。"你甚至都不在乎，对不对？"她说，"你很高兴她走了，现在你可以和哈莫尼在一起了。"

她起身走出餐厅门，留下父亲匆忙付账。

她差不多快走到家时，才听见身后的人行道传来他响亮的脚步声。他追上来和她并排行走，重重地喘气，一只手扶着腰："嘿，我知道你生我的气。但是你这样不公平。这事和哈莫尼无关，也和寻找你妈妈无关。这只是一个法律程序，我能说话的地方很少。"他盯着脚下，然后开始爆发，"看在老天的分儿上，奥莉芙，问题出在支付账单上。我们需要人寿保险赔偿金。"

她条件反射地伸手捂住耳朵，她不想思考这样的事——让每一件事运转的隐形机制。一旦你知道香肠是用什么做的，你就再也不想吃了。"你必须诚实，"她说，"你得说你知道的事。"

"我知道什么？奥莉芙，我知道你母亲的前男友出狱了。我知道她死前做过一些无法解释的事。我知道她对我并不是太诚实。我还知道你觉得你身上发生的是幻视，但医生认为是癫痫发作。这一切汇总起来能得出什么结论？我真的毫无头绪。"他突然停下脚步，"天哪。"他看到了前面的什么东西，咕哝了一句。

她循着他的目光，看见家里的门廊上坐着一个陌生男人。或许是个想找地方坐坐的吸毒者？他形容枯瘦，一头长发拖在身后用绳子扎成马尾，发际线后退露出几英寸的灰白头皮。脖子上的文身——看着像是一只鸟——从卡其色军装夹克的兜帽里探了出来，里面穿一件褪色的T恤，上面有绿色和平组织的徽标。他坐在他们家的台阶上，端着一个外带纸杯喝东西，手指抚摩着台阶旁枯萎的山茶花，表情茫然。

看到他们走近，男人站起身。父亲伸手抓住奥莉芙的手，她试图摆脱，但他握住不放，抓得那么紧，她都能真实地感觉到他们的骨头正互相碾压发出嘎吱声。

"哦，"她说，"有什么问题？"

"那是西德尼。"他小声说。

"西德尼？"她转身瞪着那个男人，他此刻正在裤子上擦手，"你找到他了？"

父亲不安地点点头。她心跳的方式突然间让她感觉眩晕，她意识到西德尼正稍稍眯着眼睛，直视自己。他看着邪恶吗？她说不清。他看到她的目光，举起一只手，她来不及阻止自己，就条件反射地招手回应。

父亲回头看看身后，是街对面插满了彩虹旗的花园，他轻轻拽一下奥莉芙的手，仿佛是想让她待在那个花园里保证安全。但是西德尼已经迎了上来，他在微笑，歪着嘴的那种，那让他的脸几乎变得迷人起来，他的眼睛黑得几乎能催眠。

"乔纳森？我想我们在追悼会上匆匆见过一面。"他伸出手想要握手。父亲犹豫着放开奥莉芙的手，握住。"这是……奥莉芙？"他问。

"对。"她卸下防备说。

"进屋里去，奥莉芙。"父亲说，但是她坚定地站在原地。她有点想呕吐，那种感觉又回来了，就像她体内有什么东西就要突破皮肤。世界变得有些过于明亮，边缘部分在闪闪发光——一个光环，随着她的呼吸放大、缩小。她的母亲就在附近。

男人喝了一口杯子里的咖啡，在他们家的前院里却感觉像在自己家里一样自在。杯子侧面有咖啡师用三角帆马克笔签的名——"辛蒂"，笔画里连成了许多圈，还画了一张笑脸。"你们真的得给山茶花施肥了，"他说，"试试地球医生牌子的，是有机肥，富含大量益生菌。"

父亲脸上露出一个疑惑的表情："你来干什么？"

"我收到你的留言条了。"他对奥莉芙的父亲说。

父亲垂在两侧的双手稍稍举起，仿佛要随时做好准备："你怎么知道我们的住址？”

男人咧嘴笑了：“有个东西叫互联网，上面有你们所有人的信息。”

“你的也是。”父亲阴沉地说。

“不过更新得不够及时，是不是？在监狱里待了几十年就会这样，你从人间蒸发了。对于外面的世界来说，你整个人突然之间就不存在了。”西德尼举起一只拳头，然后打开，手指向外伸展——发出呼的一声，“找我干什么？”

奥莉芙再也受不了了。“你对我妈妈做了什么？”她问道，“你绑架她了吗？”

话脱口而出的一瞬间，她才意识到自己的话听起来有多么荒谬，以及这一幕是多么不真实。如果这家伙带着她妈妈逃走了，那么他为什么会出现在他们家门口的台阶上？况且这人看起来并不像残忍的前科犯：他虽然瘦，但肉很松，褪色T恤下的肩膀是斜的，从慈善商店购买的牛仔裤上方肚子鼓得很大；他的一只手腕上戴着一条贝壳穿的手链，就是她在夏令营营地做过的那种。老实说，他看上去就像是某个上了年纪的嬉皮士叔叔，就是那种周末会去电报大街上的医用大麻配药房门外登记为绿党投票的人，那种会在奶酪合作社商店切走你的山羊乳豪达奶酪的人。

确实，西德尼脸上露出一副完全不懂的表情。“绑架她？”他重复一遍。

“奥莉芙，”乔纳森小声说，“拜托让我来处理。”

西德尼困惑地皱起眉头：“这里发生了什么我错过的事吗？她死了。我在电视上看见，就来参加了追悼会。”

父亲斜眼看着西德尼，思考他的话。最后他似乎意识到，他的双手还悬在半空，于是就插进上衣口袋。“当然，对，你说得对。”他小声说完，安静地思考片刻，“好吧，那你告诉我：为什么我的妻子去年会去找你？”

"这事她告诉你了？"

"不，是我自己查出来的。"

西德尼似乎放松下来，他退回去坐在门廊边，面对他们，牛仔裤缩上去，露出了多毛的脚踝。"是这样，我出狱后给她打过电话。我想见见她，回忆过去的时光。"

父亲依然站在原地，僵硬得像是一块木板："比如你炸了一座水坝、杀了一群马之后，她离开了你？"

"等等，什么？"奥莉芙脱口而出。

"我没有杀那些马！"西德尼反驳，"真见鬼！"

"奥莉芙，进屋去。"父亲说。

"不可能。"她定在原地。

西德尼歪着头，看着有些尴尬："你对我了解多少？"

"我读了你被定罪时的新闻剪报。"

西德尼笑了："那你就是一无所知。媒体公司里的那些白痴都有偏见，弄不对任何事情。"

父亲交抱双臂，叉开双腿站定："那你告诉我。"

西德尼弓着腰，双手抱着杯子，盯着脚上破破烂烂的汤姆斯布鞋看了很久才开始说："比莉——我刚认识她时，她叫伊丽莎白·史密斯。许多年以前，我在洛杉矶遇见她，她告诉我她叫这个名字。当时我大学毕业，跟几个朋友在那边玩，在一个派对上认识了她，我想，哇哦。我知道她是离家出走——名字是假的，很显然——而且还未到喝酒的年龄，但是我真的不在乎。"他笑了，"她学东西很快，她对待一切都非常认真。这个不知从何处来的漂亮女孩走进城市的样子，就像这地方属她。我说的每一个字她都认真听取，最后她甚至比我还了解我说过的话——就是为了奉承我，知道吗？三周之后，你永远都不会知道，她其实以前从没进过城。新发型，新衣服，全新的人格。我转个圈，突然间就有了一个女朋友。那究竟是怎么发生的？"他羡慕地摇摇头，"纯粹是意志的力量。"

"我帮她逃出家门，我认识做假证的人——"他迅速转移目光看向奥莉芙，"做毒品交易时你会遇见很多人。不要做毒品交易好吗？不是什么好事。我有加州大学洛杉矶分校的文凭，你知道吗？接着却陷入那里面——因为，唉，哲学专业，我还能做什么呢？——看看我现在。"他忧郁地看着手中的咖啡杯，"不管怎么说，我们在洛杉矶周围混了一两年。最后她似乎受不了了，说我和朋友们都是装腔作势，只知道坐着干等，老是谈论什么改变世界，但多数时间都只是在吸毒。就在那时，她说是时候搬去太平洋西北部地区，那里才是可以真正施展拳脚的地方。重点是，她关于太平洋西北部的看法是对的。我们到那儿的时候，正是整个大幕刚刚拉起的时刻。"

"比如涅槃乐队的出现？"奥莉芙试探着问道。

他做了个鬼脸："不，不是涅槃。天哪，不，当时那里的氛围很激进。垃圾摇滚乐刚刚兴起，还有搞得一团乱的贫民窟朋克，但是那里也有合法的积极分子。在那里我们更接近本质，你看得见什么东西形势危险。我们想做出切实的改变，就是非暴力反抗运动那会儿，对吧？制造一起足够大的丑闻，好让世界明白，什么东西才真正重要。男人就该要坚强。"他将一只手握拳，捶进另一只手中加以强调，击得牛奶咖啡都从盖子上的小孔中飞溅出来，落在他的 T 恤上，"到那儿以后，她和我一开始做的事情中，有一件是把我们自己用链条拴在卡斯卡迪亚古老森林里的一棵树上。我们一共有十四个人，拴在一起三个月，靠高能量小吃为生，尿在水桶里，真真正正地发表宣言！"他的笑容退去了，"虽然最后他们还是把那片森林砍伐殆尽，但至少——"

"我们就那样生活了很长时间，有点像流浪。我们去了本德、奥林匹亚、波特兰，我跟当地的大学生做迷幻药、大麻或海洛因交易存钱，她会去打零工、画画，还会去旁听课程什么的。她喜欢那些。"他抹一把脸，继续回忆，"我们会在城里帮助上演抗议活动，比如剧场静坐，帮忙准备服装和所有的东西。最后只要听说森林里发生了紧急行动——树下静坐，或是抗议者躺在伐木车前——我们就会赶去。"

奥莉芙笑了起来，想象着妈妈身上绑着牛皮纸做的羽毛，生活在红杉树上的样子。但是父亲插话道："这些我们差不多都已经了解。说重点，你开始纵火的部分。"

"那其实是麻雀的主意。"

父亲呆住了："她的主意？"

西德尼微笑："是的，当时我们在俄勒冈举行一场抗议活动，反对那座新建的水坝，它切断了鲑鱼溯源而上返回繁育地的道路。我们装扮成鱼的样子，举着巨大的标语，上面写着'我的存在，你们的生计'这样的口号。几天之后，她一把扯掉鳟鱼头装饰，看着政府雇员，他们根本不搭理我们。当时有个当地报纸记者在场，于是她就对我说——"他提高声音，令人不快地模仿起奥莉芙母亲的语气，"这样我们不会取得任何进展。如果我们想让这座水坝消失，那我们应该干脆把这愚蠢的玩意儿炸掉。"

"所以我们就那么做了！组织起一个小班子，叫来我的朋友文森特——他当时叫穿山甲，就是一种食蚁兽——制订了一个计划。实际上简单得吓人。麻雀弄来一本《无政府主义者菜谱》，里面有组装燃烧弹的方法。我们派人在水坝观察了几周，然后趁深夜四周无人时潜入。然后砰——"他的手重重地捶在门廊台阶上，震得奥莉芙站直身体，"那天杀的东西就烧着了。"

"我妈妈做过那种事？"奥莉芙感到眩晕，迷人的树上堡垒、纸做的羽毛突然间都烧成了灰，变成了崩塌的混凝土和粉碎的玻璃。

他冲她眨眨眼："你妈是个天生的斗士，你知道吗？是她摸清如何在我们制作燃烧弹的地方搭建一座'无尘室'的——基本上就是一个露营帐篷，我们是在汽车旅馆的一个房间里搭的，不过只要进到里面，随时都得戴外科手术面罩、浴帽和手套。这样就不会在炸弹上留下指纹或DNA，是吧？之后我们把帐篷送给一个流浪汉，清理得干干净净！没有痕迹，还帮了被剥夺公民权的人士！"他说到这里笑了起来，"接下来我们瞄准一个野马保护区，那里将老马卖给摩尔达维亚人开的一座香肠工厂做食用肉。我们将那些动物放走，然后将保护区整个炸掉。那次是我出的主意。"他沉浸在回忆之中，眼睛里有阴郁的闪光，"那场面相当壮观，那些美丽的马儿终于获得自由，朝森林飞奔而去，身体被火焰点亮。"

奥莉芙试图想象那画面，不过大部分时间看见的一直都是她的母亲，就和在学校台阶上看见的那次一样：她手里拿着手表，问着"我应该做吗"。她伸手抓住父亲的胳膊，竭力避免那正要扣住她膝盖的眩晕感。他伸出手臂将她搂在怀里，握住她的手。

脑袋里泛起一股剧烈的灼痛，仿佛有人往她的颅骨里倒了一碗豌豆糖。她快受不了这些故事了：一方面，妈妈做出如此混账、如此极端的事，不是再一次赢了奥莉芙吗？她自己也曾胆怯地付出努力，想将这个世界变得更好；另一方面，这个人因为做同样的事而进了监狱，那她的母亲为什么没有呢？

这是真的吗？她问自己，这个家伙是不是在对他们撒谎？因为他出于某种原因恨她妈妈？我们怎么能知道真相呢？

西德尼依然在诉说："我们放走那些马儿之后，只能失踪一段时间。我们去了俄勒冈森林里的一座小木屋，我们三个人都想凌驾于彼此之上，差不多快把彼此逼疯了，说老实话。然后，穿山甲开始明显表现出精神不正常。他会长时间与并不在场的人交谈：他和巴枯宁、尼采坐在火边，长时间谈论无政府主义和社会变革的问题。至于我——"他看一眼奥莉芙，"这么说吧，我的毒瘾控制了一段时间，接着又恶化了。在我的游戏领域，我并非顶级玩家。"

"与此同时，我们了解到，我们的行动没能达到想要的效果。联邦政府几个月内就重修了水坝，甚至造得更宏伟。我们放走的野马——

好吧，全部又被他们圈起来了，这一次甚至干脆被他们全部杀光了，因为已经没有保护区可供马儿生活。"他叹口气，"所以，我当时就争辩，下一次我们需要玩得更大，掐准他们的痛处，知道吗？就是人们的钱夹子！当时在州内北部有个高级滑雪度假村，计划砍掉一片古老的森林，建造更多的雪道。砍掉这些古树，这些阔佬就有地方追求刺激了，对吧？我说，炸死这帮王八蛋。"

"总之，我们万事俱备，但就在出发之前，比莉病了，一直呕吐。所以穿山甲和我就将她留在原地。计划是，她留下来清理我们一直住的小木屋，收拾好我们藏的钱——顺便说一下，大概有三万美元，俄勒冈大学的学生们爱死了迷幻剂——之后在奥林匹亚与我们会合。"他喝一口杯子里的咖啡，做出一个震惊的表情——咖啡太凉了，"所以，总之，穿山甲和我出发前往滑雪度假村，但就在快抵达时，面包车尾灯坏了，我们把车停在路边，警察要求检查——里面当然塞满了燃烧弹——我呢，你们知道，不是太冷静，或许没能做出最佳决策……"他看着山茶花丛，回忆着，表情松弛下来，"是这样，我想着，如果我直接……开车逃走。"他的声音渐渐低落下去，"好吧，那想法没成功。我撞倒了一个警察——别相信媒体报道，不是故意的——把他的两条腿都轧断了。他们控诉我企图谋杀，还有纵火罪和阴谋罪。哦，还有藏毒罪，因为我忘了车厢里还放了五板迷幻剂。"他耸耸肩，表示感到糟糕。

"最后证明穿山甲有精神分裂症，他进了精神病院，每天对墙壁说话。我被判了二十五年。而麻雀——有很长一段时间，我都以为她离开了，以为她带着我们藏匿的所有现金，想办法去了奥林匹亚，政府从来没发现她也参与。我很高兴她逃出去了，明白吗？我怎么可能把她供出来？"

他做了一个讽刺的表情："生活要继续，对吧？我被判刑，但没那么糟糕，我加入一个冥想小组，并在监狱花园工作。接着，几年前，我在监狱图书馆上网，在《解码》杂志的网站上转悠——当时是杂志网站的二十周年纪念日，放了很多他们庆祝活动的照片——有张照片里有个女人看着很熟悉。她坐在一个普普通通的家伙的胳膊上，在笑，甚至都没看镜头，是个浅黑肤色的中年女人。但是我看得出来那是她。"他伸出一只手指摇了摇，"照片下写的是'高级编辑乔纳森·弗拉纳根及其妻子'。我忍不住想到，妻子？那就是她现在的全部身份，某人的妻子！不像是我认识的麻雀，太循规蹈矩了。"

"我们并不循规蹈矩。"奥莉芙被激怒了。

他笑着将手伸到脑后，拉紧绑马尾辫的皮筋："好吧，我这么说吧，是相比较而言。不管怎样，我搜索到她的地址，给她寄了一封信，但她一直没回复。"他继续说，"所以当我出狱后，我就去了湾区找她，作为朋友。"

"朋友。"父亲看上去有所怀疑，"即便是她把你供出去了？"

"你知道那事？"西德尼皱起眉头，"她跟我说，你对俄勒冈发生的事情的真实情况一无所知。"

奥莉芙的目光从父亲身上移到西德尼那边，然后又看回来：这话从何说起？

"是我打听到的。"父亲小心地说。

西德尼似乎在决定该说什么内容，但是奥莉芙很难集中注意力，她感觉越来越奇怪，她相当确信，她即将产生幻视。突然间，她希望西德尼停止讲述，立刻离开。她有一种感觉，她不会喜欢他接下来要说的话。

西德尼小心地将杯子放在身旁的地上："好了，就这样，是的，她把我和穿山甲告发了，拿了我们所有的钱溜了。或许她是想自救。她告诉我，她突然对我们的所作所为良心发现。不管怎样，她真的把我们毁了，是吧？"他的眼睛被突然划过的愤怒点亮，"但是直到我到了湾区之后才发现真相，一个共同的老朋友告诉我的。真是相当混乱。"

父亲叹了口气，仿佛已经得出某种结论："所以那就是你们吵架的原因。怎么说呢？你没威胁她吗？"

"老兄，我是个和平主义者。"西德尼摇摇头，然后将脸埋在手掌中思考。后来他终于放下手，抬头上下打量奥莉芙的父亲，看着他的牛仔裤和运动鞋，奥莉芙上个圣诞节给他买的渔夫式厚套衫。"你是个好人，对吧？和箭头一样正直。我猜你甚至从来没吃过迷幻剂。你一辈子都工作稳定，有钱支付房贷，供养家庭。"

父亲看起来像是要打这个人："是啊，然后呢？你想说什么？"

"我想说的是，"他叹口气，"比莉从没告诉过你许多年前俄勒冈那些事的真相。她当然不会说。那样她能得到什么？比莉从来不做任何无利可图的事。"他回头打量他们的房子，快速评估一番，"比如你，她给自己找了个很好的养家人，不是吗？不会问棘手的问题，会对她那些圣女比莉的行为买账。一个大笨蛋，就等于是她的饭票，当时我也是如此。"他拧着嘴露出一个揶揄的微笑，但看上去丝毫不觉得幽默，"抱歉这么说你死去的妈妈，孩子，但都是真话。"

这些话语对她的父亲来说似乎是一种物理打击，他往后退了一小步。奥莉芙突然为爸爸感到些许伤感，她能感觉他心里柔软的部分正像水果一样被擦伤。她不喜欢这个家伙和他讲的故事，一点也不。西德尼显然不知道她妈妈在哪儿——这是好事对吧？她没有被绑架，她没有危险，至少这个人不是危险——然而他说的比莉的故事，感觉就像有个人拿着尖利的碎片在她的指甲下面乱划。她的妈妈，是个告密者吗？向当局出卖朋友，然后卷走他们所有的钱？她不想在脑海中留下这样的印象。她摇头，仿佛这样就能驱散这个人在她脑海中描画的比莉的形象，但是这样只让她感觉更眩晕。

西德尼看着奥莉芙的爸爸，神情很伤感："嘿，别想太多，我给她当笨蛋比你早多了。"他的声音中有某种东西裂开了。突然之间，奥莉芙明白了：西德尼曾经与她的妈妈坠入爱河，应该是真正地相爱。她看到西德尼弓着背，转过脑袋，将马尾辫拉到一侧，好让他们能看清楚他后颈上的文身。奥莉芙盯着它看：都是滴形斑点，形状奇怪，是对真实事物的一次相当拙劣的演绎。但她还是认出来了，图案是一只麻雀。

看着那个文身，以及扎成可悲的小马尾的正在变白的粗糙头发，她突然间为他感到悲伤。也许他也曾经非常前卫，但现在只让人觉得可悲。他仿佛仍然想恢复无政府主义和叛逆年代的荣光，因为他已经没有任何新的东西可以依附。他当然不可能绑架妈妈，她意识到，妈妈比他还要强壮。她打碎了他的心，继续走向更大、更好的东西，而他尚未原谅她。

"然后，关于你妈妈还有些别的事——"西德尼刚开口就又停了下来，仿佛是因为奥莉芙背后的什么东西而惊呆了。他突然站起身，空的咖啡杯咔嗒一声倒在地上："天哪，见鬼。你在这儿做什么？"

奥莉芙回头看见是哈莫尼站在身后，手腕上摇摇晃晃地挂着的帆布包里装满了从农贸市场买回来的丰盛食材。她金色的头发编成两条麻花辫，盘在头顶，像一顶桂冠；夹克里面穿的好像是奥莉芙父亲的衬衫，领尖钉有纽扣。

"马弗里克，"哈莫尼左右摇着头，慢慢地叫他的名字，额头担忧地皱了起来，"你给他们讲了什么故事？你难道不觉得他们最近已经够惨了吗？"

西德尼看上去很局促："当然，只是，好吧，难道你不觉得，他们应该——"他突然停下话头，仿佛意识到什么东西一样，扭头看看乔纳森，然后又转回去看向哈莫尼，"嘿，你们俩现在是在一起了吗？哇哦，麻雀看到可不会高兴。"

哈莫尼将购物袋小心地放在地上："说真的，西德尼，我跟你说了，这不是个好主意。"她的声音突然温柔得让人觉得不安。

"他想听，"西德尼指着奥莉芙的父亲说，"他让我联系他。"

"等等，"父亲看着哈莫尼，脸上充满困惑，"你们俩……还有联系？之前你可没提。"

奥莉芙看着几个人互动的场景，仿佛隔着一层塑料浴帘，无法有切实的感受。哈莫尼的出现让她感到一种奇怪的喜悦，仿佛刚好勉勉强强地避开了某些危险的东西。她轻轻地晃了晃身体，仿佛脚下的地面刚刚倾斜了，接着相当突然地压在了她身上。整个上午一直徘徊在奥莉芙周围的眩晕感兜头淋了下来，仿佛她体内某个地方，一座水坝终于崩塌了。她隐隐约约地意识到，她发出了一声压抑的叫喊，父亲和哈莫尼都扭过头来，西德尼话说到一半也停下来看着她，但是他们的存在已经都不再具有真实感。

有真实感的是她的母亲，她正坐在离她几英尺远的草坪里的一张椅子上，长裤卷到了膝盖位置。她在抽烟。（一个令人沮丧的念头一闪而过：妈妈现在抽烟？）有海的气息，沙子向她们两侧伸展，奥莉芙的头顶垂着一棵树——几秒钟前还没有的——树叶在微风中沙沙作响。

妈妈回来了，奥莉芙开心地想到。

她的妈妈长长地吸了一口烟，挠着膝盖上的血痂。"别信他说的话，"她吐气一般地说道，"他不值得信任。"她夹着点燃的香烟做了个挥手的动作，"你父亲也是。"

俄勒冈的那些事情真的是那样吗？这个问题在她脑海中如此喧嚣，让她的脑袋都疼了起来。

"古代历史了。"妈妈说着将烟蒂放在草地上熄灭，"别往心里去，和现在没有关系。"

但是过去会堆积起来，搭建一把梯子，通往你现在的位置，没了它，你将怎样前往别处？没有它，你会是谁？你真的能重新开始，将过去完全丢弃吗？因为我想，妈妈，我想从头开始，我想成为一个完完全全的新人。告诉我怎么办。

但母亲似乎没听见这番话。她抖开头发，潇洒地转头迎向树叶间滤下来的光，她的皮肤上有斑斑点点的光影，眼睛笼罩在阴影中。母亲依然闭着嘴，但微风中传来她的低语："你比你以为的要近，奥莉芙。"

奥莉芙意识到她已经停止呼吸，肺部突然打开，她一阵干呕，差点吐出来。她倒在地上，膝盖终于屈服了。

"该死的，天哪，"她听到西德尼说，"你女儿怎么了？"

她感觉父亲的双手抓着她的肩膀，他的呼吸有麦片粥的气息。"她癫痫发作。"父亲的声音如此贴近，炸得她脑袋抽痛，"奥莉芙，甜心，你能和我说话吗？"

母亲的轮廓突然变淡，然后消失不见。广袤的沙滩溜走了，重新变成被雨水湿透、半枯死的草坪。世界匆匆退回。

"我很好，就是有点晕。"她抓着父亲的手坚持着，试图站起来。站起来后，她摇晃了几下，脚下的草地奇怪地有些绊脚，西德尼正热切地盯着她看。

"要给医生打电话吗？"哈莫尼冰凉的手贴在她的额头上，奥莉芙转头摆脱掉。

"我带她进去。"父亲抓着奥莉芙的手肘，牵着她沿小路走进屋子。尽管她无力地反抗，仍说自己没事，只要过一分钟就会好起来。

西德尼退到一侧让他们过去，他从地上端起咖啡杯捧在手里："抱歉，我告辞了。"他转身看着他们三个，目光定在奥莉芙身上，仔细打量她的脸，仿佛想在她身上寻找另一个人的影子，"见到你真好，奥莉芙，也许什么时候还能再见见你。"

奥莉芙伸长脖子看着西德尼大步跑下小路，朝人行道跑去。他的牛仔裤屁股位置空荡荡的，抓着他的髋骨，显露出下面的骨骼轮廓。他在车道尽头停下脚步，将空杯子扔进他们的资源回收桶。

"嘿！"父亲突然喊起来，西德尼将桶盖掀在半空中停住，困惑地往回收桶里看了看，然后抬头看向他们，父亲稍稍降低音量，"你不知道比莉现在的下落吧？"

西德尼困惑地皱起了脸："我怎么会知道？天堂？地狱？转世成了大象？成了水仙花的食物？你是想问这个吗？"他开始将桶盖轻轻地往下放，然后改变了主意，任其落下。桶盖砰的一声合上，吓得奥莉芙轻轻地跳了一下。

"不管她在哪儿，"西德尼在裤子上擦干净手，最后说道，"我都想象不出她开心的样子。"

我与比莉·弗拉纳根的生活

乔纳森·弗拉纳根　著

▲▲
〰

我记得一件事

她以前经常

比莉曾

我知道

我以为

我

我

我

16

西德尼离开后，三个人步履沉重地走进房门，然后进入厨房。哈莫尼从购物袋里掏出蔬菜放在条案上，乔纳森不知所措，于是就为奥莉芙倒了一杯水。奥莉芙坐在餐桌边，迅速地低下头，将鼻子按在木头桌面上。

哈莫尼轻快的说话声打破了寂静："好了，结果怎么样？全然陌生的他就直接出现在你家门口，他有什么事非为自己辩护不可？天哪，他看上去糟透了，可怜的家伙。"

乔纳森坐在奥莉芙旁边，一只手扶着她的背，透过她衬衫的面料，能感觉到她在沉重地喘息。"现在和我说实话，"他对她说，"你停止服用丙戊酸钠了，对吗？"

奥莉芙点头，用额头轻轻敲击桌面。

哈莫尼走过来站在他身后，将温暖的手掌放在他的脖子上，慰问般地轻轻捏一下。"她应该去看医生吗？"她低声说。

奥莉芙快速抬起头："不，不应该。"她看着哈莫尼，瞳孔还是稍微有点大，最后哈莫尼将手从乔纳森的脖子上抽了回去。奥莉芙突然站起来："我现在去躺一下。"她说完便出了门。

"嘿，"他在她身后呼唤，"我们得就这一切谈一谈，好吗？"

"随便。"她说。

乔纳森听到她重重地爬上台阶，接着她的门咔嗒一声锁上了。

哈莫尼拿起奥莉芙的水杯，放在水槽里，然后不确定地环顾厨房："我应该离开吗？"

"你没说过你和西德尼保持着联系。"这句话说出来的责难意味比他预想的要浓。

她的手指在衬衫袖子上无谓地忙碌，将袖口扣上又解开："哦，不能说我们保持着联系。他刚来湾区时找过我。我对他感到抱歉，于是就和他见面喝咖啡，帮他联系了我一个当主厨的老朋友，找了一份初级厨师的工作。刚刚真的才是第二次见他。不对，去年在比莉的追悼会上，我们好像聊过几句。"她耸耸肩，"怎么，你对此感到气愤吗？"

他将头埋在双手之中，听着她的这番话，说："告诉我，那些事你也都参与过吗？俄勒冈的那些。"

"没有。"哈莫尼慢慢收起腾空的购物袋，将它们折成整齐的方块，"不，我是说，我知道他们当时的所作所为。我祈求比莉让我也参加，甚至还跟着他们去了本德城外那座小屋，但是比莉不肯让我加入。她说我是——"她皱着一张脸，仿佛正在努力回忆当时的用词，但是她的表情说明，她记得相当清楚，"业余小时工，而这是个大联盟，我应该回去念大学，做个好女孩，拿到学位，别惹麻烦。"她皱着鼻子，仿佛那番话将她逗乐了，"当时我很受伤——我崇拜她，你知道吗？但是后来，当一切尘埃落定，我无比感激。我真的躲过了一劫。"

"比莉听起来也是。"他说。

"哈，好吧，是的，就是原因不同。"

他沉默了一分钟，整理这些故事："那么既然你没和他们在一起，你是怎么知道比莉举报了他们的？"

"他们被捕后我看到新闻报道，这才知道。西德尼和文森特碰巧就坏了车尾灯靠边停车，比莉碰巧就不在场？"她笑了，"拜托，我或许是幼稚，但不至于蠢。我去他们在森林的小屋拜访过，见过那里的事情有多混乱。事情显然就是那样的。好吧，或许对西德尼来说不是那么明显，但是他太糊涂，嗨过了头，看得不真切。"她低头看着手中折叠起来的购物袋，将它们摆成一堆，"许多年后，比莉和我在伯克利重新联系上后，我当面问过她。她告诉我，她害怕西德尼和文森特再那样下去，会不小心杀人，得阻止他们，而她想不出更好的阻止方法……"她的声音逐渐低了下去，仿佛依然在整理这段话的逻辑。

乔纳森坐在那里听着这一切。他能感觉到哈莫尼在看他，等待他的反应，但是他无法让自己与她对视。他想到了比莉，带着满满一箱子的钱，逃出俄勒冈。她要去哪儿？一分钟过去，接着是两分钟，他终于摇摇头，赶走幻想的画面。"或许我该和奥莉芙谈谈。"乔纳森终于说道。

哈莫尼迅速点头，然后抬头看了眼时钟："好的，我还得赶去上一节瑜伽课。我真的觉得自己现在需要找个生活重心。"她弯腰过来亲吻乔纳森的脸颊，"晚点给我打电话，好吗？"

乔纳森发现自己孤身一人待在厨房。他呆站了一分钟，无法调动意志力上楼面对乖戾的女儿，取而代之的是，他猛地拉开冰箱上方的一个橱柜门，给自己倒了几指深的波本威士忌，快速一口气喝下。液体燃烧着滑落，然后闷热的感觉扩散到全身，让他慢慢放松下来，直至感觉像是又能呼吸了。他靠在冰箱上，注意到这个房间的简陋——地板上的涂漆剥落了，橱柜面板歪斜，瓷砖的水泥浆中挤满了尘垢。他突然醒悟过来，不情愿地想到这地方该修理一下了。

他又给自己倒了杯酒，然后去拿工具箱。下午剩下的时间，他都在厨房里敲敲打打，摆弄关不严实的橱柜门松开的合页，给裂缝补漆，用科美特清洁剂和牙刷清洗瓷砖，都是些不需要动脑的体力活。

然而他的思绪不肯罢休，一直围着他不想思考的话题打转：谎言和背叛——妻子的秘密和令人高度怀疑的历史，不愿意提供全部信息的新情人，女儿拒绝服药，以及他必须退还出版商的钱，如何解决越陷越深的财政漏洞。

不过他最主要的还是在想比莉。如果西德尼没有将她藏在某处，如果他不是她的情人或诱拐她的人，那么她去了哪儿呢？她还活着吗？还是说他只是被幻觉缠身的女儿刺激，用离题的证据导出一个并不正确的结论？

他总是回到同一个问题上：之前和他一起生活了十六年的女人究竟是谁？比莉的身份在他的脑海中一直在闪烁变换，就像一条鱼溜进了大海；他似乎无法再将视角固定在她身上。在刷洗瓷砖时，他想到：他所了解到的有关妻子的所有新的信息改变了她的真正身份，还是只是突然之间换了一个全新的角度来审视她？

一个记忆气泡浮出水面，是不久之前他们之间的一次谈话，内容是关于比莉当时的朋友艾玛。艾玛装了一台保姆监视器，其间碰巧发现她的丈夫一直不堪入目地当着未成年保姆和危地马拉裔清洁女工的面裸露自己的身体。

"怎么可能误解一个人这么久时间？"乔纳森十分惊讶。当时他们坐在后门廊上，在夕阳下喝曼哈顿酒，观看夜色降临花园。

听到他的话，比莉将酒放在她的椅子扶手上，茫然地看着他："很简单，如果别人希望你误解，那你就会误解。是这样，所有人都是不可知的，无论你觉得你和他们有多亲密。我们的大脑每天会有数以百万计的想法，我们有数百万种情绪体验，在这之中，有多少是我们允许其他人了解的呢？很少吧？况且没人想分享他们最坏的一面，不是吗？你看到的缺点，都只是冰山露出水面的最上面的那一部分。所以我们都只是在表面探索。我想，想找到我们爱的人应该是一种天真的理想主义。"

他久久地望着花园，倾听蟋蟀们彼此呼唤，消化这番话。"这种观点或许有些愤世嫉俗，"他终于回复，"但是我想，如果人们希望你了解他们，那你就能了解。那不是天真的理想主义，那是信任。而信任是爱的基础。"他转身面对她，突然感到一阵极度的恐惧，"我是了解你的，是不是？"

比莉当时笑了，弯腰越过椅子的扶手亲吻他："你一直都很乐观，我喜欢你这一点，如此纯粹。奥莉芙绝对是你的女儿。"

直到现在，在捡拾厨房条案裂缝中碎裂的水泥浆时，他才意识到，妻子当时并未回答他的问题。

乔纳森做完清洁工作后，重新站回去，检验他的劳动成果。厨房看起来和三个小时之前没有任何不同：问题已经太严重，不是一次快速的补漆就能解决的。真正需要的，是推翻重建。管他呢，他心想，如果不拿到死亡证明，我可能连房子都要失去。

他用脚趾轻轻推着那扇松落的柜门将它关闭，但是门又滑开了，他一脚狠狠地踢上去。接着他打开一瓶啤酒，上楼走进奥莉芙的房间。

他用手指关节轻敲门框，探头进去，看见奥莉芙坐在电脑前，背对着他。"嘿，"他说，"你准备好谈谈今早的事情了吗？可得花些时间。"

她迅速转身，伸手合上笔记本："能晚点再谈吗？我现在真的没有心情。"

"哦。"他意识到，她还在生哈莫尼的气，"或许你会想去看电影？"

她看看电脑，又回头看看他："我有点事，正在忙。"

"那或许可以今晚去。"他说，"你今晚在家，还是要去娜塔莉家？"

"我不会再和娜塔莉玩了。"她立即说。

她说这句话时，表情中闪过了某种东西，让他停在那里：她难道和最好的朋友吵架了？他在那里又站了一分钟，掂量着有没有可能逼她说清楚些，又担心逼得太狠，会让事情变得更糟。他从来都不能真正地理解女性友谊中过于娇弱的亲密性，女人们将对彼此的感情消耗一空，然后就开始互相厌弃。他该怎么帮助女儿解决她那神秘莫测的友谊？还是说更好的办法是无论事态如何发展，都不要靠近，只假定她们自己会解决？

"那好吧，没关系，我等你准备好再谈。"他沿着走廊往回走，意识到他刚刚让懦弱占了上风，放弃了做个好父亲。

他退回自己房间，拿出笔记本电脑看网飞公司的节目，同时听着奥莉芙在墙那边敲击键盘。他想象他们是行星，位于同一个星系，但是各自有不同的轨道。这让他感到难以言喻的伤感。正当他和女儿似乎终于开始建立起联系的时候，他又搞砸了一切，出于最自私的原因。我是个糟糕的父亲吗？他问自己。比莉让这一切看起来都很轻松；或许之前我没有机会发现自己是个差劲的爸爸，直到比莉离开。不管她是不是还有什么其他身份，在当父母这方面，她比我做得好。

他躺在床上，开始为明天的法庭听审会感到焦躁：他都已经写了二十五万字了，却还是不知道该说什么。真相？就像奥莉芙说的，他必须说真话。但是那样能换来什么？换不回比莉。能安抚他内心中残存的诚心笃行的信仰，还是说只会导致他失去人寿保险赔偿金？而那是让他们的生活重回正轨的最好机会。

你需要一个计划，脑海中这个声音一直在念叨。他用啤酒让其沉默下去，接着又喝了一瓶，最后令人困惑的历史和悬而未决的未来都变得一片模糊，他被醉酒所带来的温暖弄得麻木了。

收到马库斯的信息时——"见面喝一杯？我把支票给你准备好了，而且有东西给你看。"——他对这突如其来的惊喜充满感激，立刻清醒过来。

马库斯在沙特克一家西班牙小吃酒吧等他。夏天时，店铺临街的大门会直接打开，今晚为了抵御寒冷关得紧紧的。酒吧里大部分顾客似乎都是足球迷，喝得醉醺醺的，挤在吧台旁边，观看后墙悬挂的大屏电视机上静音播放的球赛。

马库斯坐在电视机下的一张桌子旁的高脚凳上，显得不太平衡，他面前放着一只已经喝空的品脱玻璃杯，正果断地吃着一碗炸薯条。他的眼睛下方累得起了半月形的眼袋，下巴和脸颊上的胡楂儿已有三天没剃。

"坐。"看到乔纳森走来，马库斯指着一把空椅子说。

乔纳森落座，马库斯立即将支票推过桌子："一万，有了再还我，但是不要有压力，好吗？不着急。"

"你是我的真朋友，"乔纳森说，他喝了一口酒，有点噎住了。他看到比莉的笔记本电脑就放在桌上，马库斯的旁边，这画面划过他嗡嗡响个不停的大脑，他立即清醒过来，"等等——你突破了密码？"

马库斯点点头，又从碗里拿起一根薯条："你得告诉我出了什么事。"

一个女侍拐到他们桌子边上，放下两杯啤酒，冲乔纳森粲然一笑，旋即转身走向他们身后的餐桌。他等到女侍走到听不见的地方才回答："很多事。"他坦承道，"你想让我从哪儿说起？"

马库斯指着笔记本电脑："从这个开始怎样？"

乔纳森抿一口啤酒，慢慢地舔掉嘴唇上的泡沫，他觉得现在没有必要再隐瞒："如果我告诉你，我认为比莉有可能还活着，你会怎么想？"

马库斯听到这句话后镇定得令人震惊，他若有所思地盯着酒杯深处。乔纳森等待着他不可避免地露出担心神色——"你疯了吧，兄弟"，或是"你这是胡思乱想"。但是一秒钟后，马库斯摇摇头，往下坐了些，仿佛突然之间他承受不住这个体重，没办法再坐直。"该死的，"他轻声说，"你觉得她逃了，假装死亡？"

"是的。"乔纳森说。

"你有证据能证明吗？"

"还没有决定性的证据。家里的钱不见了，可能有一个目击证人，许多谎言，她背着我出轨了——我知道至少有一次。她绝对背着我做了些偷偷摸摸的事情，在她人生的最后那年。事实证明，她过去还曾犯过罪，但是她完全没跟我提过。"

马库斯长长地呼一口气，闻着有啤酒的气息："那真是操蛋。"

乔纳森的酒不知怎么的就已经没了。"你似乎并不惊讶，"他说，"这让我觉得，你在那台电脑中发现了什么东西，证实了我的猜测。"

马库斯将电脑拉近，开机，敲了几个键，然后转过来给乔纳森看："或许，取决于你想怎么理解。"

头顶的电视机突然炸出声音，因为酒保取消了静音模式。正值酒水减价供应时段，原本没什么声音的，此刻却突然爆发出一股抗议的咆哮。乔纳森吓了一跳，抬起头发现整个酒吧的人都瞪着他，接着才意识到他们是被他肩膀上方电视里的球赛吸引了。有人进了球。

乔纳森低头看着电脑，研究屏幕上的文档，是一封信。

亲爱的瑞恩：

　　我一直等了这么久才给你写这封信，太久了，我知道。我很抱歉，以前我不肯见你，但是你必须理解，我只是还没准备好。但是过去的日子里，我没有一天不在思考，我是不是犯了错，离开你是我所做过的最艰难的选择。

　　我希望你没有生我的气。我希望你能明白，我所做的事都是为了你。我的生活很复杂，我知道没有我你会过得更好。

　　你过得好吗？

　　我最近一直在想你。我想知道你在哪里，和谁在一起，在想什么、做什么，有怎样的感觉。我闭上眼睛就能看见你的脸，你正在回头看我。你也想我吗？

　　我希望你能再给我一次机会，但是决定权在你。我会等待你的回信。

我一直都爱你。

西比拉

　　头顶电视中足球迷的尖叫声已达沸腾状态，几千颗心都蹦出了胸膛，他们的希望正在溅满鲜血的阿斯特罗特夫尼龙草坪上狂奔。乔纳森体内的某些部分石化了。当然，她离开我是为了去找别的某个人，他想，根据奥卡姆剃刀定律，这是最简单的解释。我就知道，从一开始就知道。

　　他意识到马库斯在问他问题。他抬起头，依然辨不清方向。马库斯又说了一遍："那么，这个叫瑞恩的家伙是谁？"

　　乔纳森回头看着那封信："我要是知道才见鬼。"

　　他很艰难地把钥匙插进大门的锁孔，因为他的身体一直往两边歪，几乎保持不了平衡。房子里很暗，奥莉芙已经睡了。当马库斯将第三轮龙舌兰一口干掉时，他还推辞时间不早了，但是看一眼手机，发现才十一点。

　　他磕磕碰碰地走进房子，喉咙因为龙舌兰而灼痛，脚被奥莉芙丢在门口地上的帽衫绊了一下，跌倒在地，又爬起来。他双手贴着墙走进厨房。奥莉芙晚餐吃剩的比萨饼，放在条案上的一个盒子里，变冷凝固了。他吃了一片，接着打开冰箱搜索，找到些哈莫尼带过来的吃剩的烤宽面条，直接端着特百惠塑料保鲜盒吃起来。

　　哈莫尼。他想给她发条信息。他想打个电话找人上床。上一次干这事是什么时候来着？他想起大学的那些日子，深夜里笨拙地摸索，床头的芳香蜡烛把空气弄得一片闷浊，早上醒来，枕头上都是睫毛膏留下的污渍，醒酒饮料配啤酒、鸡尾酒喝。那种生命滋味就像取之不尽、用之不竭地哺育宙斯的丰饶羊角，随便你怎么挥霍，仿佛拥有全

258

世界所有的时间。

他掏出手机，不等考虑清楚就开始用湿滑的手指编辑信息。你不能表现得像个十几岁的小孩，他想到这里又丢下手机，你有个十几岁的女儿。这种想法挥之不去，简直像粘在身上，所以他在条案上找到的便利贴上写下这句话，贴在衬衫前襟上。

他蹑手蹑脚地爬上楼梯，站在奥莉芙黑暗的房间门外。"奥莉芙。"他用刺耳的声音轻声叫道，无名指轻轻敲门。没有回音。他记得以前妻子经常自行钻进奥莉芙的房间，仿佛那里属于她——她直接爬上奥莉芙的床，都不需要请求许可，他为什么要这么小心？

他将门推开一条缝往里看。奥莉芙伸开四肢，脸朝下，趴在床上，一只手从床沿垂下，床单被她的脚蹬得皱成一团。他踮着脚靠近些，却被杂乱地堆在地上的一堆书绊倒，于是咒骂起来。她没有醒。房间里充满浓郁的香味，像没洗澡的婴儿耳背散发的那种，他跪在她床边的地上。

看着趴在床上的女儿，四肢放松无力，熟睡的脸庞甜美纯真，他的心里充满了对妻子的愤恨。跟一个名叫瑞恩的家伙发生的婚外情怎么能比这还重要？他想到女儿无助地思念母亲的样子，悲伤的回音至今仍回荡在她的脑中。他酸涩地想到：比莉配不上女儿的爱。

猫咪凯茨比从打开的卧室门溜进来，一跃跳上床，蜷在奥莉芙头发后面的枕头上。猫定定地看着乔纳森，宣示它的领地，那样子让他不快地想起妻子。

去他的吧，他想着站起身，我不找比莉了。如果她想死，那就让她去死吧。

他拉开床单给奥莉芙盖上，然后走了出去。

"……相信法官阁下已经浏览了我们上个月提交的文件。回顾一遍，文件中有警探、搜救专家双方的宣誓书，去年与亲戚朋友进行的访谈，我们认为能确定西比拉·弗拉纳根已于去年十一月七日在荒凉旷野徒步时遇难的手机和电脑记录。此外，我们还提交了请求缺席宣判死刑的公告文件，发表在几份全国性报纸上，代码为 12406（b）(1)，并且没有收到回应。由于弗拉纳根夫人的死亡性质，弗拉纳根先生及女儿本就已经过度悲痛，在此我们希望您能加快处理死亡证明，这样他们才不至于被迫继续等待六年，才能合法开始新的人生。"

乔纳森坐在律师简的旁边，他的脑袋一阵一阵地痛，喉咙干渴，周日喝的酒依然在毒害他的血液，眼球感觉像是被喷灯烤焦了。他设法冲了澡，刮了胡子，现在穿的是他拥有的最昂贵的西装，但是感觉还是像骗子，仿佛他深陷的烂摊子已经通过某种方式对他的外表造成了影响。

审判室里冰冷、现代且喧闹，他的案子是今天等待判决的诉讼事件表中的第一号。在乔纳森的身后，陌生人在他们的座位上挪动着，等待他们的顺序到来，发出吵闹的声音，公然无视"审判室里不允许携带食物或进食"以及"庭审时不允许阅读"的标语。审判室的门合页坏了，一直有人进进出出，他们的一举一动室内尽人皆知。嘎嘎嘎嘎吱，砰。这声音让乔纳森感到不安。

法官是位上了年纪的妇人，头发整齐地在脑后梳成发髻，鼻梁上架着一副杂货店买的双光眼镜。她等到简发言完毕，开始慢慢翻看审判席上的文件："谢谢，律师。我已经浏览过弗拉纳根的案子，很满意你们提供的文件。"她翻了一页，然后抬头看向乔纳森，"弗拉纳根先生，你从去年十一月七日起就再也没有和妻子接触过吗？"

不等律师提醒他起立，他就猛地从椅子上站起来："是的，法官阁下。"他很感谢是一个他能轻松回答的问题。或许这一切比我想的要容易，他想。

法官透过镜片看着他："你没有理由认为她可能还活着。"

哦，他的嘴里像是有胶水的味道，昨晚喝的龙舌兰突然间向食管宣布了它的存在。他咽口唾沫，张嘴想要发言，干枯的舌头却无法动弹，他痛苦地咳嗽起来，被灼痛的双眼涌出泪水。

身边的简像变魔术一样从她的大手提袋里拿出一瓶水递给他，接着——让他惊讶的是——她同情地将手掌放在他的背上。她以为我是难过得哭了，他有些委屈地意识到。他慢慢地喝一口水，越过水瓶的边缘看向法官，看到她的脸上也露出一样的仁慈表情，眉毛皱在一起，诚实地显露出同情的神色。我是个死了妻子的鳏夫。那就是他们期待看到的模样，他明白。

"我敢肯定，这对你来说很不容易，"法官说，"慢慢来。"

他擦干眼泪，想起他确实拥有能让自己相信比莉依然活着的理由。妻子徒步前往荒凉旷野，直接投入了某个叫瑞恩的家伙的怀抱。接着他想起奥莉芙。想到如果保险理赔不成功，她一定会失去的那些东西。想到如果她得知妈妈离开她是因为更爱别人，她会感觉到的痛苦。

嘎嘎嘎嘎吱，砰。

"是的，"他撒谎，"我的妻子不可能还活着。"

他听到身后传来一声熟悉的悲惨的猫叫声。他迅速转身，看见是奥莉芙，她坐在身后第三排，穿着她的校服，背包放在膝盖上。她又逃学——她一定逃了第三节和第四节课。此刻她正直视他。哦，该死，他想着。他们的目光交会，她摇摇头。她在对他说着什么，他相当确信她说的是：你怎么能？她看上去像是会哭，那可能是眼下这个审判室里最真实的情感。

但是法官继续发言，他被迫转身面对她。"谢谢，弗拉纳根先生，你可以坐下了，"她说着用一个指关节侧面将双光眼镜往鼻子上方推了推，"好了，我很满意你们提供的证据。本庭裁定，支持西比拉·弗拉纳根一案中的死亡宣判。我们将立即发放死亡证明，以供你的家庭开始遗嘱认证程序。"

结束了。他等待着会有某种象征性的结束动作——小木槌重击一下，旁听者跳起来致敬——但法官只是轻轻地将文件堆成一摞，然后放到她的工作台最远处。审判室里越发喧闹，人们开始更换座位，准备开始诉讼事件表中的下一个案件。他蒙昽中意识到简伸出手臂搂着他的肩膀，在他耳畔小声表示祝贺。

一份死亡证明书，一份人寿保险理赔书，都是他越过生活中迟滞困境的许可证。释放的感觉温暖地涌向他全身（他感觉到的是安慰，还是报复性的欢乐？他不想过于严格地检验这种情绪）。成功了，他告诉自己，感觉身体里的每一块肌肉都一下子放松下来，就像松开了一把已经夹了太久的老虎钳。你想死是吗，比莉？行，现在你真的死了。去和那个叫瑞恩的家伙一起吧。我们不需要你。

简弯腰开始收拾东西，将文件夹扔进手提包里。乔纳森突然想起来，匆忙转过身去寻找身后座位上的奥莉芙。在轮换案件的短暂间歇中，长椅上的人已经换了一轮，一个满脸皱纹、髭须上沾有芥末酱的老人，此刻正坐在刚刚他女儿坐过的位置上。乔纳森站起来伸长脖子扫视一张张脸，但是她已经不见了。

恐惧沿着脊椎往上升，他感到一阵刺痛。

但是他感到简温柔的手放在他的后腰上，推着他往前走："这里完事了。"

回到家中，他做的第一件事就是急速给奥莉芙发了一条信息："给我打电话。我们得谈谈。"接着他打开笔记本电脑，打开存放《山与天空相接的地方》原稿的文件夹。他扫描文档，眼睛捕捉到其中最伤感和激动的语句——"我和比莉立即就建立起联系的过程很神奇""一个支持我、理解我心灵质地的人"。这些美妙的语句感觉很陌生，就像是一个陌生人在写另一个陌生人。

他将原稿拖进电脑中的垃圾桶，接着——为什么不呢？——是整个调查文件夹。然后他清空垃圾桶，只是为了坚定决心：就让出版商来索要预付款吧——一旦十二月到来，他就会拥有一大笔钱来还款。

这个轻率的举动让他感到眩晕，他打开博客页面，他一直在往上面上传这本书，作为 IP 监视器的诱饵。他连这个网站也要封掉，整个账户一并删除。清理房屋，他告诉自己，不——将它整个推倒。

接下来呢？他想起比莉的笔记本电脑。从西班牙小吃酒吧回来后，他把它放哪儿去了？他回溯能记起的部分，最终在厨房的空比萨盒下面找到了它。他拿着电脑出门走向门前马路旁的垃圾桶，毫不客气地将电脑丢了进去，扔在一堆咖啡渣和油脂已经凝结的泰国菜外卖餐盒上。

回到屋内，他站在空荡的起居室里：现在该怎么办？开始全新的人生。将比莉的痕迹全部丢弃。哦，就是那样。他斜睨了一下全家福照片，依然放在壁炉上一个显眼的位置。于是他将照片翻转，这样就不用再看见它。

房子在他周围发出回响。冰箱内部不均匀的冰粒开始新一轮回流时，他能听到嘎吱的声音。走廊里加热器发出滴答的声音，刚刚才从奋力为这座漏风的房屋加热的过程中苏醒过来。外面的某个地方传来隐约的隆隆声，还有数以万计的人一直涌动向前，挑战惰性，以期避免自身不可避免的死亡结局所产生的城市白噪声。

天哪，别这么冷酷，他想到。但是房子里空得让人难以忍受：奥莉芙还有四个小时放学回家；而他不需要写作，没有截稿日期，没有法律文件需要填写，没有任何紧急事件需要处理。现在他已经走出过去，但是他一生中从未感觉到像这样漫无目的。

口袋里手机振动起来，是哈莫尼。

"听审会怎样？"

他迅速打字回应："好到不能再好。"

他等待她的回应，感觉家里的孤独沉降在他身上，就像一条令人窒息的毯子，接着他再次拿起手机："过来吗？"

"你是说现在？"

"是的。"

十五分钟后，他听见她的钥匙插进前门。那时候，他已经从地下室刨出一瓶落满灰尘、看起来很昂贵的葡萄酒，在咖啡桌上放了一些生了一点霉的奶酪，还有一盒饼干和一些干杏肉。

哈莫尼出现在起居室的门口，穿着连裤袜和一件看起来很柔软的尺寸过大的毛衫。看到她，他感到体内涌起一股幸福的浪潮，这个冰冷的房子里终于有了温暖的生机。看到他铺展的东西，她瞪大眼睛："这是做什么？"

"我想纪念一下这个日子。"他倒了葡萄酒，递一杯给她，"我想这应该是真正的好酒，或许是成为《解码》杂志高级主管时的礼物，想不出还能有别的什么理由让我把它存在地下室。"

她倒在沙发上他的旁边，大腿贴着他，长长的睫毛掩盖了她的表情："我想这是说明法官发放死亡证明了？"

"是的，"他说，"官方认证。"

"感觉……痛吗？"她没有拿起酒杯，而是挤在他身边，仿佛她的身体拥有吸收他的痛苦的能力。

"有点。"他说。说到这里，他确实感觉到某种之前不曾意识到的痛苦，失去的感觉让他感到一阵剧烈的痉挛，但他不确定是因为失去了爱过的女人，还是因为不再相信她的存在；或许这并不重要。"但是死亡证明，标志着一个结束，对吗？所以——幸运饼干怎么说来着，祸兮福之所倚，福兮祸之所伏？"他皱起眉头，警语虽然熟悉，但都说得不太对，"或者等等，也许是凡事只要有开始，就必然会有结局。不，我想那是《黑客帝国》里的台词。算了。"

她伸手端起她的杯子："不管怎样，我都为此干杯。"她看看他，"那么现在开始做什么？"

什么事情正在开始？他没想过那么远。他的人生现在就像是海难里的逃生艇，除了慢慢费心修补与奥莉芙的关系，没有别的期望。除了那之外，他看着哈莫尼——她的出现像是将他舒舒服服地包裹起来——另一个答案突然变得很明显。"我们，"他说，"你和我，认真开始。"

她红着脸摆弄毛衣的边缘："你是说你想让我当你的女朋友？"

他的眼睛快速瞟向那幅正面朝下扣在壁炉上方的全家福照片。他没说话，想起了奥莉芙。只要她继续相信比莉还活着，她就会一直停留在妈妈还会回来的错误期望之中。那对他来说，比他这一整年亲眼见证的女儿的悲伤还要痛苦。是时候停止了：将比莉的死亡证书镶框，等一周年纪念日过去，就让奥莉芙重新开始吃丙戊酸钠，开始组建新的家庭。那样对奥莉芙来说是最好的，他告诉自己，我需要将她母亲的幽灵赶出这座房子，但只要还是我们父女俩在这里生活，那就绝对不可能。

他牵着哈莫尼的手，反过来，大拇指按着她手掌上的老茧："我想要你搬进来，我是认真的。这房子里只有奥莉芙和我两个人住，太寂寞了。我准备好做出改变了。"她的眼睛瞪得很大。

她的嘴唇抽搐着露出微笑："那奥莉芙呢？她会接受吗？"

"一开始不会，但是她最终会接受的。"他说，"我们的生活不能只是因为比莉死了就结束。等到某个时间，她必须接受，无论喜不喜欢。或许等拿到比莉的死亡证明，一周年纪念日过去之后，那将会是一个转折点。她已经知道你和我在一起，不是吗？我们给她几个月时间习惯这个主意，然后就能告诉她，你要搬进来。"

或许他太过乐观，但听起来合乎情理。他看着哈莫尼，看到她容光焕发，仿佛是某种内部燃烧现象，将她从里到外全部点亮了。"如果说我没想过，那是撒谎。我想过很多次。"她的手放在他的腿上，手指轻轻贴在牛仔裤的缝线上，声音很温柔，"我担心你想要的是别的什么东西。我以为——出了西恩的事，太尴尬了，可能把你吓跑了。"

他犹豫着，感觉光是因为她的手靠近，他就变得强硬起来："嗯，是的，很复杂，但是都过去了，已经被抛到脑后了。或许那正是这件事能成功的原因，因为有那段共同的历史。"哈莫尼大声叹口气，仿佛之前一直在屏住呼吸一般。"那么你是答应了，你会搬进来？"他问。

"当然。"她说着手指往上，直至碰到他的手指，交缠在一起。"我爱你。"她羞怯地说。

"我也爱你。"他说。但是表白的话从他嘴里说出来显得很奇怪——他的大脑本能地发出红色警告：接收方的女人不对——但是他强迫自己进入、沉入这句话中，直至它将他包裹起来，像是一件温暖的斗篷。他将一系列不想理会的思绪推开——这是爱，还是只是方便的性爱？被迫尝试一劳永逸地将比莉关在外面？——转而将注意力集中在哈莫尼身上，她正在耳边低语。

"我从第一次见面起就爱上你了。"她继续说。

那个时间——从他们第一次见面开始——让人觉得有些不安；在亲吻她之前，他发现她的微笑中有些东西显得不对劲——是某种带有奇怪的胜利意味的东西——不过他暂时只把它记在倔强的神经之中。这是开端，不是结局，他告诉自己，同时掀开了哈莫尼那软得不可思议的毛衣。

这时候他终于想起他刚在搜寻的名言——"一个故事没有开端，也没有结局。"——但是他已经陷得太深，无暇关注。

事后哈莫尼在他床上的一束太阳光中小睡，他下楼赶在奥莉芙放学回家之前，清理起居室的凌乱场景。他将酒杯放进洗碗机，又想起女儿在审判室中惊恐的脸，她的表情像是遭到了背叛。你做了正确的事情，他提醒自己，促成决定的事实，她并不了解全部，而且她永远也不该知道全部。

他掏出手机，再次查看奥莉芙是否回复信息：什么也没有。

就在他准备将手机放回口袋时，他看见了 IP 监控器应用程序，它依然留在手机主屏上的显眼位置。他捶了一下手机，准备将其删除，但是下不了决心。他试着抵抗冲动，但最后还是失败了。他打开 IP 监控器：最后一次，就看一下。

你的页面已有 3 个唯一 IP 地址访问。

脚下有流沙在移动，已经准备将他重新拉下去。这是对他的惩罚吗？怪他没能正确地埋葬死者？可能并没有什么用，他安慰自己，就看最后一次。他拿着手机走到楼梯底部，在那里站了一会儿，倾听哈莫尼的动静。一片安静。

他回到起居室，打开 IP 监控器报告。

第一个 IP 地址和周五的一样，是兰登书屋的编辑的。

第二个 IP 地址也在纽约，应该是经纪人杰夫的。

当他点开第三串数字，觉得自己刚躲过一劫，肯定又是纽约的地址：经纪人的部下，或是兰登书屋营销人员，或是别的某个被派到乔纳森的博客，帮助减轻自传灾难程度的人。

但取而代之的，IP 监控器吐出的是一个不认识的地址：

大陆：北美

国家：美国

城市：圣克鲁兹

网络服务提供商：Surfnet

他的胃开始反酸。圣克鲁兹。他的直觉正在发射鲜橙色的灾难信号弹。

他看一眼时钟——差不多快三点了，奥莉芙很快就要从学校回来，他真的该叫醒哈莫尼，确保她赶在奥莉芙回来之前穿好衣服。但是他发现自己出门到了马路沿上，在垃圾箱里四处翻找，直至找到妻子的笔记本电脑。他掸掉钛合金外壳上的咖啡渣，拿进屋里。

电脑在他的膝盖上发出嗡鸣声醒了过来。比莉的硬盘驱动器里依然是一片难以理解的数字信息——数百万互不相干的字节——但是这一次，他明确地知道他在找什么。"圣克鲁兹瑞恩"，他往电脑的搜索引擎中输入这几个字。

笔记本电脑迅速在比莉的地址簿中找到一个条目：

瑞恩·拉特利夫

马蒂奥街830号

加州圣克鲁兹

首字母缩写是R.R.。

该死，他久久地看着这个名字，掂量他拥有的选项。他打开谷歌，往搜索栏输入瑞恩·拉特利夫；但是迟疑了一下，他点了返回键，意识到他即将跳进去的地方不啻于一个可怕的黑洞。这样能实现什么目的？他真的想对妻子的情人有更多了解吗？他真的想复活他花了一个上午埋葬的女人吗？

不。

他凭借极大的自控力，关闭搜索窗口，退出浏览器。将它重新扔回垃圾箱，忘掉它，他告诉自己。但是他能听到哈莫尼在楼上走动的声音，还有奥莉芙在前门廊毫不客气地脱掉背包的声音。所以他只能将比莉的笔记本电脑啪的一声合上，放在沙发的靠垫下面，准备晚点再来收拾。

他冲到门口去迎接女儿。

奥莉芙出现在门口，因为挂在手肘弯曲处的背包的重量，身体左右摇晃。看到父亲站在门口，她停下脚步，张开嘴准备说话，随后却停了下来，目光被他身后的什么东西所吸引。

他转身发现是哈莫尼站在楼梯顶上，除了他的旧法兰绒衬衫和一条紫色的蕾丝内裤，其余什么也没穿。

哈莫尼冲奥莉芙招手，仿佛这画面再自然不过一样："你好！学校还好吗？"

奥莉芙礼貌地笑笑："好。"她的声音如此消沉，哈莫尼可能要拼命才能听见。接着，她低声对父亲说："我以为你想谈谈。"

"对，亲爱的，抱歉，"他结巴起来，"我不是故意让她……判断失误，我知道。她刚过来，而且……"

"爸，她这些天经常过来，"奥莉芙还盯着那条紫色内裤看，"接下来你会告诉我，她要搬进来住？"

他呆住了，感觉像是小孩在饼干罐里拿饼干被抓了个正着："这个……"

奥莉芙转身看着他，眼睛湿了，嘴唇抖得厉害。

"真的吗？"她将背包重重地摔在地上。乔纳森能听到用旧了的硬木地板被压碎的声音，是被这个一年学费两万六千七百二十美元的学校用的书包的重量压坏的。"你太差劲了。"奥莉芙说。

她冲上台阶，擦过哈莫尼，校服裙子每走一步都被无礼地踢中一次。她久久地、冷酷地盯着哈莫尼的紫色内裤看，接着便消失在自己的卧室。摔门声那样响，房子都抖动起来，厨房传来一阵吓人的粉碎的声音。他探头进去检查，发现那扇松落的柜门终于从合页上掉下来了。

"糟糕。"他听到哈莫尼在身后耳语。他确保脸上露出一个安慰人心的微笑，然后转身面对她。

17

她能听到父亲站在楼梯顶部，正低声与哈莫尼交谈。走廊那一头，父亲卧室里一阵骚动：马桶冲水声，邓肯木底鞋砰的一声落在台阶上。前门打开然后又关上，她的卧室窗户开始摇颤，哈莫尼停在车道上的起亚车咳嗽着苏醒过来。

奥莉芙站在卧室窗口，看着哈莫尼的车开走，心里并没有胜利的感觉。她不过是赢了一场混战，不是战争。

在寻找母亲这件事上，她感觉像是回到了起点——比起点还糟，到了负值。现在怎么办？没有线索可以依靠，只有一系列有关母亲过去的骇人故事；父亲和最好的朋友都已不再支持。她感觉像是在没有救生工具的情况下被冲到了海里。

几分钟后，她听见父亲在门外弄出窸窣的声响，用指关节沿着木头的纹理刮擦："奥莉芙，我现在准备好谈话了。"

"我没有。"她说。

"别闹了，小豆子，让我们试着用理智的成人的方式来解决问题。"

"我非常确定，我才是这里唯一表现得像成人的人。"

这句话让他闭了嘴。最后，他小声说："我在楼下等你做好准备。"

她知道他就隐藏在楼梯底部，等待着她走出房门就发起突袭。她翻身，肚皮朝下地趴在床上，掏出手机，第一百次阅读她和娜塔莉发的信息。

"嘿，小娜，今天上午没看见你上德语课。"

"肚子疼，迟到了。"

"哦。"

……

"上周五的事抱歉。"

"没事。"

……

"你放学后干什么？"

"和明有计划了，抱歉。"

……

"你是在躲我吗？"

"没。"

……

"我们一切都好吗？"

……

……

"小娜？"

她将手机扔回背包。头顶上，吉兹莫从笼子的一边飞到另一边，一句话翻来覆去、结结巴巴，怎么也说不清楚，最后奥莉芙忍无可忍，爬起来打开笼子的门。"出来。"她对鹦鹉说，但是吉兹莫拒绝离开，缩在笼子最里面，仿佛打开的门是某种陷阱。奥莉芙将手指伸进去，想让鸟儿跳到她的手指上，但是吉兹莫只是拍拍翅膀，从一根横杆跳到另一根横杆，愤怒地吱吱叫。奥莉芙想哭。

"奥莉芙，"她听到父亲在楼梯上叫她，"我在做爆米花，你想吃吗？"

她没有回答。但是几分钟后，热黄油爆米花的味道飘进她的卧室，就像一位气味外交官。不公平。她翻开三角函数课本，拒绝合作。但是肚子咕咕叫唤——她错过了午饭时间，因为要赶去审判室——最后，饥饿感胜出。

她下床踮脚走下楼梯，看到起居室的咖啡桌上有个大碗，里面都是爆米花，听到父亲在厨房里拿钻孔机在忙活什么。

她扑通一声坐在沙发上，将爆米花往嘴里塞。她的尾骨碰到了某个坚硬的、长方形的东西。她把手伸到背后，从靠垫下面掏出压在那里的叫她不舒服的物体。

是妈妈的笔记本电脑。

是从哪儿冒出来的？她将电脑放在膝盖上，爆米花的碎屑从嘴边静静地撒下来，她伸手滑过电脑翻盖：是暖的，发出嗡嗡的声音，仿佛是在休眠。她想象着母亲灵魂的某些部分被困在里面，等待她去解救。

这是个信号，她想到这里开心起来。

她打开翻盖，屏幕迅速苏醒。键盘很脏，有洒落的咖啡渍，母亲的手留下的分泌物钙化在上面。她用指甲边缘从 B 键的裂缝里勾出一片古老的面包屑，想到母亲一边打字一边吃三明治的情景。她将面包屑扔进嘴里，融化在舌头上。

母亲的桌面显露出来，熟悉的一系列文件夹、文档和便利贴，让人心痛。只打开了一个窗口，母亲地址簿中的一个联系人，名叫瑞恩·拉特利夫，地址在圣克鲁兹。

圣克鲁兹。

她人生的航向随即清晰画出，持续了一个月的秘密在一个点周围收紧——刻在一根木头扶手上的"西比拉"的字样，她的母亲在一片疾风吹拂的海滩上呼叫她。一切都水落石出，仿佛有人刚刚围绕着那个地址画了一个箭头，并在上面用记号笔写下"奥莉芙注意"几个大字。

周围的空中飞满了蝴蝶，它们和着她心跳的节奏鼓动翅膀。

去这个地址就能找到她。

父亲突然出现在她身旁，轻轻地拽她手中的电脑："我正准备把它丢掉。"

她没防守。"瑞恩·拉特利夫是谁？"她问。

她能看出他心中的挣扎，他的下巴抽搐着，是在测试不同的回答，但都放弃了。最后他脸上的表情消失了，嘴巴随即放松，重重地坐在她身旁："我有些事情要告诉你，你可能不会喜欢。我一直瞒着你，因为我不想你受伤，但是时候告诉你了。或许你知道后，能更好地明白情况。"

"好的。"她慢慢地说，不喜欢事情的这个走向。

"这个家伙，瑞恩——我想你妈妈可能和他有婚外情。"他说。

她闭上眼睛，看到蝴蝶都炸开了，翅膀的碎片飞向四面八方，整个彩虹光谱变成了尘埃，小小的、毛茸茸的身体都被剪除了翅膀，轻轻地飘落在下方森林的地上。

"不，"她说，"那不可能。妈妈不会那么做。"

他恼怒地叹一口气："是真的，奥莉芙。我找到一封她写给他的信。"

"给我看。"她坚持。

他摇摇头："那对你不会有任何好处。"

她感到自己内心像煎饼糖浆一样黏稠，令她窒息："你觉得那就是故事的真相，是吗？你认为她离开我们是为了去找他？"

他目光呆滞地盯着对面的墙，眼眶周围的空洞看上去像是瘀伤一般泛出蓝色："奥莉芙，求你放手吧。你妈妈死了。我们拿到死亡证明了。我们需要继续我们的生活。"

她现在才真正明白一切：为什么他今天上午会在法官面前撒谎，为什么他一直那么不愿意相信她。他认为妈妈为了某个人背叛了他。但是他肯定错了，这简直一点都说不通。她在幻视中不都看见了吗？她不是早就该知道了吗？有没有可能，这一切都是他编的，为了让她放手，往前走？哈莫尼已经把他的脑子都搅乱了吗？

她想起妈妈在上次出现时发出的警告，她将烟蒂丢在草地上踩灭时说的话：你的父亲不值得信赖。

"那份死亡证明不能说明任何事情，你知道的。"她指出。

他发出一声哽咽："哦，天哪，奥莉芙。别逼我这么做。"他呻吟道，"你难道不明白吗？就算她没有真的死去，她也希望我们以为她死了。她没有在山里的某个地方迷路，她没有陷入麻烦，她没有失忆，甜心。她离开只是因为她想走。"

他的声音很刺耳，像断裂的指甲一样刮过她的心上。

"那不是真的。她想要我去找她。她告诉我了！她说她想我！"

"她没有告诉你任何事情，奥莉芙。"这句话说得那样轻，奥莉芙几乎没法承受，"你是患了癫痫。你想要看到她，于是你的大脑就帮忙实现。它夺走你的记忆——和你妈妈在海滩上，看她成长过程中的老照片、我们婚礼时的照片，全部这些记忆——将它们改造成幻觉，仅此而已。"

"但是我说对了，她还活着。"她反驳道，"养老院那个女人见过她，记得吗？你说过你相信她。"

父亲闭上眼睛，仿佛保持睁眼状态所需的力气也超出了他的能力范围："我唯一真正相信的事情就是，现在只剩你和我两个人了，我们需要开始想办法，该怎么生活下去。因为这样的状态——"他将手握成拳，轻轻地捶着她的胸膛，然后捶捶他自己，仿佛是想用一根看不见的线，将他们联系起来，"快把我的心撕碎了。"

她就是从那一刻开始哭的，因为她爱她的爸爸，她想要他幸福；

但是她也知道，她不能相信他，因为那样就等于背叛妈妈。所以她抽着鼻子，气喘吁吁地趴在他的肩膀上哭了，神志恍惚的样子像是架在两根电线杆之间的电线；哭泣时，她能感觉到父亲轻轻抽走了她膝头的电脑，放在了她够不到的地方。

"好的，爸爸，我会放手。"她小声说，因为她知道那是他最想听到的话。

她让他以为，他赢了。但是他其实没有。她已经记住了圣克鲁兹的那个地址。

早上，她很早就抵达学校，发现一个高三学生正试图将一份传单从通风口塞进她的储物柜。女孩看到她来了，就转身和她打招呼。

"你是奥莉芙吗？你好，我是多明尼克。"她说。

"我知道你是谁。"奥莉芙突然觉得害羞。她之前就注意过多明尼克。她怎么能不注意呢？多明尼克长着一头让人难以置信的红头发，一侧剃得很短，另一侧则是波浪形的卷发，散落在脸颊上。她的耳朵上戴着墨黑的扣子形状的耳钉，用紫色唇膏，校服下面的锁骨上能看见一个蓝色星星图案的文身。她就像一道行走的彩虹。她是那种用冲浪动作轻轻松松就能穿越走廊的女人，一路顺利躲开每一群过路的女孩，似乎从来不会失去平衡。她的每一样特质都是奥莉芙所不具备的。

多明尼克将传单塞进奥莉芙手中，奥莉芙条件反射般地接住。她读的时候，多明尼克就在旁边看着，显然相当得意。

克莱蒙特酷儿俱乐部本周五下午四点集会！

免费甜甜圈！

热辣女孩开始行动！对所有人开放！

她怎么知道？真的已经那么明显了？奥莉芙诧异地看着多明尼克，她笑得更灿烂了："我是俱乐部部长，响亮而自豪，对吧？"奥莉芙不确定该说什么。多明尼克的笑容开始消退："哦，该死。你还没出柜？我以为……"她耸耸肩，"抱歉，有人跟我说了些事，我只是猜测。"

娜塔莉说的。刺痛。奥莉芙将传单塞进背包："谢谢，我考虑一下。"

多明尼克熟练地一甩头，将挡住眼睛的头发摆开："按你自己的节奏来。我们会在这里等你做好准备。"她捏了一下奥莉芙的手臂，然后消失在门厅中。

奥莉芙慢慢地从储物柜中拿出她的书。女孩子们正陆续进入门厅，湿度在提升；她能闻到透过一层层羊毛和廉价的校服涤纶面料冒出来的自己浓烈的汗味。她感到眩晕，心想：我得和娜塔莉谈谈。

她快速冲出第一节德语课的教室，乒乓球一般以令人目眩的速度穿过一群群聚集在一起的女孩。每个人都在盯着她看吗，还是说只是她的想象？她一点也不喜欢这种感觉，就像她被困在一个玻璃容器中，贴上标签，被推出来展览——再一次（成为大家口中那个"在一场悲剧事故中死了妈妈的可怜的奥莉芙"就已经够糟了，现在她还不得不担任"未出柜的女同性恋奥莉芙"）。如果她的标签贴错了怎么办？如果她不得不永远待在里面该怎么办？为什么人们看上去总是感觉好像很了解她，甚至比她对自己的了解还要多？

"奥莉芙！"有人在门厅对面叫她的名字。她回头刚好看见学校的辅导员桑迪亚哥夫人正从行政办公室的方向下楼梯朝她走来。她的针织衫拍动的样子像一种巨大鸟类的翅膀，而其中的一只将奥莉芙从女孩们的队伍中扫了出来，逼进走廊的边缘，奖杯陈列柜的旁边。奥莉芙被困在那里。

"我今天已经吃过药了，"她立即在背包里翻找，掏出一瓶讨人厌的药片举起来摇晃，"我发誓，你可以数。"

桑迪亚哥夫人摇摇头："不是为那个。我担心你，我听说你的考勤记录有问题。"她的气息喷在奥莉芙的脸上，闻着有欧托滋薄荷糖的味道，"能告诉我出什么事了吗，亲爱的？"

奥莉芙盯着奖杯陈列柜的深处，希望那里能给出答案：2012年室内长曲棍球冠军，JSA州联赛第三名，2004年CIF北加州女子高尔夫联赛。"家庭危机。"她试着回答。

桑迪亚哥夫人悲伤地摇摇头，仿佛奥莉芙的问题也让她非常痛惜："如果你不试着自救，那我也帮不了你。"

奥莉芙越过桑迪亚哥夫人的肩膀，看见娜塔莉走了过去，明和特蕾西分别伴在她的两侧。明和特蕾西两人目光直视奥莉芙，非常好奇的样子；走在她俩中间的娜塔莉则坚决拒绝抬头，目光对准走廊的木地板。

奥莉芙感到反胃。

"奥莉芙，你明白我在说什么吗？"

"明白。"奥莉芙轻声说。

桑迪亚哥夫人看着她的脸，声音很温柔："奥莉芙，我真的很想和你聊一聊。"

这一刻，奥莉芙最不想做的事，就是向学校辅导员解释她的内心。"我发誓，我很好。那次是有特殊情况，我保证不会再发生，"她说。接着她意识到桑迪亚哥夫人最想听她说的话是——"我爸爸已经开始送我去看心理医生了。你知道，我只是正在学习如何处理我的悲伤情绪。"

桑迪亚哥夫人叹口气，伸出深褐色亚麻布的翅膀拂过奥莉芙的脊背，引导她转身走向教室。"好的，那很好，甜心，"她说，"记住，我随时欢迎你。"

她沿着走廊蹑手蹑脚地往前走，一边走，一边拍拍背，揉揉肩膀。走到初级德语教室门外，她有些犹豫，教室里热闹异常，她仔细看着里面的全体学生，一群女生正在疯狂地往 Instagram 上传最新照片，等待上课铃响。她的桌子在娜塔莉旁边，是空的。

娜塔莉正低头看手机，卷发耷拉在潮红的脸颊周围。奥莉芙想知道娜塔莉在和谁发信息，但显然不是和她。

奥莉芙以脚跟为轴转动身体，顺着走廊往回冲，在奖杯陈列柜位置右转，抄捷径穿过安静的礼堂，运动鞋踩在刚打过蜡的地板上嘎吱作响。接着她冲出校门，进入停车场，落满灰尘的斯巴鲁车像楔子一样夹在两辆新款的宝马轿车中间，看上去就像一条可怜的金鱼被困在一水箱富有异国情调的锦鲤中。

只剩一个地方可去。

伯克利是晴天，但等奥莉芙抵达湾区另一边时，天空已经乌云密布。她驾车向南，然后向西开上 280 号公路；在圣何塞附近被硅谷通勤的车流困了一段时间；接着她钻了出来，翻越蜿蜒的群山，朝海岸开去。松林间低低地悬着一层美丽的白雾，被打湿的公路看起来光滑润泽，轮胎沿着发夹一般曲折的弯道滑行。她一直待在慢车道，呼啸驶过的卡车离她那么近，把她的车也震得发出轰隆隆的声音，她吓呆了。

然后她终于翻到了山的另一边，加速开下山坡，拐上 1 号公路。这时大海在她眼前展开，雾气像一条灰色的毯子向上升腾，与云朵融为一体。她清楚自己身在何处，某种力量一直呼唤她回来；这其中肯定有原因。

不过 GPS 指引她南下，离开蝴蝶海滩，开往圣克鲁兹的郊外。她沿着蜿蜒的道路慢慢穿过一片破旧的村舍组成的街区，里面的庭院都没有围栅栏，被踩烂的草坪伸展出来，与碎裂的沥青路连在一起。旅行车停在地平线上，咸味空气侵蚀着车厢最后一层漆面上的孔洞。褪色的海滩浴巾晾在门廊的晾衣杆上。

这时候她才突然开始激动起来，汽车侧窗因为她呼出的热气起了雾。她意识到，自己有换气过度的危险。就是这里。

"就快到了。"

奥莉芙看着右侧，这是声音的来源。她的母亲正坐在副驾驶座上，双腿跷在控制台上，用加热器吹出的风温暖她裸露的脚趾。她穿着一件羊毛厚运动衫，羊绒帽拉下来盖住额头，一根粗麻花辫从她脖子一侧垂落下来。

待奥莉芙发现时，车子正在偏向另一条车行道。比莉扬起一边的眉头，一只脚抬起来，指着挡风玻璃外的前方路面："眼睛看路，小豆子。别现在就把我们害死。"

奥莉芙猛地转弯，及时回到正确的轨道，与停在路边的一辆休闲车擦身而过。等她再回头看时，母亲已经消失。

接着手机 GPS 通知，她已经抵达目的地，马蒂奥街 830 号。奥莉芙慢慢停车，透过挡风玻璃上凝结的水珠，看见车子停在一座深绿色的平房门前，房子漆面日晒雨淋，已经开始剥落，躲在一棵巨大的橡树下。起居室的窗口挂着一面褪色的装饰性旗帜，画的是一个微笑的虎鲸图案。门前草地上散放着自行车和生锈的草坪躺椅，冲浪板似乎刚被人从海里拿回来，还是湿的。

她感觉膀胱沉重地压在腹股沟位置，意识到有尿裤子的危险。

她钻出汽车，走到平房前门外。那里摆着一些人字拖，男女款都有，胡乱地堆在纱门旁边。一个磨损的吊床挂在房子和橡树树干之间，在微风中沉重地摇晃。

她抬起手想敲门，但有些迟疑。平房中有喧嚣的音乐声，是凯特·斯蒂文斯的演唱会现场。"再也不会有另外一个你……那将会是另外一个故事。"她记得母亲坐在斯巴鲁车驾驶座上，和着这首歌的节拍，手指重重地拍打方向盘的场景，"冬天不会永远持续……春天总会到来。"

为什么她这么害怕敲门？

奥莉芙敲门。

没有动静。

她继续敲，这次声音更大。接着她按门铃，但是似乎坏了；要不然就是音乐声太大，里面的人听不见门铃声。她又按一次，然后又一次，又一次，又一次，向下压的力气那样大，拇指关节都开始抗议起来。

她从门口往后退，然后用最大的嗓门喊道："妈妈！"

音乐停得那样唐突，奥莉芙听到她的声音还在小屋中回荡。脚步声重重地穿过房屋，然后房门被猛地拉开。

奥莉芙发现自己正盯着母亲的眼睛。

18

周二早上他醒来时，已经差不多快八点钟了。他躺在床上，听到垃圾车轰隆隆地驶过街道。今天你将重新开始，他想，是时候开始做计划了。或许他会去见一位猎头，看看有没有能为他这种资质的人提供的工作。或许该给过去联系过的记者打几个电话，看看能不能找个什么自由撰稿的工作。或许他会开始写一本新的回忆录，与比莉完全无关——回溯更早的时代，比如，写写珍妮。

不过话说回来，或许他应该利用即将到账的人寿保险理赔金，再多花点时间，想清楚接下来的计划。他想象着世界在他眼前展开，想象自己卸下脆弱的背甲。四十三年来只一心一意地聚焦在一件事上，现在应该尝试一些全新的东西了。他可以开一个网站，学习一门新语言，开始健身，计划一个漫长的假期，就他和奥莉芙两个人——在哈莫尼搬进来之前和女儿相处一段时间。

接受吧，比莉，他想到，没有你，我们也会过得很好。

他下楼走进厨房，发现奥莉芙给他煮了一壶咖啡。是和好的信号吗？斯巴鲁车不在车道上，她已经去上学了。他坐在厨房餐桌边，迅速翻看报纸，决定阅读每一篇文章的每一个字。有什么理由不这么做呢？

八点半，家里的电话响了。

"乔纳森？"电话线那头紧绷的声音是副校长吉莱斯皮的，他乐观的心态立刻被击碎了。

"是我。"他镇定地说。

"奥莉芙今天早上来了学校，然后未经许可私自离开校园。"

他拖延着时间，冲上楼梯："你确定吗？"他打开奥莉芙的房门往里看，就是想检查一下。每个地方的表面都立着许多书。她的床没有收拾，床单离开了床，被拽落在地上，和一双靴子、几条条纹连裤袜缠在一起。小地毯上有一包打开了的凯特尔牌的烤肉味薯片，橙色的碎片撒在地板上。

凯茨比蜷在奥莉芙的枕头上，守卫这一片混乱。它跳起来，悠闲地穿过乱糟糟的房间，溜出门，冲下楼梯。

"她昨天也逃课了，你发现了吗？"吉莱斯皮说。

他想起奥莉芙坐在审判室里，他的后面。我应该给她写张请假条，要她今天带去学校的，他想。他试图说些什么："是的，我知道，咋天的事情我可以解释，我和她当时……"

"……这样一来，不到两周时间里逃课四次，还不包括上周五的病假。"吉莱斯皮的声音生硬尖酸，就像史密斯奶奶[1]，"说实话，乔纳森，我对她的宽容已经超过了对绝大多数女孩的，因为你们家庭的情况，但是现在，再加上你迟迟未交学费……"

"……我现在就可以给你一部分，"他迅速说，不知马库斯的支票有没有兑完，"其余的我很快就能补上。"

她迟疑着："问题是，弗拉纳根先生，我不确定奥莉芙是否还想继续在克莱蒙特上学。她看上去不开心，成绩也在下降。她的老师告诉

---

[1] 一款电子游戏中的人物形象，游戏中史密斯奶奶不顾一切地保卫苹果。

我，她和朋友们闹得不开心。她拒绝我们试图提供的帮助，拒绝和学校辅导员谈话。我在想转学可能对她更好。"

"听我说，现在请不要做任何决定，好吗？我们最近发生了很多事，我相信你也知道。不如我们见个面，三个人一起谈一谈，好吗？"

吉莱斯皮叹口气："行。她这周其余时间就暂时停课。下周一她回来时我们再继续谈这件事。"

奥莉芙究竟去了哪儿？他挂断电话，冲出门钻进他的车，心里一直在想。他将车开出车道，给她发了一条信息，愤怒地将所有字母都写成大写形式："学校打电话，你在哪儿？立刻给我打电话！"他一只手驾驶方向盘，眼睛盯着手机，车子撞翻了路边的一个垃圾箱，里面的垃圾散落在他家草坪上。吃剩的泰国外卖面条沾在他的排风罩上面，看上去就像是有人在他的车上呕吐过。他觉得自己也想呕吐。你现在想做什么，奥莉芙？

他驾车穿过伯克利的大街小巷，排风罩上的面条吸引了小虫和灰尘，他的眼睛开始留心路过的斯巴鲁车。他先去了干酪拼盘餐厅，周二他们烤椒盐卷饼，奥莉芙喜欢他们店的椒盐卷饼。但是她不在。也许她在一家咖啡馆，从前常去的匹茨、菲尔兹，还是榆木？不不不。达洛维夫人的书店、阿米巴唱片店？太早了，这两家都还没开门。

他把车开到伯克利图书馆时，那里才刚开门，他慢步跑进阅览室，但不等扫视桌旁的读者，他就知道没有意义，因为图书馆停车场没有她的车。阅览室又冷又空，而且一片安静。一位孤独的图书馆管理员看到他四处匆忙寻找，在一堆堆图书中查看，感到很困惑。他什么也没发现。

他没了头绪。除此以外，她还能去哪儿？她为什么对他来说这么神秘？他怎样才能将她拉回身边？他怎么才能钻进她的思想，解开里面扑朔迷离的谜团？他的女儿这些天都在关注什么？

娜塔莉，他意识到，也许她们在一起。

他驾车回家，从厨房抽屉里拿出一本折了角的克莱蒙特学校通信录，一页页地翻，直至找到娜塔莉的联系方式。他用家庭电话拨打她的手机，希望她的来电显示能识别他们家的号码，不要拒接。娜塔莉的电话响啊响啊却无人接听，他看着时钟，试图分辨是不是赶上了她上课的时间。他留了一条语音信息，挂断。接着他再次拨打。

这一次，娜塔莉立刻接了电话。"奥莉芙，"她小声说，"你打电话做什么？"

"我是奥莉芙的父亲，"他说，"你好，娜塔莉。"

他能听见娜塔莉的脚步声回荡在空旷的学校走廊中。"哦，"她说，"奥莉芙又逃课惹麻烦了？"

"可以这么说。"他说，"娜塔莉，她在哪儿？"

电话那头突然爆发一阵静电干扰声——他能听见学生会主席在用学校的喇叭发言，说的是秋季狂欢节的事——接着娜塔莉回来了。"我不知道。"她说。

"她有没有告诉过你，今天计划逃课？"

电话那头安静下来："没有。我们算是出了点问题吧，现在不讲话了。"

她唯一亲密的朋友，他为女儿心碎："那你觉得她会去哪儿？"

"我真的不知道。"她小声说，"我得挂了，我是借口上厕所接的电话，如果不马上回去，老师要发火了。"

"等等，"他问道，"最近这些天，我女儿看起来怎么样？"

她听到这个问题似乎很困惑，或者只是因为打电话的人。"很困惑。"她终于说道。

"为什么而困惑？你是说，因为她妈妈，她的癫痫发作，还是……"

"一个男孩？"她停顿片刻，"不是男孩，不是。听我说，抱歉，我得走了，再见。"

他将话筒握在手中，思考着。娜塔莉说这句话——不是男孩——

的方式中有某种东西引发了他的犹豫。而且，毫无缘由地，一个在他脑海中酝酿了几个月之久的关键性问题终于浮出水面：他的女儿是同性恋吗？天哪，这样一来，就能解释她为什么对与男孩交谈不感兴趣了；就能解释她的许多情绪状态，比如他们越来越疏远。她难道觉得，如果告诉他，她喜欢的是女孩，他会不支持吗？她难道就这么不了解他吗？

他的心里突然涌现一股希望。或许那就是她现在做的事：逃学去找一个秘密暗恋对象。或许他忽略了有这样一个人存在。

他上楼返回奥莉芙的房间，穿过其中的混乱场面。他跨过那些散落在地的物品，去看奥莉芙贴在墙上的照片，但是上面没有任何能启发他的东西。只有几张和娜塔莉的自拍，其余照片大多数都是她妈妈：比莉和奥莉芙在一间冰屋，脸颊冻得通红；奥莉芙八岁生日时，比莉在她面前放了一个精致的蛋糕；比莉在海滩，笑得脑袋向后仰，下巴歪向云层。他将一堆书推到一旁，好更近地审视这张照片，有一本书从书堆上滑落下来，掉在他的脚趾上，书名是《连接：幻想中见到挚爱的人》。他低头看着这本书，感到难受，心里知道，他的女儿逃学不是为了那种让人放心的正常活动，比如逃课去见喜欢的人。

我已经失去女儿了，他想到，我这么用力地想要纠正事情，但还是失去了她。很久以前，我就把她输给了比莉。

他下楼梯走进起居室，站在那里往前窗外面看，仿佛奥莉芙会神奇地在车道上现身一般。他撞翻垃圾箱撒出来的垃圾依然散落在门前草地上：喝空的酸奶杯、发霉的百吉饼、比莉的笔记本电脑发出的金属光泽。这时候——"老天哪！"他大叫出来。

他冲到路边，将其他垃圾推到一边，双手沾满咖啡渣，接着猛地从最下面抽出比莉的电脑。

他坐在草地上，打开电脑，祈祷昨晚丢掉时没有损坏任何东西。硬盘驱动发出危险的轰鸣声，机身深处发出一声不祥的巨响，但启动了。他等待着，牛仔裤被屁股下面恶心的垃圾打湿了。

接着他打开比莉的联系人数据库，找到那个名字：瑞恩·拉特利夫。

我来了，比莉，他想到。

开车从伯克利去圣克鲁兹大概需要十分钟，愤怒驱使他的脚一直死死地踩在油门上。他滑行开过17号公路的弯道，绕过运木材的卡车，快速越过山顶，下行来到山的另一面。他既没有撞车，也没有被警察拦到路边，实可谓一个小小的奇迹。

在路上，他的思绪一直在见到比莉后想问她的数不清的问题之间转悠：你怎么能离开我们？关于你的事，有任何一件是真的吗？你为什么不信任我，告诉我你过去的真相？我与哈莫尼的亲吻是导致你离开的最后一根稻草吗，还是说你本来就准备离开？如果我们尝试，能阻止你吗？是什么使得这个家伙比我们还重要那么多？你是反社会者，还是只是孤芳自赏？

你爱过我吗？还是说，那一切都是演出来的？

他好奇她去了圣克鲁兹会见到谁，她是否还是他认识的那个比莉；她是否会为了她自己的利益而编造故事；她是否还有良心，感到羞愧。而这之中最令人不安的想法就是——如果比莉确实想把奥莉芙要回去该怎么办？如果奥莉芙想和她母亲在一起又该怎么办？那他会做什么？

你有过选择的机会，比莉，他在心里愤怒地说，你选择了离开。现在轮到我选了。

抵达圣克鲁兹后，他发现自己位于城镇边缘一个杂乱的社区之中，这里看上去很惬意但缺乏打理，是一个冲浪村，看起来像是曾经也有过繁荣的年代。他没想过会在这种地方找到比莉，不过这个月已经经历过太多的意外，他已经能承受这样的"惊喜"。

拐上马蒂奥街，他立即看到那辆斯巴鲁车停在路边。他猛踩刹车，滑行停在后面。车子停在一座绿色的平房外，他用了一分钟时间来确定：斑驳的涂漆、一面虎鲸旗、庭院里的自行车、一棵大橡树。这就是妻子电脑中一系列奇怪的照片里的那座房子，碎片咔嚓一声拼合完整。

他大步走到前门，按响门铃。

不等他坚定决心，门就打开了。有那么一刻，他以为自己可能失去了理智。因为比莉站在他面前。但不是那个伯克利妈妈比莉，一头棕发披散在肩头；而是一个更年轻的比莉，年龄在二十岁左右，就是他十七年前遇见的那个女孩的复制版，只是头发是金色。一样的精灵般的浓密头发，一样的长有雀斑的精致的颧骨，一样的小巧玲珑的下巴。比莉的暗色眼睛瞪得很大，张望着。他不辨方向，仿佛走进了一台时光机。这是幻觉吗？是奥莉芙一直在经历的那种画面的镜像？

年轻女人看着他："你好，我能帮你些什么？"

他终于又能出声了："我来找瑞恩。"

"让我猜一下，你是奥莉芙的爸爸？"她打开门，脸上露出被逗乐的表情。现在越过她的肩膀，他看见他的女儿正坐在年轻版比莉起居室中央的一个蒲团上。看到他，她跳了起来。

"爸爸，"奥莉芙的眼睛被兴奋点亮，"妈妈不在这儿，她没有婚外情，你错了。我们都错了。这位是瑞恩——我原来有个姐姐。"

你相信你以为你相信的，直到突然有一天你意识到，你不再相信。或者也许你依然相信，但你决定遗忘，你决定寻找其他信仰，更符合你人生中不断变化的谜题的信仰。

说得更准确些，有些信仰你会一直保持到生命的最后时日：对友善的信仰，对漫长假期的信仰，对媒体力量和美味咖啡的益处的信仰。还有些信仰在你年轻时似乎至关重要，但随着岁月的流逝会逐渐滤出你的生活：对不背弃原则的信仰，对艺术家的优越性的信仰，对硬木地板、保持健康和你改变世界的能力的信仰；最重要的是，对于爱的永恒性的信仰，对你能钻进陌生人的心、了解他们同时也被他们了解的信仰。

在所有那样的信仰消失之后，还剩下的就是：你的孩子，奥莉芙。

乔纳森坐在一个陌生人的起居室里，女儿的髋骨与他的紧紧挨着，他感觉就像自己已经被完全掏空了，成了曾经的自己的空壳。他看着面前的这个女孩——瑞恩，他妻子的孩子——他明白了，他曾经相信的每一件事都已经被彻底推翻，很有可能永远也无法回到正轨。他所知道的事实中，唯一依然正确的就是，女儿就在这里，坐在他身边，她很安全，而且她需要他，程度甚至远远超过他对她的需要。

而在这个时刻，知道这一点就已经足够。

他们面对面坐着，奥莉芙和乔纳森紧紧地挨在一起，坐在蒲团上，瑞恩则伸展四肢坐在对面的扶手椅上。这座平房散发出浓郁的研究生公寓的味道：昨晚派对留下的强烈酸味，咖啡桌上一个木头盒子飘出大麻的味道，沿着壁炉台摆放的一排墨西哥祈祷用的蜡烛散发出硫黄和红蜡的味道。长绒地毯里有沙子，餐厅桌子上放浪地躺着一条男人的四角短裤。

乔纳森陷入沉默，难以停止地看着瑞恩，像是在清点一份遗产清单：比莉的窄鼻子、比莉的小耳垂、比莉思考时咬上唇的样子。他看看奥莉芙，又继续看瑞恩，在心里对比两人的面貌细节，发现很难接受面前的陌生人竟然比他的女儿更像妻子。整件事的重大程度让人难以接受：比莉有个孩子，奥莉芙有个姐姐，而比莉从未告诉他。这究竟是怎么搞的？

"所以比莉是……是……"他说。

"我的生母。"女孩迅速说道，"我一出生，她就放弃了我的抚养权。我开始找她，我算算，大概是在四年前吧。当时我刚离开收养我的家

庭没多久。我父母家住夫勒斯诺，生活糟透了，我遭遇了，你知道，人生危机，于是就开始联系她，在安排领养的机构留了封信。后来我收到了妈妈的妈妈，也就是外祖母罗斯的回信。她有点疯，不知你们是否见过她？神哪。"她怒冲冲地、无精打采地轻笑一声，"就是字面意思的神。反正，外祖母罗斯给我的生母寄了封信，不过西比拉没有回复我。最后我搬来了圣克鲁兹，有一段时间没有惦记这档子事。"她伸出脚，用一根脚趾轻轻推了推桌上那个味道浓烈的盒子，将它推到一本有水渍的《冲浪者》杂志旁。

"大概在一年半之前，有私家侦探突然给我打了个电话，说我的生母想见我。她过来了，就是需要些时间，对吧？"她说话拖腔带调的，脸上带着隐隐的微笑，"不过在那个时候，那家收养代理机构已经关了，外祖母罗斯，你们知道……也老了，所以西比拉只能雇用侦探来查找我的下落。"她双手放在膝盖上，摆弄她宽大的运动衫，将袖子叠好又展开。她的两只脚相互摩擦，穿的男式水手式短袜溜到了脚趾位置。

乔纳森意识到，他的目光开始让女孩不舒服。他试着转移，但没成功："你真的见到了她？亲眼？"

她看着他，像是他这边光线有点暗淡一般："嗯，当然。我们第一次见面是一起吃早餐。后来她过来，会和我待几天。来过好几次，我教她冲浪。你们知道吗？她学得非常快。她告诉我，她在波浪中像是回到家中一样自在，感觉真正活了过来。我完全可以理解，我也是这个原因才搬来这里来的。"她说这些时显得很自豪，接着她的目光与乔纳森交会，脸上有愧疚一闪而过。他想那是否因为她想到，比莉与她过周末，一定就意味着要离开他们。

离开他们过周末。

对乔纳森来说，事情开始水落石出。比莉日程中消失的那些周末，性感涂蜡的收据，卡尔文·金。像是跟踪狂偷拍的平房的照片，或许是金的调查结果。比莉最后一年与他们感情疏远，入住六号汽车旅馆——或许不是为探访父母，而是在寻找收养代理机构的记录。甚至还有他们银行账户中消失的钱，他环顾这座破旧的平房，注意到有一台闪耀如新的大平板电视，还有顶级的立体声扬声器，像是用他银行账户中的现金购买的。

不是婚外情——他明白过来，感觉他的整个身体都变轻了，巨大的重担从他背上离开——而是寻找她失去已久的女儿。他感到震惊，他怎么会把每件事都误解得如此离谱？

"那你的生父呢？"他大声提问。

她摇摇头："我从没见过他。她说是个——"她的声音降低变成低语，又仿佛担心有人偷听一般用唇语说，"重罪犯。他试图谋杀一名警察，不是好人。"

"西德尼。"他说，另一块拼图突然补入正确位置。他想着，这是否就是那天哈莫尼不希望西德尼告诉他的事——她也知道瑞恩吗？这是她一直如此神秘的原因所在吗？

瑞恩似乎吓了一跳："等等——你认识我生父？"

"我们上周末刚见过他。"奥莉芙脱口而出。

"天哪，"她的眉头紧紧地拧在一起，分析这条信息，"但是西比拉说他要终身服刑。不对吗？"她皱眉，他们则摇头，"好吧，该死。那他是她说的那么坏吗？"

奥莉芙看了一眼乔纳森："是这样，他确实是个重罪犯，但实际上似乎相当和善。与其说危险，不如说可悲。"

瑞恩皱着眉，目光呆滞："西比拉说——你们确定吗？这事真的让人迷惑。"女孩的眼睛重新回到奥莉芙身上，并且看了她很久，若有所思。接着她俯下身来，双腿折叠在身下，开始认真诉说。

她两天大时就被领养，她的父母从未告诉她真相，一直到十七岁才无意中发现（"有天晚上，蒂蒂姨妈喝醉，说漏了嘴，惹得我父母大怒"）；在这件事上，她从未真正原谅他们。那些天，她几乎不和养母说话，不过也有可能是养母还在生她大学辍学的气；她说她养母就像是在生生活的气，真的需要练练瑜伽、冥想或其他什么的，因为她在身边总让人十分难以承受。上次养母从夫勒斯诺过来，在水槽下发现藏有水烟，气得歇斯底里，威胁如果瑞恩不认真起来，找个"真正的工作"（瑞恩说到这里翻了翻眼睛，手指突然做了个手势引号），就要停了她的零用钱。但不管怎样，她对自己的生活感到满意，上午去冲浪，在镇上的餐厅做招待，有男朋友，喜欢去海滩燃烧篝火，或是在家举办家庭派对。父母的事能对付。她只有二十五岁，就应该尽情享乐。

所以，当接到私家侦探打来的电话时，她在圣克鲁兹就只是逍遥，做她自己的事情。当她见到西比拉时，一切突然之间都能说通了。她的生母当然比养父母酷得多，能理解她的人生选择。西比拉就是瑞恩一直梦寐以求的妈妈，像朋友而非妈妈。第一次相见时，两人彻夜长谈，感觉西比拉是想了解她所错失的那些岁月里的每一件事。太阳升起来后，她们出门走上海滩，一起去冲浪，感觉像是全新的一天开始了。

奥莉芙再次插话："我妈妈的名字刻在蝴蝶海滩的一根木头扶手上，是谁刻的？"

瑞恩的目光转移到奥莉芙身上，露出一个懒散的微笑："哦，是我们一起刻的。我刻了我的，她刻了她的，就是休息时刻的。浪涛激烈时，人们出海会把名字留下。"

乔纳森试着想象比莉和瑞恩跪在台阶上，一边用瑞士军刀在木头扶手上雕刻，一边大笑。他好奇比莉在那些秘密探访的旅程中都在想什么。或许她后悔放弃自己的孩子，或许她在怀念自己的少女时代，或许她是想在波涛之间重获失去的青春。

总之（瑞恩继续说），接下来的六个多月里，她们见过好几次。瑞恩爱听西比拉的历史，比如她是怎样成为妈妈年轻时的私生女的，她的生父是个危险的罪犯，强迫她做一些非常愚蠢的事。他们叛逆地与外界隔离，但是当西比拉发现自己怀孕时，她知道对孩子来说，那样的生活不好。她不可能那样养育一个孩子，既害怕孩子的父亲，又担心被捕入狱。她举报了她的男友，逃回父母家，并在那里生下瑞恩（瑞恩讲这一部分时身体前倾，手肘折叠撑在膝盖上，若有所思地盯着自己的短袜）。西比拉放弃瑞恩是为了给她更好的生活，类似高尚牺牲，是吧？不过这些年来她从未停止思念瑞恩，过去这么久才取得联系，是因为她对放弃瑞恩的决定感到非常后悔。

瑞恩的脸闪闪发光，眼睛起了雾，仿佛被自己的生平故事触动了。乔纳森目不转睛地看着这女孩，想象着二十多岁的比莉逃离俄勒冈，怀着孕，充满恐惧，孤身一人。他无法控制地开始怀疑这番话的真实性，它省事地将比莉描绘成一个无辜的受害者，而非她自己行为的罪魁祸首。但话说回来，怀孕促成比莉的苏醒，这绝对是有可能的，她感觉被困住了，发现了唯一的逃生方式。真相可能介于西德尼和比莉各自讲述的版本之间；他原本有可能永远也无法发现，不是吗？

或许她自己也只是个吓坏了的怀孕的孩子，在犯了一些愚蠢的错误之后，试图拯救自己。

他的愤怒在消失，但还有最后一份疑惑。比莉人生的最后一年就是个谎言，这是无法忽略的；他们的整个婚姻，都是谎言的结果。这些年来，比莉一直对他隐瞒这个至关重要的信息，真是糟透了。但是有可能，他思忖着，是值得原谅的？毕竟，这并非背叛的谎言，而是省略的谎言。一个出自愧疚的谎言，或许还有不安全感；害怕他对她过去的模样的痛恨，会超过对现在的她的喜爱。

天哪，比莉，他想到，你为什么会认为这些事需要隐瞒？你认为我没有理解能力吗？因为我不该评断你？

他的思绪迅速地划过他们在一起的最后岁月，难怪他感觉两个人之间是那样生疏，在他不知道的时候，竟然发生了这么多事情。这甚至还能解释她为什么会和西恩出轨，那是她胡乱对抗自己所制造的烂摊子的某种有违常理的方式。他在想，比莉是否曾真的试图告诉他瑞恩的事，而他没有听。

他仔细看着瑞恩，突然间问道："她和你讲过我们吗？"

"啊，当然，"她抬头看到两个人都热切地看着她，脸颊慢慢变红，之后她转移视线，又看着自己的袜子，"她说她在等合适的时机，对你们讲我的事。你们知道，她不确定你们能不能接受见我。"

他突然回想起在蝴蝶海滩的那一天，就在她死前的几周，妻子去了水边观看海上的冲浪手。她带我们去过那里。或许她是在计划介绍我们，但最后失去了勇气。想到这里，他觉得有些欣慰。

"你就是那个玩麦克塔维什长板的冲浪手？"奥莉芙打断瑞恩，"我和你通过电话。"

"是吗？"瑞恩看上去很困惑，"很奇怪，什么时候？"

"我给那个冲浪手看了我找到的妈妈的一张照片，他以为你是她。"

"哦，是的，我记得那次。"她开心地笑了，"是的，西比拉和我长得很像，对吧？等着，给你们看个东西——"她跳下沙发走到一个抽屉前，掏出两张照片，拿给他们两人看。一张是褪色的彩色照片，时间可追溯到 20 世纪 70 年代；另一张是年代较近的数码印刷，如果不是相隔二十年，照片中扎马尾辫的两个小姑娘可以说是双胞胎。"今年早些时候，我去过外祖母罗斯的养老院，她给了我这张照片——其实，是我擅自从她房间里拿走的，不过我敢肯定，她根本不会发现，如果你们懂我的意思的话。照片中的西比拉八岁，我七岁，我们可以说是一模一样。"她自豪地看着两张照片。

她又绕回话头，说起认识生母有多么激动人心，她们一起共度的精彩时光，事实证明她们两人有多么相似——重复那些奇闻趣事。最后乔纳森突然想到，瑞恩可能是喝醉了。房间里的光线变暗了，奥莉芙和乔纳森呆呆地坐在那里，不愿打断她。"是的，接着她有一周时间没和我联系，我不知道出了什么事。想着，她是生我的气了还是怎么回事？但是她叫我不要给她打电话或发邮件，因为……"她意味深长地看着两人，"但是最后我上网，发现西比拉甚至不用脸书，而我在上面找到了你们两人——我已经找过好几次，就是因为好奇——后来我就看到了那段视频。"她转身看着乔纳森，"你在她的葬礼上拍摄的那段，是段非常棒的发言。那时我才知道她死了。"这时她转过身去，看着墙壁，这样一来，他就看不见她的脸。她的声音变得很小很轻，"……是的，感觉糟透了。我才刚刚找到她，就又失去了她。"

他看着这个可怜的女儿，突然对她感到怜悯——从脸书上发现亲生母亲去世的消息，多么悲惨。蒲团在震颤，他扭头，看见奥莉芙的脸上有泪水，她的身体正随着无声的哭泣而起伏。她抓住他的胳膊："妈妈真的走了，"她倒吸一口气，湿润的眼睛找到他，"是不是？她死了。这一次是真的。"

乔纳森点点头。这件事终于澄清所带来的轻松感涌遍全身，他松了口气，感到精疲力竭，浑身无力。他伸出胳膊搂住女儿，女儿任由他将自己拉入怀抱。他感觉自己也同女儿一样，泪水蓄满了眼眶，同时他也责备自己，竟然用如此多的憎恨和谴责来毁坏对死去妻子的记忆。她不是圣人，但又有谁是呢？她和任何一个人一样，都拥有缺点。是的，他完全有理由因为她的撒谎和不忠而生气，但就那样定义整个故事是不公平的。她不是好人，也不是坏人。他想到：生活远比那复杂得多，组成人类的是数不清的一层又一层的灰色。比莉是个慈爱的妈妈，是个体贴的妻子，她为他们的生活带来了魔力和喜悦。为什么不记住她的这些方面，而要一直怨恨她没做到的事？

归根结底，他难道不也更希望用这种方式记住妻子吗？选择权在于他，而他将选择的是：一个充满爱的家庭，一段大多数时候都很快乐的婚姻。他爱这个女人，他知道所有这些事情，体会过所有这些感情。这是事实，是他的事实。而且到这一刻他已经明白，事实可能是主观感受的结果。

　　他抬起头，看见瑞恩正用一种奇怪的表情看着奥莉芙，仿佛被击中了一般；仿佛她突然间想到，奥莉芙可能也一样悲伤。"你还好吧？"她不自在地问，"等等，我给你拿纸巾。"她立即从椅子上起身，轻轻走到另外一个房间，短袜快速摆动。浴室里有风扇在旋转，他能听见她吸鼻子的声音。

　　奥莉芙将头靠在乔纳森的肩头，轻轻地抽鼻子，用运动衫的袖子擦拭。突然间，她坐了起来："爸爸，我现在明白了。"

　　"明白什么？"

　　她看着他，似乎不明白他为什么紧张："你难道看不出来吗？自始至终，这里才是我应该找的东西。不是找妈妈，而是找我的姐姐。那才是我在幻视中看到的妈妈想告诉我的，她想要我们找到瑞恩，是她引导我来了这里。她想要我们知道，因为她在死去之前没有机会告诉我们。"

　　他若有所思地点点头，仿佛这种说法完全合理。因为除此之外，他还能做什么？他或许也该让奥莉芙保存这种想法，如果这能让她好受的话。

　　瑞恩返回房间，拿出一包打湿的纸巾，奥莉芙已经停止哭泣。"你有时间的话，应该来伯克利和我们一起住住，"她告诉瑞恩，"我们应该互相了解。"

　　"真的吗？"瑞恩顿住脚步，拿纸巾的手在颤抖，"嗯，哇哦，你这么说真是太体贴了。你知道，西比拉和我说，她不确定你们对我的存在会是怎样的反应。你们有可能会有点生气。她死了以后——我想过去参加她的葬礼，但是我害怕就那样直接出现——"

　　奥莉芙站起身，没理会瑞恩手中的纸巾，而是冲过咖啡桌，伸出双臂抱住姐姐。乔纳森从蒲团上的优势位置，能看见瑞恩脸上闪过的表情：是一种困惑，甚至还有轻微的恐惧，仿佛陌生人刚刚硬挤进了她最爱的回忆，并坚持要提供一个新的结尾。

"我敢肯定这就是妈妈想要的，"奥莉芙的声音被瑞恩的肩膀蒙住，听起来很含混，"我们所有人在一起。对吗，爸爸？"

有时候看着你的孩子，突然之间你会感觉像是看到一个以前从未见过的陌生人，某个注定会追求你甚至都不能想象的事物的陌生人。于是你会觉得：他们怎么变成这个人的？他们是被你塑造的，被周围世界塑造的，还是他们本来就会变成这样？乔纳森看着奥莉芙，看到的是一个可能会变得比他或比莉更好的人。她或许不会永远是这个女人，他知道生活有一天可能会将这样的她榨干。但在这一刻，他为她即将成为的模样感到无比自豪。

"当然，"他也希望这种设想能成真，"我们很高兴认识你。"

奥莉芙回头对他微笑，松开震惊的瑞恩。奥莉芙的脸颊因为哭过依然留有泪渍，眼圈发红，但乔纳森只注意到，她的视线有了新的焦点，仿佛她终于不再尝试去看他身后的东西。几个月来，甚至是一整年来，她第一次直接看着他。她的笑容是一份邀请：这件事是我们一起做成的。

他动用了他所能调动的全部自制力，才没有跪倒在地。积郁的感情终于得到释放，他哭了出来。

我与比莉·弗拉纳根的生活

乔纳森·弗拉纳根　著

　　我以前经常以为，比莉的一些真实本性，或许只有通过写作才能发现；就像将一只蝴蝶钉在木板上，为其分门别类，永远固定在那里。但我因为贪图方便，忘了事实上无法这样定义一个人。

　　比莉死后，有很长一段时间我将她理想化了。亲人逝去后，你经常会这么做。你只记得他们好的方面，你重组记忆，忘掉他们所有的缺陷、你们所有的争吵、他们身上你真的很痛恨的那些东西。忘掉人们的本来面貌，忘掉和他们在一起时你的模样，能让你的悲伤更加有力量；忘掉你们关系中所有不正常的部分，你对他们所持有的所有无意义的琐碎的抱怨，甚至可能消减你的愧疚。

　　我想比莉也希望我将她理想化，所以她才将自己最不讨人喜欢的部分隐藏起来。她无法忍受自己在别人眼中不完美。

　　但是这段时间以来，我知道了，如果说我发现了妻子的任何真实面目的话，那就是她有许多层面。我在电车上遇见的比莉，在俄勒冈炸毁水坝的比莉；将自己奉献给我们女儿的比莉，隐藏她放弃孩子的事实的比莉——这些都是同一个女人，只不过是通过镜子的不同角度反射出来的。

　　我选择了这个女人。我不想和某个很容易确定的女人在一起。我爱她，因为她正是我所想要的挑战。

比莉出发去荒凉旷野徒步的那天早晨，天不亮我就醒来，看见她的影子出现在我们卧室的门口，已经穿好了徒步装备。她端着一杯咖啡，就站在那里看着我。

我推着自己坐起身来，在黑暗中眨着眼睛："几点了？"

"还早，抱歉，没想吵醒你的。"她走进来，坐在床沿，将咖啡递给我，"我马上就出发。"

我一直在想，那天早上我是否有预感，因为我突然间就完全清醒过来，有一股冲动，想要把咖啡推回去。她又要离开我们，而我已经厌倦。"别走。"我说着伸手拉她。她闻着有防晒霜和香蕉的味道，还有一丝洗衣液的味道，以及脖子上围的扎染大手帕的汗味。

她拒绝了，嘲弄说："为什么？"

"因为，我们需要你留下。"

"不，你不需要，"她笑着说，"我在冰箱留了两个砂锅菜。不过反正我不在家时，你们总是点比萨。"

"我不是那个意思。"

她没说话，眼睛反射出走廊灯光，闪闪发亮："那你是什么意思？"

我想到，我们的关系曾有一段歇斯底里的时期，或许我们开始愈合了，或许虽然我们贴了创可贴，但伤口依旧在溃烂。当时的我愿意撕掉创可贴看一眼吗？如果我那么做，我还会爱她吗？

"我想要你留下。"我终于澄清。

"啊，那意思完全不一样。"她隐约露出微笑，久久地坐在那里，我看不清她被黑暗笼罩的脸。接着她俯身给了我一个吻，然后抽身站起来："我很确定，没有我你也会很好。"

直到现在，在经历过这一切之后，我才开始感觉到，或许她是对的。

你可以说，相比那天早上她起床拿起背包的时候，今天的我对比莉更加了解；也可以说我对她的了解变少了。我为她描绘的肖像扩大了，被其余每一个人一直在往画像中增添的细节所稀释，有些地方变得模糊不清，有些地方则越发清晰。但她永远是我爱过的女人，她将永远是我所失去的爱。

19

　　乔纳森拿着笔记本电脑坐在后门廊上，沐浴在二月罕见的夕阳最后一抹光辉中，忙着写《山与天空相接的地方》最后几页。原本摆放比莉的画架的地方，现在放着一张双人躺椅，是几周前奥莉芙和乔纳森从阿拉米达跳蚤市场拖回来的。画架被塞进了车库，和那幅永远也无法完成的画一起放在视线看不见的地方，但并未被完全忘却。

　　新写的《山与天空相接的地方》的草稿比去年秋天放弃的那部要好，乔纳森最后一次通读时有这样的感觉：更诚恳，尽管依然对他们在一起的最后几年最丑陋的那些方面做了美化。他引入了瑞恩这一角色，舍弃了比莉与西恩的出轨经历；写了一些他们较为痛苦的争吵，摒弃了让他的编辑皱眉的怒气冲冲的段落。从现在开始的一年之中，如果这本回忆录能一路爬上《纽约时报》畅销书榜单，他就能在读到书评时——"弗拉纳根将他的婚姻生活概括成一个反神话式的爱情故事，揭露出哪怕是真爱也难分难解地交织着怀疑与失去。"——不会因为放弃的部分而感到愧疚的刺痛。到那个时候，他认为妻子有可能是假装死去的这个月的记忆将会褪色。

　　但现在，他关闭文件夹，快速起草一封电邮：

杰夫，扫一遍《山与天空相接的地方》的最终定稿，代我向编辑说声谢谢，感谢他肯给我第二次机会。我想他看到这个结果应该会开心的。

他按下"发送"键，栅栏上的阳光刚好全部消失，他拿着电脑走进餐厅，奥莉芙正弯腰在那儿看她的三角函数课本，牙齿之间咬着一支铅笔。最近，她喜欢到楼下做家庭作业，那里离一直在狂热地修改书稿的乔纳森近一点；这个转变他虽没有提起，但还是充满感激。父亲和孩子肩并肩坐着，唯一打破寂静的只有他们各自敲击键盘的嗒嗒声，换了其他的父母，看到这一幕可能会很担心，但乔纳森知道这种寂静并非代表疏远，而是一条纽带，他们之间的距离无须语言填补。

两个人一起工作，这只是在他们找到瑞恩之后的几个月里，慢慢养成的新习惯中的一个——现在两个人都接受了这样一个事实，即他们的家庭有两个人，而非两个人再加一个离开的人，于是自然而然地，就展开了新的模式。他们还开始一起做晚餐，周五晚上一起去看电影。瑞恩甚至开车过来拜访过他们两次，尽管都出于善意，但结果证明，要把陌生人转变成家庭成员，终归是很难的，尤其是这个人会喝得酩酊大醉来吃晚饭，而且大部分时间都在谈论她自己。

还有一件事也在变，而且速度很快：奥莉芙马上就要升高二了，邮差每天都会往他们的门厅里塞大学介绍目录的最新宣传页，地毯一样铺满一地。乔纳森会把它们都收集起来，在门口的桌子上放成一叠，但他们大多数时间都会忘记。奥莉芙对另外一套完全不同的宣传册更感兴趣："国际服务海外项目""全球慈善路线""在加拉帕戈斯群岛度过间隔年"。她开始将这样的宣传页放在他能看见的战略性位置，上面的照片里都是皮肤晒成棕褐色、闪闪发亮的大学生模样，他们在挖厕所，在热带雨林植树造林，或是抱着一只狐猴站在一群微笑的原住民孩子之中；能看到大量濒危的乌龟，没有教材。

一年的间隔年，乔纳森正试着接受。如果是克莱蒙特预科学校那些满脑子只有常春藤联校的顾问，应该会试图说服她放弃，但是伯克利高中——奥莉芙从十一月起转到那边上学——对于未来的态度自由得多。有时候他会觉得，送她上飞机将是多么痛苦——有可能在环游世界的途中降落在某个村庄，一个没有像样的医院，也没有值得信赖的互联网服务的地方——但这正是为人父母的代价。事实上，他很开心，她已经找到了可以称之为自己的兴趣的东西。他曾担心去年发生的事件有可能将她内心的理想主义榨取了一部分，但取而代之的是，它反而增加了。苏丹饥荒受害者、危地马拉儿童、达尔文雀——奥莉芙正设法拯救他们，或许她以后也会继续。

　　"我刚把我的书发给经纪人了，"这时候他在餐桌旁靠着奥莉芙坐下来，"想庆祝一下吗？"

　　奥莉芙抬起头，将咬湿的铅笔从嘴里拿开："开一瓶香槟？"

　　"更想晚饭后去艾斯餐厅吃冰激凌。"

　　她若有所思地轻咬铅笔："那么，我什么时候才能读？"

　　"只要你准备好了，随时都行。"他迟疑起来，"你确定想读吗？可能不太容易接受。"

　　"今年发生的事没有一件是容易接受的，爸爸。"她用严肃的目光看着他，"等我做完三角函数作业就开始。"

　　他点点头，低头看着她的家庭作业，以掩盖突然之间涌动的情绪："需要帮忙吗？"

　　"模棱两可的三角函数题，你知道什么？"

　　"一无所知。"

　　"天哪！爸爸，你真没用。"她笑着说，"算了吧，反正我也饿了，应该做晚饭了吗？"

　　他跟着她走进厨房，开始将冰箱里的食物往条案上拿。奥莉芙最近决定当个素食主义者，这样一来就必须更换烹饪方式，乔纳森不愿自己一个人处理。取而代之的是，两人商定好新的模式，奥莉芙提供菜单，乔纳森提供食材，两人一同烹饪。今晚的菜单是旺火爆炒藜麦甘蓝豆腐，最后做成了一团相当黏稠的糊糊一样的东西，奥莉芙果断地用抹刀挑着品尝，乔纳森则比较怀疑，厚厚地盖上一层能掩盖味道的豆酱。在不断褪色的薄暮光线中，两人在灶台旁不停地撞到对方，都还不太熟悉他们的厨房双人舞。

奥莉芙转身戳戳豆腐，最后决定与父亲保持一致，在自己的盘子里盖上厚厚的豆酱。

乔纳森看着自己湿淋淋的胳膊，带着一种嘲弄的沮丧："那属于犯规，罚两分。"他弯腰假装要在女儿的衬衫上擦手臂。

她笑着躲开了："嘿，这下我必须换衣服了，今晚我还准备继续穿这件衣服呢。"

"火辣约会吗？"他扬起一边的眉头。

她的脸一下子红了，乔纳森拿起一块海绵，帮她擦拭袖口，结果却越弄越糟。"反正我必须洗衣服了，"他说，"扔进去一起洗。"

其实衣服还不用洗，这一点让乔纳森很骄傲。他终于弥补不足，征服了这座房子。冰箱里总是有存货，卫生间用的卷纸总是满的，房产税账单已经提前支付，条案上碗里的香蕉完全成熟，又尚未出现一个黑斑。

乔纳森能做到这些，部分原因要归功于他们用了一个每周上门一次的家政人员，这是十二月中旬人寿保险赔偿金终于到账后，他冲动之下做的第一件事。其余的钱——除去偿还账单和马库斯的欠款的相当大一笔钱——都存在银行，等待他想出处理办法。比莉的死亡证明存在他卧室中能防火的锁柜里，不过现在既然文件已经到手，和未到手之时相比，重要性打了许多折扣。

事实证明，比莉的死亡证明就和她的出生证明一样。寄到邮箱后，乔纳森将两份文件放在一个文件夹中，标志着比莉人生的起点和终结，两者之间并不算长的时间，标志着她曾经真实生活过的方方面面。当时他坐在那里盯着两份文件看了许久，感觉有某种悲伤的情绪正从体内漏出，接着他将文件夹塞入一个马尼拉纸信封中。

我原谅你了，比莉，他想到。即便没有天使突然出现在上方高唱，赐予他和平与宁静，他感觉依然相当好。

过去几个月来，唯一真正受到影响的，就是他与哈莫尼的关系，他们分手了。去圣克鲁兹见过瑞恩后不久，乔纳森就提出来，那场不愉快的对话出人意料地急转直下。"我还没准备好进入一段稳定的关系，我知道奥莉芙也没准备好接受我进入另一段感情。"那天他们在他家厨房餐桌坐下后，他温柔地告诉她，"老实说，考虑到你我之间所有的复杂历史，我甚至不确定，我们走到一起的原因是否正确。和你在一起——我有很强烈的依然生活在过去的感觉。"

他本以为，哈莫尼会表现出应有的受伤模样，但考虑到整个情况，同时也能给予理解和原谅。可实际上，哈莫尼脸上红晕褪去，像突然间拔掉了塞子的浴缸。"你开玩笑吧，"她断然地说，"还是因为比莉吗？到现在还这样？"

"不能那么说——"他说。

"去他的吧。"她打断他，双手放在桌上，坐得直直的，眼睛突然被怒火点亮，"去年我花了这么多时间来保护你不被她的破事伤害，你知道吗？我了解的她的事，我一直都闭口不提，因为那对你来说不公平，会让本来就伤心的你更加受伤。我想等你自己弄清所有的事，弄清比莉的真实模样。但是你还没有，对不对？尽管发生了这一切，你依然将比莉供在圣坛上，崇拜她。"

说完，她跳起身，走进他的书房。他能听见她在办公桌里到处搜寻。回来时，她拿着一张纸，递给他。他展开来，抚平折痕——纸张仿佛被揉过——阅读第一句话："你好，西比拉，我是瑞恩·拉特利夫，你二十一年前放弃的女儿。"

他抬起头："我已经知道瑞恩的事了。你也知道？"

哈莫尼眼中有某种神情一闪而过，某种自以为是并扬扬得意的神情："我当然知道，比莉怀孕时，我甚至比她更早知道。我去那间林中小屋探望过他们，发现比莉弯腰坐在马桶上，肠子都要吐出来了。她虽然否认，但我立即明白了怎么回事。"她摇摇头，"你忘了，我曾是她最好的朋友。"她加重语气强调，显然没发现这其中的讽刺，接着她的语气突然变平缓了，"你猜去年是谁告诉西德尼他有个孩子，只是他从来不知道？当然不会是比莉。"

乔纳森用僵硬的手指紧紧抓着信："你是怎么知道的？这信为什么会在我的桌子里？"

"收到这封信时，我刚好来找比莉，是好几年前了。"她指着对面的椅子，仿佛比莉正坐在上面一般，"她打开邮件时，我们就坐在这儿喝红酒，聊天，突然之间，她脸色苍白，像一张白纸。我看见她的手把信纸揉皱，扔进垃圾桶。她离开房间后，我把信捡起来收好，也是为了她，你知道，以防她改变心意。"哈莫尼转过头，掩盖脸上的怀疑，"她死后，前一阵子，我把它放回你的书桌抽屉，想着你最终还是会找到。你应该知道，但我不想当揭露真相的人。因为我知道你会开枪打死传信人。"她用麻木的手指抓住桌子边缘，"你难道不明白吗？比莉总是逃避一切，她只做她想做的任何事，完全不在乎那会影响其他人。她以为自己比其他人都厉害得多，就算她曾是你最好的朋友，感觉也像是她随时都在看着你，做评判，等待你做出让她失望的事，那样她就有理由向你发起攻击。二十五年来，她一直那样看着我，我却像个受虐狂，一次又一次地回头找她。"

"她已经死了，"他的声音开始充满防御，他不喜欢哈莫尼这样，"你把她像这样剖开来分析想做什么？"

她盯着他，然后闭上眼睛，深深地吸气："天哪，看看现在的情况。比莉已经走了，但依然在暗中破坏我的禅定。"她竭力想要镇定，但显然很难，脸上的肌肉一直在抽动，接着她似乎放弃了。她睁开眼睛，抽动嘴唇，露出一个阴暗的微笑："你知道吗？我一直在想，徒步事件是不是整个都是骗局？她是不是独自走进日落，以逃避她自己制造的烂摊子，就为了……消失，将这一切破事留给我们处理？"

他忍不住笑了出来——这太讽刺了。哈莫尼瞪着他，站起身："等你想通，给我打电话。"她说着走出门，把门重重地摔上。

但是他尚未给她打电话。他想：我不会打。并非他将比莉的形象神化得那么崇高，而是因为他的生命中似乎不再有需要填补的空洞。或许有一天洞口会重新裂开——当奥莉芙终于前往未知的目的地之后——但是现在，他的人生已经圆满。

尤其是今晚，生活显然非常正常，就在几个月前，他还想象不到会有这样的发展。炉子上藜麦冒出热气，爆炒的菜肴已经装进一只大浅盘，端去了餐桌，不祥地凝固起来。门铃突然响起时，他们刚刚坐下准备吃饭。听到铃声，乔纳森和奥莉芙都看着对方。

"在等人？"乔纳森问。

"没。"奥莉芙说着站起来。

奥莉芙打开门，僵在那里。是娜塔莉，她刚打完羽毛球从更衣室出来，身上还有汗，卷发还是湿的。奥莉芙已有好几个月没见这个朋友（从前的朋友）了——那天，她第一堂课开始前就离开克莱蒙特，之后就再也没有返回——娜塔莉感觉就像是刚钻出的一粒时间胶囊，奇怪地毫无改变。不过她的头发稍稍短了一些，戴着一副没见过的复古人造树脂耳环，还瘦了不少。看着娜塔莉，奥莉芙突然感觉到一阵伤感，因为她意识到，所有那些让她怀念的与娜塔莉共度的时刻，都永远不会再返回。

娜塔莉拿着奥莉芙为科学展览项目做的风力涡轮机，因为在展览柜中放得太久，它已经布满灰尘。她将模型递给奥莉芙："他们要换展了，我想着你也许想要。"

奥莉芙接过来，低头看着那件纸板做的模型，发现看着它褪色的绿色漆料和剥裂的绝缘胶布，比看娜塔莉的眼睛要容易。"你可以丢掉的，我真的不在乎。"

"哦。"娜塔莉虽然这么回应，但并没有伸手取回。一阵尴尬的沉默，奥莉芙并不想强迫填补。她感受一下内心——等待被愤怒或渴望或是爱意所压倒——但基本上只感觉到空白，仿佛时间的脚步已经清理掉所有不必要的情绪。

娜塔莉将一绺湿漉漉的头发塞到耳后，紧张地将其抚平："那，伯克利高中怎么样？"

奥莉芙耸耸肩："我喜欢。转学后，我是班上的顶尖了。"

"太棒了！"她的语气显得有些过于强调，"他们对你好吗？因为我听说那边的学生真的很喜欢评判人。"

"要说糟糕，其实也和克莱蒙特的女孩们差不多。"她的话语有些尖刻，娜塔莉畏缩了一下，"听着，我们需要谈谈，关于你是如何帮我出柜的，我完全不可接受。"

"是的，你说得对，我很抱歉，"她的目光落在她穿的 UGG 鞋上，"我应该闭嘴保守秘密的。但是让我辩解的话，我以为告诉多明尼克是在帮你的忙。有时候贴个标签并不是坏事，不是吗？这样你就可以找到同类，你知道，可以团结起来；至于谈论你们苦闷的那类通用词汇，我们上个月在性别研究时已经探讨过。"

"我并不觉得特别苦闷，"奥莉芙说，"我对任何标签都不感兴趣。"

"哦，"娜塔莉久久地看着她，脸上露出好笑的神色，"我透过秘密消息网得知，你现在有女朋友了。"

奥莉芙感觉脸烧得通红，于是抬起一只手捂住脸颊："其实我不知道能不能算是女朋友。"她仍在试着适应出柜这件事，她的同性恋身份不过是生活中另一个普通的侧面。她曾以为高一读到一半时转学意味着她将变成一张白纸，拥有重新开始的机会。但好玩的是，她感觉自己几乎没有改变——仿佛在她心中确实一直存在着某些东西，某些她之前不曾发现的东西（她现在依然不能完全确定她是否能说清楚那是什么，然而，它确实存在）。最大的改变就是，她第一次去参加了伯克利高中同性恋异性恋联盟会议，但并未觉得像是欺诈；她看到一个长着光滑的咖啡色肌肤的漂亮女孩，两人目光交会，女孩的名牌上写着"亚莉克希亚"，她感到一种熟悉的激动；但她没有躲避那种感觉，而是坦然接受。女同性恋、双性恋、异性恋，标签并不重要，唯一重要的事情在于，现在她能看清自己想要什么了。

　　有时她会回想起那天在圣克鲁兹瑞恩打开房门的那一刻，当她意识到自己走到了一条死胡同时，心里的那份失望。通往母亲的路其实并未指引她找到母亲。那里没有答案，至少没有她一直期待着的答案。接着当她和父亲并排坐着，倾听瑞恩说话时，她却开始慢慢理解：你的母亲已经走了，现在一切都落在你身上了。你不能再指望任何其他人告诉你，你是谁，每一件事该如何组装在一起。

　　三个月后，她终于开始对此感到释怀。现在她明白了，无论她多么努力地想要看清自己——透过旁人的眼睛，或是通过自己的大脑——想要将所有片段都真正地拼合在一起，将它们作为一个整体看得清清楚楚，都是不可能的。同样地，她永远都不可能真正把握宇宙这个整体，无论她在其中的什么位置。生活就是那么散乱，她想到。

　　圣诞节过后，她和父亲讲了亚莉克希亚的事。"我很高兴你告诉我，"他当时抱住了她，"无论你是什么，我都能接受，只要你快乐。"她突然想到，这就是正确答案；可能也是母亲永远都不会给予她的答案。

　　有时她仍会思念比莉，当她感觉有些事情她永远都无法理解的时候，她希望能重新看见妈妈的幻象，这样她至少能试着和母亲谈谈这一切。不过从十一月以来，她没有再服用丙戊酸钠，但也看不见任何东西。医生说她脑中的瘀伤痊愈了。奥莉芙却更倾向于，一旦她看见了她需要看见的东西，一旦每件事之间的联系显露出来，他们找到瑞恩，那条隐形的路径就自行关闭了。偶尔，她仍会有那种感觉——比莉依然停留在纱门外的某个地方，等待她的召唤——但目前，母亲已经消失。奥莉芙脑中唯一能感觉到的，就是她自己；不过她知道，妈妈一直会在某个地方，缠结在她的脑海中。

此刻，站在她门口的娜塔莉似乎要哭出来了："没了你的克莱蒙特糟透了，明很刻薄，特蕾西总是没什么兴致。我很想你。"

奥莉芙听到这里，感觉到一阵小小的满足，意识到此刻的她拥有多么强大的力量。但奇怪的是，她并不完全确定自己享受其中。"我也是。"她说得很羞怯，门廊上的朋友几乎像是一个陌生人，她们正要重新开始，"也许什么时候我们可以一起出去玩，你、我，还有亚莉克希亚。"

"真的吗？那太好了。"娜塔莉的嘴角被笑容点亮。

奥莉芙听到父亲在餐厅招呼晚餐要凉了。外面蟋蟀正在唧唧叫唤，这个夜晚晴朗而寒冷，半弯的月亮照射下来，星星在城市灯火的上空清晰可见。身后门廊的灯光将奥莉芙的影子长长地投到地上，仿佛是要往前方点亮一条路。她觉得她的生活在扩张，即将一分为二，为三，伸向数百个不同的方向。任何一个选择都有可能影响其他的，任何一个都有可能是死胡同。她怎么才能知道自己走了正确的道路？她怎么才能知道如果选择了一条不同的道路，她将成为谁？

但那种事还是留到明天再去担心。眼下，她只想去一个地方。

"我得走了，爸爸还在等我。"她告诉朋友。接着她转身往回走，父亲在餐厅等她，餐桌已经布置好了。

"好的，我就来！"

尾声

上午过半时，她在分岔路口瞭望台停下脚步。从这里眺望到的荒凉旷野的风光可谓壮观——冰冷的蓝色湖水嵌在下方的森林中，上方白雪皑皑的山巅令人目眩，荒凉的花岗岩山峰向天空伸展，形如古老的手指。比莉站在那里，汗水汪在胸口，她想停一分钟歇歇凉。

下了一周的雨，脚下的地面踩着很松软，但前方高耸的山峰已经被积雪覆盖。这里的空气稀薄冰冽，每吸一口气，肺部都像在燃烧，但她并不介意。她甚至不在乎肩上的背包特别沉重，就连衬垫都深深地咬进了腰椎，她臀部的上方已经泛起一片瘀青。她知道该如何直面痛苦——不过是需要完成的另一个挑战，证明你依然活着。

她拧开水壶喝水，然后查看地图。找到了，这条路的尽头有一道瀑布，就在前面一点五英里。越过之后，绵延数英里的荒野向北通往南塔霍湖，那里有怡人的游船和乡村住宅。

地平线位置出现两名徒步者，沿着小路向她走来。这是一整天里她第一次遇见行人——这里的徒步季已近尾声——她很高兴看见他们。她扬起一只手打招呼，等待他们靠近。他们的年纪只有她的一半，可能是研究生，下山时，女孩高高的调子划破寂静的山野。比莉听见男孩的背包里装有空的啤酒瓶，每走一步都发出咣啷的响声。

两人走近到能听见说话声的地方后，她指着地图问："离瀑布还有多远？"

女孩微笑着，羞怯地将金色发丝往脑后的马尾辫梳："两英里，可能三英里。我不擅长测量距离。你觉得呢，马特？"她急忙转身询问男朋友。男孩耸耸肩。女孩抬头上下打量比莉，皱起眉头："这条步道真的很难走。"

"哦，我能搞定。"比莉语气很轻松，她冲女孩微笑，心里想着，我的身体可能比你们还结实呢，小毛头，"前面还有人吗？"

"没了。"男孩一边说一边专心地踢着很新的徒步鞋上的泥。他的脸像橡皮泥一样饱满红润。早餐喝啤酒，四十岁准发胖，比莉心想。

女孩坚持道："上面的山口有冰，我差点两次摔倒在岩石上。你一个人去吗？"

"是的。"比莉脸上划过一个微笑。

"那边收不到电话信号，你知道的。"女孩坚持。

"没事，反正我也没打算给任何人发信息。"比莉眨眨眼，想到昨晚手机从她手中滑落，蹦蹦跳跳地弹下悬崖侧壁的情景；狂野的虚空吞噬了一切，几乎一点声音也听不见。她站在岩壁边缘看了很久，才终于看见碎裂的玻璃在阳光下闪闪发光，之后她继续走。"但是别担心我。我喜欢一个人徒步，这样能给我思考所需的空间，你们不觉得吗？所以我才到这儿来，美丽、安静。"

男孩终于抬头看一眼比莉，眼中露出一丝确认的神色："安静是吧？你真幸运。"

女孩用手背猛捶男孩的胳膊，心不在焉的样子，仿佛同样的动作两人一天要重复十几次。

"我完全明白。走这条步道很值得，瀑布现在水流量很大、很快，美极了。"比莉热情地说着，目送两人离开，好奇自己在他们心中留下的是怎样的印象。女孩会记得她，不过男孩甚至不等转身，就已经将她从脑海中抹除了，就像他显然也在计划，一旦抵达山脚，他就要将女朋友从生活中抹除。她对自己笑笑：头脑空空的孩子们。

她一直等到他们消失在小路尽头才拿起背包，将其重新背到背上。接着她转身，选好上山的岩石小径，朝山顶行进。

她几乎都忘了这样的独处有多么棒，自力更生，与外界隔离。有多久没有过了？从俄勒冈开始已有二十五年；但那时候她并不像现在这样孤独，那时地板上总有睡袋，太多的身体，生活得太过亲密；或许要从俄勒冈情况恶化之后，徒步环游世界的那些年算起。她依然能想起那种欢欣的感觉：在空荡的火车车厢中吃不新鲜的小圆面包，独自沿着灰尘扑扑的道路前往旅游指南中甚至提都不会提的小镇，那些时候她感受到重塑和支配的可能性。

自从和乔纳森在一起后，她几乎就不曾感受孤独。倒不是说她在伯克利从未独处过——事实上，她近来独处的机会太多，乔纳森的工作时间长得离谱；奥莉芙也总是闪烁其词，表现得像是她们俩是磁铁，但磁极突然之间发生了逆转——但那不是她自主选择的孤独，不是她能在其中得到舒展的孤独。不，那种孤独带有少许被拒、被弃的感觉。

过去的几年里，有太多次，比莉发现自己站在厨房水槽眺望外面的暮色，等待着能发生什么事情，感觉围绕着她的空虚像一条令人窒息的毯子。无形带着失望擦出伤口，她站在那里，提醒自己：是我选择站在这里。她本可以做她想做的人——成为活动家、艺术家、某个成就大事业的人——她却为自己选择了这样的生活。选择这些，征服这些，并将这些做得尤其出色。

然而她感觉自己处于即将失去对自己生活的掌控的危险中。她并不能完全确定，这些事情是否还没有征服她。

就在去年春天，在例行的看医生的过程中，她的妇科医生曾闲聊问起，她是否注意到任何更年期的早期征兆。"你年纪已经到了，"医生说着，递给她一本宣传册，"你得注意。"更年期！这个词让她感到晕眩。

离开医生办公室后，她久久地站在那里，通过工业风格橱柜的反光金属部分审视自己。这些年来，她出于自信，一直很少保养——美肤产品只包括润肤膏和少量睫毛膏，她自信只需要一个健康的身体和敏捷的头脑——突然之间，这些习惯似乎成了一颗射穿即将到来的战舰船首的步枪子弹。她正在变老。许多事情已经渐渐终结，而非开始。凝视着弯曲的影子，她突然间看到一个干瘪的老太婆站在厨房水槽边，手中端着一杯凉茶，仿佛死神已经降临她的身上。

不，她展开手掌挡在脸上，遮住倒影。

出医院的路上，她冲动地从门口的罐子里抓了一大把安全套。任由它们在她的提包中溃烂，但两天后她在榆木咖啡馆遇见西恩，他用以前经常用的热烈眼神打量她——他的脸焦躁不安但英俊，气息吐在她脸上滚烫而结实。于是，她没有像往常那样走开，让他留在原地，而是径直朝他走去，心里想着：去你的吧，干瘪老太婆，我拒绝放弃自己。比莉想到哈莫尼，她永远年轻天真的模样，毫不动摇地坚信，她爱的人总会以她应得的方式来回报她的爱。

当西恩驾驶他的复古型宝马车，一只手放在坐在前座的她的膝盖上，她心里想到：这才是世界的真正面貌，哈莫尼。你必须接受，接受，直至那样的时刻到来，再没有人愿意向你付出；在那样的时刻，你就会知道，你完蛋了。但在那之前，你永远不能放弃掌控。

西恩其实并不值得她投入时间，就性爱方面而言——她已经忘却，那类的偶然相遇是多么无趣和拘谨，她发现自己必须幻想乔纳森的样子，才能获得享受——但那并不是她这么做的目的所在。那天从西恩的床上下来后，她感到极度兴奋、焕然一新，重新确认她的生活还没有结束。她依然能引起人们的兴趣和好奇，世界围绕着她转动，令人头晕目眩。她从地上拾起胸罩时，西恩已经打起了鼾；接着她的思维变得清晰，便离开了那里。看在哈莫尼的分儿上——她需要知道哈莫尼选择浪费精力的是怎样一个人。比莉愿意为了那样的任务来牺牲自己，她就是这种类型的好朋友。

抵达山口时，小径旁边有雪。比莉重重地喘气，空气稀薄，并不能填满她的肺。她开始朝着林木线攀升，脚下的地面从林中松软的泥土变成了花岗岩。她喜欢的旧徒步鞋的鞋底已经磨得太薄，岩石上很滑，她挣扎着获得摩擦力。背包的底部有一双新鞋，但她还没做好准备放弃旧的这双，尽管它们穿在脚上已经像便鞋。于是她每走一步都非常小心，知道一旦失足，将会非常危险。

她放慢速度，想方设法越过小径上结冰的一段，听见前方瀑布轰鸣。现在距离已经不远。她的胃里在翻搅，令人恶心；她意识到除了今天早上拆帐篷时吃了一个百吉饼之外，到现在为止还什么都没吃。她很虚弱，因为低血糖而有些摇晃。

几分钟后，她绕过一片露出地表的岩石，看见了它：一条河从山腰轰然下坠，像一条雾气组成的马尾，沿着垂直的花岗岩表面，坠落将近一千英尺。这里的空气中充满了瀑布激起的水花，她伸手触碰自己的脸，沾了一手的水滴。在上方悬挂的圆石之下的阴影中，能看到锯齿般的冰面。

还有二十码才能登上瀑布顶峰。她往山崖下方俯视，看到水花消失在下方的深涧中，然后开始沿着滑溜的步道向山顶出发。

她从一块岩石攀上另一块岩石，直至找到一片能俯瞰急流的平坦区域，在那里她从背包中掏出一根格兰诺拉燕麦棒和一些杜果干。这里河道很宽，水势湍急，其中堵塞了无法顺瀑布流下的岩石和树枝。她在那里坐了很长一段时间，看着水流大片大片地翻过山崖，任由山间清冽的空气清空她脑中蜘蛛网一般杂乱的思绪。

一整年的时间，她都认为是自己观点的改变才导致了她和西恩上床。但从这里的高处，从这个高耸的优势位置，她能看出，当西德尼出乎意料出现在湾区时，一切实际上就已经开始改变。

她从未想过西德尼会出狱，并且追踪到她的下落，看在老天的分儿上。许多年来，她都以为她已经消失得足够彻底，那一部分的历史永远不会追上来。谁会知道伯克利的超级妈妈比莉·弗拉纳根就是麻雀——一个环保恐怖分子中的变节者？当然，哈莫尼知道。她知道比莉所有的人生阶段，这使得她既显得亲密又十分危险，这也是比莉与她保持亲近的原因所在——让哈莫尼成为她最好的朋友和知心女友，成为她的秘密的保护人——尽管她经常无法承受哈莫尼的需求。除此之外，唯一知道她那段历史真相的人，就是那对被安全锁在监狱和精神病院中的丑角。

并不是说她认为她在俄勒冈做了错事，完全不是，她只是做了任何理智的人都会做的事。一开始因为炸掉那座水坝而产生的正义兴奋感很快发生变化，西德尼处于吸食海洛因而产生的兴奋中，文森特的精神失常也到了最严重的地步。她一直知道，他们当时从事的事业需要完全清醒——所以她让哈莫尼重返俄勒冈大学念书，赶在她胆怯的性格将事情搞砸之前；哈莫尼从不曾拥有钢铁般决绝行动的决心。但是接着西德尼和文森特也变得不顾一切、粗心大意，比莉同他们一起被困在一片无名之地的中央——没有电视，没有电话，甚至没有收音机——只能倾听他们越来越滑稽的计划。野马？滑雪村？他们甚至开始谈论绑架土地管理局的官员。天哪，她制造了一个怪物。

而在那时，雪上加霜的是，她怀孕了。她被西德尼即将制造的灾难完全分散了注意力，甚至不等她注意到怀孕的迹象，哈莫尼就不请自来地到了小屋（手里提着购物袋，说着："就是来看看你们！"但她显然依然想要首先进入圈子）。当哈莫尼指出原本应该很显眼的事实——比莉不仅仅是病了，她还会晨吐——比莉震惊了：在这一连串的打击之中，她怎么能去诊所流产？哈莫尼此时证明了她的用处，一周后她重返小屋，提来满满一篮子薄荷油和艾菊茶，但是堕胎药剂只使得比莉更加难受。到那个时候，想要用任何其他方式解决问题，都已为时过晚。很快，西德尼就会注意到她微微隆起的小腹，她了解他，他一直想要个属于他们的孩子。

所以这时她被孩子困住了，也被两个不可避免会做出某类非法之事的不值得信赖的小丑困住了。一切突然之间变得清晰：他们会把她一起拉下水。如果比莉不去报警，那么有一天进监狱的就将是她，永远地被这个她不想要的孩子的父亲拴住。她不能冒那样的险，所以，她选择了自保：打电话，拿走他们的钱，逃亡。去警察局之前，她把自己清理了一番，微笑、调情、哭泣，警察为她鼓掌，因为她"如此勇敢"和"做了正确的事"。西德尼足够正直，没有将她卷进去，她知道他不会，她保佑他。文森特，好吧，他是个疯子，谁会听他的话？很快，她就摆脱了伊丽莎白·史密斯和麻雀的身份，重新变回西比拉·色雷斯，前往一个临时停靠点，那里将通往更宏大、更美好的事物。

你可以说这是背叛——西德尼当然会这么觉得，在他终于弄清事情真相之后——但说真的，如果西德尼不曾入狱，把事情想清楚，那他现在可能已经死了。文森特需要就医。所以实际上，她帮了他们两个的忙。

去年冬天终于见到西德尼时，她吓了一跳：他变得那样瘦小，当年那个迷人的反叛分子只剩下一道影子，而她曾与他一同逃出那座形如死水的小村米查姆，也已经是好多年以前的事了。西德尼成了家具搬运工，在一个闻着有猫尿味的公寓里呵护他的盆栽。去年一月，当他突然打来电话，说想聊聊"过去的日子"时，她以为他只是想要钱。而她在那方面确实对他有所亏欠，所以她便开始开心地几百几百地这里那里地补贴他，以为慷慨会是个好办法：她需要他保持感恩和安静。

如果她没和西恩上床，如果哈莫尼不曾怀恨在心，然后将一切都告诉西德尼：有关比莉在俄勒冈的背叛；更糟的是，那个孩子的存在。

那或许就是事情的终结。

这些年来，比莉从未特意想过要见见放弃的那个女儿，甚至就连好几年前母亲找到她，说收到一封寄养机构寄来的信，是一个名叫瑞恩的女孩写的，她也没动过念头。当时比莉以为还和以前一样——罗斯唯一的武器，就是她可悲的人生即将结束，因此想要和解——注意力都集中在母亲身上。毕竟，她在将那孩子生下来的那一刻，就已经将她抛之脑后。哪怕是当时，她也知道，没有必要为了这孩子而毁掉自己的未来，而孩子没有她也会过得更好。

但现在，因为西德尼的出现，在她的过去和现在之间的那层薄膜被捅破了，所有事情都有倾泻而出的危险：早就被她抛到身后的事、她已经放弃的身份。当西德尼开始要求安排他与"他的女儿"联系时——不然他就会告诉乔纳森和奥莉芙那段不光彩的历史，"听说那些后，他们会有怎样的感觉？"——她感觉事情快要超出她的控制范围。

她不喜欢无能为力的感觉。她根本不喜欢那种感觉。

或许在初遇乔纳森时，就应该将全部过往都告诉他；但当时她感觉那样会把他吓走。那天在 J 教堂线电车上，感觉就像是她用魔法凭空将他召唤出来的一般，就在她需要他的时候：俄勒冈带来的钱早就用完，她精疲力竭、孤单一人，而他做好了接受和照顾她的准备。以前从未有人为她做那些，至少没人对她表示过那般的仰慕、和善和爱恋。和他坠入爱河，连她自己也吓了一跳，她不想冒着失去那一切的风险，给他理由讨厌她。所以她只给他讲了一半的故事，刚刚好遵循真相，但又舍弃了大部分不好看的细节。但凡乔纳森有任何感觉，她会收获什么？

不过或许当时她还是应该把一切都告诉他的，因为她知道如果真相现在被捅出来，情况远比当时糟糕得多。

况且她在伯克利的生活本就已经四分五裂。她和乔纳森最近越来越疏远；当初只认识她六周就激动地向她求婚的那个雄心勃勃、热情洋溢的男孩，已经慢慢变成一个消极的工作狂。她还对他不忠，老天啊，她以前从未感觉到这么做的必要；而他呢，他看她时的嘴角也出现了某种令人惊恐的神情，某种看上去几乎像是厌恶的神情。再过多长时间，乔纳森会开始要求参加婚姻咨询和约会之夜，其他所有的生活防腐剂都开始令人绝望，悲哀的婚姻走向结束？这些东西让她感到反胃。

　　接下来，最重要的因素是奥莉芙。每当她审视自己的生活，质问自己都做了些什么时，美丽的女儿总是她的安慰。她有奥莉芙。这些年来，她一直自豪于她与女儿的关系不像典型的母女；甚至以为就连奥莉芙步入青春期，她们也不会大吵大闹，不会粗暴地回避，不会克制爱的付出。但是她错了，自从上了克莱蒙特预科学校，奥莉芙就开始一步步逐渐远离。比莉最近一次试图重建关系的尝试——九月间，母女一同去缪尔小道徒步——却只让情况更加恶化，奥莉芙当时表现得像个任性的孩子，她们争吵，当比莉试着以拥抱平息事态时，女儿却躲闪逃开，仿佛憎恶她的触碰。

　　在那一刻她就知道，这只是结束的开始：奥莉芙很快就会开始向朋友抱怨她——也许已经开始——她会被描绘为残酷贪婪的母亲，是绕在女儿脖子上难以承受的重担。她会完全失去对奥莉芙的控制，也许她能赢回奥莉芙的心，在她二十多岁的某个时刻；也许她再也无法赢回她。

　　这似乎不太公平：你可以拥有爱，接着那爱却会枯萎、板结、僵化，变成某种不如从前美妙的东西。接着你被困住了，因为说到底爱是一个陷阱。一旦找到它，你便不可能在无人受伤的情况下偏离承诺。你不可能一走了之。取而代之的是，欲望赢过自由；周围的每一个人都会感到受伤和痛苦，让惰性占据上风。

　　她知道这些是因为她试着离开过一次，几年前当幽闭恐惧症和不满足的情形第一次悄悄出现时。当时她与奥莉芙和乔纳森发生争吵——两人因为某个愚蠢的理由，为了在娜塔莉家过夜的问题，联合起来对付她——她发现自己开始收拾行李，不确定要去哪儿，但知道不能再在此地多逗留一刻。她写了一张道歉的条子——"我爱你，我很抱歉，不要担心我。"——然后就开车经过伯克利波尔超市，经过乔氏超市，一路沿着大学路行进，向东开上80号公路。第二天早上，她开到了犹他州，无意返回。

但看到远处的沃萨奇岭时，她开始想象奥莉芙和乔纳森发现她离开时的脸。奥莉芙会哭到作呕，和她小时候一样；乔纳森则被自责淹没。比莉承受不了她造成的痛苦，她慢慢想到，他们最后可能会恨她，每个人都会恨她，她将永远是个坏妈妈，抛弃家庭的妈妈。

于是她在距离盐湖城半小时车程的路边停车，不情愿地掉头返回西部。等她将车子开进家里的车道时，她差不多已经说服自己，整个插曲从未发生，每件事都好得不能再好。她走进家中，对深爱的丈夫微笑，给亲爱的女儿一个吻，他们都高兴地松了口气，这让她自己也觉得温暖。接着她试图掩饰，她并非直接重返她自己制造的牢笼。

然而情况再度恶化，四年之后，牢笼的门再次打开了。

现在阳光已经直射头顶，已是正午时分，该动身了。她站起身，将零食的包装纸塞进背包，往下方的河流扔了一块坚硬的杧果干。它落在一股水流的边缘，无谓地打着旋儿，然后被急流吞噬，摇摇晃晃地冲到瀑布的边缘，接着就那样消失了。那样轻易地消失了。

她起身伸展四肢，透过激流往对岸看。那边的林木比河道这边浓密，诱人地攀向毗邻的高峰。她将手搭在眼睛上，往上看：下一个山巅一定能看到塔霍湖的惊人美景。看不见道路，只有林木间分开的一条细细的开口，只能容纳一只鹿或一个苗条的女人。地图上显示，小径在瀑布位置就已到了尽头，但比莉对河对岸兴趣也很大。可能许多年不曾有人穿越那边的森林，显然人们通常都坚持沿着有标记的小径行走。

她将背包扛到肩上，将鞋带系得既紧又漂亮。接着从一直坐着的卵石起跳，重重地落在水边的一块平坦岩石上。前方几英尺远的急流中有一段死去的木头，她像弹簧一样蹲下身再次起跳，落地时能感到膝盖颤抖了一下。木头稍稍沉下一点，但承受住了她的重量。背包压在她的臀部，她拉紧包带让其端正地背在背上，她可不能失去平衡。她就这样像跳蛙一般越过了河道的大部分区域，从卵石到木头，然后又返回，汹涌的河水从鞋子上方冲过，直至她的袜子湿透，沾在脚趾上。她感觉几乎还和二十岁时徒手攀爬古老的红杉时一样优雅。我还年轻，她想到。

接着，在距离对岸还很远的地方，她被困住了。下一片卵石至少在五英尺开外，这距离令人生怯，石头上还盖了一层冰。她转了一圈，评估自己能做的选择——没有其他过河的方法。下方瀑布的声音如此喧嚣，淹没了她脑中因为激动而响起的嗡嗡声。

她振作起来，起跳。

左脚整个没跳上岩石，踩进冰冷的河水，深度直至大腿。另一只脚踩到冰直打滑，磨损的鞋底想要站稳，但只是徒劳。她将身体向前冲，希望背包的重量能让她落到卵石上。她双手在花岗岩上乱扒，寻找扶手的地方，指尖皮肤被撕裂了。急流贪婪地舔舐她，拼命地想将她撬松。天哪！

接着，就在她开始担心会被卷进水中、坠下瀑布时，右脚踩到岩石中一条裂缝。她小心翼翼地站起来，直至探出水位线。她将流血的手伸进河水漂洗，接着伸出一只手指放进嘴里吮吸。那滋味激得她的舌头直打卷：汗味、血味、泥味。

接下来就很容易了，几分钟后她就到了对岸。她转身回望过河的路径——从这边看来，感觉过河是个不可能的任务——接着她走进森林。

森林浓密黑暗，充斥着昆虫发出的嗡嗡声。她沿着林木线的边缘走，与河道保持平行，一路走一路敲掉死去的灌木开路。几分钟后，她走到一个能照到阳光的突出在林木之外的地方，从那里能俯瞰瀑布，但被树木掩盖，在河对岸的小径上是看不见的。她脱下鞋子和工装裤，铺平等待晾干。

她只穿着内衣躺在一块被阳光照暖的岩石上，闭上眼睛。

好笑的是一旦西德尼将主意种入她的脑中，她就发现自己其实也想见见那个孩子。婚姻停滞不前，奥莉芙又逐渐疏远——危机感开始露头——瑞恩成了一个她无法置之不理的解药。要赶在西德尼之前找到女儿——要确保他不会赶在她之前，往井里投毒，让女孩痛恨她——或许她一开始是受到这种想法的激励，但当她走进圣克鲁兹那家破旧的小餐厅，看见仿佛是另一个自己坐在那里……那时，她的心里像是有什么东西被点亮了。

她做了一次有意思的尝试，想看看女孩身上遗传了她多少，便没有招手。瑞恩当然惊呆了，但也表现出一种熟悉的自重和一种本能的自我保护。相较于比莉，瑞恩可能更轻薄，被父母给的钱宠坏了，缺少雄心——她抽烟抽得太多，对健康不利，这一点很明确——但她显然喜欢生活在边缘的刺激。在很多方面，瑞恩表现得比奥莉芙更像比莉。和瑞恩一同在海里冲浪时，比莉感到她好像已经滑出这具躯壳，进入年轻版的克隆体，正在尝试新的人生。一个画面出现在她的脑中，各种选项自行展开，如同绽放的花朵。

拥有双重生活，瞒着家人的暗中来往，让她奇怪地拥有了一种活着的感觉，仿佛她再一次掌握了她的生活。有一阵子，那样的情况她还能承受：她在伯克利的世界持续溃散，她知道在背后的某处，有一只时钟正在嘀嗒转动，西德尼不可能永远沉默，比莉的异议——收养机构的记录丢了，她正试着找它——只能持续这么久；与此同时，哈莫尼还张着翅膀，在她的冥想班还是什么地方舔舐伤口，等待消灭一切。比莉一直在准备，以防万一，但她依然希望局面能永远维持现在的模样。

接着哈莫尼重新出现，出人意料的是，她将矛头对准了乔纳森。其实比莉不该对此感到震惊：她一直知道哈莫尼暗恋他，但那没什么可担心的，因为乔纳森是那样正直。她不能相信的是，他竟然给她讲了那个吻。然而，那不是非常符合乔纳森的个性吗？总是非常讨人喜欢地做正确的事。"我们不会对彼此撒谎，"他当时说，"我们的婚姻不是那样。"显然他完全没意识到，他们的婚姻其实已经成了那样。每件事都已变得那样复杂和脆弱，如果不是已经如此明显、明确地表现出来，几乎令人觉得好笑。

那时候比莉知道，是时候带家人去蝴蝶海滩了。

命运啊，有趣。她以前从未真正赞许过这样的观点，让某种除她自己以外的力量引导她的生活。然而，那也让人有点激动，不是吗？知道她要走的道路是二选一，而她将用抛硬币的方式来做决定。

那天上午在海滩，比莉曾看见瑞恩胳膊下夹着冲浪板从海里上岸——正如比莉预料的那样。她看到瑞恩擦干身上的水，与一群正整理行囊的男孩说笑，从他们一家人待着的水湾尽头看得很清楚。比莉的心跳变得如此迅速，她敢肯定乔纳森一定透过她的衬衫感觉到了。她只能向前俯身，不再靠在他的腿上；她无法承受与他皮肤紧贴的感觉。

她看着，等着。

如果瑞恩抬头看见母亲正坐在海滩远处，朝她走来，那比莉的世界会如她自己所预料的那般四分五裂。她将不得不向奥莉芙和乔纳森坦白事实，然后面对结果——很有可能是离婚，与女儿疏远；或者也有可能——但是可能性较小——他们四人会以某种形式组成一个混合家庭，以比莉为中心。

但如果瑞恩没看见，那比莉就会把那当作信号，她有了将这一切都抛之脑后的借口，干脆彻底。她在这里的任务已经完成，她已经被

322

赋予了自由——除此之外她还有什么理由能如此彻底地离开？

奥莉芙当时与瑞恩只隔一个足球场的距离，她的两个女儿都徘徊在海边。一个正全神贯注捡拾贝壳，另一个正在炫耀她对一群陌生人的吸引力。两人甚至都没往对方的方向看。接着瑞恩突然扛起她的冲浪板，开始慢步朝停车场走去，完全沉浸在自己的世界，连身前三英尺的地方都不关注。一分钟过去，瑞恩就消失了。

结果就是那样，事情结束了。比莉的心跳变慢，呼吸恢复平稳。决定已经为她做好，她重新获得了控制权。

在河的最远处，光线开始变化，越来越暗。比莉睁开眼睛，眨一眨站起来。裤子还是湿的，但是已经能穿。头顶上一团云朵遮住了阳光，她意识到自己冷得发抖。她需要立即开始徒步，以便在扎营过夜之前走到足够远的地方。

她拿起一只湿透的徒步鞋，用一根弹力绳挂在背包外面，另一只则拿在手中，犹豫不决。

她想起昨天早上乔纳森在黑暗中按着她的样子。"我想要你留下来。"他说得那样真诚，她差一点就要改变心意，但是她从他的眼中看到了所有不得不做的工作、已然失去的每一样事物。

她想到奥莉芙。几十个小时之前，当她溜上奥莉芙的床，女儿甚至都没动弹一下。比莉就躺在女儿的身边看着她睡觉，等待她醒来开始交谈：告诉我今天你在想什么。但是奥莉芙就躺在那里轻柔地呼吸，天真地迷失在她神秘的梦境里。

她在那里躺了两个小时，无法离开。她的心在痛，出乎意料地被愧疚刺穿。接着，鸟儿开始在外面的花园中喧腾，那个时候她意想不到地清醒：有时为了保护你爱的人不被你伤害，你必须做一些坏的选择。奥莉芙需要寻找自我，我却一直想将她变成我的模样。也许我不是一个完美的妈妈，但是我足够开明，我知道必须将女儿从那样的困境中解救出来。她将手掌贴在女儿柔软的面颊上，轻得像一只麻雀，接着下了床。

　　"你不会有事的。"这时她大声说了出来，尽管她也不确定自己是在对谁说，她的丈夫，她的孩子，还是她自己？或许是对三人一起说的吧。她轻轻地拍拍背包上拉好拉链的小袋，只是为了确认那叠卷成一卷的钞票还在，那是她用六个月的时间，一百一百地取出来的。在那下面，她能感觉到卡尔文·金几周前从暗网帮她买的丹麦护照的尖角，上面贴的是她自己的照片，签名是阿丽娜·佩德森。接着她走向悬崖，前方几英尺远的地方，瀑布垂直坠下似乎深不见底的虚空之境。

　　她举起徒步鞋，竭尽全力地往最远的地方扔去。

　　离开，他们会恨你；死亡，他们会永远爱你。